S. E. Harmon
Spuken für Fortgeschrittene

S.E. HARMON

Über das Buch

Als Medium hat man es echt nicht leicht!

Rain Christiansen hält seinen aktuellen Job als Cold-Case-Detective und Medium für den schwierigsten in seiner gesamten Karriere – und für den wichtigsten. Nur auf die bizarren Situationen, die seine Arbeit mit sich bringt und die sein geordnetes Leben auf den Kopf stellen, könnte er gut verzichten. Leider gibt es keine Anleitung, wie er die Pflichten in der realen und der Geisterwelt geschickt miteinander verknüpfen kann. Dummerweise wird er zudem das Gefühl nicht los, dass er so einiges vermasselt. Dieser Ansicht sind auch die Geister, die zunehmend ungeduldiger werden. Und stärker. Und wie lange wird Danny McKenna, sein Arbeits- und Lebenspartner, die spuktakulären Entwicklungen in Rains Leben aushalten, bevor ihm die aufdringlichen Geister irgendwann zu viel werden?

Rain hat geglaubt, wenn er seine übernatürlichen Fähigkeiten akzeptiert, wird das alle seine Probleme lösen. Doch sein aktueller Fall beweist, dass die richtigen Probleme gerade erst beginnen …

Über die Autorin

S. E. Harmons stürmische Liebe zum Schreiben dauert bereits ein Leben lang an. Der Weg zu einem guten Buch ist jedoch steinig, weshalb sie ihre Leidenschaft schon mehrere Male aufgeben wollte. Letztendlich hat die Muse sie aber immer wieder an den Schreibtisch zurückgeholt. S. E. Harmon lebt seit ihrer Geburt in Florida, hat einen Bachelor of Arts und einen Master in Fine Arts. Früher hat sie ihre Zeit mit Bewerbungsunterlagen für Bildungszuschüsse verbracht. Inzwischen schreibt und liest sie in jeder freien Minute Liebesromane. Als Betaleser hat sie derzeit ihren neugierigen American Eskimo Dog auserkoren, der sich bereitwillig ihre Romane vorlesen lässt, vorausgesetzt, die Bezahlung in Form von Hundekeksen stimmt.

S. E. HARMON

SPUKEN FÜR FORTGESCHRITTENE

Ein Fall für Rain Christiansen 2

Aus dem Amerikanischen von
Stefanie Kersten

Die englische Ausgabe erschien 2020 unter dem Titel
»Principles of Spookology«.

Deutsche Erstausgabe September 2021

© der Originalausgabe 2020: S.E. Harmon
© Verlagsrechte für die deutschsprachige Ausgabe 2021:
Second Chances Verlag, Inh. Jeannette Bauroth,
Eisenbahnweg 5, 98587 Steinbach-Hallenberg

Alle Rechte, einschließlich des Rechts zur vollständigen oder auszugsweisen Wiedergabe in jeglicher Form, sind vorbehalten.
Alle handelnden Personen sind frei erfunden, Ähnlichkeiten mit lebenden oder verstorbenen Personen sind rein zufällig.

Umschlaggestaltung: Frauke Spanuth, Croco Designs
unter Verwendung von Motiven von Wirestock, Ardasavasciogullari, DesiDrew Photography, Peter Kim, alle stock.adobe.com
Lektorat: Judith Zimmer
Korrektorat: Andrea Groh
Satz & Layout: Judith Zimmer

ISBN: 978-3-96698-706-6

Auch als E-Book erhältlich!

www.second-chances-verlag.de

Für Sam,

die einen Auszug aus meinem Buch mit »Ach du lieber Himmel« kommentiert hat. Es ist eine besondere Auszeichnung, wenn man es schafft, seine Schwester aus dem Konzept zu bringen. Danke für alles, was du tust.

Und für Angel und Ashley, die treusten tierischen Freunde, die man haben kann. Ihr beide könnt das nicht lesen, aber ich habe euch trotzdem lieb.

KAPITEL 1

Nichts machte Menschen in einem Flugzeug so nervös, wie über dem Flughafen zu kreisen.

Aufgrund eines bevorstehenden Tropensturms hatte uns die Flugsicherung zur unfreiwilligen Teilnahme an der seltsamsten Runde Ringelreihen aller Zeiten verdonnert. Sicher erfüllte dieses komplexe Flugritual seinen Sinn und Zweck, aber ehrlich gesagt hatte ich inzwischen einfach nur die Nase voll davon. *Ringel, Ringel, Reihe, sind der Runden dreie.*

Die Flugbegleiterin erinnerte uns zum dritten Mal daran, dass wir unsere Sicherheitsgurte geschlossen halten sollten, doch ein paar Reihen hinter mir ertönte das charakteristische Klicken der Schnalle. Da wir noch nicht mal gelandet waren, vermutete ich, dass da jemand einen Fallschirmsprung aus der Businessclass plante.

Regen prasselte unaufhörlich gegen die Fenster der abgedunkelten Kabine, und ich stieß ein lang gezogenes Seufzen aus. Meine Sitznachbarin, die sich viel zu sehr in den Verkaufskatalog der Fluggesellschaft vertieft hatte, warf mir einen finsteren Seitenblick zu – den ich ihr nicht verübeln konnte. Das war sicher mein viertes Seufzen in ebenso vielen Minuten.

Der Tag war lang gewesen, und ich fragte mich, wie viele Hindernisse noch zwischen mir und meinem Bett standen. Das größte war gerade Tropensturm Allen, der sich von mir aus jetzt sofort wieder verziehen durfte. Das nächste der

Pilot, der es nicht besonders eilig zu haben schien, das verdammte Flugzeug zu landen. In dem typisch sachlichen, selbstsicheren Standard-Pilotentonfall informierte er uns darüber, dass wir mit der Landung warten mussten, bis wir dran waren. *Bis wir dran waren.* Als wären wir unangemeldet zu Thanksgiving bei jemandem aufgetaucht, der nun schnell auf der Veranda ein paar Gartenstühle für uns sauber machen musste.

Ich seufzte erneut, und meine Sitznachbarin raschelte demonstrativ mit ihrem Katalog. Hätte ich doch nur nie diesem Gefallen zugestimmt, und schon gar nicht für Alford Graycie, meinen ehemaligen FBI-Boss.

Ehemalig.

Daran musste ich mich immer wieder erinnern. Ich hatte den Vortrag eines erkrankten Gastredners vor jungen Schreibtischtätern übernommen, um ihnen zu erzählen, was man als Profiler so machte. Das hatte früher schon nicht gerade zu meinen Hobbys gezählt, aber seit ich in Polizeikreisen quasi zu einer Art Legende geworden war, mochte ich es noch weniger.

Die meisten Kollegen wussten, dass ich ein Mitglied der PTU oder Paranormal Tactical Unit war. Was die Abkürzung ausgeschrieben bedeutete, wurde relativ stark unter Verschluss gehalten, und nur von Fall zu Fall wurden die nötigen Personen eingeweiht. Glücklicherweise war es selten notwendig. Wir waren als Team immer noch dabei, uns aneinander zu gewöhnen, und ich mich an die Tatsache, dass ich ein Medium war. Inzwischen war mir überdeutlich bewusst, wie wenig ich über meine eigenen ... Fähigkeiten im Bilde war.

Fähigkeiten klang irgendwie, als wäre ich tatsächlich auf irgendeine Art qualifiziert, aber ich wusste auch nicht, wie ich meine übersinnlichen Neigungen sonst bezeichnen sollte. *Talent* implizierte, dass ich bewusst etwas dazu beigetragen hatte, aber ich war schlicht damit geboren worden. Das Wort *Gabe* klang ein bisschen übertrieben.

Ich konnte Geister sehen und mit ihnen sprechen, und manchmal half ich ihnen – irgendwie – auf die andere Seite. Allein meine Willenskraft hatte mich davor bewahrt, wahnsinnig zu werden. Die Sache hatte mich beinahe meine Beziehung gekostet. Letztendlich war mein Job als Profiler bei der Verhaltensanalyseeinheit des FBI auf der Strecke geblieben. Und ganz nebenbei hatte ich durch die Medikamente, die der FBI-Seelenklempner mir verschrieben hatte, um mich wieder »in die Spur« zu bringen, noch eine kleine Tablettenabhängigkeit dazubekommen.

Glücklicherweise war ich jobtechnisch weich gefallen. Nachdem ich mir eingestanden hatte, dass Geister real waren, war ich sogar die Sucht losgeworden ... meistens zumindest. Damit hatte auch mehr Bereitschaft zu Ehrlichkeit und Offenheit Einzug gehalten, was mir dabei half, Danny zurückzugewinnen. Dass ich entführt und angeschossen worden war, hatte vermutlich mit dazu beigetragen.

Ja, ich war ein neuer Rain Christiansen, der versuchte, sich in einer nicht wiederzuerkennenden Version seines Lebens zurechtzufinden. So richtig rund lief das zugegebenermaßen bisher nicht, und ich musste bei meinen Pflichten als Medium noch oft herumexperimentieren. Dennoch würde ich meine ... *Fähigkeiten* nach diesem ganzen Durcheinander sicher nicht als Gabe bezeichnen. So großzügig war ich nicht.

Nach einem weiteren lauten Seufzen meinerseits klappte meine Sitznachbarin ihren Katalog mit einem Schnaufen zu, bevor sie ihn in ihre Handtasche stopfte. »Ich glaube nicht, dass wir die Dinger mitnehmen sollen.« Das konnte ich mir nicht verkneifen.

Sie ignorierte mich, schlug die Beine übereinander und drehte sich von mir weg. *Tja.* Jetzt bereute ich es, dass ich sie geweckt hatte, als die Flugbegleiter mit Getränken vorbeigekommen waren.

Als wir endlich auf dem Miami International Airport landeten, war es ein Uhr morgens. Ein kurzer Abstecher für Kaffee, dann ließ ich mich in einem außer mir leeren Shuttlebus zum Langzeitparkhaus kutschieren. Der Fahrer war nett, aber nicht redselig, was mir nur recht war – kein Extratrinkgeld nötig, damit er die Klappe hielt. Ich suchte mir einen Platz weiter hinten im Fahrzeug und trank schweigend meinen Kaffee, bis er mich am Parkhaus rausließ.

Mein Auto sah auch nicht schlimmer aus als vorher, also beförderte ich rasch mein Gepäck in den Kofferraum. Der Sturm war doch nicht so schlimm geworden wie erwartet, aber die Luft war heiß, schwül und stickig. Auf dem Heimweg ließ ich alle Fenster offen, sodass der Fahrwind mich von allen Seiten anpusten konnte. Als ich schließlich vom Freeway abbog, sah ich aus, als hätte mich ein Tornado erwischt und wieder ausgespuckt.

Dannys Haus war fast doppelt so weit vom Flughafen entfernt wie meins, aber ich fuhr trotzdem hin. Man sollte meinen, dass wir eine Pause voneinander genießen würden. Wir arbeiteten, aßen und schliefen zusammen. Verdammt, wir lebten praktisch zusammen. Es wäre also gar nicht so verwunderlich, wenn wir uns gegenseitig dermaßen auf die Nerven gingen, dass wir uns grundlos anzickten. Und genau so war es auch.

Aber ich wollte dennoch neben ihm einschlafen. Komme, was wolle. Ich parkte mein Auto neben seinem Charger vor dem Haus. Natürlich stand er wie immer zu weit zur Mitte hin, weswegen ich ein Stück auf den Rasen ausweichen musste. *Blödmann.*

Irgendwann würden wir uns sicher gegenseitig umbringen, aber wir wollten trotzdem nebeneinander begraben werden.

Ich stieg aus dem Auto und musste bei dem Gedanken lachen. Das traf den Kern unserer Beziehung wirklich gut. Und Danny würde dem wohl auch zustimmen.

*

Ich war zwar todmüde, aber duschen klang einfach zu verlockend. Lange duschen.

Das heiße Wasser tat wahre Wunder für meine verspannten Rückenmuskeln, und obwohl ich gerne ins Bett wollte, blieb ich noch eine Weile, wo ich war, die Hände gegen die Fliesen gestützt. Es fühlte sich einfach zu gut an, die lange Reise von mir abzuwaschen. Ich war ein bisschen zu lange in der Öffentlichkeit gewesen, hatte viele Sachen angefasst, die Leute vor mir schon angefasst hatten, hatte mich gesetzt, wo andere Leute schon gesessen hatten.

Hoffentlich war Danny nicht noch sauer auf mich. Vor meiner Abreise hatte ich den Eindruck gewonnen, dass er nicht allzu begeistert von meinem kleinen Ausflug gewesen war. Weil er mir genau das mitgeteilt hatte. Lautstark.

Danny war überzeugt davon, dass Graycie noch immer Gefühle für mich hatte, und ich war mir nicht sicher, ob er sich da irrte. Außerdem hatte er die Befürchtung, dass es für mich um mehr ging als darum, dem FBI den einen oder anderen Gefallen zu tun, um etwas bei ihnen gutzuhaben. Ob er sich in diesem Punkt irrte, wusste ich auch nicht. Ich begann ja schon selbst damit, meine Motive zu hinterfragen.

Vielleicht vermittelte es mir ein Gefühl der Sicherheit, meine Verbindungen zum FBI nicht komplett zu kappen. Vielleicht war es schwerer, der neue Rain Christiansen zu sein, als ich gedacht hatte. Und vielleicht sollte ich damit aufhören, Wasser und Zeit darauf zu verschwenden, vergeblich nach Antworten zu suchen.

Ich drehte die Dusche ab und rubbelte mich flüchtig trocken, bevor ich nackt ins Schlafzimmer ging und dabei eine Spur nasser Fußabdrücke auf Dannys geliebtem Holzfußboden hinterließ, was mir immense Befriedigung verschaffte. Dann wühlte ich mich durch seine Kommode und borgte mir eine Boxershorts und ein altes T-Shirt.

So leise wie möglich zog ich mich an, doch der Stoff klebte auf meiner feuchten Haut. Wir versuchten immer, den anderen nicht zu wecken, wenn wir nach Hause kamen, meist jedoch vergeblich. Nach den vielen Jahren im aktiven Dienst schliefen wir beide nie besonders tief.

Dennoch kletterte ich ganz vorsichtig aufs Bett … was die Matratze natürlich wie ein Boot auf hoher See wackeln ließ. Ich griff nach dem Kopfteil, um das Gleichgewicht zu halten, und selbstverständlich quietschte das Holz prompt, als wären wir in einem Spukhaus.

»Rain«, murmelte Danny.

»Tut mir leid. Ich bin's nur.«

»Deswegen hab ich ja auch deinen Namen gesagt.« Seine Stimme war heiser vom Schlaf. Er drehte sich auf die andere Seite, mit dem Gesicht zur Wand. »Du kommst spät.«

»Ja, und die Kissenfalten in deinem Gesicht zeigen mir, wie viel Sorgen du dir um mich gemacht hast.«

»Ich habe mir sehr wohl Sorgen gemacht. Viele.« Sein Tonfall klang belustigt. »Wie war der Vortrag?«

»Erinnere mich nicht dran.«

»So gut, ja?«

»Sagen wir einfach, sie hatten *sehr* viel Interesse an der PTU.« Ich klopfte mir mein Kissen ein bisschen härter zurecht, als es notwendig gewesen wäre. »Weniger am Profiling, mit dem ich den Großteil meines Berufslebens verbracht habe.«

»Sie sind FBI-Agenten, Rain. Neugierig sein gehört zu ihrem Job.« Er zog sich die Decke etwas höher. »Wenigstens ist das jetzt vorbei.«

»Das stimmt … so nicht ganz.«

Als ich Quantico wieder verließ, hatte Graycie mir schon fast einen weiteren Gefallen aus den Rippen geleiert. Er wollte, dass ich mit einem Serienkiller sprach, um den Verbleib einiger vermisster Opfer herauszufinden. Ich hatte nicht Ja gesagt – aber auch nicht Nein.

Selbst in halb verschlafenem Zustand hatte Danny nichts für vage Aussagen übrig. »Willst du mir das näher erläutern, Rainstorm?«

»Ich hasse diesen Namen.«

»Was denkst du, warum ich ihn benutze?«

Ich schnaubte. »Vielleicht besuche ich irgendwann einen Häftling. Nur als Gefallen für Graycie.«

»Und?«

»Und das ist alles«, erwiderte ich gereizt. Gott, es hatte echt Nachteile, eine Beziehung mit einem zweibeinigen Bluthund zu führen.

»Sag Graycie, dass du hier schon einen verdammten Job hast«, erwiderte Danny. »Und dass ich Wilderer erschieße.«

»Mache ich.«

»Gut.«

Ich rutschte zu ihm und gab ihm einen Kuss auf die Schulter. Seine Haut fühlte sich warm und weich unter meinen Lippen an. So viel gebräunte Haut, auf der Tattoos aus früheren, wilderen Zeiten prangten. Manche von ihnen waren von Bedeutung, andere nicht. Das Pik-Ass auf seinem Unterarm fiel in die zweite Kategorie, ein Gefallen für einen Ex aus dem College, der an seinem Tätowierer-Portfolio arbeitete. Der Drache, der einen guten Teil von Dannys Rücken einnahm, war persönlicher. Er erinnerte ihn daran, wie stark er sein konnte. Danny hatte ihn sich ein paar Monate nach seiner Aufnahme in die Polizeiakademie stechen lassen, nachdem seine Mutter zum vierten Mal im Gefängnis gelandet war. Die Orchidee auf seiner Schulter war das bedeutungsvollste Tattoo von allen, ein Gedenken an seine verstorbene Schwester.

»Tut mir leid, dass ich dich geweckt habe.« Ich fuhr den Schriftzug unter der Orchidee mit den Fingerspitzen nach. *Anna.* Der Mond war die einzige Lichtquelle im ansonsten dunklen Zimmer, weswegen ich die Blume nur schemenhaft sehen konnte, doch meine Finger hatten sie schon oft genug nachgezeichnet. »Ich glaube, wir brauchen eine von diesen Spezialmatratzen. Wie in der Werbung, wo die Frau mit einer Bowlingkugel und einem Glas Wein auf das Bett springt.«

»Hmhm, und dann fahren wir noch beim Haustierbedarf vorbei und besorgen einen Maulkorb.«

Ich gab ihm einen Klaps auf die Schulter, die ich eben noch geküsst hatte, was ihm ein leises Auflachen entlockte. Als er nichts weiter sagte, ging mir auf, dass er wieder eingeschlafen war. Er drehte mir den Rücken zu, nannte mich einen Hund und tauchte einfach ab ins Traumland. Nicht schlecht für weniger als zwei Minuten. Ich machte mir einen mentalen Vermerk für passende Rache und ließ mich dann in mein Kissen fallen. Mit geschlossenen Augen erwartete ich, auf der Stelle einzuschlafen.

Oder auch nicht.

Und schlafen, wies ich meinen Verstand an. *Jetzt.*

Okay, Fehlstart. Jetzt!

Jetzt.

Okay, dieses Mal aber wirklich. Leere deinen Geist. Ich versuchte es, und sogar mein Geist war erstaunt, wie viel Chaos in ihm herrschte. Für den ganzen Kram brauchte ich einen Umzugswagen und ein Lagerhaus.

Vielleicht, wenn ich es mir bequemer machte? Ich legte meine Armbanduhr ab und warf sie blind auf den Nachttisch, was einen Dominoeffekt zur Folge hatte. So ziemlich alles, was sich dort befunden hatte, inklusive einer Handvoll Kleingeld, ging lautstark zu Boden.

»Rain.« Danny klang schlaftrunken und nicht sehr erfreut. »Sorry.«

Ich drehte mich auf die ihm zugewandte Seite und schüttelte mein Kissen auf. Wenigstens musste ich morgen früh nicht arbeiten. Sofern wir nicht spontan angefordert wurden, musste ich erst um die Mittagszeit im Revier auftauchen. Vorher stand um zehn nur ein Treffen mit meiner Maklerin auf dem Plan. Meine Vermieterin wollte mein Haus nach Ablauf des Mietvertrags an ihre Tochter vergeben, weswegen ich mir langsam mal was Neues suchen musste. Mary Anne war sich sicher, dass sie bereits das perfekte Eigenheim für mich gefunden hatte.

»Hey«, flüsterte ich überlaut.

Danny seufzte. »Was?«

»Könntest du dafür sorgen, dass ich aufstehe, bevor du gehst? Ich will meinen Termin mit Mary Anne nicht verschlafen.«

»Ich werde die Frage sicher bereuen, aber wer ist Mary Anne?«

»Meine Maklerin. Die hast du doch schon kennengelernt.«

»Moment, ist das diese nervige Frau, die alles mit ›zauberhaft‹ beschreibt?«

»So schlimm ist sie nicht.«

Sie war sehr wohl so schlimm. Die Schlafzimmer waren zauberhaft, die Bäder waren zauberhaft, die vordere Veranda war zauberhaft, der Balkon war – richtig geraten – zauberhaft. Ich hätte mir vermutlich in der geräumigen Küche des Musterhauses die Kehle aufschlitzen können, und für sie wären die Blutspritzer ebenfalls *zauberhaft* gewesen.

Dieses Mal unterbrach Danny die Stille. »Ich wusste nicht, dass du noch nach einem neuen Haus suchst.«

»Ich hab dir doch erzählt, dass ich ausziehen muss.«

»Trotzdem. Ein Haus kaufen. Das ist ein großer Schritt.«

Ich blinzelte. »Nun, Daniel, das Department würde es wohl nicht gutheißen, wenn ich ein Penner auf der Straße werde.«

»Vielleicht sollte ich mitkommen.«

»Brauchst du nicht«, antwortete ich hastig.

»Das klingt, als würdest du mich nicht dabeihaben wollen.« Misstrauen schwang unüberhörbar in seiner Stimme mit.

Logische Schlussfolgerungen waren schon immer seine Stärke gewesen. Bei den letzten beiden Besichtigungen war er mitgekommen, jedoch keine große Hilfe gewesen. An jedem Haus, das Mary Anne uns gezeigt hatte, hatte er etwas auszusetzen gehabt.

Er schnaubte nur, als ich nichts dazu sagte. Erneut klopfte ich mein Kissen zurecht, bis es unter meinem Ohr die richtige Form hatte. Dann drehte ich es doch lieber um, sodass die kühle Seite oben lag. Von der anderen Hälfte des Betts kam ein genervtes Grummeln.

»Tut mir leid. Ich bin ein bisschen aufgedreht.«

Danny fluchte und wandte sich zu mir um. Mit wenigen Handgriffen bugsierte er mich auf den Rücken. Dabei beließ er es jedoch nicht. Ich starrte ihn mit offenem Mund an, als er mir die Boxershorts über die Hüften bis auf die Oberschenkel nach unten schob. »Was machst du da?«

»Du warst nur drei Tage weg, Rain. Vergisst man so schnell, was ein Blowjob ist?«

Ich spürte seine rauen Fingerspitzen an meinen Hoden und stöhnte leise auf.

»Das ist die einzige Methode, mit der man dich sicher zum Schlafen bekommt.«

»Meine Mom hat mir immer einen Kräutertee gemacht und mir eine Geschichte vorgelesen.«

»Ich habe meine eigenen Methoden.«

Damit hatte ich kein Problem, insbesondere wenn diese Methoden beinhalteten, dass er seitlich an meinem halb harten Schwanz nach oben leckte. Mir entwich ein begeistertes Keuchen, was Danny leise auflachen ließ, bevor er noch ein paarmal geschickt mit seiner Zunge über meinen Schaft wanderte. Von der Wurzel bis zur Spitze und wieder zurück. Halb hart wurde nach wenigen Momenten zu steinhart. Gerade als ich mich beschweren wollte, dass er mich hinhielt, nahm er mich komplett in den Mund.

Ich stöhnte laut und drängte ihm unwillkürlich das Becken entgegen, schob meinen Schwanz noch tiefer in seine Kehle. Eine seiner großen Hände landete auf meinem angespannten Bauch und dirigierte mich nachdrücklich wieder nach unten. Ich versuchte noch einmal, ihm entgegenzukommen. Sehr weit kam ich nicht, denn sein Arm hielt mich fest, wo ich war, da konnte ich noch so verzweifelt die Hüften kreisen lassen.

Das war keiner von den langsamen, genießerischen Blowjobs, mit denen ich an ruhigen Sonntagen oft geweckt wurde. Dabei trieb er mich gerne so oft bis kurz vor den Höhepunkt, dass ich es kaum mehr aushielt. Manchmal sorgte er auch mit Analtoys dafür, dass ich beinahe explodierte, wenn er mich endlich kommen ließ. Das hier war schneller, schmutziger und weniger raffiniert. Keine Ahnung, was ich lieber mochte: langsam und sinnlich, meine Finger mit seinen verschränkt, oder schnell und versaut, mit meinen Fingern so fest in seine dichten Haare gekrallt, dass es mich wunderte, dass ich ihm keine ausriss.

Die stille Dunkelheit verstärkte jede Empfindung ins Unendliche. Seinen Kopf über meinem Schwanz konnte ich kaum ausmachen. Keinen wissenden Blick unter dunklen Wimpern hervor. Ich konnte nicht beobachten, wie meine Länge zwischen seinen geschwollenen, feucht glänzenden Lippen hindurchglitt.

Aber ich weiß, wie es aussieht.

Versaute Bilder, die sich in mein Gedächtnis gebrannt hatten, liefen vor meinem inneren Auge wie ein Film ab. Mir kam es nur wie Sekunden vor, bis ich mich mit einem lauten Aufschrei in seinen Mund ergoss. Danny streichelte über die Innenseiten meiner Oberschenkel und flüsterte Worte, die ich nicht richtig verstand, weil ich immer noch so verdammt hoch flog.

Schließlich schmiegte er sein Gesicht verspielt an meinen Bauch und rutschte dann wieder nach oben, um mich zu küssen. Ich suchte meinen eigenen Geschmack in seinem Kuss, bis mir aufging, dass ich zu tief in ihm gewesen war, um auf seiner Zunge zu kommen.

Meine Stimme klang heiser, als hätte ich seit Jahren nicht gesprochen. »Soll ich auch …«

»Nicht jetzt. Schlaf einfach.«

War sowieso blödsinnig gewesen, es anzubieten. Im Moment war ich mir nicht sicher, ob ich mich überhaupt bewegen konnte. Im besten Falle hätte ich als gruselige Sexpuppe daliegen können, während er sich auf mir einen runterholte.

Ich überließ mich seiner Führung und half schläfrig mit, meine Boxershorts wieder hochzuziehen, bevor er mich in die Arme nahm. Irgendwann würden wir uns nachher auf unsere jeweilige Bettseite begeben, aber gerade war seine Umarmung genau das, was ich brauchte.

Der Schlaf überrollte mich, ließ meine Glieder schwer und meinen Verstand träge werden. Es war ein erleichterndes Gefühl, fast als würde man in Narkose gelegt werden. Die Anspannung wich als Erstes aus meinen Schultern und Beinen, dann entspannte sich auch der Rest meines Körpers.

»Bin froh, dass du zu Hause bist«, hörte ich noch als kaum wahrnehmbares Flüstern, spürte es als Hauch an meiner Schläfe. *Schön, wieder zu Hause zu sein.* Zu müde zum Sprechen brachte ich nur ein leises, zustimmendes Murmeln zustande.

Kapitel 2

Die Besichtigung war ein Reinfall.

Zwar waren alle Anforderungen erfüllt, um die ich Mary Anne gebeten hatte, aber es war dennoch ein klares Nein. So charmant die knarzenden Dielenböden auch waren, der Hausgeist Mabel war es weniger. Sie war vor dreißig Jahren die Treppe runtergefallen und trug es ihrem nichtsnutzigen Sohn noch immer nach, dass er so lange gebraucht hatte, um sie zu entdecken.

»Zwei Wochen«, nörgelte sie und stach mir dabei ihren knochigen Finger in die Brust. »Ist das denn zu fassen?«

Nach fünf Minuten in ihrer Gegenwart? Ja. Ja, durchaus. Ich murmelte etwas Unverbindliches, und sie musterte mich einen Moment lang aus zusammengekniffenen Augen. Offenbar musste ich an meinem Pokerface noch arbeiten, denn ihr misstrauischer Blick verfinsterte sich, bevor sie mich ein weiteres Mal kräftig pikte.

Die aufbrausende Mabel erklärte auch, warum das Haus so ein Schnäppchen war. Als ich Danny eine entsprechende Nachricht schickte, wirkte er nicht sonderlich traurig darüber. Wenn ich es nicht besser gewusst hätte, wäre es mir beinahe so vorgekommen, als wäre er erleichtert.

Ich bog auf den Parkplatz des Brickell Bay Police Departments ein und fuhr direkt in eine Lücke, die gerade von einem Streifenwagen frei gemacht wurde. Wie immer herrschte im Polizeigebäude emsige Geschäftigkeit wie in einem Bienenstock. Der schmale, hohe Bau wirkte in seiner

Kastenform sehr nüchtern. Mein letzter Arbeitsplatz war zwar neuer und moderner gewesen, dennoch vermisste ich ihn nicht wirklich.

Nachdem ich den Metalldetektor und zwei Sicherheitschecks hinter mich gebracht hatte, berichtigte ich diese Aussage: Ich vermisste einen verlässlichen Aufzug. Ebenso wie der Rest des BBPD hatte er schon weitaus bessere Tage gesehen. Er bewegte sich im Schneckentempo vorwärts und kam auf jeder Etage mit einem kräftigen Rucken zum Halt. Als ich ihn betrat, sackte die Kabine ein Stück ab, als würde ich eine Tonne wiegen. Ich drückte auf den Knopf für mein Stockwerk und wartete, während der Aufzug mit immer noch offenen Türen über meine Aufforderung nachdachte.

Wenn ich mit diesem Ding gefahren war, hatte ich immer das Gefühl, dem Tod von der Schippe gesprungen zu sein. Das Einzige, was zwischen mir und einem furchtbaren Ableben stand, war ein Aufzug, der von Kabelbindern, Klebeband und Gebeten zusammengehalten wurde. Und doch ... war es das tägliche Risiko wert. Menschen, die ohne triftigen Grund zusätzliches Ausdauertraining betrieben, waren eine moderne Sage – etwas, von dem ich irgendwann mal gehört hatte, das ich aber nicht so recht glauben konnte.

Die Aufzugtüren schlossen sich abrupt, und die Kabine setzte sich in Bewegung.

In einer ehemaligen Lagereinheit im zweiten Stock befanden sich die kleinen Räume der PTU. Die Einrichtung unserer Abteilung war nicht gerade vom Feinsten, aber das war für uns schon in Ordnung. Unsere Büroassistentin Macy beschwerte sich manchmal, dass es immer noch ein wenig nach Schimmel roch, und nutzte gerne und viel Raumerfrischer. Ob das Aroma von Schimmel nun besser in Kombination mit »Frühlingswiese« oder pur zur Geltung kam, wusste ich nicht, aber es machte Macy glücklich, also beschwerte ich mich nicht.

Jeder von uns hatte ein kleines Büro für sich bekommen, was durchaus eine Verbesserung und einen willkommenen Bonus darstellte. Es fiel außerdem in die Kategorie *Notwendig, damit sich Nick und Kevin nicht umbringen*. Vorher hatten wir uns den zur Verfügung stehenden Raum teilen müssen und waren nur durch Raumteiler voneinander abgeschirmt. Nick und Kevin konnten sich eine halbe Stunde lang darüber streiten, welcher Lieferdienst seine Pizzen mit mehr Käse belegte. Zusätzlich zu unseren Einzelbüros stand uns noch ein großer Konferenzraum mit etlichen Pinnwänden und Whiteboards zur Verfügung. Dazu kamen mehrere Verhörräume, Toiletten und eine winzige Kaffeeküche, die das Hauptquartier der PTU vervollständigten.

Unsere Einheit war ziemlich unabhängig von allen anderen. Ich redete mir gerne ein, dass es so einfach praktischer für uns war und das nicht bedeutete, dass man uns vom Rest fernhalten wollte. Dass wir unser Stockwerk nicht verlassen mussten, außer um nach Hause zu gehen, war … sicher nur ein glücklicher Zufall.

Endlich lieferte mich der Aufzug im zweiten Stock ab. Macy telefonierte und schenkte mir ein Lächeln, als ich an ihrem Schreibtisch vorbeikam. Sie trug ein Twinset mit Katzenmotiven, und keins ihrer eisengrauen Haare wagte es, sich aus dem strengen Dutt zu lösen.

Als sie mit einem Zeigefinger auf die Kaffeeküche deutete, folgte ich ihrem Wink in Rekordgeschwindigkeit. Ihre Backkünste waren sagenhaft. Da machte es auch nichts, dass sie regelmäßig Anrufe an den falschen Anschluss weiterleitete oder sich weigerte, Büroausstattung zu benutzen, die für sie »neumodisches Zeug« war. Ich konnte nur hoffen, dass der Rest des Teams noch nicht alles verputzt hatte.

Ich hielt schnurstracks auf die Dose auf der Anrichte zu. Wahrscheinlich würde mich gleich eine monumentale Enttäuschung in die Knie zwingen, von der ich mich nie wieder erholen würde, doch nichtsdestotrotz öffnete ich den Deckel und lugte darunter. Zwei Plunderstückchen waren noch übrig. Kurz überlegte ich, ob Kevin St. James, Dannys Partner und menschlicher Essenstaubsauger, vielleicht krank war. Die beiden Gebäckstücke landeten rasch auf einem Pappteller, und weg war ich.

Ich rupfte ein Stückchen ab und steckte es mir in den Mund. Erdbeere, Kevins Lieblingssorte. Meine Sorge um seine Gesundheit verstärkte sich. Da er quasi immer seine Tür offen ließ, bekamen wir mit, wie er ständig seine eigenen Essenrekorde brach. Im Vorbeigehen warf ich einen Blick in sein Büro und entdeckte ihn dort am Schreibtisch, den Hörer am Ohr und eine Tüte frittierter Kochbananen vor sich, die er in alarmierender Geschwindigkeit leerte.

Kevin war ein ehemaliger Quarterback, blond, blaue Augen und mit einer netten, vertrauenswürdigen Erscheinung gesegnet, die beim Verhör von Verdächtigen durchaus vorteilhaft war. Bevor die wussten, wie ihnen geschah, hatten sie schon viel zu viel ausgeplaudert. Ich war mir auch ziemlich sicher, dass ich ihn noch nie ohne etwas zu essen in der Hand gesehen hatte. Sein Glück war seine große, kräftige Statur, bei der die Kalorien genug Platz zum Verteilen hatten.

Sowie er mich entdeckte, bedeutete er mir zu warten, doch ich tat, als hätte ich nichts gesehen. Die Plunderteilchen würde ich ganz sicher nicht teilen. Mein Magen hatte gesprochen, und meine Hüften würden einfach damit leben müssen.

Er holte mich ein, als ich gerade mein Büro erreicht hatte. »Hey.«

»Selber hey«, gab ich zurück und ließ mich auf meinen Schreibtischstuhl sinken.

»Warum hast du nicht gewartet? Hast du nicht gesehen, dass ich das hier gemacht habe?« Er hielt demonstrativ einen Zeigefinger hoch. »Weißt du nicht, was das heißt?«

Ich verengte die Augen. »E.T. nach Hause telefonieren?«

Kevin schnitt eine Grimasse. »Wo ist McKenna?«

»In einem Meeting, glaube ich. Er sollte bald da sein.« Ich fuhr meinen Computer hoch – auch bekannt als das einzige neue Teil in meinem Büro. Ich weigerte mich, mit etwas zu arbeiten, auf dem ein Dinosaurier das Wort Meteorit hätte googeln können. »Ihr beide werdet ja wohl mal fünf Minuten ohneeinander auskommen.«

Mein Besucherstuhl ächzte besorgniserregend, was mich aufsehen und überrascht feststellen ließ, dass Kevin immer noch da war. Er lächelte freundlich … doch dann landete sein Blick auf meinen Gebäckstücken.

Wir schauten uns in die Augen. Mein stahlharter Blick erklärte ihm, dass ich mir nicht zu fein war, ein Plunderstück anzulecken, um es für mich zu beanspruchen. Sein gelassener Blick sagte mir, dass er sich nicht zu fein war, ein Plunderstück zu essen, das ich bereits angeleckt hatte. Um dem Ganzen noch die Krone aufzusetzen, bedachte er mich mit seinem besten bettelnden Hundewelpenblick.

Ich schob den Teller ein Stückchen in seine Richtung. Zu meiner Überraschung bewies er Beherrschung, indem er sich nur das Teilchen nahm, von dem ich bereits ein kleines Stück abgepflückt hatte. Er verschlang es in zwei Bissen und tätschelte sich dann seufzend den Bauch.

»Nur eins?«, fragte ich.

»Ich sollte mich ein bisschen zurückhalten.« Er leckte sich die Zuckerglasur von den Fingern. »Ich hatte schon sechs. Meine Frau ist der Meinung, dass ich nur ein Plunderstück vom Zuckerschock entfernt bin.«

So gesättigt machte er es sich bequem, indem er die Füße überschlug, und wie alle hartnäckigen Plagegeister schien auch er es nicht eilig zu haben, wieder zu verschwinden.

»Kann ich dir sonst noch irgendwie helfen?«, fragte ich.

»Ja, da war noch was.« Er lächelte, bevor er die Bombe platzen ließ. »Unser Lieutenant will mit dir sprechen.«

»Was? Wann? Warum?« So panisch hatte ich gar nicht klingen wollen, aber es war einfach aus mir herausgeplatzt. Gespräche mit Lieutenant Tate waren selten angenehm. »Bist du dir sicher?«

»Sie hat explizit nach dir gefragt.«

»Aber *warum*? Danny ist der Leiter der Einheit.«

»Das weiß ich. Aber er ist nicht hier, du schon, also ist es dein Job.«

»Du hast mehr Dienstjahre.«

Er zuckte die Schultern. »Diese Einheit war deine Idee.«

»Das war *nicht* meine Idee, sondern Dannys.«

»Dann sollte sie wohl mit Danny sprechen«, erwiderte er.

»Danny ist nicht da«, erinnerte ich ihn.

»Und so beißt sich die Katze in den Schwanz.«

Ich starrte ihn finster an. Einst hatte ich Thanksgiving an seinem Tisch verbracht und seiner großartigen Frau Blumen mitgebracht, und nun das. »Ich bin nicht in der Stimmung, mich von Tate anschreien zu lassen.«

»Dann hättest du zu Hause bleiben sollen.« Weise Worte.

»Christiansen!«, ertönte in diesem Moment Tates laute Stimme durch den Flur, als hätte ich die Frau allein dadurch heraufbeschworen, dass ich an sie dachte. Das Klackern ihrer Absätze wirkte wie ein Omen – vor meinem inneren Auge liefen monumentale Bilder vom Untergang der Welt ab. »Ich muss mit Ihnen reden.«

»Sprich nie ihren Namen aus«, flüsterte Kevin und stand auf. »Das ist wie bei Beetlejuice.«

»Und wo willst du jetzt hin?«, fragte ich.

»Ich habe zwei offene Fälle. Die Arbeit macht sich nicht von allein.«

»Jetzt warte doch …« Mein aufgebrachtes Zischen verstummte, als Tates hochgewachsene Gestalt im Türrahmen auftauchte. Es wäre ein Fehler, sie rein nach ihrem guten Aussehen zu beurteilen – hellbraune Haut, fein geschnittene Gesichtszüge und dunkle Augen, die von langen Wimpern umrahmt wurden. Nein, man sollte ihrem strengen Gesichtsausdruck deutlich mehr Beachtung schenken, denn so herrschte sie hier. Mit eiserner Faust. Eine Diktatorin durch und durch.

»Christiansen, wir müssen reden.« Sie marschierte zu mir herüber und nahm auf einem meiner Besucherstühle Platz. »Sind Sie bei dem Lottie-Hereford-Fall auf dem neuesten Stand?«

»Nein, ich bin gerade erst zur Tür rein…«

»Die Zahnmedizinstudentin«, unterbrach Tate mich ungeduldig. »Ihr Ex-Freund hat sie und die beiden kleinen Kinder umgebracht. Jon Gable?«

»Ja, ich kenne den Fall. Ich habe nur noch kein Update bekommen …«

»Man sollte meinen, dass Sie engagiert genug sind, um auf dem Laufenden zu bleiben.«

Ich warf einen Blick in Kevins Richtung in der Hoffnung auf Unterstützung, musste aber ungläubig feststellen, dass sich dort nur noch ein leerer Stuhl und eine zusammengeknüllte Serviette befanden. Ich gönnte mir für einen Moment den Gedanken daran, wie *unhöflich* er war – wenn man lernte, sich zu teleportieren, teilte man dieses Wissen mit anderen.

Verlassen von meiner nichtsnutzigen Mannschaft blieb mir keine Wahl, als alleine weiterzurudern. »Was ist los, Lieutenant?«

»Jon Gable behauptet, dass Sie ihm eine Nachricht von seiner toten Mutter überbracht haben.« Sie legte eine Kunstpause ein. »Er sagt, dass er nur gestanden hat, weil Sie ihm erzählt haben, dass seine Mutter sonst Rache an seiner Seele nehmen wird.«

»*Er* hat mich gefragt, ob sie wütend auf ihn ist. Das habe ich bloß beantwortet – und zwar wahrheitsgemäß …«

»Sie hätten McKenna das Verhör überlassen sollen. Oder St. James.« Sie schüttelte den Kopf. »Verdammt, selbst Macy wäre besser gewesen.«

Das saß. Ich richtete mich in meinem Stuhl auf. »McKenna muss mir nicht das Händchen halten oder mir über die Schulter schauen. Entweder bin ich Teil dieses Teams oder nicht.«

»Seien Sie nicht so empfindlich.« Sie musterte mich. »Es bestreitet ja niemand, dass Sie ein hervorragender Ermittler sind. Wenn ich das bezweifeln würde, hätte ich das längst gesagt.«

»Was ist dann das Problem?«

»Wir waren uns einig, dass die PTU keine Aufmerksamkeit auf sich ziehen sollte. Das Team arbeitet wie immer an Cold Cases, und Sie machen *unauffällig* Ihr Ding. Das war der Deal.«

»Und ich habe meinen Teil der Vereinbarung eingehalten.«

»Jon Gables Anwalt stellt Fragen. Fragen, die ich im Moment nicht gebrauchen kann.« Sie fuhr sich durch die kurzen, stufig geschnittenen Haare. »Soweit ich weiß, ist er damit noch nicht weit gekommen, aber wir wissen beide, dass das nicht so bleiben wird. Es gibt immer Leute, die gerne reden. Selbst wenn sie gar nicht wissen, was sie glauben zu wissen. Wissen Sie?«

»Ich weiß«, bestätigte ich feierlich.

Tate presste die Lippen zusammen. »Das Department muss sich selbst schützen.«

Ich arbeitete lange genug bei den Strafverfolgungsbehörden. Das war die hochtrabende Ankündigung dafür, dass sie mich opfern würden, ohne mit der Wimper zu zucken.

»Ich verstehe.«

»Es tut mir wirklich leid, und ich wünschte, ich könnte etwas tun. Insbesondere nach dem, was Sie in Bezug auf meine Großmutter für mich getan haben.«

»So viel war das nicht.«

»Für Sie vielleicht nicht, aber mir hat das alles bedeutet. Ich konnte mit meiner Großmutter sprechen und ein wenig Wiedergutmachung leisten. Ich hätte nie erwartet, diese Möglichkeit zu bekommen.« Ihre Augen wurden ein bisschen feucht. »Das war etwas Besonderes – nein, *Sie* sind etwas Besonderes, wissen Sie das?«

Ich rutschte unbehaglich auf meinem Stuhl herum. Wann waren aus dem feuchten Schimmer Tränen geworden? Wenn ein zähes Biest wie Tate in meinem Büro losheulte, würde ich es am Ende vielleicht auch noch tun. Und dann würde ich mich postwendend aus dem Fenster stürzen müssen, so peinlich wäre das. Bei meinem Glück würde ich den Sturz aber schwer verletzt überleben, und sie würde mich vom Fenster aus anbrüllen, dass ich nicht ihren Gehweg vollbluten, sondern meinen Hintern umgehend in ein Krankenhaus bewegen sollte.

Ihre Dankbarkeit wich Faszination. »Sie winden sich ja geradezu. Sie ertragen ein einfaches Dankeschön kaum.«

»Ich habe doch gesagt: gern geschehen, oder?«

»Eigentlich nicht, nein. Und werden Sie etwa rot?«

Jep. Ein kleines bisschen. War ja nicht so, als könnte ich das verstecken. Ich war blond und hatte helle Haut – zu den ungünstigsten Zeitpunkten rot zu werden, war praktisch angeboren. Die Hitze, die mir in die Wagen stieg, konnte ich ebenso wenig aufhalten wie eine Kugel nur kraft meiner Gedanken umlenken.

»Lieutenant.« Langsam war ich verzweifelt. »Ich weiß nicht, ob ich das schon erwähnt habe, aber ich bin ein emotional unterentwickelter Mensch.«

»Großer Gott, Christiansen. Ich versuche hier, mich Ihnen zu öffnen.« Sie schüttelte den Kopf. »Vielleicht sollten Sie mal zum Psychologen oder so.«

Sie war nicht die Erste, die mir das empfahl. »Ja, Ma'am«, antwortete ich fügsam.

»Hören Sie, mir ist durchaus bewusst, wie beschränkt dieses Department ist. Ich habe schließlich geholfen, es aufzubauen.« Da war es wieder, das Feuer in ihren Augen. »Aber ich habe mich für Sie und diese Einheit weit aus dem Fenster gelehnt, also müssen Sie jetzt auch liefern.«

»Ich weiß.«

»Wenn die hohen Tiere wollen, dass man die Abteilung dichtmacht, werde ich nichts dagegen tun können.«

»Ich weiß.« Und wie ich das wusste.

»Das reicht nicht. Liefern Sie mir verdammt noch mal Ergebnisse.«

Himmel, sie konnte mir doch nicht den *ganzen* Arsch aufreißen. Ein bisschen was davon brauchte ich noch zum Sitzen. Und für Sex.

Mein Blick landete auf meinem letzten Plunderstück. Ich schob ihr den Pappteller als Opfergabe über den Tisch hinweg zu. Manchmal musste man Futter in den Käfig werfen und hoffen, dass die Bärin davon lange genug abgelenkt war, damit man sein Bein retten konnte.

Ihre Augen wurden groß. »Im Ernst? Hat Macy das gebacken?«

»Ja.« Womöglich war es nicht klug, die Bärin zu reizen, aber ich konnte nicht widerstehen. »Wenn Sie nicht wollen, ist das auch in Ordnung. Vielleicht sollte ich einfach …«

Sie schnappte sich den Teller so schnell, dass ein Navy SEAL auf die Reflexe neidisch gewesen wäre. Ich tat, als würde ich nicht zusehen, wie sie sich ein Stück von dem Gebäck abbrach und hineinbiss. Mein Magen knurrte. *Ich vermisse dich schon jetzt, Butter. Du und mein Bauch hättet beste Freunde fürs Leben werden und meinem Cholesterin die kalte Schulter zeigen sollen.*

»Mann, Christiansen, Sie wissen doch genau, dass ich auf Diät bin.« Sie brach ein weiteres Stück ab und steckte es sich in den Mund. Dann schob sie den Teller von sich, als wäre er radioaktiv verseucht, und warf mir einen trotzigen Blick zu. Wir wussten beide, dass sie den Rest auch noch essen würde. Aber ich war definitiv nicht Manns genug, ihr das ins Gesicht zu sagen.

Ein paar Sekunden verstrichen, bevor sie sichtlich enttäuscht seufzte, dass ich ihr keinen Grund gegeben hatte, sich wie ein Sumoringer auf mich zu stürzen. »Es ist wichtig, dass wir beide wissen, wo wir stehen. Ich bin froh, dass wir diese nette Unterhaltung miteinander führen konnten.«

»Ja. Ich, äh, auch.«

»Jon Gables Anwalt ist ein Bluthund, also müssen wir hier in die Offensive gehen.«

»Was bedeutet?«

»Die Rechtsabteilung will einen vollständigen Bericht über Ihre Handlungen während der Ermittlungen. Handschriftlich.«

»Handschriftlich?« Ich wusste nicht mal, ob ich noch dazu in der Lage war, einen Stift zu halten. »In welchem Jahrhundert leben die denn?«

»Im gleichen, in dem Sie aufhören, mir Schwierigkeiten zu machen, und sich an die Regeln halten.« Sie erhob sich und schnappte sich den Rest vom Plunderteilchen. »Ich will den Bericht auf meinem Schreibtisch, bevor Sie heute Abend gehen.«

Da ging er also hin, mein Arbeitstag.

»Und, Christiansen?«

»Ja?«

»Der nächste Fall, den die PTU sich vornimmt, sollte besser ein guter sein. Ein solider Fall«, warnte sie mich. »Absolut wasserdicht.«

»Hab's verstanden«, antwortete ich leise.

Ich machte mir nicht die Mühe, ihr zu erklären, dass ich mir nicht die Geister aussuchte, sondern diese zu mir kamen. Stattdessen salutierte ich mit zwei Fingern, was ihr hoffentlich meine Kooperationsbereitschaft signalisierte. *Sir, yes, Sir. Was immer Sie sagen, Sir.* Ich zuckte zusammen, als sie tornadogleich, wie sie nun mal war, abrauschte und dabei die Tür so hart hinter sich zuschlug, dass sie eigentlich wie eine Saloon-Tür hätte durchschwingen müssen.

Ich unterhielt mich so wahnsinnig gerne mit ihr.

Kapitel 3

Ich wusste nicht, was mich geweckt hatte.

Vielleicht ein ungewöhnliches Geräusch von draußen oder dass ich mich aus Dannys Armen wegbewegt hatte. Vielleicht die veränderte Lichtstimmung, die durch das Schlafzimmerfenster hereindrang. Ich blinzelte verschlafen ins Halbdunkel, versuchte, die Form von Schatten zu unterscheiden. Als sich meine Augen wenig später darauf eingestellt hatten, entdeckte ich den Geist, der auf der Bettkante saß.

Ich war zu müde, um sauer zu werden. In den letzten sechs Monaten hatte sich viel verändert, aber eins war geblieben: Ich sah noch immer Geister, und sie hatten immer noch kein Gefühl für Uhrzeiten.

Volles, dunkles Haar hing ihm in die Stirn. Die Farbe seiner Augen konnte ich nicht ausmachen, aber er wirkte in Gedanken versunken … und vielleicht auch ein bisschen traurig. Ich schätzte ihn auf Anfang dreißig, war aber noch nie gut darin gewesen, das Alter einer Person richtig zu bestimmen. Seine dunklen, verwaschenen Jeans, das karierte Hemd und die ausgetretenen Sneaker deuteten darauf hin, dass er wahrscheinlich aus diesem Zeitalter stammte – Gott sei Dank. Echte Frustration hatte ich erst in ihrer Gänze begriffen, als ich vier Monate damit zubringen musste, einem übellaunigen Piraten zu erklären, dass ich nicht unter einem Krankenhaus nach seinem vergrabenen Schatz suchen würde.

Als der Geist meinen Blick bemerkte, hellte sich sein Gesicht auf. Jetzt sah ich auch, dass seine Augen grün waren und ein klarer, hoffnungsvoller Ausdruck in ihnen stand. Diese Augen machten sein hübsches Gesicht noch attraktiver. »Dann stimmen die Gerüchte also.«

»Nein«, sagte ich und zog mir die Decke über den Kopf. »Du weißt doch noch gar nicht, was ich will.«

»Du willst das Gleiche wie alle anderen.«

Meine Stimme wurde sicher von der Decke gedämpft, aber er verstand offenbar trotzdem. »Deine Aufgabe ist es, mir zu helfen«, meinte er. »So was machst du doch, oder?«

»Ich *werde* dir helfen«, versprach ich. »Nur nicht mitten in der Nacht.«

Er schnaufte. »Woher soll ich wissen, wann du arbeitest? Zeit ist auf meiner Seite nicht dasselbe. Eigentlich ist gar nichts wie bei dir.«

Ich schlug die Decke wieder zurück, um ihm einen spöttischen Blick zuzuwerfen. »Ich kann dir einen guten Anhaltspunkt dafür liefern, dass es Morgen ist: Da steht dieser große, helle Feuerball am Himmel. Mein Volk nennt ihn Sonne.«

»Mittler«, erwiderte er entnervt.

»Geist«, gab ich zurück, da wir jetzt offensichtlich Dinge aussprachen, die wir schon wussten.

Er rieb sich müde über die Augen. »Ich weiß nicht mal genau, wie ich hierhergekommen bin.«

Na ja, mach einfach das Gegenteil davon und verzieh dich.

Ich rutschte unruhig auf der Matratze herum und kratzte mich mit einem Fuß an der Wade des anderen Beins. Warum Geister ausgerechnet mitten in der Nacht einem Rätsel auf den Grund gehen wollten, war mir nach wie vor schleierhaft. Aber wenn ich jedes Mal sprang und ihnen half, sobald sie danach verlangten, würde sich das nie ändern.

»Morgen«, sagte ich deshalb nachdrücklich.

»Aber ich will dich wohin mitnehmen.« Mein Gesichtsausdruck musste verraten haben, wie sehr mich seine Aussage in Alarmbereitschaft versetzte, denn er gab einen ungeduldigen Laut von sich. »Wenn ich dir etwas antun wollen würde, hätte ich das gleich hier gemacht. Vielleicht sogar, während du noch geschlafen hast.«

Wie beruhigend. Kurz erwog ich, ob ich das Ganze noch ein paar Minuten hinauszögern sollte, aber er machte nicht den Eindruck, als würde er wieder verschwinden. Und meine Laune wurde davon auch nicht besser. »Wie heißt du?«, fragte ich.

»Mason, glaube ich. Wie gesagt, auf dieser Seite ist alles anders, aber dieser Name ... er sagt mir etwas.« Er testete ihn erneut. »Mason. Maaaaayson.«

Ich entschied mich fürs Aufstehen, bevor er es mir am Ende noch aufmalte. »Na schön, gib mir eine Minute«, unterbrach ich ihn leise. »Ich ziehe mir was an, und wir machen uns an die Arbeit.«

Er nickte, und ich wühlte mich aus meinem gemütlichen Deckennest. Der Boden fühlte sich kalt unter meinen nackten Füßen an, und ich schwor mir, dass ich demnächst den Vorleger aus meinem Haus mitbringen würde. Danny war unfassbar stolz auf seine Fußböden – die auch wirklich schön waren –, aber warme Füße hatten Vorrang vor glänzendem, dunklem Holz.

Ich versuchte, mich geräuscharm zu bewegen, aber das hätte ich mir auch sparen können. Danny grummelte etwas, bevor ich das Fußende des Betts erreicht hatte, und lenkte mich damit ab, sodass ich über die Ottomane stolperte und mir japsend den schmerzenden Fuß hielt.

Er tauchte mit zerzausten Haaren aus den Decken auf und musterte mich aus einem zusammengekniffenen Auge. Unwillkürlich fragte ich mich, wie lange er wohl schon wach war und mich belauscht hatte, während er Noten verteilte, wie ich mit der Situation umging.

»Geschieht dir recht.« Seine Stimme klang tief und heiser.

»Danke sehr.« Ich warf ihm einen finsteren Blick zu. »Apropos, wie läuft eigentlich dein ›Mitgefühl für Dummies‹-Kurs?«

»Ich habe Mitgefühl mit einem ganz bestimmten Dummy«, antwortete er geduldig. »Hast du dir was getan?«

Eigentlich wollte ich etwas Sarkastisches zurückgeben, aber mein Zeh pochte inzwischen schmerzhaft. Meine Aufmerksamkeit richtete sich also wieder auf die Frage, ob ich mir das Mistding gebrochen hatte. Vorsichtig verlagerte ich ein bisschen Gewicht darauf. So weit, so gut.

»Ich glaube nicht«, meinte ich schließlich.

»Zeig mal her.«

Ich wusste, dass Protest reine Zeitverschwendung war. Also hinkte ich zu ihm und stellte den verletzten Fuß auf seinem Schoß ab. Ich versuchte, seine Stimmung abzuschätzen, doch er ließ nicht viel durchblicken. Seine Wimpern verdeckten seine ausdrucksstarken, blauen Augen. Ich bewegte mich unruhig. Wahrscheinlich war er genervt, aber seine Berührungen fühlten sich warm und unglaublich sanft an.

Er untersuchte meinen Fuß mit seiner üblichen Gründlichkeit, drehte ihn in den Händen und drückte hier und da. Nach ein paar Sekunden vorsichtiger Untersuchung wusste ich bereits, dass nichts gebrochen war. Doch ich hielt den Mund und unterdrückte ein Seufzen, als Danny mit dem Daumen über meinen Spann strich. Als Fußmasseur hätte er ein Vermögen verdienen können.

Mir entwich nun doch ein leises Stöhnen, und Danny warf mir einen forschenden Blick zu. »Tut das weh?«

»Ja«, antwortete ich, ohne zu zögern.

»Wo?«

»Ich sag's dir gleich. Mach einfach weiter.«

Er lächelte und gab mir einen Klaps, sodass ich den Fuß vorsichtig wieder runternahm. »Weißt du, wie spät es ist?«

Ich hatte eine ungefähre Ahnung. »Nein.«

»Drei Uhr morgens«, klärte er mich auf, bevor er sich an meinen Echo wandte. »Alexa, wie viel Uhr ist es?«

»Es ist 3.04 Uhr«, bestätigte sie.

Oh, der stand eine zeitnahe Verabredung mit einem Spülbecken voller Wasser bevor. »Vielen Dank. Euch beiden. Aber das hier kann nicht warten.«

»Wir haben uns über die Grenzen unterhalten, die du Geistern setzen solltest, erinnerst du dich noch?«

»Ja, tue ich, aber …«

»Geht es um Leben und Tod?«

Ich hinkte zu meinem Wäscheberg für die Reinigung und wühlte mich in der Hoffnung durch die Kleidungsstücke, dass ich irgendetwas davon noch mal anziehen konnte. »Vielleicht.«

»Das war eine Fangfrage. Wenn er oder sie schon tot ist, kann das auch bis morgen warten.«

»So funktioniert das nicht.«

»Ach nein? Alexa, mach das Licht an.«

Als nichts passierte, schauten wir beide zum Deckenlicht hoch. Danny wiederholte den Befehl noch einmal lauter, und plötzlich gehorchte sie. Ich kniff die Augen zusammen, als die Glühbirne auf einmal zum Leben erwachte.

»Mir ist schleierhaft, wie du deine Gabe kontrollieren willst, solange du kaum weißt, was genau sie eigentlich beinhaltet«, fuhr Danny fort, offensichtlich unbeeindruckt davon, dass mein Echo eben versucht hatte, uns die Netzhaut zu verbrennen.

»Ich sehe gerade gar nichts mehr, danke dafür.« Ich versuchte, die bunten Punkte wegzublinzeln. »Und ich habe mich immerhin mit diesem Guru getroffen, oder?«

»Ja, aber du bist seitdem nicht wieder hingegangen.«

»Er war nicht der Richtige für mich. Ich hab doch gesagt, dass ich zu einem anderen gehen werde. Ich muss nur die Zeit für einen Termin finden.«

»Ich habe dir einen bei einem anderen Guru gemacht, und du bist nicht hingegangen. Zweimal.«

»Die Arbeit ist dazwischengekommen. Das *weißt* du.« Ich warf ihm einen gereizten Blick zu. »Und ehrlich gesagt ist es schon nervig genug, um drei Uhr morgens auf Geisterjagd zu gehen. Schlimmer ist nur, deswegen auch noch angemotzt zu werden.«

Ich schüttelte eine dunkelblaue Stoffhose aus und nahm sie genauer unter die Lupe. Wirkte nicht, als hätte ich sie überhaupt angehabt. Das FBI hatte ich zwar verlassen, doch der Dresscode war so tief in mich eingebrannt, dass ich in dieser Hinsicht wohl ein hoffnungsloser Fall war. Man konnte jahrelang gepflegtes neurotisches Verhalten nicht so einfach unterdrücken. Rasch stieg ich in die Hose und fluchte, als mein schmerzender Zeh sich im Stoff verhakte.

»Ich motze nicht«, meinte Danny schließlich deutlich ruhiger. »Ich weiß, dass du dir nichts von dem hier gewünscht hast. Ich … ich mache mir nur Sorgen um dich.«

Ich schaute nicht zu Danny rüber, während ich den Reißverschluss und Knopf meiner Hose schloss. Hauptsächlich, weil sich seine Worte so schrecklich gut anfühlten. Als hätte mir jemand heißen Kakao direkt in die Brust gekippt. Was mich wahrscheinlich umbringen würde, aber genau so fühlte es sich an.

»Ich mag es, wenn du dir Sorgen um mich machst«, gab ich zu. *Und ich hasse es gleichzeitig.*

»Und du hasst es.« Das folgte so dicht auf meinen eigenen Gedanken, dass ich mich kurz fragte, ob ich es vielleicht laut ausgesprochen hatte. Dannys Mundwinkel bogen sich nach oben. »Ich kenne dich, Rainstorm. Manchmal besser als du dich selbst. Nur weil ich mir Sorgen um dich mache, heißt das nicht, dass ich dich für unfähig halte.«

Während ich noch auf diesem Informationsfetzen herumkaute, schlug Danny mit einer dramatischen Geste die

Decken zurück und stieg aus dem Bett. Seine eng anliegenden, dunkelgrauen Pants waren ein bisschen zerknittert und schmiegten sich an seine muskulöse Statur. Sechs Monate, und mein Schwanz regte sich nach wie vor sofort, wenn ich ihn halb nackt sah.

Möglicherweise war ich ja voreingenommen, aber Daniel McKenna war ein widerlich gut aussehender Mann. Volle, dunkle Haare, tiefblaue Augen und ein kantiges Kinn, mit dem man eine Linie hätte ziehen können – der Inbegriff von männlicher Schönheit. Gut gebaut war er außerdem noch mit seinen breiten Schultern, den schmalen Hüften und muskulösen Beinen, die meine Fantasie abdriften ließen, wofür wir jetzt allerdings keine Zeit hatten. Dass ich ihn anglotzte, machte mir aber kein schlechtes Gewissen, denn am meisten liebte ich sein großes Herz, bei dem ihm niemand das Wasser reichen konnte. Das und seinen spektakulären Hintern.

Hey, man konnte mehr als eine Sache lieben.

Danny streckte sich und kratzte sich kurz an besagtem Superhintern. Dann ging er in Richtung Bad. »Warte.« Ich schüttelte den Kopf, um die zweideutigen Gedanken zu vertreiben. »Wo willst du hin?«

Er sah mich mit hochgezogener Augenbraue an, in der sein Barbell-Piercing glänzte. »Ich bin ein Mensch. Als solcher muss ich mich manchmal erleichtern.«

»Sehr witzig.«

»Dann werde ich mich anziehen, weil ich genau weiß, dass du selbstverständlich niemals alleine da rausgehen würdest.«

Genau das hatte ich vorgehabt. »Dafür musst du deinen Schlaf nicht opfern.«

»Ja, der wundervolle Schlaf, den ich genießen würde, während ich mich frage, ob bei dir alles in Ordnung ist, wenn du mitten in der Nacht Gott weiß wo rumrennst und deine einzige Verstärkung aus einem Geist besteht.«

Nun, wenn man es so ausdrückt ... Ich suchte verzweifelt nach einer schlagfertigen Erwiderung, aber mir fiel nichts ein – zumindest nichts Intelligentes. Auf mein perplexes Schweigen hin brummte Danny zufrieden und ging dann ins Bad.

»Ich meine, um drei Uhr morgens passieren nur gute Dinge, oder?« Er schloss die Tür hinter sich, doch ich hörte seine Stimme leider weiterhin laut und deutlich. »Und Geister bringen dich auch nur an schöne, *sichere* Orte, nicht wahr?«

»Klugscheißer.« Ich schlüpfte in ein Hemd, knöpfte es aber noch nicht zu, sondern setzte mich auf die Bettkante, um meine Loafer anzuziehen.

»Und zieh dir eine Jeans an!«, rief Danny. »Mit stabilen Schuhen. Am besten Stiefel. Wer weiß, wo uns dieser Geist hinführt.«

Ich seufzte und warf meine Loafer in Richtung der Ottomane, auf der sie mit einem dumpfen Laut landeten und dann zu Boden fielen. Ja, das war nicht unser erstes Geisterabenteuer außerhalb der regulären Arbeitszeit. Ja, wir waren dabei schon an zweifelhaften Orten gelandet. Und ja, einmal hatte ich mir meine Lieblingshose aufgerissen, als ich einen felsigen Abhang runtergerollt war, weil Geister offenbar keinen Sinn für den erlesenen Modegeschmack von Hugo Boss hatten. *Könnten wir da endlich Gras drüber wachsen lassen?*

»Es ist doch offensichtlich, dass ich dir nichts tun werde.« Mason lungerte nach wie vor im Türrahmen herum. »Ich brauche deine Hilfe. Dir zu schaden, wäre doch sehr kontraproduktiv, oder?«

Ich zog eine Augenbraue nach oben. »Gut zu wissen, dass ich nur deswegen kein Geistermesser im Rücken habe, weil ich etwas für dich tun muss.«

Er schnaufte. »Du *weißt*, was ich meine.«

Als ich mir schließlich eine schwarze Jeans und ein T-Shirt angezogen hatte, war Danny immer noch im Bad und putzte sich gerade die Zähne. Ich seufzte laut, als ich ihn gurgeln hörte. »Wir sollten los!«, rief ich. Er war ja noch nicht mal angezogen. »Geister sind nicht direkt für ihre Geduld bekannt.«

»Komme schon, komme schon.« Er verließ das Bad und machte im Vorbeigehen das Licht aus. »Haben wir noch Zeit für Kaffee?«

Ich blinzelte ein paarmal. »Dein Ernst?« Für Kaffee war immer Zeit.

Er lächelte. »Ich wusste doch, dass ich dich aus gutem Grund behalte.«

»Das und regelmäßiger Sex.«

Sein Blick senkte sich auf meinen Mund, doch ich gab vor, es nicht zu bemerken. Wenn ich jetzt nach unten schaute, würde ich sehen, wie er hart wurde. Seine engen Pants würden nichts der Fantasie überlassen. Außerdem schuldete ich ihm noch einen Blowjob, und solche Schulden löste ich immer ein. Alles andere wäre schlicht unhöflich, und ich besaß eine gute Kinderstube.

»Ich nehme nicht an, dass wir noch Zeit für was anderes haben.« Dannys Stimme klang etwas heiser.

»Nein«, warf Mason laut ein. »Haben wir nicht.«

»Dich hat niemand gefragt«, fuhr ich ihn an.

Es dauerte einen Moment, doch dann schien Danny zu verstehen. »Ah. Ich wusste nicht, dass wir nicht allein sind.«

Ich zog die Schultern etwas nach oben. »Tut mir leid.«

»Nein, ist schon okay.« Sein Tonfall drückte jedoch aus, dass es alles andere als okay war. »Ich habe kurz vergessen, dass wir jetzt immer vor Publikum vögeln.«

Darauf wusste ich nichts zu sagen. Wir hatten das Haus zur geisterfreien Zone erklärt, aber diese Regel hatte sich nicht so gut umsetzen lassen, wie ich mir erhofft hatte. Also hatten wir sie ein bisschen angepasst. Wenn sich ein Geist im Raum befand, durfte ich seine Anwesenheit nicht leugnen. Manchmal bedeutete das, dass ich Danny das in … heiklen Situationen mitteilen musste.

Ich beobachtete schweigend, wie Danny sich eine Jeans und ein graues Shirt mit blauem BBPD-Aufdruck überzog. Er legte sein Hüftholster an und hängte sich seine Dienstmarke um den Hals, deren silberne Kette im Licht der Deckenlampe glänzte. Als ich an mir herunterschaute, fiel mir etwas Wichtiges auf. Wir trugen praktisch die gleiche Kleidung.

»Ich glaube, wir sollten zukünftig nicht mehr zusammen shoppen gehen.«

Danny warf mir auf dem Weg zur Tür einen bösen Blick zu. »Du bist witziger, wenn ich mehr als drei Stunden geschlafen habe.«

»Während deine Grummeligkeit den ganzen Tag lang die reine Freude ist«, murmelte ich in Richtung seines Rückens.

»Was war das?«

»Ich sagte, während du, Liebling, den ganzen Tag lang die reine Freude bist«, wiederholte ich lauter.

Belustigung tanzte in seinem Blick und verriet mir, dass er mich bereits beim ersten Mal gehört hatte. Bevor ich wusste, wie mir geschah, hatte er mich auch schon gegen eine Wand gedrängt. In solchen Momenten – und *nur* in solchen – ging es mir ausnahmsweise mal nicht gegen den Strich, dass er einen knappen Kopf größer war als ich. Ich gab einen zustimmenden Laut von mir, als er seine Hände links und rechts von mir abstützte, mich so einkesselte und anschließend um den Verstand küsste. Als er sich schließlich wieder zurückzog, atmeten wir beide schwer. Am liebsten hätte ich mich auf ihn gestürzt.

»Du bist ein furchtbarer Lügner.«

»Scheint aber ein Vorteil für mich zu sein.« Ich verstärkte meinen Griff um seine Taille, nur für den Fall, dass er sich von mir wegbewegen wollte.

Er küsste mich erneut, und ich seufzte genießerisch. Der Morgen entwickelte sich besser als gedacht. Dannys Geschmack wurde vom Minzaroma seiner Zahnpasta überlagert, aber sein Mund war warm und seine Lippen fest auf meinen. Er grub eine Hand in meine Haare, um mich an Ort und Stelle zu halten, aber das war gar nicht nötig. Ich folgte seiner Führung beinahe instinktiv und überließ es ihm nur zu gerne, das Tempo zu bestimmen.

Wir waren stolz darauf, eine gleichberechtigte Partnerschaft zu führen. Tatsächlich bestimmte ich ein bisschen mehr, und das wussten wir auch beide – doch im Schlafzimmer hatte Danny das Sagen. So mochten wir es beide. Brauchten es auch bis zu einem gewissen Punkt.

Als Danny gerade nach dem Reißverschluss meiner Hose griff, hörte ich ein dezentes Räuspern.

»Detectives?«

»Ach, verdammt«, murmelte ich an Dannys Mund.

»Ich bitte vielmals um Entschuldigung.« Mason rümpfte die Nase. »Tut mir wirklich leid, dass ich euer kleines Stelldichein unterbreche. Aber ich würde jetzt gerne los.«

Danny zog sich ein wenig zurück und legte den Kopf schief. »Alles in Ordnung?«

»Jep.« Ich schlug den Hinterkopf etwas härter als notwendig gegen die Wand. »Ich überlege nur gerade, ob mein Ruf als Medium darunter leidet, wenn ich einem Geist sage, dass er gefälligst seine große Klappe halten soll.«

»Ja, tut er«, informierte mich Mason, bevor er wieder verschwand.

Spaßbremse. Das Geheimnis um seinen Tod war vermutlich schneller aufgelöst, als ich angenommen hatte. Ich hatte schon drei Gründe, ihn umzubringen, und ich kannte ihn gerade einmal eine Viertelstunde.

*

Mason leitete uns mit kurzen, einsilbigen Anweisungen, die ich an Danny weitergab, durch die stillen, dunklen Straßen. Andere Fahrzeuge waren um diese Uhrzeit kaum unterwegs, und noch weniger begegneten uns, als Danny einen Weg einschlug, der zunehmend kurvenreicher wurde. Von beiden Seiten warfen Bäume tiefe Schatten, was deutlich zur gruseligen Atmosphäre beitrug. Selbst die Straßenbeleuchtung wurde spärlicher, bis nur noch einsame Dunkelheit vor uns lag. Als ich schon fragen wollte, ob wir uns auf direktem Weg nach Narnia befanden – wo zum Teufel blieben der Löwe, die Hexe und der Kleiderschrank? –, sog Mason plötzlich scharf die Luft ein.

Ich schaute ihn durch den Rückspiegel an und sagte leise: »Halt an.«

Danny lenkte das Auto wortlos auf den Randstreifen. Er brachte den Schalthebel in Parkstellung und machte den Motor aus. Wir tauschten einen unruhigen Blick. Hinter der nächsten Kurve erstreckte sich ein lang gezogener Hügel, der hinunter in einen Park führte. Mehr als ein paar graffitibeschmierte Bänke und einen zugewachsenen Spazierweg schien es da jedoch nicht zu geben. Links befand sich ein See mit einem verfallen wirkenden Steg und einer kleinen Rampe für Boote.

Erneut warf ich Mason einen Blick durch den Rückspiegel zu. Er schaute unverwandt auf den Park, die schmalen Brauen zusammengezogen, und sah verwirrt aus ... oder vielleicht erinnerte er sich an etwas Unangenehmes. Ich fand, er könnte jetzt ruhig auch mal etwas beitragen. »Ist das der Ort?«, fragte ich.

Mason fuhr erschrocken zusammen, seine im Schoß ruhenden Hände zuckten hoch. »Vielleicht sollten wir lieber gehen.«

»Wir sind doch gerade erst herkommen.« Ich wandte mich an Danny, der ungeduldig mit den Fingern auf dem Lenkrad herumtrommelte. »Er will wieder weg.«

»Er hat uns aus einem bestimmten Grund hergebracht.« Danny griff unter den Sitz und zog eine Taschenlampe hervor. Sie war riesig und schwer, professionelle Polizeiausstattung, und als er sie anmachte, um die Batterien zu testen, ließ er mich damit beinahe erblinden. »Nun bringen wir es auch zu Ende.«

»Okay, das ist jetzt schon das zweite Mal heute ... Wenn du so weitermachst, brauche ich bald einen Blindenhund.«

»Hunde können dich nicht ausstehen. Bei der ersten sich bietenden Gelegenheit führt der dich direkt vor ein Auto.«

Das stimmte doch überhaupt nicht. Ja, der giftige Papillon von Dannys Mutter konnte mich nicht leiden. Ja, der bekloppte Yorkie, der unter dem Tresen meiner Reinigung hauste, bellte immer wie verrückt, wenn ich ihm zu nahe kam. Und ja, wir hatten mal einen Verdächtigen verfolgt, der seinen Hund im Auto dabeihatte, und dieser Hund hatte mich heftig geifernd angegriffen. *Trotzdem.*

»Ich dachte echt, wir müssten dem Vieh eins mit dem Taser verpassen, um es von dir runterzubekommen.« Offensichtlich waren Dannys Gedanken in die gleiche Richtung verlaufen wie meine. »Denkst du, es liegt an dem übersinnlichen Zeug? Dass sie vielleicht spüren können, dass etwas an dir ... *anders* ist?«

»Nein, glaube ich nicht.« Ich warf ihm einen finsteren Blick zu. »Und so aggressiv wird man nicht einfach so. Der Hund hatte irgendwas intus.«

Danny öffnete schnaubend seine Tür. »Das wird's wohl gewesen sein. Der Hund war wahrscheinlich auf LSD.«

»Sein Besitzer war es zumindest, oder?« Ich erkannte doch einen Hund auf einem schlechten Trip, wenn ich einen sah.

Selbst der Wind kam mir zu still vor, als wir ausstiegen. Man konnte nicht weit sehen, aber ich hörte Dannys Schritte dicht hinter mir, während wir das unbeleuchtete

Gelände abliefen. Noch nie war ich dermaßen dankbar gewesen, dass er so überbeschützend war und nicht besonders tief schlief.

»Glaubst du wirklich, dass wir hier draußen eine Leiche finden?«, fragte er. »Es gibt zwar keine Schaukel oder Rutsche, aber es ist trotzdem ein Park. Gut besucht, so viel Müll, wie hier rumliegt.«

»Nur um sicherzugehen, dass ich das richtig verstanden habe: Du möchtest gerne eine Leiche finden?«

»Ich will Beweise finden, ja, und dieses Mal wäre es nett, wenn der Geist uns den Gefallen tut.«

»Jedes Mal, wenn ich denke, dass du nicht seltsamer werden kannst, überraschst du mich.« Ich grinste belustigt. »Vielleicht habe ich ja Glück und finde einen Kopf für dich oder so.«

In Dannys Augen trat ein Funkeln. »Besteht die Chance?«

»Kranker Idiot«, meinte ich liebevoll.

*

Nach einer Stunde Sucherei musste ich mich den Fakten stellen: Wir hatten heute kein Glück. Alles, was wir gefunden hatten, war ein Haufen stinkender Abfall. Oh, und genug benutzte Kondome, dass ich mir die Frage stellte, was die Leute in Parks so trieben. Ich war ja schon einige Male in meinem Leben wirklich notgeil gewesen, aber ich würde mich nie von Danny hinter einem Busch vögeln lassen. Auf dem Rücksitz seines Dienstwagens vielleicht, aber nie hinter einem Busch im Park. Ich hatte schließlich Niveau.

Wir machten weiter und schafften noch ein ganzes Stück, bis wir schließlich ans Wasser kamen. Der Lake Willow glitzerte im Mondlicht und strahlte eine dunkle, gefährliche Schönheit aus.

Mason durchbrach die Stille als Erster. »Tut mir leid, dass ihr nichts gefunden habt.«

Ich betrachtete sein Profil, das halb im Mondschein, halb im Schatten lag. »Gibt es denn überhaupt noch etwas zu finden?«

Er wandte den Blick nicht vom Wasser ab. »Ich würde es dir sagen, wenn ich es wüsste. Ich weiß nur, dass das hier der Ort ist. Der Ort, an dem alles schiefgegangen ist.«

»Mit wem ist es schiefgegangen?«

»Ich weiß es nicht. Ich erinnere mich nicht.«

»Kannst du dich nicht erinnern, oder *willst* du dich nicht erinnern?«

»Wo ist der Unterschied? Wenn ich mich nicht erinnere, erinnere ich mich nicht. Das Warum spielt doch keine Rolle.« Er zuckte die Schultern. »Es ist alles extrem verwirrend.«

Ich biss mir so hart auf die Lippe, dass ich beinahe die Haut verletzt hätte. Verdammt noch mal, er musste mir schon irgendetwas geben. Inzwischen hatte ich mich daran gewöhnt, dass Geister oft in Rätseln sprachen, aber ich wollte mir trotzdem noch jedes Mal die Haare raufen.

Mason beobachtete mich, als würde er erwarten, dass ich jeden Moment die Beherrschung verlor. Da das nicht passierte, atmete er nervös aus. »Was willst du denn von mir?«

»Ich will wissen, warum du mich hierhergeführt hast. Wurdest du hier umgebracht? Abgeladen? Liegt deine Leiche hier irgendwo im Gebüsch? Gib mir doch bitte *irgendwas*.«

»Ich weiß es nicht!« Auf einmal stand er direkt vor mir, aggressiv und herausfordernd. »Wenn ich die Sache allein regeln könnte, bräuchte ich deine Hilfe nicht.«

Sein Gehabe war lediglich vorgetäuscht. Ich hörte die Angst in seiner Stimme, sah sie in seinen vergrößerten Pupillen. Also wartete ich geduldig, bis er sich wieder gesammelt hatte.

»Es tut mir leid. Ich weiß, dass du mir nur helfen willst.« Er kam erneut näher heran – sogar noch näher als zuvor, da ich nicht vor ihm zurückwich. »Ich bin nur … Ich bin es so leid, verwirrt und allein zu sein.«

»Du bist nicht allein«, entgegnete ich erschöpft. Ich hatte keine Ahnung, wie ich sein Rätsel lösen sollte, aber zumindest das konnte ich ihm versichern.

Einen Moment lang starrte er mich bloß an, und in seinen dunklen Augen stand so viel Unausgesprochenes, so unergründlich wie der See vor uns. Dass er sich mir im nächsten Augenblick in die Arme warf und mich fest an sich drückte, kam vollkommen unerwartet. Er war etwas kleiner und schmaler als ich, und sein Kopf passte perfekt unter mein Kinn.

»Danke. Das scheint das einzige echte Gefühl zu sein, das ich noch habe – Einsamkeit.« Er fühlte sich so stofflich in meinen Armen an, dass ich kaum glauben konnte, dass er nicht mehr lebte. Seine Stimme klang gedämpft durch mein Shirt. »Ich wusste nicht, wie sehr es mir fehlt, dass das jemand zu mir sagt.«

»Gern geschehen«, sagte ich leise an seinem plötzlich feuchten Haar.

Es war seltsam – ich wusste, dass er keine greifbare Form haben konnte, haben *sollte,* und doch *spürte* ich ihn. Konnte ihn riechen. Ich schnüffelte unauffällig und rümpfte die Nase. Sein angenehmer Duft hatte sich verändert, jetzt roch er … erdig. Beinahe wie Schwefel. Und plötzlich wusste ich, warum er uns hierhergebracht hatte.

»Du sagst, dass du nicht der Richtige für den Job als Medium bist. Oft.« Bevor ich den Mund öffnen konnte, um mich zu verteidigen, ließ Mason mich los und trat ein paar Schritte zurück. Er lächelte zaghaft. »Ich denke, du liegst falsch.«

Er verschwand, bevor ich etwas Sarkastisches antworten konnte, was wirklich schade war, weil mir ein Kracher auf der Zunge lag. Aber eigentlich war er sogar länger geblieben, als ich es bei ihm erwartet hatte. Ich schaute zu Danny hinüber und schüttelte den Kopf. »Er ist weg.«

Das schien ihn nicht besonders zu überraschen. »Und nun? Was jetzt?«

»Ich glaube, dass er im Wasser liegt.« Das würde zumindest erklären, warum mich der See so stark anzog – ich musste lernen, auf diese Sorte Gefühl zu hören. »Er hat es nicht direkt bestätigt, aber seine Haare sind nass geworden, als er die Erinnerung an den Vorfall zugelassen hat.«

Danny hob eine Augenbraue, sagte jedoch nichts dazu. Manchmal vergaß ich, wie schwer die ganze Geistersache auch für ihn sein musste – er war ebenso praktisch und nüchtern veranlagt wie ich. Dass er es nicht einfach abtat, verschaffte meinem Selbstbewusstsein Auftrieb.

»Er ist irgendwo da unten«, wiederholte ich nachdrücklich. »Darauf würde ich mein Leben verwetten.«

»Vielleicht musst du das auch. Wenn ich Tate darum bitte, uns ein Taucherteam zur Verfügung zu stellen, muss ich am Schluss eine Leiche vorweisen können.« Er schenkte mir einen bedeutungsvollen Blick. »Irgendeine.«

»Danke auch«, gab ich finster zurück.

Danny holte sein Handy aus der Tasche. »Den Rest des Teams sollte ich ebenfalls informieren. Wenn ich nicht schlafe, lasse ich sie sicher auch nicht …«

Er verstummte plötzlich, was mich verwirrt zu ihm schauen ließ. »Was lässt du?«

Auf einmal leuchtete er mit der Taschenlampe meinen Körper von oben bis unten ab, wobei er natürlich erneut meine Augen erwischte.

»Ernsthaft?«, fuhr ich ihn an. Den Blindenhund konnte ich vergessen, ich würde bestimmt eine Hornhauttransplantation brauchen, bevor die Nacht vorbei war.

»Entschuldige.« Danny senkte den Lichtstrahl verlegen wieder. »Ich habe nur gesehen, dass du Blut auf dem Shirt hast, und wollte nachschauen, ob es deins ist oder das von ... jemand anderem.«

Perplex schaute ich an mir runter und entdeckte tatsächlich einen blutigen Handabdruck auf meinem Ärmel. Ein weiterer roter Streifen prangte da, wo Masons Kopf an meiner Brust geruht hatte. »Das muss passiert sein, als er mich umarmt hat.«

Dannys Stimme war leise, sein Gesichtsausdruck unlesbar. »Ich wusste nicht, dass sie so was können.«

Ich auch nicht. Doch ich ging nicht davon aus, dass es ihn beruhigte, wenn ich zugab, dass mich das auch ein bisschen verunsicherte. Ich wusste nicht, ob die Geister an Kraft gewannen oder ich selbst, aber keine der beiden Optionen war toll.

»Ich habe es unter Kontrolle.« Meine Stimme klang erstaunlich ruhig.

»Ich weiß.« Sein Tonfall drückte jedoch aus, dass er davon ganz und gar nicht ausging, aber was sollte er sonst sagen? »Ich glaube, ich habe noch ein altes T-Shirt im Kofferraum. Du solltest dich vielleicht umziehen, bevor die anderen kommen.«

Damit wir nicht erklären müssen, wie der gruselige Geisterflüsterer seine Arbeit macht?

Wir liefen zurück zum Auto, beide mit unseren eigenen Gedanken beschäftigt. Das Team der PTU wuchs mit jedem Tag mehr zusammen, doch unsere Einheit war nach wie vor ein Experiment. Lieutenant Tate hatte mich gewarnt, dass wir zunehmend unter Beobachtung standen.

Unglücklicherweise gab es kein Handbuch für die Anwendung übernatürlicher Fähigkeiten in der Polizeiarbeit – zumindest nicht außerhalb der Fantasy-Abteilung in der Bücherei. Fehler waren unvermeidlich. Damit hatten allerdings sowohl Danny, der hochdekorierte Detective, der für seine guten Instinkte bekannt war, als auch ich, der frühere Star des FBI, so unsere Probleme.

Dieser Fall schien auch nicht dazu geeignet, unsere Pechsträhne abreißen zu lassen. Ein Typ, der von irgendwem umgebracht worden war und nun aus unerfindlichen Gründen – vielleicht – auf dem Grund des Sees ruhte.

Nicht gerade das Kinderspiel, auf das ich gehofft hatte.

Kapitel 4

Nachdem wir den Lake Willow in einen Tauchspot verwandelt hatten, war an Schlaf nicht mehr zu denken. Kevin jagte den Namen Mason durch die Vermisstendatenbank, doch die spuckte deutlich mehr Ergebnisse aus, als ich erwartet hatte. Wir grenzten die Suche durch das ungefähre Alter sowie Haar- und Augenfarbe ein und erhielten so vierzehn mögliche Treffer. Bei dem Ort musste ich raten, doch dadurch landeten wir bei vier. Ein kurzer Blick auf die Fotos, die Kevin mir rüberschickte, und die Sache war gegessen.

Mason Paige.

Wie gerne hätte ich jetzt mein Whiteboard vor mir gehabt. Ich hatte einen Namen. Ich hatte ein Verbrechen. Ich hatte eine Leiche – zumindest fast. Viermal musste ich subtil anklingen lassen, ob wir nicht aufs Revier zurückfahren wollten, bis Danny schließlich genervt genug war, um mich wegzuschicken. Vielleicht hatte er sogar die Worte »Zisch ab!« benutzt. Er selbst blieb am See, auch wenn hier noch kein Fortschritt in Sicht war.

Mein erster Gang führte mich natürlich zur Kaffeemaschine, anschließend trabte ich ins Archiv, wo ich die zwei Kisten mit der Aufschrift PAIGE, M. ausgrub. Ich schleppte meine Beute, auf der ich auch noch eine Kaffeetasse balancierte, zurück in mein Büro. Im Gang begegnete mir Tabitha, und nach dem üblichen »Du zuerst, nein, bitte, du zuerst«-Ballett machte sie sich an der Wand dünn, damit ich mich an ihr vorbeiquetschen konnte.

Tabitha Wright war diejenige von uns, die am meisten Affinität zu elektronischen Geräten besaß. Normalerweise war sie auch die Kollegin, die für Frieden in der Gruppe sorgte – nicht etwa, weil sie eine Frau war oder sich besonders nett um uns kümmerte, sondern weil sie uns nichts durchgehen ließ. Ihre geringe Größe, die roten Haare und großen, braunen Augen täuschten, denn sie hatte keine Skrupel, jemandem eine deftige Kopfnuss zu verpassen, wenn es nötig war. Meine Stirn begann allein bei der Erinnerung schmerzhaft zu pochen.

Als ich an ihr vorbeiging, musterte sie neugierig die Kisten. »Brauchst du Hilfe?«

»Nein, danke.«

»Ich bin gut im Sortieren alter Fallnotizen«, erinnerte sie mich.

Das war untertrieben, niemand konnte besser und schneller wichtige von unwichtigen Informationen unterscheiden. Doch das änderte nichts an meiner Antwort. Wenn wir einen Fall neu übernahmen, war ich gern eine Weile allein mit meinen Gedanken und machte mir ein eigenes Bild. Spielte Arbeitshypothesen im Kopf durch. Das konnte ich nicht, wenn andere um mich herum waren, egal, wie sehr ich mich bemühte.

»Später vielleicht«, gab ich über die Schulter hinweg zurück.

In meinem Büro angekommen stellte ich die Kisten auf meinem Schreibtisch ab, wobei sich eine Staubwolke in die Luft erhob, die mich husten ließ. Ich hatte keinen Beinahe-Asthmaanfall gebraucht, um zu wissen, dass diese Boxen schon lange nicht mehr angefasst worden waren. Genauso wenig den Anblick der Spinne, die gerade aufgewacht war und sich jetzt wahrscheinlich fragte, warum zum Teufel sie nicht mehr im Archiv war.

Ich versuchte, sie mit der flachen Hand zu erwischen, als sie sich krabbelnd in Sicherheit bringen wollte – die sie offenbar in meiner Schreibtischschublade vermutete. Natürlich schlug ich ein ganzes Stück daneben und verbrachte die nächsten drei Minuten damit, mir einzureden, dass ich sie sehr wohl erwischt hatte ... auch wenn es dafür keinen Beweis gab. Zufrieden mit meinen herausragenden Fähigkeiten als Spinnenmörder und der Tatsache, dass die Spinnenleiche dabei vaporisiert worden war – vollkommen plausibel! –, zog ich mir schließlich meinen Bürostuhl heran und machte mich an die Arbeit.

Mason Paige war vor über zehn Jahren verschwunden. Keine Verdächtigen. Keine echten Hinweise. Er war dreiunddreißig Jahre alt gewesen, Bäcker, geboren und aufgewachsen in Florida, keine großen Reisen. Gesetzestreuer Bürger war noch milde ausgedrückt, der Mann hatte nicht mal einen Strafzettel bekommen.

Sein Privatleben war ein bisschen komplizierter. Dreimal geschieden – von Laura, der ernst dreinblickenden Ärztin, die eine Brille mit pinkem Gestell trug, Becca, der sportlichen Yogalehrerin mit einem wilden Lockenschopf, und Melanie, einer erfolgreichen Konditorin, die in seiner Bäckerei gearbeitet hatte. Keine der Ehen hatte länger als drei Jahre gehalten. Seltsamerweise war jedoch auch keine im Bösen auseinandergegangen.

Masons Vater war verstorben, seine Mutter Sue lebte in einer Seniorenresidenz in Boca. Er hatte einen jüngeren Bruder namens Luke, der nach einem finanziellen Absturz bei Mason eingezogen war. Luke hatte offenbar nach dem Tod seines Bruders die Bäckerei übernommen, und er war einer der Letzten, die Mason lebend gesehen hatten. Ich runzelte die Stirn. Und er hatte das Geld der Versicherung, Masons Auto und sein Haus erhalten – ein frisch renoviertes, kleines Eigenheim, das er direkt verkauft hatte.

Trotz des Altersunterschieds von sechs Jahren wirkte Luke, als wäre er der ältere Bruder. Er war größer und muskulöser als der schmale Mason, aber ebenso attraktiv mit den gleichen dunklen Haaren und grünen Augen. Das rot karierte Flanellhemd und der dichte Bart auf seinem Führerscheinfoto unterstrichen seinen Holzfäller-Look noch. Für ihn wäre es sicher ein Leichtes gewesen, Mason zu überwältigen. Keine Frage, Luke bekam einen Ehrenplatz an meiner Mörderwand. Ich steckte sein Foto darauf fest und ging noch einmal den zeitlichen Ablauf von Masons letzten bekannten Stationen durch.

Es war der Inbegriff von lückenhaft. Zuletzt war er an einem windigen Dienstag im Oktober gesehen worden. Er hatte die Bäckerei gegen zwölf Uhr verlassen und einem Kollegen gesagt, er ginge zum Mittagessen. Später hatte er an einem Bankautomaten Halt gemacht und achttausend Dollar abgehoben – ob aus geschäftlichen Gründen oder nicht, war unklar, aber ich machte mir einen Vermerk, das zu überprüfen. Danach verlor sich Masons Spur, bis sein Auto zwei Wochen später vor einem Einkaufszentrum aufgefunden worden war.

Die Familie hatte erst nach ein paar Tagen bemerkt, dass Mason verschwunden war. Ein weiterer Tag verging, bevor seine Mutter – die sich zwar Sorgen um ihn machte, aber davon ausging, dass es eine plausible Erklärung gab – die Polizei einschaltete. Das war nicht ungewöhnlich. Die Mutter eines anderen Opfers hatte mir einmal gesagt, dass dieser Anruf bei der Polizei das Ganze real gemacht hatte, als würde sie damit die Hoffnung auf einen positiven Ausgang aufgeben. Ein bewusster Akt des Eingestehens, dass ihre Tochter nicht einfach nur die Zeit vergessen hatte und deswegen nicht nach Hause gekommen war.

Also war Mason vielleicht am Dienstag verschwunden oder am Tag danach. Vielleicht hatte er das Geld aus persönlichen Gründen oder für sein Geschäft vom Konto abgehoben. Vielleicht war er selbst mit dem Auto zum Einkaufszentrum gefahren, oder sein Mörder hatte es dort abgestellt, um die Ermittler von seiner Spur abzubringen. Das waren viel zu viele *Vielleichts* für meinen Geschmack.

Ich seufzte frustriert. Die Spuren in Fall 34852MP waren nicht nur kalt – sie befanden sich tief vergraben im Permafrostboden.

*

Als ich das Material durchgesehen hatte, dämmerte es draußen bereits, wie ich durch mein Bürofenster sehen konnte. Dennoch machte ich kein Licht, sondern lehnte mich mit verschränkten Armen in meinem Stuhl zurück und schloss die Augen, um in Gedanken noch mal zu sortieren, was ich bis jetzt zusammengetragen hatte.

»Sollen wir reingehen?« Ich öffnete ein Auge gerade weit genug, um Tabitha zu erkennen, die in meinem Türrahmen aufgetaucht war. »Denkt ihr, das stört seine … Arbeit?«

Kevin lugte über ihren hohen Pferdeschwanz. »Ich glaube, er ist in Trance oder so. Vielleicht sollte ihm mal jemand eine runterhauen.«

»Ich übernehme das gerne«, mischte sich eine dritte Stimme ein.

Ich verzog das Gesicht. Nick Gonzalez war das fünfte Mitglied unserer kleinen Truppe. Er hatte sich die Sonnenbrille in die dunklen, gegelten Haare geschoben, und seine braunen Augen waren ein wenig gerötet, was ihm das Aussehen eines verkaterten Rockstars verlieh. Ich hoffte sehr, dass die Tasse, aus der er trank, nur Kaffee enthielt. Mit Mitte zwanzig war er noch in einem Alter, in dem man nichts anbrennen ließ, aber auch schnell ausbrannte. Außerdem war er ein liebenswerter Blödmann, mit dem ich früher oft aneinandergeraten war. Inzwischen gewöhnte ich mich jedoch langsam an ihn, in etwa so wie an einen netten Fußpilz.

»Vielleicht steht er ja gerade in Kontakt mit der Geisterwelt«, meinte Tabitha leise.

Noch ein Nachteil davon, dass Leute von meiner Kommunikation mit Geistern wussten: Wenn ich mich auch nur eine Sekunde lang seltsam verhielt, gingen sie automatisch davon aus, dass ich »mein gruseliges Ding machte«, wie Nick es so schön ausgedrückt hatte.

Wie aufs Stichwort schüttelte Nick sich. »Shit, ich hasse es, wenn er das macht. Denkt ihr, dass ein Geist im Zimmer ist?«

»Würde mich überraschen, wenn nicht«, warf Kevin altklug ein. »Ist doch immer ein Geist in Christiansens Nähe.«

»Ob sie wohl zu ihm kommen, oder ob er sie … beschwört?«, fragte Tabitha, ohne den Blick von mir zu nehmen. »Vielleicht könnte er ja meinen Patenvater mal was für mich fragen.«

Nick schnaubte. »Vielleicht. Und dann könnte er uns auch verraten, was zum Teufel ein Patenvater ist.«

»Habt ihr's dann bald?«

Vor Schreck wären sie beinahe mit den Köpfen aneinandergeknallt, was meine Laune deutlich hob. Tabitha räusperte sich, und alle drei drängten sich in mein Büro. »Entschuldige. Wir wollten dich nur nicht bei der Arbeit stören. Hast du … du weißt schon, Kontakt aufgenommen?«

Ja, mit dem Raumschiff Enterprise. Ich biss mir auf die Unterlippe, um den sarkastischen Kommentar zurückzuhalten. Sie taten ihr Bestes – ernsthaft –, und das war mehr, als man vom Rest des Polizeireviers behaupten konnte, das die PTU mied wie die Pest. Ein geringerer Mann als ich käme vielleicht auf die Idee, das sehr wahre Gerücht über Geister im ganzen Gebäude zu verbreiten, aber ich widerstand der Versuchung. Gerade so.

»Na ja, ich habe vorhin mit Mason gesprochen, aber das war nicht besonders hilfreich«, antwortete ich. »Ich habe gehofft, dass er mir ein bisschen mehr vertraut und dann ... dann ...«

Ich verlor den Faden, als sie es sich in meinem winzigen Raum gemütlich machten. Tabitha und Kevin belegten die beiden Besucherstühle und versuchten umständlich, etwas mehr Abstand zwischen sich zu bringen. Nick ließ sich vom Mangel weiterer Sitzgelegenheiten nicht beirren. Mir blieb gerade noch genug Zeit, mir mein Handy zu schnappen, das auf der Tischkante lag, bevor er seinen jeansbedeckten Hintern darauf parkte.

Er schnappte sich die kleine Skulptur von meinem Schreibtisch und hielt sie ins Licht, wo er sie in alle Richtungen drehte. Meine Nichte hatte das ... Ding im Kinderkunstkurs meiner Mutter gemacht.

»Was soll das sein?«, fragte er schließlich.

»Ein Dinosaurier«, entgegnete ich gelassen, als wäre das vollkommen offensichtlich. Hey, wir wussten letztlich nicht, dass es *kein* Dinosaurier war. Ich konnte den Klumpen vielleicht nicht näher bestimmen, aber ich wollte auch nicht, dass er kaputtging.

»Welcher Dinosaurier sieht denn so aus?«

Oder von anderen angefasst wurde. Ich beugte mich vor und holte mir die Skulptur zurück. »Ein Geht-dich-nichts-an-Saurus. Direkter Nachfahre des Kümmer-dich-um-deinen-Kram-Rex«, informierte ich ihn schnippisch. »Und vielleicht wäre der Konferenzraum für uns alle angenehmer.«

»Nicht nötig. Es ist ein bisschen eng hier, aber das wird schon gehen.« Tabitha überschlug die Beine und riss dabei fast meinen Ficus um. Der war mein dritter und letzter Versuch, eine Grünpflanze am Leben zu erhalten.

Kevin verschränkte die Finger hinterm Kopf. »Hab kein Problem damit.«

Ich verkniff mir ein Seufzen und warf Nick einen Blick zu. »Lass mich raten: Du hast auch kein Problem damit?«

Er lächelte. »Stimmt genau.«

Als wäre mein Büro mit drei zusätzlichen Leuten nicht schon überfüllt genug, stieß Danny ein paar Minuten später auch noch zu uns, in der einen Hand ein Tablett mit Kaffeetassen, in der anderen eine Akte. »Veranstalten wir jetzt eine Séance?«, erkundigte er sich, während er die Tassen verteilte. »Kann mal jemand das Licht anmachen?«

Weil er Kaffee mitgebracht hatte, widerstand ich dem Bedürfnis, ihm den Mittelfinger zu zeigen, und knipste stattdessen meine Schreibtischlampe an. Dann nahm ich zur Belohnung für meine Zurückhaltung einen Schluck aus meiner Tasse – und spuckte ihn beinahe wieder aus. Widerlicher grüner Tee!

Danny beobachtete mich über den Rand seiner Tasse hinweg. Meine Familie hatte ihre Sorge über meinen Kaffeekonsum zum Ausdruck gebracht, aber das ... das war Hochverrat. Kannte Danny denn die Regeln nicht? Man stellte sich immer auf die Seite des Kerls, der das Gleitgel anwärmte.

»Auch du, Brutus?«

Er wirkte nicht im Geringsten reumütig. »Deine Mutter hat mir diese Marke ganz besonders ans Herz gelegt.«

Mir den Kaffeehahn abzudrehen war eine ziemlich sichere Methode, um kochend heißen Grüntee über den Schoß gekippt zu bekommen. Und das amüsierte Funkeln in seinen Augen sagte mir, dass er das ganz genau wusste. Zu schade, dass ich alles unterhalb seiner Gürtellinie noch brauchte.

»Du hast schon mit der Zeitachse angefangen, sehe ich.« Er betrachtete mein Whiteboard. »Was haben wir noch?«

Plötzlich schauten mich vier Augenpaare an, und alle waren bereit, sich Notizen auf diversen Medien zu machen. Nick und Tab nutzten die Memofunktion ihrer Smartphones, Kevin hatte einen Stylus über seinem iPad gezückt. Und dann war da noch Danny.

Ich verbiss mir ein Lachen über sein altmodisches Ensemble aus Notizblock und Kugelschreiber. Zweifellos war er ein intelligenter Mann, aber mit moderner Technik verband ihn bekanntermaßen eine tiefe Hassliebe. Er war wohl auch der einzige Mensch unter achtzig, der Telefone vermisste, mit denen man nur telefonieren konnte.

Ich ging aus dem Weg, damit alle sehen konnten, was ich bis jetzt auf meinem Board notiert hatte, und brachte sie auf den neuesten Stand – Hintergrundinfos über Mason, kurze Zusammenfassungen über die Verdächtigen. Alles, was ich in den letzten fünf Stunden aus dem Inhalt der staubigen Kisten zusammengetragen hatte. Man konnte mir nicht vorwerfen, dass ich nicht gründlich war. Gemessen an Nicks ausgiebigem Gähnen, bei dem er nicht mal den Versuch unternahm, es zu verstecken, war ich *sehr* gründlich.

Als er mit seinen Notizen fertig war, steckte Danny sich seinen Kugelschreiber hinters Ohr. »Der beste Freund, der Bruder, die Mutter und drei Ex-Frauen. Interessante Liste an Verdächtigen. Falls der Mörder überhaupt schon auf der Pinnwand ist.«

Das hoffte ich allerdings sehr. Vielleicht war es ja ein bisschen makaber zu hoffen, dass eines dieser lächelnden Gesichter unserem Killer gehörte, aber Morde durch ganz und gar Fremde waren unglaublich schwierige Fälle. Ohne jede Verbindung zwischen Täter und Opfer schwanden die Chancen rapide, das Verbrechen aufzuklären. Meiner Einschätzung nach war das auch zum Teil der Grund, warum Serienmörder oft so lange nicht auffielen.

Nicks Handy vibrierte, und er las stirnrunzelnd die eingegangene Nachricht. »Ist von Tom. Er arbeitet als Gefängniswärter in Broward. Scheint, als wäre Lottie Herefords Mörder gerade entlassen worden.«

Schweigen breitete sich aus. Ich biss die Zähne zusammen. »Wir wussten immer, dass es so ausgehen kann.«

»Ach ja?«, gab Nick höhnisch zurück. »Wir haben geschuftet, um diesen Drecksack hinter Gitter zu bringen, und jetzt kommt er trotzdem frei. Vielleicht verklagt er ja als Nächstes das Department. Dann bekommt er noch läppische zweieinhalb Millionen als Trostpflaster dafür, dass er seine Freundin und ihre Kinder umgebracht hat.«

»Manchmal kommen die bösen Jungs ungeschoren davon, Gonzalez. Das solltest du mittlerweile wissen.« Ich war inzwischen so sehr in der Defensive, dass ich einem Stachelschwein Konkurrenz gemacht hätte. »Das ist definitiv nicht der Ausgang, den ich mir gewünscht habe.«

Nick starrte mich an. »Was du dir wünschst, hilft der PTU offenbar nicht besonders.«

Da war es wieder, das Schweigen, und zwar noch drückender als zuvor. Was Nick sagte, hatten wir sicher alle schon mal gedacht. Die Herausforderungen für unsere Einheit waren außergewöhnlich, und das würde sich auch nicht so schnell ändern. Ich konnte nichts sagen oder tun, um diese Situation zu verbessern. Und *Damit müssen wir wohl leben* würde die Moral ebenfalls nicht gerade heben.

Letzten Endes musste ich gar nichts sagen, denn Nick schaute beinahe sofort betreten drein. »Shit. Tut mir leid.« Er fuhr sich mit einer Hand durch die dunklen Haare. »Ich weiß, dass es nicht deine Schuld ist.«

Kevins Gesichtsausdruck spiegelte für gewöhnlich sein sonniges Gemüt wider, doch im Moment glich er eher einer Gewitterwolke. Er rührte verbissen in seinem Kaffee. »Das ist nicht okay, Nick. Wir sind doch ein Team. Ihm das vorzuwerfen …«

»Tue ich nicht. Es ist bloß … Ich sehe immer wieder die Fotos des Tatorts vor mir.«

Das ging mir auch so. Während Lottie getötet worden war, hatte ihre neunjährige Tochter versucht, den Zugang zum Schrank zu verstellen, in dem sie ihren kleinen Bruder versteckt hatte. Ich konnte mir nur zu gut die Schreie vorstellen, die brutale Gewalt des Tods ihrer Mutter und das Wissen, dass sie als Nächstes an der Reihe war.

Ich schluckte. »Denkst du, ich nicht?«

»Hör zu, es tut mir wirklich leid. Willst du eine eidesstattliche Erklärung, mit Blut unterschrieben?« Nick seufzte und rieb sich über die Augen. »Ich bin einfach gefrustet. Müde.«

Und vielleicht auch ein bisschen verkatert.

Das Zucken von Dannys Kiefermuskulatur verriet mir, dass er sich ebenfalls eine Bemerkung verkniff, die besser unausgesprochen blieb. Ich warf ihm einen warnenden Blick zu. Wir bewegten uns bereits auf dünnem Eis, weil wir zusammenarbeiteten und gleichzeitig eine Beziehung miteinander führten. Das posaunten wir zwar nicht heraus, aber wir versteckten uns auch nicht. Es wäre also weder produktiv noch professionell, wenn er jedes Mal wie ein Rottweiler zu meiner Rettung vorpreschte, sobald jemand mir einen schiefen Blick zuwarf. Außerdem brauchte ich keinen Wachhund. Ich hatte selbst Zähne.

Schließlich beschränkte sich Danny auf einen ruhigen, knappen Satz. »Wenn du aussteigen willst, Nicky, weißt du, wo's langgeht.«

»Ich will nicht aussteigen«, murmelte Nick.

»Gut. Für diejenigen unter uns, die sich daran erinnern, warum wir so exorbitant gut bezahlt werden: an die Arbeit.« Danny deutete auf Tab. »Du und Nick, ihr geht die Finanzen von allen Personen auf der Pinnwand durch. Schaut euch an, was Mason zu vererben hatte und wer was bekommen hat.«

Tabitha nickte. Sie erhob sich und versetzte Nick einen kräftigen Klaps auf den Hinterkopf, der ihn verlegen die Schultern hochziehen ließ. »Auf geht's, du Charmebolzen.« Sie lächelte jedoch, um ihre Worte etwas abzumildern. »Ich sorge dafür, dass er ein paar fettige Donuts isst, dann legen wir los.«

Nick stupste mich im Vorbeigehen an der Schulter an und schenkte mir einen entschuldigenden Blick. Ich nickte ihm zu und hoffte, dass bei ihm ankam, dass ich ihm die Sache nicht übel nahm.

Danny wandte sich an Kevin. »Ich will alles über Masons Routinen wissen. Wo er an einem normalen Tag vorbeigekommen ist und was er da gemacht hat.«

Kevin salutierte schwungvoll. »Geht klar.«

Mein überfülltes Büro leerte sich rasch, und plötzlich waren wir allein miteinander. Ich musterte Danny, der offensichtlich immer noch ein wenig sauer war. »Danke, dass du mich nicht verteidigt hast.«

Er zog eine Augenbraue nach oben. »Das ist wahrscheinlich der seltsamste Grund, aus dem mir je gedankt wurde.«

»Du weißt, was ich meine.«

»Ja. Glaub mir, das war nicht leicht. Ich mag Nick sehr, aber kurzzeitig hatte ich das Bedürfnis, ihm einen Freiflug aus dem Fenster zu verschaffen.«

»In diesem Team sind alle gleichberechtigt, Danny. Außer dir, du bist ein kleiner Diktator«, neckte ich ihn, um ihm ein Lächeln zu entlocken. Vergeblich. »Nick darf seine Meinung äußern, auch wenn wir ihm dabei nicht zustimmen.«

»Tue ich auch nicht«, erwiderte er heftig. »Ist mir egal, was er sagt. Oder Tate. Wir haben bei dem Hereford-Fall gute Arbeit geleistet. Wenn der Kerl dennoch davonkommt, ist das nicht allein deine Schuld.«

»Das sagst du nur, weil du mich vögelst.«

Endlich zeigte er mir sein schiefes Grinsen, das ich so sehr liebte. »Ja, vielleicht ein bisschen. Und weil ich Leuten fürchterliche Dinge antun will, wenn sie deine Gefühle verletzen.«

»Aus deinem Mund ist das unerwartet süß.«

»Unerwartet? Du weißt, dass ich auch süß sein kann.«

»Diese Seite an dir ist ein bisschen ... unterentwickelt«, meinte ich taktvoll.

»Wie kommst du darauf?« Er warf mir einen beleidigten Blick zu. »Ich bin total romantisch.«

Ich schnaubte. Als er das letzte Mal Sex mit mir wollte, war er bis auf seine Socken splitterfasernackt in die Küche stolziert und hatte gefragt: »Na, wie wär's?«

Ich erinnerte ihn nur zu gerne daran, aber er schaute mich nur verständnislos an. »Wo ist das Problem?«

»Abgesehen davon, dass ich es hasse, wenn jemand beim Sex die Socken anlässt?«

»Der Boden ist kalt.«

»Wir brauchen Teppiche.«

»Ich will keine staubigen Teppiche auf meinen Holzfußböden.«

Meinen. Ausgerechnet daran blieb ich hängen. Interessante Formulierung, über die er sich vermutlich keinerlei Gedanken machte, aber ich war ein Ermittler – subtile Details bestimmten mein Leben. Ich sagte *wir*, er antwortete mit *meinen*. Unwillkürlich fragte ich mich, ob das Absicht war.

Zum Glück war hier weder die Zeit noch der Ort für so ein Gespräch. Ehrlich gesagt wollte ich mich auch lieber wieder meinem Whiteboard widmen. »Musst du nicht irgendwohin?«

»Diplomatie war schon immer deine Stärke.« Danny sammelte seine Papiere zusammen, griff sich seine Kaffeetasse und schlenderte zur Tür. »Dabei solltest du nicht vergessen, dass dir meine Art von Romantik gefallen hat. Ziemlich gut gefallen hat.«

Mein Gesicht wurde warm. »Kann ich mich nicht dran erinnern.«

»Ein Glück, dass mein Gedächtnis ziemlich gut ist, hm?« Er hielt kurz im Türrahmen inne. »Ich glaube, deine genauen Worte waren: ›Bin ich sofort dabei.‹ Dann hast du dich übers Spülbecken gebeugt und mich gebeten, dir meinen … Wie hast du ihn noch genannt?«

Die Hitze breitete sich über meinen Hals aus. »Keine Ahnung«, erwiderte ich knapp.

»Ach, genau!« Danny schnipste mit den Fingern. »Du hast gesagt: Schieb mir deinen großen Sch…«

»Raus!«

Ich warf einen Packen Post-its nach ihm, der jedoch an der Tür abprallte, die Danny rechtzeitig hinter sich zuzog. Lachen ertönte auf der anderen Seite, und ich konnte ein kleines Lächeln nicht unterdrücken. Frecher Kerl. Der konnte lange warten, bis ich ihn das nächste Mal anbettelte, noch mehr schmutzige Sachen mit mir zu machen.

Zumindest laut ausgesprochen.

Kapitel 5

Mason tauchte erst am nächsten Abend wieder auf. Er schwebte in mein Büro und ließ sich in einen der Besucherstühle fallen. Heute sah er noch ein gutes Stück realer aus als bei unserem letzten Treffen, sodass es mich fast überraschte, als der Stuhl sich nicht bewegte.

Er sagte nichts, und ich hatte es damit auch nicht eilig. Ich klickte mich weiter durch seinen Computer und kaute dabei an einem Müsliriegel – eine Hand an der Maus, während die andere ein paar Krümel wegwischte.

Leider war der Verlauf seiner Internetsuchen unauffällig und überwiegend arbeitsbezogen. Das konnte ich von meinen eigenen nicht behaupten. Sollte ich plötzlich versterben, erwartete ich von Danny, dass er meinen Laptop auf den nächsten Highway beförderte – alles im Namen der Liebe. Und dabei sicherstellte, dass ein Schwerlaster das Teil in voller Fahrt erwischte.

Mason seufzte, was einen kühlen Hauch über meine Haut schickte. Ich erschauderte. »Wenn ich mir dein Gesicht so anschaue, gehe ich nicht davon aus, dass du der Lösung meines Falls schon näher gekommen bist«, sinnierte er vor sich hin.

»Nein, bin ich nicht.«

»Na ja, viel dümmer als dieser Idiot Reynaldo kannst du dich nicht anstellen.«

Da lag er gar nicht so falsch, der leitende Detective, der mit seinem Fall betraut gewesen war, hatte ein paar Schritte ausgelassen. Er schien überzeugt gewesen zu sein, dass Mason sich aus dem Staub gemacht hatte, und war den Fall allein aus dieser Perspektive angegangen. Meiner Erfahrung nach waren vermisste Personen, die plötzlich unverletzt wieder auftauchten, eher die Ausnahme als die Regel.

»Sag mir bitte, dass du ein paar versteckte Dateien auf deinem Computer hast«, bat ich und scrollte durch seinen Posteingang. Mason bekam immer noch Werbe-E-Mails von einigen Firmen. Ein Möbelhaus war fest entschlossen, ihm zwanzig Prozent Rabatt aufzuschwatzen, und es ließ sich auch nicht durch einen Mord davon abbringen. »Kein Mensch ist so verantwortungsbewusst und langweilig.«

»Ich weiß nicht, was ich dazu sagen soll. Ich bin ein verantwortungsbewusster und langweiliger Kerl.«

Verantwortungsbewusste und langweilige Kerle verschwinden normalerweise nicht einfach spurlos. Ich sparte mir den Kommentar jedoch. Stattdessen fragte ich etwas weniger Provokantes, aus Angst, dass er sonst direkt wieder verschwand. »Wie war es bei der Arbeit? Hattest du da mit jemandem Stress?«

»Eigentlich nicht. Mir hat eine Bäckerei gehört.« Er zuckte die Schultern. »Wir haben mal bei *Cupcake Wars* mitgemacht. Bin Zweiter geworden.«

»Was?«

»*Cupcake Wars*«, wiederholte er. »Wir wurden nur Zweite, weil Luke vergessen hatte …«

»Hast du jemandem Geld geschuldet?«, fiel ich ihm ungeduldig ins Wort. »Irgendwelche zwielichtigen Investoren?«

»Nein und nein. Die Bäckerei lief gut, und ich mochte meinen Job.«

»Das höre ich tatsächlich nicht so oft.« Ich durchsuchte weiter seine E-Mail-Ordner. Alles war ordentlich sortiert und präzise benannt. »Wolltest du immer eine Bäckerei haben?«

»Ja. Schon als Kind habe ich mich darüber beschwert, dass mein Spielzeugofen nicht richtig funktioniert.«

»Das kommt gerne mal vor, wenn man versucht, mit einer Glühbirne zu backen.«

Er lächelte. »Leckere Sachen zu kreieren, bei denen die Leute ins Schwärmen geraten, ist quasi zu einer Sucht geworden. Es gibt nichts Besseres, als einfache Zutaten in essbare Kunst zu verwandeln. Und man kann nie zweimal genau dasselbe machen.«

Ich schaute auf und schenkte ihm ein kleines Lächeln. Das war eine neue Seite an Mason, bei diesem Thema strahlte er übers ganze Gesicht. »Das hast du geliebt.«

»So wie du wahrscheinlich deinen Beruf liebst, denke ich.«

Damit hatte er nicht unrecht. Vielleicht war es seltsam, einen Job wie meinen, bei dem man ständig in Kontakt mit den schlimmsten Aspekten des Menschseins kam, so sehr zu mögen. Aber ich musste mich nie fragen, ob ich etwas Wichtiges tat. Menschen einen Abschluss zu verschaffen, deren Leben auseinandergerissen und für immer verändert wurden, war wichtig. Für Leute zu sprechen, die nicht mehr für sich selbst sprechen konnten, war wichtig. Mehr konnten wir für die Toten nicht mehr tun. Vielleicht war »lieben« nicht das richtige Wort, denn mein Beruf hatte auch viele Schattenseiten, aber ich betrachtete es beinahe als meine heilige Pflicht.

Auf einmal fiel mir eine alte E-Mail im Ordner »Freizeit« ins Auge, deren Inhalt ich laut vorlas. »Feiern Sie mit uns den Start von *SinglesMingle.com*. Sind Sie auf der Suche nach neuen Bekanntschaften oder sogar der großen Liebe? Ihr Schicksal wartet auf Sie.« Mason war rot angelaufen, und ich zog eine Augenbraue hoch. »Hast du dich da angemeldet?«

»Das war eine Werbe-Mail für eine Testwoche«, verteidigte er sich. »So was lässt man nicht ungenutzt.«

Und schon war der Kreis der Verdächtigen um eine ganze Reihe Unbekannter gewachsen. Ich runzelte die Stirn. »Hast du da jemanden kennengelernt?«

»Ein paar. Bei einem dachte ich, dass was Ernstes draus werden könnte, aber ich habe mich geirrt. Sechs Monate verschwendet an John.« Mein Gesichtsausdruck ließ ihn die Augen verdrehen. »Dann glaub mir halt nicht. Verschwende gerne deine Zeit, wenn du meinst.«

»John? Dann bist du bisexuell?«

»Nein. Ich bin schwul.« Er lächelte traurig. »Das habe ich nur ein bisschen spät für mich herausgefunden. Drei Ehen zu spät. Deswegen war das Datingportal wahrscheinlich auch dermaßen verführerisch. So ein Neustart kann ganz schön Angst machen.«

»Besser spät als nie.« Ich wühlte auf meinem Schreibtisch nach meinem Marker, um den Namen der Verdächtigenliste hinzuzufügen. »Hat dieser John auch einen Nachnamen?«

»Smith.«

Das war wohl ein Satz mit X. Schnaufend steckte ich die Kappe wieder auf den Marker. »Er hat dir nie seinen echten Namen gesagt?«

»Das *war* sein echter Name. Dachte ich zumindest.«

Gott. Ich sah ihn einen Moment lang aus zusammengekniffenen Augen an und versuchte herauszufinden, ob er es ernst meinte oder mich auf den Arm nahm. So naiv konnte man doch gar nicht sein, oder? Solche Leute sollten ihr Leben zu ihrem eigenen Schutz in Watte gepackt verbringen. »Mason ...«

»Ja?«

»Du hast dich sechs Monate lang mit ihm getroffen, und dir ist kein einziges Mal der Gedanke gekommen, dass John Smith vielleicht ein Deckname ist?«

»Warum denn?« Er schaute mich verständnislos an. »Ich meine, warum sollte er einen falschen Namen benutzen?«

Vielleicht waren wir hier auf dem ganz falschen Dampfer, und Masons Leiche lag gar nicht auf dem Grund des Sees. Vielleicht hatte ihn einfach jemand in ein beknacktes Glücksbärchi verwandelt. Vielleicht saß er gerade jetzt, in diesem Moment, auf dem Regal eines kleinen Mädchens, mit einem lächelnden Smiley auf dem Bauch.

Ich schüttelte den Kopf. »Nicht so wichtig.«

Da blieb mir wohl nichts anderes übrig, als John Smiths offensichtlich falsche Identität auf die Wand zu schreiben. Mason beäugte mein Tun. »Was machst du da?«, fragte er. »Ich will nicht, dass du Car… John da mit reinziehst.«

Ich verharrte mitten in der Bewegung, mit der ich gerade ein Quadrat und ein Fragezeichen malte, und warf ihm einen misstrauischen Blick zu. »Du hast seinen echten Namen rausgefunden, nicht wahr?«

»Er hat das nicht getan.«

»Raus damit«, forderte ich streng.

»Carter James«, antwortete Mason schließlich. »Er ist ein Arzt aus Miami und betreibt eine Praxis zusammen mit seiner Frau … Schönheitschirurgie, glaube ich.«

Das war eine Überraschung. »Er war verheiratet?«

»Das wusste ich zu Beginn nicht«, gab Mason zornig zurück. »Als ich es herausgefunden habe, habe ich sofort Schluss gemacht.«

»Wie hat er das aufgenommen?«

»Er hat … sich ein bisschen schwergetan, es zu akzeptieren.«

»Wie schwer?«

»Er ist mal in meiner Bäckerei aufgekreuzt.« Als ich ihn finster anstarrte, gab Mason einen entnervten Laut von sich. »So war das nicht. Carter ist einfach nur der Typ Mann, der es nicht gewohnt ist, dass man Nein zu ihm sagt. Seine Familie ist reich, er sieht gut aus, ist erfolgreich … Er bekommt immer, was er will.«

»Klingt nach einem echt guten Fang«, erwiderte ich trocken.

»Nein, nein, ich beschreibe unsere Beziehung falsch.« Mason schüttelte frustriert den Kopf. »Er hätte mir nie was antun können. Ja, er war vielleicht ein Kotzbrocken, aber er war … nett. Sanft.«

Ich ignorierte ihn und schrieb JAMES, CARTER in kleinen, sauberen Lettern an meine Mörderwand.

»Du verschwendest damit nur Zeit«, kommentierte er wütend.

»Es ist *meine* Zeit.« Mein Tonfall war scharf. »Du hättest es mir sagen müssen. Wenn du mir etwas verheimlichst, behindert das meine Ermittlungen.«

Mason antwortete nicht, war aber sichtlich verletzt. In seinen grünen Augen standen Tränen, und er schaute mich nicht mehr an, als er verschwand. Ich zog die Schultern hoch. Ja, ich hätte mir denken können, dass das nicht gut ausgehen würde.

Trotz Masons Einwänden war ich noch nicht bereit, Carter James von der Liste zu streichen. Irgendwann hatten sie aufgehört, über die Website von Singles Mingle zu kommunizieren, und waren auf E-Mails umgestiegen. Ich versuchte es mit einer Schlagwortsuche und wurde in einem Ordner mit der Bezeichnung »Rezepte« fündig. »Schlaues Kerlchen.«

Ich klickte wahllos auf einige E-Mails, fühlte mich dabei aber wie der schlimmste Voyeur aller Zeiten. In diesen sechs Monaten hatten sie sich über alles Mögliche unterhalten, Dinge, über die man sprach, während man sich ineinander verliebte. Nach einer verdammt heißen E-Mail von Carter an Mason schaute ich mit schlechtem Gewissen auf und erwartete beinahe, Mason vor mir zu sehen.

Rasch wechselte ich zur letzten Nachricht von Mason an Carter, die mich doch überraschte.

Ich habe gedacht, dass ich dich liebe, aber wie sich herausgestellt hat, kenne ich dich überhaupt nicht. Ich will nie wieder von dir hören.

Hatte Carter auf diese Abweisung mit Mord reagiert?

Eine kurze Google-Suche lieferte mir die Kontaktinfos zu seiner Praxis. Ich rief dort an, und eine Mitarbeiterin stellte mich zu seiner Frau durch, die mich darüber informierte, dass er im Urlaub war. Ob Carter James wirklich auf Reisen war? Oder versteckte er sich irgendwo, damit er keine unangenehmen Fragen beantworten musste? Beides würde ihm nichts bringen. Er würde schon bald merken, dass ich stur wie ein Terrier sein konnte, wenn ich mir etwas in den Kopf gesetzt hatte. Fehlte nur noch das Bellen.

Ich lehnte mich in meinem Stuhl zurück und ging mögliche Szenarien durch. Das war die Phase bei Ermittlungen, die ich am wenigsten mochte: Wenn die Lücken weit größer waren als das, was wir bereits wussten. Tate würde ganz sicher nicht vom aktuellen Stand der Ermittlungen beeindruckt sein.

Das Gespräch mit ihr lag mir immer noch schwer im Magen. Sie hatte allerdings nichts gesagt, was ich nicht schon wusste. Unserer Abteilung blieb nicht mehr viel Zeit, ihren Rhythmus zu finden. Tate bekam Druck von oben, die Einheit aufzulösen und uns anderweitig einzusetzen. Dieser Tatsache musste ich mich stellen.

Unser Team würde womöglich bald ebenso der Vergangenheit angehören wie diese Geister.

Kapitel 6

Am Donnerstag war am See deutlich weniger los. Der vierte Suchtag war nie so angenehm wie der erste. Die Nerven lagen blank, die Moral sank zunehmend, und es war unausweichlich, dass sich irgendwann jemand darüber beschwerte, dass man hier Geld verpulverte. Mir war absolut klar, dass wir nicht ewig suchen konnten.

Ich stellte mein Auto auf dem Hügel hinter einer Reihe bereits dort parkender Fahrzeuge ab. Ganz vorne stand Dannys Charger. An der Stoßstange des schwarzen Camaro vor mir klebte ein Sticker mit der Aufschrift *Mein Kind ist ein Einserschüler an der Blackwater-Grundschule*, was bedeutete, dass Kevin sich irgendwo in der Nähe herumtrieb. Dann erkannte ich noch den Van der Tauchereinheit und einen weißen Chevy Tahoe.

Shit. Diesen SUV kannte ich.

Und tatsächlich entdeckte ich Tate im Polizeiboot auf dem Wasser, als ich den Hügel hinunterging. Sie trug einen eleganten, dunkelblauen Hosenanzug mit passenden Schuhen, und als könnte sie meine Anwesenheit spüren, wandte sie sich um und warf mir einen finsteren Blick zu. Fantastisch. Offensichtlich hatte sie genug Zeit in ihrem vollen Terminkalender freigeschaufelt, um mir persönlich den Arsch aufzureißen.

Tate drehte sich wieder zu Danny und redete energisch auf ihn ein. Danny lehnte an der Bordwand und hörte ihr mit verschränkten Armen zu, den Blick aufs Wasser gerichtet. Obwohl das Boot leicht schwankte, hatte er einen Fuß auf die Kante gestellt und balancierte die Bewegungen geschmeidig wie eine Katze aus. Ab und zu wehte ihm der Wind ein paar dunkle Haarsträhnen ins Gesicht, die er dann mit einer ungeduldigen Geste wieder nach hinten strich. Angesichts der Tatsache, dass heute der vierte Tag einer Suchaktion lief, die allein auf meinem Bauchgefühl beruhte, wirkte er unfassbar entspannt.

Ich schob die Hände in die Hosentaschen und wandte den Blick ab. Hoffentlich war sein Vertrauen in mich nicht vergebens.

Aus dem Augenwinkel bemerkte ich einen Schatten, und als ich aufschaute, sah ich Kevin mit einer kleinen Tüte Erdnüsse in der Hand neben mir stehen. Eine dunkle Sonnenbrille verbarg seine Augen, und auf dem Kopf trug er eine BBPD-Baseballkappe. Er bot mir die Erdnusstüte an, und als ich nur stumm den Kopf schüttelte, kippte er sich ein paar Nüsse in die hohle Hand, um sie sich auf einmal in den Mund zu stecken.

»Und?«, fragte ich schließlich, während er schweigend kaute.

»Und was?«, nuschelte er mit vollem Mund.

»Kaum zu glauben, dass du mal nichts zu sagen hast.«

Er zuckte die Schultern. »Ich bin davon ausgegangen, dass ich sowieso nur wiederholen würde, was dir ohnehin durch den Kopf geht. Du weißt, was Tate mit dir macht, wenn wir diese Leiche nicht finden?«

»Etwas, wobei man mich anschließend nur anhand meiner zahnärztlichen Unterlagen identifizieren kann?«

»Das ist dir also klar. Gott sei Dank.« Er stopfte sich noch eine Handvoll Nüsse in den Mund. »Ich überbringe wirklich ungern schlechte Neuigkeiten.«

»Muss schlimm für dich sein, wenn du Familien Todesnachrichten mitteilen musst«, entgegnete ich trocken.

»Ich mein ja nur.« Kevin hob die Tüte an den Mund und schüttelte sie ein paarmal. Er war kaum zu verstehen, vermutlich, weil er gerade mehr Nüsse zwischen den Zähnen hatte als ein emsiges Eichhörnchen. »Wäre was anderes, wenn uns *Beweise* hergeführt hätten. Ein anonymer Tipp. Eine Zeugenaussage. Irgendwas. Nicht nur deine Vermutung.«

Wie aufs Stichwort fuhr ein kleines Polizeiboot vor uns vorbei, das einen Taucher an einer Schleppleine hinter sich herzog. Es stieß zu dem größeren Boot des Bergungsteams. Ich zog die Schultern leicht nach oben. Das Department machte keine halben Sachen. Jetzt fehlte nur noch die Küstenwache.

Ein anderer Taucher durchbrach die Wasseroberfläche und schob seine Brille nach oben. Dann spuckte er sein Mundstück aus und schüttelte den Kopf in Dannys Richtung. *Fuck.*

Kevin verschlang die letzten paar Nüsse und wischte sich danach die Hand an der Hose ab wie ein Barbar. »Tate hat gesagt, dass sie uns noch bis fünf Uhr morgen früh Zeit gibt, bevor sie die Sache abbricht.«

Ich nickte stumm. Das hatte ich erwartet.

Er stieß mich mit dem Ellenbogen an. »Hey. Es ist noch nicht vorbei. Auf dem anderen Boot arbeiten sie mit einem Seitensichtsonar. Das wird schon.«

Ich schenkte ihm ein schiefes Lächeln. »Versuch nicht, nett zu sein. Das ist gruselig.«

Kevin klopfte mir auf die Schulter, bevor er davonschlenderte. Als ich erneut zum Polizeiboot hinüberschaute, war Tate nicht mehr an Bord. Wahrscheinlich hatte sie in der Nähe ein kleines Tier entdeckt, dem sie einen kräftigen Schreck einjagen konnte. Ich ging hinunter zum Steg und sprang auf das Polizeiboot. Bis ich mich über das schwankende Deck zu Danny vorgearbeitet hatte, war er bereits wieder ins Gespräch vertieft. Mit Diego Alvarez, der in seinem Taucheranzug auf der Bordwand des Boots saß.

Ausgerechnet Diego. Er schien wenig erfreut über mein Auftauchen zu sein, verbarg es jedoch rasch und schenkte mir ein Lächeln zusammen mit einem munteren Winken. Meine Begrüßung fiel ein bisschen reservierter aus, obwohl Diego wirklich ein netter Kerl war. Entspannt, ausgeglichen, hervorragend in seinem Job, alles toll. Doch da war auch noch die Tatsache, dass er in Danny verknallt war. Das negierte für mich Diegos positive Charaktereigenschaften komplett. Nicht, dass ich Danny im Verdacht hatte, darauf einzugehen. Aber Diegos Schwärmerei war unprofessionell, und das nervte. Es war eine Ablenkung. Eine unnötige … Okay, ja. Dann war ich eben ein bisschen eifersüchtig. Wer konnte es mir verdenken.

»Hey.« Ich hob die Hand zum Gruß. »Ich störe hoffentlich nicht?«

»Nein, gar nicht«, antwortete Danny. »Diego hat mir nur gerade erklärt, wie sie die Schleppleine dazu nutzen, die Tauchtiefe zu kontrollieren. Dann suchen sie in Bahnen von einer Seite zur anderen, so ähnlich wie beim Rasenmähen.«

»Faszinierend«, murmelte ich.

Diego strahlte übers ganze Gesicht. »Er ist so ein guter Zuhörer.«

»Da hast du recht.«

Diego war schon süß, wenn man auf zielstrebige, junge Kerle mit sauber gekämmten Haaren stand. Ich schielte zu Danny rüber. Dreitagebart und ein verknittertes T-Shirt, dessen Ärmel sich gefährlich über seinen muskulösen Armen spannten. Nein, ich stand ganz offensichtlich nicht auf süß und knuddelig.

Wie das bei Danny aussah, wusste ich allerdings nicht. Zumindest beobachtete er Diego aufmerksam, als dieser in die Hocke ging, um seine Sauerstoffflaschen zu überprüfen. Oder vielleicht lag es auch an dem hautengen Taucheranzug, der sich über seinem festen Knackarsch spannte. Ich war jedenfalls froh, als Diego endlich mit einem kleinen Platschen wieder im Wasser verschwand.

Mit einem honigsüßen Lächeln wandte ich mich an Danny. »Sieh an, du hast also neuerdings eine Leidenschaft für das Wunder der Tauchkunst entdeckt.«

Seine Mundwinkel zuckten. »Man muss unser Taucherteam ja unterstützen.«

»Erinnere mich dran, dass ich dir nachher eine mit dem Ellenbogen verpasse.«

»Du kannst es ja mal versuchen.«

»McKenna, du bist vielleicht größer als ich, aber ich beherrsche Judo.«

Er lachte leise. »Du bist mehr als ausreichend Beschäftigung für einen Mann, Christiansen.« Er senkte die Stimme, sodass nur noch ich ihn hören konnte. »Und du hast einen schöneren Hintern als er.«

»Ist das so?«

»Ja. Und das kann ich dir auch gerne beweisen, indem ich ihn ausgiebig durchvögele.«

Mir so was an einem potenziellen Tatort zu sagen, sodass ich hart wurde – das war wirklich unter die Gürtellinie gezielt. Ich schaute ihm finster in die amüsiert funkelnden, blauen Augen. »Auf gar keinen Fall.«

*

Wir schafften es vor der Deadline. Gerade so.

Kurz nach vier Uhr stießen die Taucher auf eine verschlossene Truhe, die im Nebel des frühen Morgens aus dem See gehoben wurde. Der Anblick war gespenstisch, da die dünne Schleppleine im Dunkeln kaum auszumachen war und es daher wirkte, als ob sie wie ein Phantom über der Oberfläche auftauchte. Sie triefte nur so vor Wasser. Der Fund wurde zum moosbewachsenen Ufer gebracht, und es dauerte noch einmal zehn Minuten, bis sie das verdammte Ding endlich abstellten.

»Hör auf mit dem Gezappel«, raunte Danny mir genervt zu.

Genervt konnte ich auch. »Was machen die denn da so lange? Die tun ja grade so, als hätten sie die Titanic gefunden und keine rostige, alte Truhe.«

»Entspann dich, okay? Die Leute starren dich schon an.«

»Sie starren nicht deswegen, und das weißt du auch«, murmelte ich.

Das wussten wir beide, deswegen sparte ich mir, den tatsächlichen Grund laut auszusprechen. Diese Blicke hatte ich »Wir starren den gruseligen Geisterflüsterer an« getauft. Und die Leute waren dabei nicht halb so unauffällig, wie sie dachten, der gruselige Geisterflüsterer sah nämlich auch aus den Augenwinkeln ziemlich gut. Ich fuhr herum und erwischte Diego in flagranti. Er schaute so schnell weg, dass ihm vermutlich schwindelig wurde.

Als unsere Beute endlich auf dem Boden angekommen war, knackten zwei Uniformierte das Schloss mithilfe eines Brecheisens. Sie wendeten zu viel Kraft für die rostigen Beschläge auf, sodass der Deckel sich im hohen Bogen verabschiedete und einen guten Meter weiter landete. Wir traten näher, um ins Innere der Truhe zu spähen. Dass ihr Inhalt uns überraschte, wäre … etwas untertrieben.

»Ach du Scheiße«, meinte einer der Uniformierten und kratzte sich am Kopf. »Er ist nicht allein.«

Zwei Schädel glotzten uns mit makaberem Grinsen entgegen.

Ich starrte die braun verfärbten Knochen fassungslos an. Mason hatte niemand anderen erwähnt, und im Bericht des ermittelnden Detectives war auch nicht von einer weiteren vermissten Person die Rede gewesen.

»Hat er was davon gesagt, dass noch jemand bei ihm war?«, fragte Danny im Flüsterton.

Ich schüttelte nur den Kopf. Hoffentlich waren sie schon tot gewesen, bevor irgendein Irrer sie in diese Truhe gestopft und anschließend wie Müll im Wasser entsorgt hatte. An die Alternative wollte ich nicht einmal denken, konnte es jedoch nicht verhindern.

Bilder von ihrem Kampf schossen mir durch den Kopf, wie sie auf den Grund des Sees sanken und das Wasser von allen Seiten in ihren Pseudo-Sarg eindrang. Es war sicher zu dunkel, um etwas zu sehen, zu eng, um sich richtig bewegen zu können. Das kalte Wasser durchnässte ihre Kleidung, und die Panik setzte ein, als ihnen bewusst wurde, dass es keinen Ausweg gab. Und dann der finale Moment, als das Wasser sich über ihren Köpfen schloss …

»Hey.« Ich blinzelte und schaute zu Danny, der mich besorgt musterte. »Ist alles in Ordnung?«

»Ja. Natürlich.« Ich wischte mir die schwitzigen Handflächen unauffällig an der Hose ab. »Ich habe nur nachgedacht.«

Er durchschaute mich sofort. »Stell es dir nicht vor.«

»Das ist nicht so einfach. Ich habe ihn kennengelernt. Mit ihm gesprochen.« Ich stieß einen Atemzug aus. »Ich habe das Gefühl, ihn zu kennen.«

»Ich weiß.« Er fuhr sich mit einer Hand durch die Haare und rieb sich dann über den Nacken. »Die Rechtsmedizin wird uns hoffentlich bestätigen, dass eine der Leichen Mason ist. Dann müssen wir rausfinden, wer zum Teufel da mit ihm in der Kiste liegt.«

Als wäre die Spur nicht schon kalt genug. Jetzt hatten wir zwei statt einem Opfer – und wir wussten nicht mal den Namen von Nummer zwei. Mir ging auf, dass Danny immer noch sprach, und ich schaltete mich gerade noch rechtzeitig wieder ein, um den Schluss mitzubekommen.

»... und in der Zwischenzeit sollten wir wohl mal mit seinem Bruder reden. Er war nach jetzigem Stand einer der Letzten, die Mason lebend gesehen haben.«

»Du meinst den Kerl, der ausgesagt hat, dass Mason einfach so vom Erdboden verschluckt wurde, und keine Ahnung hatte, warum? Der Kerl, der Masons Unternehmen, Haus und Auto geerbt hat?«

»Genau der.« Um Dannys Augen bildeten sich kleine Lachfältchen. »Vergiss das Geld von der Versicherung nicht.«

Oh, das hatte ich sehr wohl auf dem Schirm. »Wahrscheinlich arbeitet er gerade«, überlegte ich laut. »Bäcker sind doch immer so früh dran, oder?«

»Ich denke schon.«

»Okay, ich fahre.« Ich massierte mir die müden Augen und versuchte, mein Gehirn in Schwung zu bringen. »Wir können später noch mal herkommen und dein Auto holen.«

»Verstehe ich das richtig? Wir beginnen unsere Ermittlung in einem Donutladen?«, fragte Danny skeptisch, als wir den Hügel halb hinaufgestiegen waren.

Mein Magen knurrte wie aufs Stichwort. »Bäckerei.«

»Das wirkt ein bisschen zu ... praktisch.«

»Der Ausdruck, den du suchst, ist Fügung, Irish. Göttliche Fügung.«

Kapitel 7

Bakeology.

Ich spähte zu dem Schild über dem Eingang der dunklen Bäckerei hinauf und glich die Adresse noch einmal mit der Anzeige auf meinem Handydisplay ab. Laut Suchmaschine öffnete der Laden erst in einer Stunde, aber im hinteren Teil brannte Licht, also klopfte ich leise an die Glastür. Dann noch ein paarmal kräftiger, als ich Musikfetzen aus dem Inneren hörte.

Einen Augenblick später verstummte die Musik. Eine Tür zum Verkaufsraum wurde einen Spaltbreit geöffnet, und ein Mann schaute hindurch. Selbst mit dem Bandana über seinen dunklen Haaren erkannte ich Luke auf den ersten Blick. Er trug keinen Bart mehr, das ließ ihn jünger wirken, gepflegter.

Er deutete auf das Geschlossen-Schild. Danny fischte nach seiner Dienstmarke, die er an einer Kette um den Hals trug, und hielt sie an die Scheibe. Eilig kam Luke nach vorne und wischte sich dabei die Hände an seiner Schürze ab. Er öffnete die Tür, über der ein fröhliches Glöckchen erklang, und ließ uns eintreten.

»Kann ich Ihnen helfen?«, fragte er zurückhaltend.

»Kommt drauf an«, antwortete Danny. »Sind Sie Luke Paige?«

»Ja.« Er runzelte die Stirn. »Stimmt etwas nicht, Officers? War die Musik zu laut?«

Ich räusperte mich. »Nein, wir möchten nur mit Ihnen über Ihren Bruder sprechen.« Aufmerksam beobachtete ich seine Reaktion, doch er wirkte nur ein wenig überrascht. »Ich bin Detective Christiansen, das ist Detective McKenna. Wir hätten ein paar Fragen an Sie.«

»Oh. Natürlich. Kommen Sie mit nach hinten. Macht es Ihnen etwas aus, wenn ich weiterarbeite, während wir uns unterhalten? Ich bin ein bisschen unter Zeitdruck heute Morgen, weil sich jemand krankgemeldet hat.«

»Kein Problem«, meinte Danny.

Luke deutete auf den Durchgang. »Folgen Sie mir.«

Der Geruch nach Butter und Vanille wurde intensiver, als wir durch die Doppeltür in den hinteren Teil des Gebäudes gingen. Alles in der Backstube war blitzsauber, und die Deckenlampe spendete gleißend helles Licht. Das führte mir wieder einmal vor Augen, wie gravierend sich das Leben von einem Moment auf den anderen ändern konnte. Im einen stand man am Ufer eines Sees und starrte auf zwei Skelette, im nächsten befand man sich in einer Bäckerei und starrte auf … Mir lief das Wasser im Mund zusammen, als wir an einem Gitterrost mit frisch glasierten Donuts vorbeikamen. Sie glänzten. So ein schöner Glanz. Wie in Zeitlupe tropfte der überschüssige Guss auf das Backblech unter dem Gitter.

Lukes Stimme lenkte meine Aufmerksamkeit wieder auf den Job, den wir hier zu erledigen hatten. »Worum geht es denn genau?«

»Es hat neue Erkenntnisse in Masons Fall gegeben, zu denen wir Sie gerne befragen würden«, antwortete ich ausweichend.

»Inwiefern befragen?«

»Haben Sie ein Problem damit, wenn wir Ihnen Fragen stellen?«

»Ich bin nur überrascht, dass Sie damit zu mir kommen. Ich dachte, ich wäre nicht mehr verdächtig. Seit zehn Jahren.« Er wusch und trocknete sich die Hände, bevor er sich einem Klumpen Teig auf der Arbeitsfläche widmete. »Sie können mich doch nicht immer noch für den potenziellen Täter bei Masons Verschwinden halten.«

»Sollten wir das denn?«, fragte ich.

»Natürlich nicht. Ich könnte meinem Bruder nie etwas tun.«

»Aber jetzt, wo er weg ist, gehört Ihnen seine Bäckerei. Sein Haus. Sein Auto.«

Luke warf mir einen finsteren Blick zu. »Ich habe mich dafür entschieden, sein Geschäft nicht zu verkaufen, sondern es weiterzuführen, um Mason in Ehren zu halten. Ich weiß, wie viel ihm die Bäckerei bedeutet hat. Sie war sein Ein und Alles. Und nur, damit Sie es wissen: Das war wirklich kein Zuckerschlecken. Ich hatte keine Ahnung, wie man so einen Laden führt, und musste es im laufenden Betrieb lernen. Wenn Melanie nicht gewesen wäre, hätte ich das nie geschafft.«

»Melanie?« Ich blieb an dem Namen hängen, weil er mir vorher schon begegnet war. Auf meiner Mörderwand. »Masons Ex-Frau? Die Konditorin?«

»Na ja, ja.« Er zögerte einen Moment lang, schob dann aber trotzig das Kinn vor. »Meine Verlobte. Wir sind vor ein paar Monaten zusammengezogen.«

Na, wenn das mal nicht interessant ist. Danny und ich wechselten einen Blick miteinander, der mir sagte, dass wir das Gleiche dachten.

Luke spannte die Kiefermuskeln an. »Sie waren schon eine ganze Weile geschieden, bevor wir zusammengekommen sind. Wir haben uns gegenseitig Trost gespendet, weil wir beide Mason so sehr vermisst haben. Irgendwann haben wir dann festgestellt, dass wir gerne Zeit miteinander verbringen, und der Rest ist Geschichte.«

»Wir werden uns mit ihr unterhalten müssen«, warf Danny ein. »Ich vermute, dass sie zu Hause ist?«

»Ja.« In Lukes Tonfall schwang Bitterkeit mit. »Ich weiß, dass Sie Ihren Vorschriften folgen. Jetzt, wo Sie wieder Interesse an dem Fall haben, drehen Sie mein Leben erneut auf links.«

Das konnte ich nicht leugnen. Ich würde jedes noch so kleine, schmutzige Geheimnis aufdecken, das er verbarg. Selbst wenn er geschummelt hatte, um eine Auszeichnung bei den Pfadfindern zu bekommen, würde ich das herausfinden. Das nahm ich in Kauf, wenn es mich der Lösung des Falls näher brachte.

»Wussten Sie, dass Mason eine Affäre hatte?«, fragte ich.

»Nein.«

»Würde es Sie überraschen, wenn ich Ihnen sagte, dass der Mann verheiratet war?«

Luke schnaubte. »Nicht wirklich. Mason hatte nie viel Glück in der Liebe. Aber wie schon gesagt, das wusste ich nicht.«

»Wer dann?«

Er zuckte die Schultern. »Vielleicht sollten Sie mal mit unserer Mutter reden. Sie und Mason haben quasi jeden zweiten Tag telefoniert. Oder mit seinem besten Freund Casey.«

»Das haben wir vor«, erwiderte Danny. »Würden Sie sich einem Lügendetektortest unterziehen, wenn es notwendig wäre?«

»Sicher, warum nicht? Ich habe nichts zu verbergen.« Als er aufsah, erkannte ich so etwas wie eine Vorahnung in seinem Blick. »Sie haben mir noch nicht gesagt, warum Sie eigentlich hier sind.«

Ich zog die Augenbrauen zusammen. »Das wissen Sie doch. Wir wollten mit Ihnen über Mason sprechen.«

»Nein, warum sind Sie *jetzt* hier?«, präzisierte er. »Warum nehmen Sie den Fall auf einmal wieder auf?«

»Kein Cold Case wird geschlossen, bevor er gelöst ist«, entgegnete Danny. »Wir versuchen nur, uns ein klares Bild von der Sachlage zu verschaffen.«

»Sie haben ihn gefunden.« Lukes Stimme war ausdruckslos. »Er ist tot, nicht wahr?«

Danny räusperte sich. »Erst wenn die Gerichtsmedizin uns eine Bestätigung …«

»*Gott.*« Luke versagte die Stimme, und er schluckte hart.

Die Reaktionen von Verdächtigen auf so etwas sagten meiner Meinung nach sehr viel aus, und ich konnte sehen, dass seine authentisch und aufrichtig war. Unglücklicherweise machte ihn das nicht unbedingt weniger mordverdächtig. Der Grat zwischen Liebe und Hass war manchmal extrem schmal, und beide Emotionen brachten Menschen dazu, andere zu töten.

»Ist das dann alles?« Luke wollte uns ganz offensichtlich loswerden. Seinem glasigen Blick nach zu urteilen, wollte er alleine sein, um seinen Tränen freien Lauf zu lassen. Das konnte ich ihm nicht verdenken.

»Ja«, antwortete ich leise. »Wir rufen Sie an, wenn wir noch Fragen haben.«

»Tun Sie das, bitte.« Er widmete sich wieder seinem Teig. »Nehmen Sie sich gerne welche von den Donuts mit, wenn Sie rausgehen.«

»Oh, aber das ist doch nicht …« Das Knistern der Tüte in meiner Hand ließ Danny sich zu mir umdrehen. »Offenbar schon. Danke.«

Ich warf ihm einen ungläubigen Blick zu und schnappte mir noch ein paar Donuts. Luke hatte uns dazu aufgefordert. Man lehnte keine frischen Donuts ab, das wusste doch jeder. Ich zögerte kurz und schüttelte die Tüte, um abzuschätzen, wie viele wohl noch hineinpassten. Dannys tadelndem Blick drehte ich demonstrativ den Rücken zu, während ich weitere Donuts hineinstopfte.

Immerhin wartete er, bis wir wieder im Auto saßen, bevor er mit seiner Predigt begann. »Dein Ernst?« Er legte seinen Gurt an. »Du wurdest gerade erst von einer Tatverdächtigen mit Essen unter Drogen gesetzt …«

»Vor einem halben Jahr«, protestierte ich. »Außerdem war es kein Essen, sondern Tee.«

»Mein Fehler«, erwiderte Danny trocken. »Ich wusste ja nicht, dass es einen erforderlichen Halbjahresabstand zwischen Vergiftungen gibt.«

»Wir sind immer noch Cops, wir können Donuts nicht ablehnen. Was sollen denn die Leute denken, Daniel.«

Er lehnte ab, als ich ihm die Tüte hinhielt. »Einer von uns muss in der Lage sein, den Notruf zu wählen, wenn die Drogen ihre Wirkung zeigen.«

Ich stopfte mir eine der weichen, zuckergussglasierten Köstlichkeiten in den Mund und leckte meinen klebrigen Zeigefinger ab. »Klingt nach einem guten Plan.«

Danny seufzte resigniert. »Also, was hältst du von Luke?«

»Seine Trauer wirkte aufrichtig. Aber auf der anderen Seite war Operation *Masons Leben übernehmen* ziemlich erfolgreich.«

»Ich wäre auch nicht besonders überrascht, wenn er Masons Bademantel und Hausschuhe tragen würde.« Danny trommelte mit den Fingern auf seinem Bein herum. »Das heißt nicht, dass er Mason dafür umgebracht hat. Vielleicht war es nur die Kombination aus Glück und Gelegenheit.«

»Ist schon komisch, wie viel *Glück* Leute so haben können ... Wenn zum Beispiel der eigene Bruder verschwindet und man quasi alles bekommt?«

»Nimmst du ihm die Trauermiene nicht ab?«

»Doch, schon.« Ich ließ den Motor an und drückte den Schalthebel nach vorn. »Fünfzig Mäuse, dass er gerade in seinen Sauerteig heult.«

»Die Wette gilt.«

Ich würde ja gerne behaupten, dass ich eine echte Chance hatte, doch als wir an der Rückseite der Bäckerei vorbeifuhren, sahen wir Luke neben den Mülltonnen auf und ab marschieren. Er hatte sich das Handy zwischen Ohr und

Schulter geklemmt und sprach gestikulierend hinein, eine Zigarette zwischen die Lippen geklemmt.

»Keine Träne in Sicht«, meinte Danny selbstzufrieden. »Wo ist meine Kohle, Christiansen?«

»Ich habe nur einen Zwanziger dabei«, antwortete ich grummelig. »Nimmst du auch Schecks?«

»Die mit den niedlichen, kleinen Delfinen drauf? Nope.«

»Es sind Seekühe. Ich habe eine Dankeskarte für meine Spende bekommen, auf der steht, dass ich ein ›Natur-Retter‹ bin«, informierte ich ihn. »Wie wäre es mit Coupons?«

»Nein.«

»Sex?«

Er warf mir einen abschätzenden Blick zu. »Okay«, stimmte er schließlich zu. »Das geht in Ordnung. Ein Blowjob. Und du hörst nicht auf, bis ich es sage.«

Ich liebte es, Danny einen zu blasen, aber das wäre auch der perfekte Wettgewinn für *mich* gewesen. Der Gedanke daran, was ich verpasst hatte, schlug mir auf die Laune. »Opportunistischer Mistkerl«, murmelte ich beim Fahren vor mich hin.

Danny lachte leise.

*

Die Sonne stand schon hoch am Himmel, als wir bei Melanie fertig waren. Überraschenderweise trug sie Mason die Trennung nicht nach – oder zumindest nicht mehr. Sie hatte uns erzählt, dass sie nach der Scheidung Freunde geblieben waren, und ich sah keinen Grund, diese Behauptung anzuzweifeln. Es mochte sogar sein, dass sie ihn immer noch liebte, so wie sie während der Befragung reagiert hatte. Aber er hatte sie tief verletzt, wenn auch vielleicht nicht absichtlich. In meiner Welt nannte man das ein Motiv.

Ich stieg ins Auto, inzwischen ein klein wenig positiver gestimmt, was unsere neuen Spuren anging. Jetzt fehlten mir nur Kaffee – *Kaffee*, nicht dieser Grüntee-Quatsch – und mein Whiteboard. Und danach? Ich wandte mich Danny zu, der gerade seinen Gurt anlegte. »Ich möchte mit Sue sprechen. Und den anderen Ex-Frauen. Und dann müssen wir ...«

»Uns ausruhen?«, schlug Danny vor.

Der Mann war wohl von Sinnen. »Äh, ja. Natürlich. Aber was, wenn ...«

»Du ein bisschen schlafen würdest und dich ausgeruht an die Arbeit machst, anstatt wie ein Zuckerjunkie auf Donuts und Koffein?« Er reichte mir über die Mittelkonsole hinweg eine Hand und wackelte mit den Fingern, als ich sie nicht ergriff. »Ja, den Gedanken hatte ich auch schon.«

Seine telepathischen Fähigkeiten ließen wirklich zu wünschen übrig. Ich schenkte ihm einen finsteren Blick. »Das habe ich nicht gemeint.«

Noch einmal wackelte er mit den Fingern, und dieses Mal gab ich ihm schnaufend meine Hand. Seine war größer, warm und schwielig und ... sicher. Keine Ahnung, warum er mir dieses Gefühl vermittelte. Ja, er war muskulöser und ein gutes Stück größer als ich – genetische Faktoren, auf die er keinerlei Einfluss hatte und die er nichtsdestotrotz immer mir gegenüber ausspielte –, aber daran lag es nicht. Er hätte genauso gut nur eins fünfzig und eine Bohnenstange sein können, und ich würde mich bei ihm trotzdem sicher fühlen.

Meine Ausbildung befähigte mich durchaus dazu, mich selbst zu schützen, ich *brauchte* ihn also nicht dafür. Aber dennoch war es so. Mit ihm war ich kein Geisterflüsterer oder Detective. Ich war nur Rain. Das gefiel mir – sehr sogar.

»Zwei Stunden, nur ein kleines Nickerchen«, versprach Danny mir. »Das wird dich nicht umbringen.«

»Wer weiß. Und Händchenhalten beim Autofahren ist echt kitschig.« Doch außer mit einem Zucken um seine Mundwinkel reagierte er gar nicht auf meine Worte, sondern hielt meine Hand nur noch fester.

Das gefiel mir auch.

KAPITEL 8

Aus meinem zweistündigen Nickerchen wurde ein fünfstündiger Tiefschlaf.

Als ich aufwachte, hörte ich Danny irgendwo im Haus rumoren. Vereinzelt fielen wärmende Sonnenstrahlen durch die Jalousien auf meine Haut und vertrieben die letzten Reste des verspukten Morgens. Blinzelnd warf ich einen Blick auf das Display meines Handys und musste feststellen, dass es kurz nach Mittag war.

Danny polterte ins Schlafzimmer, und ich schloss gerade noch rechtzeitig die Augen, atmete gleichmäßig weiter. Jetzt konnte ich seinen Bewegungen nur noch anhand der Geräusche folgen – ziemlich einfach dank der Holzfußböden, seiner geliebten Stiefel und festen Schritte.

Er ging ins Badezimmer, von wo ich das Klacken des Lichtschalters und dann kräftiges Bürsten hörte. Wasserrauschen im Waschbecken. Ein paar Minuten herrschte Stille, und ich war mir ziemlich sicher, dass er entweder seine Haare mit Gel oder Superkleber bändigte ... oder was auch immer sich in den sauteuren kleinen Tiegeln befand, die er auf dem Regal über der Toilette bunkerte.

Wieder der Lichtschalter und Schritte, als Danny das Bad verließ. Er stolperte über irgendetwas und fluchte unterdrückt, dann klimperten seine Schlüssel, als er das Bett umrundete. Stille.

Ich spürte seinen Blick auf mir und fragte mich, ob ich wohl endlich die Sache mit dem Schlafvortäuschen gemeistert hatte. Der frische, herbe Duft seiner Seife wurde intensiver, als er sich über mich beugte. Wonach genau es roch, konnte ich nicht sagen, aber es passte enorm gut zu ihm. Wenn Gerüche eine Farbe hätten, dann wäre Danny wohl grün, wie frisch gemähtes Gras an einem sonnigen Sommertag.

Danny seufzte lang gezogen, ich spürte seinen Atem in meinen Haaren. Als er mir einen Kuss in die Halsbeuge gab, war es aus – das leichte Beben konnte ich unmöglich unterdrücken. Er lachte leise an meiner Haut und küsste mich noch einmal auf den Hals. »Ich wusste, dass du nur so tust.«

Die Verteidigung sparte ich mir. Danny war schon immer der Meinung gewesen, dass niemand schlechter darin war als ich, und ich bewies es ihm immer wieder aufs Neue. Außerdem bekam ich mehr Küsse, wenn ich wach war, und damit konnte man mich stets locken. »Noch mal«, murmelte ich.

Er tat mir den Gefallen, und ich erbebte erneut. Als Danny sich schließlich wieder von mir löste, gab ich einen Protestlaut von mir, doch er wuschelte mir nur durch die Haare. »Gut, dass du wach bist. Hast du meine Müslischüssel gesehen?«

»Was?«

»Meine Müslischüssel. Die rote.«

Ich drehte mich auf den Rücken und legte mir einen Arm über die Augen. Wenn wir keinen Morgensex hatten, war es viel zu früh für so viel Sonne und Gerede. »Wir besitzen mehr als eine Schüssel.«

Danny zog meinen Arm beiseite, und ein Sonnenstrahl traf mich zielgerichtet mitten ins Gesicht. Ich stöhnte Mitleid heischend auf. Wenigstens war die Aussicht ganz nett. Er hatte sich nicht die Zeit zum Rasieren genommen, und ich bezweifelte, dass irgendwem ein Dreitagebart besser stand. Er sah mit seinem kantigen Kinn, den schwarzen Jeans und dem dunkelblauen Longsleeve, dessen Ärmel er nach oben geschoben hatte, zum Anbeißen aus. Das Shirt hatte ich ihm gekauft, weil ich mir gedacht hatte, dass es die Farbe seiner Augen betonen würde, und ich hatte absolut recht gehabt. Möglicherweise hätte ich es aber eine Nummer größer nehmen können. Um die Brust saß es gut, doch über Dannys Bizeps spannte sich der Stoff ein wenig. Seine Muskeln unterzogen das Gewebe einem Stresstest, den er sich patentieren lassen könnte.

Offenbar nervte ihn mein verträumtes Starren. »Also?«

»Also was?«

»Das ist eine spezielle Schüssel, in der man die Milch getrennt einfüllen kann«, erklärte er geduldig.

Ich spielte kurz mit dem Gedanken, ein Kissen nach ihm zu werfen, fand dann jedoch meine innere Mitte wieder. Vielleicht brachten die Yogastunden meiner Mutter ja doch etwas. »Sie könnte in der Spülmaschine sein.«

»Ist sie nicht, ich habe nachgesehen. Sonst noch Ideen?«

Wieder würde ich ihm gerne ein Kissen an den Kopf werfen. Offenbar war Yoga an jemanden mit meinem Temperament verschwendet. »Danny?«

»Ja?«

»Ich weiß nicht, wo deine Müslischüssel ist, dafür aber, wo sich dein Waffenschrank befindet.« Das schien ihn nicht besonders zu beeindrucken, also musste ich wohl deutlicher werden. »Meine biometrischen Daten sind einprogrammiert.«

Er lachte leise. »Ich hole mir auf dem Weg was. Schlaf du noch eine Runde.«

»Das ist nicht nötig.«

»Doch, ist es. Ich wollte nur höflich sein.« Um seine Augen zeigten sich Lachfältchen. »Ehrlich gesagt mutierst du durch Schlafmangel gerne mal zum Grizzlybären.«

Das war alles? Kein Vortrag darüber, dass ich Geistern Grenzen setzen musste? Nichts in die Richtung, dass ich einen anderen Guru finden musste, der mir dabei half, meine Geisterfähigkeiten zu beherrschen? Nichts über meinen Albtraum, der mich nur eine Stunde, nachdem wir ins Bett gegangen waren, schweißgebadet wieder hatte hochschrecken lassen?

Mein Herumgewälze hatte Danny geweckt, doch er schlang nur einen Arm um meine Taille, zu müde, um die Augen zu öffnen. Er murmelte beruhigende Nichtigkeiten in meine Haare, bis ich mich wieder beruhigt hatte. Deshalb war ich davon ausgegangen, dass mir eine weitere Predigt bevorstand. Danny predigte gerne. Das war seine Lieblingsbeschäftigung, direkt nach dem Zerpflücken von Polizeiarbeit in TV-Sendungen und dem Spoilern von Filmenden. Erst schwärmte er einem von dem Film vor, und dann hörte er auf zu reden – mitten im Satz! –, bis ich anfing zu drängeln. Dann zog er eine Augenbraue hoch und fragte: »Bist du dir sicher, dass du das wissen willst?« Dabei wusste er doch ganz genau, wie schrecklich neugierig ich war. Natürlich wollte ich es immer wissen.

Ich schaute ihn aus zusammengekniffenen Augen an. »Geht's dir gut?«

»Alles bestens.« Er gab mir noch einen Kuss und ging dann zur Tür. »Schlaf noch ein bisschen.«

»Du bist der Boss.«

»Vergiss das ja nicht.«

»Dir ist schon klar, dass ich mal FBI-Agent war«, meinte ich. »Ich bin ebenso angesehen wie professionell, und meine Dienste sind sehr gefragt.«

»Tja, im Moment bist du nur mein nervtötender Sidekick und Möchtegern-Detective.« Er grinste mich an. »Gewöhn dich dran.«

»An meiner Arbeit ist überhaupt nichts möchtegern«, gab ich verstimmt zurück, doch er schloss bereits die Tür hinter sich. Das würde er mir nachher büßen. *Nervtötender Sidekick, als ob!*

Das satte Brummen des Charger-Motors vibrierte durchs Haus. Ich lauschte dem beruhigenden Geräusch, bis Danny so weit weg war, dass es verklang. Jetzt breitete sich wieder Stille aus, nur untermalt vom leisen Summen der Küchengeräte und dem Zwitschern einiger tapferer Vögel, die sich von überlauten Muscle Cars keine Angst einjagen ließen.

Es war so ruhig und friedlich, dass die Verspannung in meinen Schultern sich tatsächlich ein wenig löste. Die Laken rochen frisch – nach Waschmittel und einem Wäscheduft, den meine Schwester uns nachdrücklich empfohlen hatte –, und so kuschelte ich mich noch ein wenig mehr hinein. Vielleicht konnte ich tatsächlich noch ein bisschen schlafen. Ich war endlich ganz und gar allein.

Gerade, als ich wieder eindöste, durchbrach ein Schnaufen die Stille. »Mann, ich dachte schon, er würde nie gehen.«

»Schsch. Ich glaube, er schläft«, gesellte sich eine zweite Stimme dazu. Ich wollte die Augen nicht öffnen, aber das klang nach Mason. »Er war praktisch die ganze Nacht auf. Siehst du nicht, wie erschöpft er aussieht?«

Ich konnte beinahe hören, wie der andere Geist die Schultern zuckte. »Nicht mehr als sonst auch.«

Na, vielen Dank auch. Ich kniff die Augen fester zusammen, und die beiden schweigen eine Weile. Lange musste ich jedoch nicht ausharren, bis der erste Geist lautstark seufzte. »Sollen wir jetzt einfach warten?«

»Ja«, zischte Mason. »Und nun halt die Klappe.«

Minuten vergingen, bevor Geist Nummer eins einen ungeduldigen Laut von sich gab. »Das ist nicht fair. Der Mittler hat gesagt, dass wir nicht hier sein dürfen, wenn sein

Muskelprotz da ist. Aber inzwischen ist der weg. Wir haben uns an die Regeln gehalten, jetzt sind wir dran.« Seine Stimme wurde lauter. »Yo, Mittler!«

Aus Erfahrung wusste ich, dass sie nicht einfach wieder verschwinden würden. Ich öffnete die Augen und schlug die Decke zurück, während ich versuchte, mich dem Tag mit fünf Stunden Schlaf zu stellen.

»Ihr wisst schon, dass ich arbeiten muss«, meinte ich nachdrücklich. »Und mein Name ist nicht Mittler.«

»Du arbeitest nicht, du verschläfst den Tag«, mischte sich eine dritte Stimme ein. Der Geist klang älter und grummelig, als wäre *er* derjenige, den man gestört hatte.

Ich taumelte ins Bad und hörte dabei mit halbem Ohr Masons Geplapper zu. Er schien bessere Laune zu haben, was gut war ... und *großartig* sein würde, wenn ich erst einmal eine Tasse Kaffee intus hatte. Konnte denn keiner von den Geistern eine Kaffeemaschine bedienen?

Ich blieb wie angewurzelt stehen und verstellte Mason so den Weg, als er mir in das kleine Badezimmer folgen wollte. »Das reicht, meinst du nicht auch?«

»Aber ich dachte, wir könnten ...«

Ich schloss die Tür vor seiner Stupsnase und massierte mir die Schläfen. Einen Moment lang versuchte ich, mich zu beruhigen und meine innere Mitte wiederzufinden, aber vergeblich. Also drehte ich beide Wasserhähne in der Dusche auf. Die Rohre gaben ein psychopathisches Quietschen von sich, während der Duschkopf hustend Wasser spuckte. Es würde ein paar Minuten dauern, bis die Temperatur stabil war, aber der Wasserdruck war kräftig, der Heißwassertank riesig und verdammt, genau das brauchte ich jetzt.

Ich hatte gerade meine Boxershorts ausgezogen und zu Boden fallen lassen, als Mason den Kopf durch die Tür steckte. Einen Augenblick suchte ich stammelnd nach Worten. »Du!«

»Ich«, bestätigte er. »Ich dachte, du könntest vielleicht Gesellschaft gebrauchen.«

»Falsch gedacht.«

Kurz trauerte ich dem Verlust meiner normalen Morgenroutine hinterher. Mir wäre nie in den Sinn gekommen, dass ich es mal vermissen würde, auf dem Klo zu sitzen und über den Sinn des Lebens nachzudenken, aber nun wurde ich eines Besseren belehrt. Ich stieg unter die Dusche und schloss den Vorhang mit einem Ruck, japste dann jedoch erschrocken, als viel zu heißes Wasser auf meinen Rücken prasselte. Rasch regulierte ich die Temperatur runter und hoffte, dass der Bad-Eindringling mir nicht weiter folgte. Das Letzte, was ich jetzt brauchte, war, die Dusche mit einem hartnäckigen Geist zu teilen.

»Ich habe gehört, dass du bei Luke warst«, hakte er nach, blieb aber zum Glück auf der anderen Seite des Vorhangs.

»War ich.« Er wirkte entschlossen, hierzubleiben, also konnte ich ihm auch ein paar Fragen stellen. »Was hältst du davon, dass er deine Ex-Frau heiratet?«

Einen Moment lang herrschte Schweigen, bevor Mason antwortete: »Wow. Zurückhaltend bist du nicht gerade.«

»Ich habe noch nie besonders gern auf den Busch geklopft, nein.«

»Das erklärt den Zustand der Büsche im Garten«, meinte er mit einem spöttischen Schnauben.

»Das sind Dannys Büsche«, informierte ich ihn. »Ich wohne nicht hier.«

»Wenn du das sagst«, murmelte er.

Okay, vielleicht verbrachte ich ein bisschen mehr Zeit in Dannys Haus, als zwingend notwendig gewesen wäre, aber es gefiel mir überhaupt nicht, wenn man mich auf diese Tatsache aufmerksam machte. »Hast du mir was zu sagen, Geist?«

»Oh, ich bin also nur noch ein Geist.«

»Bist du, wenn du mir auf die Nerven gehst.«

»Bitte entschuldige, wenn ich nicht unbedingt positiv darauf reagiere, dass du alte Wunden wieder aufreißt«, fuhr er mich an. »Ich liebe sowohl meinen Bruder als auch Melanie, und ich bin froh, dass sie zueinandergefunden haben. Aber ich bin auch nur ein Mensch. Im ersten Moment habe ich mich ein bisschen betrogen gefühlt.«

»Obwohl du sie nicht geliebt hast?« Ich zog den Vorhang ein kleines Stück beiseite, um seinen Gesichtsausdruck sehen zu können.

»Ich habe Melanie *immer* geliebt. Nur nicht so, wie sie es verdient hatte.«

Mason rieb sich über den Nacken, und plötzlich erschienen Fingerabdrücke auf seinem Hals, die sich dunkel gegen seine blasse Haut abhoben. Blut tropfte von seiner Stirn und formte eine rote Spur bis zu seinen Schlüsselbeinen. »Ich wusste, dass ich ehrlich sein und sie gehen lassen musste.«

»Mason, du …« Ich gestikulierte in Richtung seines Kopfs, und er runzelte die Stirn, als er auf einmal blutverklebte Haare in der Hand hielt.

»Tut mir leid.« Mason verzog das Gesicht. »Das passiert manchmal, wenn ich wütend werde oder an das denke, was passiert ist.«

»Hast du deinen Mörder gesehen?«

»Bis jetzt nur schemenhaft.« Er zog die Augenbrauen zusammen. »Das sollte mich wohl nicht überraschen. Die Einzelheiten kommen nur bruchstückhaft zurück. Ich weiß nie, was echt ist und was nicht. Ich weiß nicht mal mehr richtig, was ich an dem Tag eigentlich gemacht habe.«

»Das ist sehr schade.«

»Was du nicht sagst. Ich habe das Gefühl, dass die Macht, die mich ins Jenseits zwingt, *will*, dass ich vergesse … Dass ich alles und jeden vergesse, die ich zurückgelassen habe.

Ich weiß auch, dass das besser wäre, aber ich kann nicht. Ich kann es einfach nicht.« Er schüttelte den Kopf.

»Noch nicht«, erwiderte ich leise. Ich erinnerte ihn nicht gerne daran, dass er irgendwann loslassen musste, aber es war notwendig.

»Noch nicht«, stimmte er mir zu.

Das Blut floss inzwischen stärker aus der Kopfwunde. Es sah so ... verdammt *echt* aus. Kaum schoss mir der Gedanke durch den Kopf, fiel auch schon ein Tropfen mit einem leisen Platschen zu Boden. Ungläubig starrte ich auf den Fleck auf der Fliese.

»Wieso hast du so viel Substanz?«

»Ich weiß es nicht.«

Langsam schloss ich den Duschvorhang wieder komplett und verschaffte mir damit eine Atempause. Ich musste nachdenken. Die Geister schienen stärker zu werden. Lag das an mir? Gab es da etwas, was ich tun oder lassen sollte? Nicht zum ersten Mal wünschte ich, es gäbe ein Handbuch für diese Sache.

»Was steht als Nächstes auf dem Plan?«, fragte Mason schließlich.

»Da du Ehefrauen gesammelt hast wie andere Leute Pokémon-Karten, darf ich jetzt den Rest des Tages damit verbringen, sie zu befragen. Ich wüsste gerne, ob eine von ihnen dir die Kehle aufgeschlitzt hast, weil du schwul warst.«

»Als könnte ich was dafür.«

»Dann eben, dass du dir was vorgemacht hast, weil du eigentlich schwul warst.« Ich wischte mir ein wenig Shampoo aus dem Gesicht und trat wieder unter den Wasserstrahl. »Und wenn ich dann noch Zeit habe, würde ich gerne mit deiner Mutter sprechen.«

Seinem anhaltenden Schweigen entnahm ich, dass ihm das nicht besonders gefiel. »Ich möchte nicht, dass du den

Menschen, die ich liebe, zu nahe trittst. Sie haben genug durchgemacht.«

»Genau dafür lebe ich doch«, entgegnete ich sarkastisch. »Ich trete alten Damen auf die Füße und ihre Hunde die Treppe runter.«

»Nicht Mr Pickles!« Er klang entsetzt.

»Mason?«

»Ja?«

»Raus aus meinem Badezimmer.«

Er schnaufte. »Was ist dein Problem?«

Ich entschied mich, den Conditioner heute mal auszulassen, und seifte mich fahrig ein. »Mein großes Problem ist, dass ich alles, was ich hier drin tue, gerne allein tun würde.«

»Das stimmt so nun nicht«, korrigierte er mich. »Waren du und dein Kerl neulich abends nicht auf dem Waschtisch … ähm, beschäftigt?«

Darauf antwortete ich nicht. Vor Wut kochend spülte ich den Schaum mit dem abnehmbaren Duschkopf ab. Was für eine Schande. Da hatten wir schon ein Badezimmer mit allen Annehmlichkeiten, und dann fehlte uns schlicht die Privatsphäre. Konnte man nicht mal seinem Partner auf seinem eigenen Waschtisch einen blasen, ohne dass es auf der Titelseite der *Washington Ghost* landete?

Ich hängte den Duschkopf wieder an seinen Platz und drehte das Wasser ab. Stille. Als ich jedoch auf den Vorleger trat, erstarrte ich, weil Mason immer noch am Waschbecken stand. »Du!«

»Ich«, meinte er schulterzuckend. »Wenn es hilft: Du bist ein recht attraktiver Mann.«

»Was?«

»Ich persönlich stehe ja mehr auf Dunkelhaarige«, fuhr er todernst fort. »Blaue Augen. Muskulös und groß. Du kennst den Typ Mann.«

»Bestens.«

»Er hat schon echt was, oder?« Mason wurde rot, als ich ihn mit hochgezogenen Augenbrauen ansah, und fügte noch hastig hinzu: »Nicht, dass du nicht auf deine eigene Art anziehend bist.«

»Danke für die Blumen«, erwiderte ich trocken.

»Ich meine, dein Bauch ist ziemlich flach. Du hast nette kräftige Beine und hübsche braun-grüne Augen. Ich liebe braun-grüne Augen. Und deine, hm, Ausstattung …« Inzwischen knallrot angelaufen machte er eine Handbewegung in Richtung meines Schritts. »Die ist schon recht durchschnittlich, oder?«

Wenn er übertrieben hätte, hätte er bleiben dürfen. Ich deutete auf die Tür. »Raus.«

»Aber …«

»Wir kümmern uns um deine Probleme, wenn ich eine Hose anhabe.«

»Aber ich …«

»Raus!«

Mason warf mir noch einen bösen Blick zu und glitt dann durch die Wand. Ich schnappte mir ein Handtuch vom Haken, das vermutlich dringend eine Wäsche nötig hatte, und rubbelte mich mit so groben Bewegungen trocken, dass meine Haut rot wurde. »Recht durchschnittlich«, murmelte ich vor mich hin. Und dann lauter: »Mein Freund ist damit vollkommen zufrieden!«

Während ich mir das Handtuch um die Hüften wickelte, wurde das Stimmengemurmel auf der anderen Seite der Tür lauter.

»Mit wem redet er da drin?«

»Wer weiß? Ich weiß nur, dass ich mit dem Mittler sprechen muss.«

»Du?« Das war noch eine neue Stimme. »Ich war zuerst da.«

»Ich war schon letzte Woche hier.«

»Letzte Woche? Ich bin mindestens schon doppelt so lange …«

»Es reicht!« Ich riss die Badezimmertür auf, um meiner Stimmung Luft zu machen. Das Handtuch hatte ich fest um meine Hüften geschlungen, um mir weitere Geistermeinungen zur Größe meines Penis zu ersparen. »Ich tue, was ich kann. Einer nach dem anderen. Abgemacht?«

Die Geister grummelten unzufrieden, während ich zum Kleiderschrank marschierte und ihm einen grau melierten Anzug entnahm, der gerade frisch aus der Reinigung gekommen war. Schnell zog ich mich an und komplettierte das Outfit mit einer blauen Krawatte. Zwei Stunden, dachte ich grimmig. Zwei Stunden lang würde ich mich diesem Geisterunsinn widmen und dann wieder meiner regulären Arbeit nachgehen.

Kapitel 9

Mein zweistündiges Zeitfenster war ein bisschen zu knapp bemessen gewesen. Es war bereits Nachmittag, als ich meine Mediumpflichten erfüllt hatte. Die nächsten drei Stunden verbrachte ich damit, Masons verbliebene Ex-Frauen zu befragen. Sie waren so unterschiedlich, wie man nur sein konnte, wiesen jedoch eine offensichtliche Gemeinsamkeit auf: Sie trugen Mason nichts nach.

Es war schon spät, als ich endlich zu Masons Mutter Sue fuhr. Sie lebte in einer Seniorenresidenz in Boca, was ein gutes Stück entfernt war. Das machte mir jedoch nichts aus, weil ich auf der langen Fahrt die Gelegenheit bekam, mich ein bisschen zu entspannen, und das hatte ich bitter nötig.

Es fiel mir zunehmend schwer, es den Geistern nicht übel zu nehmen, wenn sie mich dazu drängten, etwas für sie zu tun. Mein Gerechtigkeitssinn wies mich darauf hin, dass ich ihnen auch nicht viel andere Wahl gelassen hatte. Die meiste Zeit meines Lebens hatte ich Geister rundheraus ignoriert. Wer konnte es ihnen da verdenken, dass sie jetzt ein wenig angespannt waren, wo ich endlich auf sie reagierte?

Mein Gerechtigkeitssinn wurde jedoch regelmäßig von dem Wunsch überlagert, dass alles einfach wieder normal werden sollte – was auch immer das bedeutete. Am normalsten war mein Leben wohl gewesen, als ich davon ausgegangen war, dass die Geister nur meiner Fantasie entsprungen und ich einfach ein bisschen mehr schlafen musste, damit sie wieder verschwanden.

Als ich schließlich die Ausfahrt zu Sues Seniorenresidenz nahm, dämmerte es bereits. Die Gegend war nicht die beste, aber sobald ich das in fröhlichen Farben gestaltete Hinweisschild zu Sunnybrooks Acres passierte, hatte ich das Gefühl, als wäre ein Schalter umgelegt worden. Die Anlage war äußerst gepflegt. Mit Seniorenresidenzen hatte ich kaum persönliche Erfahrung, aber im Fernsehen wurden sie immer als dicht auf dicht gebaute Baracken gezeigt, in die undankbare Kinder ihre Eltern zum Sterben abschoben. Wenn das der Norm entsprach, war das hier offenbar die Ausnahme.

Nachdem ich mein Auto geparkt hatte, kam ich an einer Rentnergruppe vorbei, die auf der großzügigen Rasenfläche vor dem Eingang Yogaübungen absolvierte, was mich an meine eigene Mutter erinnerte. Ich war ein aufmerksamer, pflichtbewusster Sohn, weswegen ich mir einen mentalen Vermerk machte, eine Broschüre mitzunehmen, mit der ich ihr drohen konnte. So, wie ich sie kannte, würde mir diese Frechheit einen Klaps auf den Hinterkopf einbringen.

Sue Harris-Paige wohnte im dritten Stock. Sie öffnete mir die Tür, hatte aber kaum einen Blick für meinen Ausweis übrig, sondern schaute mich aus wässrigen blauen Augen forschend an. »Sind Sie wegen Mason hier?«

»Ja.« Ich klappte meinen Ausweis zu und steckte ihn wieder ein. »Ich hatte gehofft, dass Sie einen Moment Zeit haben, sich mit mir zu unterhalten.«

»So viel gibt es hier nicht zu tun.« Sie gab den Weg durch die Tür mit einem etwas atemlosen Lachen frei. »Kann ich Ihnen eine Limonade anbieten?«

»Das ist sehr nett, aber nein, danke.«

Sie schlurfte davon, und einen Moment später ging mir auf, dass ich ihr wohl folgen sollte. Ich schloss die Tür leise hinter mir und lief ihr durch das halbdunkle Zimmer nach auf den verglasten Balkon.

Ich bewegte mich langsam, um hinter ihr zu bleiben, was mir genug Zeit gab, mich in der kleinen Wohnung umzusehen. Das Mobiliar war alt, und alles wirkte ein wenig vollgestopft, aber immerhin sauber. Auf dem Balkon angekommen, setzte ich mich in einen Korbsessel, der direkt vom Set von »Golden Girls« hätte stammen können.

Nachdem Sue Platz genommen hatte, sah sie mich erwartungsvoll an. »Sie sagten am Telefon, dass Sie Fragen haben. Was genau möchten Sie denn wissen?«

»Alles, was Sie mir über Mason erzählen wollen.«

»Alles?« Ihre Augen verengten sich etwas, als würde sie nur darauf warten, dass ich das relativierte … Als hätte sie ihr Leben lang auf diese Frage gewartet und sich darauf vorbereitet.

Oh je. Trotz einer gewissen Vorahnung bestätigte ich: »Alles.«

Die Schleusen öffneten sich. Wobei, eigentlich öffneten sie sich nicht einfach – jemand sprengte sie aus den Angeln, und eine Flutwelle rauschte auf mich zu.

Sie sprach über Masons Kindheit, seine Jugendzeit und seine Ausbildung. Dass er schwul war, hatte sie von einem Mitglied der Kirchengemeinde erfahren, das sich Sorgen um seine Seele machte. Sue hatte dem Mann empört mitgeteilt, dass er viel früher als Mason zur Hölle fahren würde, weil er so viel tratschte, und dann dafür um Vergebung gebetet. Sie erzählte mir von seiner Leidenschaft fürs Backen und stemmte sich dann aus ihrem Stuhl hoch, um mir einige uralte, eselsohrige Zeitschriften mit Artikeln über das *Bakeology* zu zeigen. Irgendwann war sie heiser und holte sich noch etwas zu trinken, was mich völlig überfahren und mit der Ausgabe eines Kochmagazins auf dem Schoß zurückließ.

Wenn reden eine olympische Disziplin wäre, hätte sich diese Frau gerade die Goldmedaille geholt, ohne einen Tropfen Schweiß zu vergießen.

Doch es war keine reine Zeitverschwendung gewesen, denn jetzt hatte ich das Gefühl, Mason besser zu kennen. Ich wusste, dass aus einem netten, schüchternen Jungen ein netter, schüchterner Mann geworden war, der sich manchmal nicht traute, für sich selbst einzustehen. Er war künstlerisch begabt, kreativ und großzügig. Irgendwie war es schön, das bestätigt zu bekommen, was ich von ihm in unseren kurzen Zusammentreffen als Eindruck gewonnen hatte. Allerdings war ich auch vorher schon sehr motiviert gewesen, seinen Mord aufzuklären. Mir fehlte es vor allem an Hinweisen.

Es war mir nicht entgangen, dass Sue ihren anderen Sohn mit keiner Silbe erwähnt hatte. Als sie mit einem Glas Limonade zurückkam, um das ich sie nicht gebeten hatte, nutzte ich die Gelegenheit, bevor sie das Gespräch erneut an sich riss. »Wie haben Luke und Mason sich denn verstanden?«

»Wie bitte? Gut natürlich.«

Gut? Nur gut? Ich hatte mehr erwartet, vor allem von der Frau, die zwanzig Minuten lang darüber geschwärmt hatte, wie Mason den jährlichen Kuchenbasar ihrer Kirche vorangebracht hatte.

»Standen sie sich nahe?«, hakte ich weiter nach. »Ich weiß, dass Luke eine Weile bei seinem Bruder gewohnt hat.«

Zum ersten Mal, seit sie sich zu mir gesetzt hatte, schien sie wenig begeistert über meine Gesellschaft zu sein. »Ja, das stimmt«, erwiderte sie knapp. »Viel mehr weiß ich aber nicht darüber.«

»Jede Kleinigkeit könnte mir weiterhelfen.«

»Wie ich schon sagte, ich weiß wirklich nichts, mein Lieber. Luke hatte wohl Geldprobleme, und Mason hat ihn bei sich wohnen lassen, bis er das geregelt hatte. So was machen Brüder doch, oder?«

Ich selbst hatte keinen, also konnte ich das nicht beantworten. Meine Zwillingsschwester würde mich mit Sicherheit aufnehmen, was natürlich nett war. Aber wenn sie dachte, dass ich jemals in ihrem Hobbithaus unterkriechen würde, hatte sie sich geschnitten.

»Sie sprechen nicht viel über Luke«, merkte ich an und beobachtete sie dabei genau. »Und mir ist aufgefallen, dass Sie auch nicht viele Fotos von ihm haben. Gibt es dafür einen Grund?«

»Ich weiß nicht, worauf Sie hinauswollen. Ich liebe meine beiden Söhne.« Sie spitzte die runzligen Lippen.

»Ich habe nie etwas anderes angenommen.«

»Gut. Mein Luke hatte immer Probleme, aber er ist trotzdem mein Sohn.« Sie schaukelte ein wenig in ihrem Sessel und starrte angespannt aus dem Fenster. »Als Jugendlicher hat er sich oft geprügelt. Manchmal wurde Mason mit reingezogen, wenn er versucht hat, seinen Bruder zu verteidigen. Ich weiß gar nicht, wie oft die beiden mit einer dicken Lippe, Platzwunden und blauen Flecken nach Hause gekommen sind. Howard hat sich deswegen ständig die Haare gerauft.«

»Ihr Mann?«

»Ja.« Wir schauten beide zum Familienfoto an der Wand. Offensichtlich hatte er sich die Haare sogar ausgerauft, denn dort war er mit einer polierten Glatze zu sehen. »Gab es mal ernsthafte Schwierigkeiten?«

»Mit der Polizei, meinen Sie? Oh, ein paar kleinere Sachen, hier und da. Mason musste ihm ein paarmal Kaution stellen. Luke hat den Ärger irgendwie angezogen.« Sie schaukelte erneut. »Wir waren so froh, als er in Masons Fußstapfen getreten ist und eine Ausbildung angefangen hat, doch die hat er abgebrochen. Zum Glück hat Mason ihm dann einen Job in der Bäckerei gegeben.«

Sie zögerte sichtlich, und ich lehnte mich ein wenig nach vorn. »Mrs Harris-Paige, bitte. Alles, was Sie wissen, könnte uns helfen.«

»Ich ... ich möchte eins klarstellen: Ich glaube nicht, dass Luke seinem Bruder etwas tun könnte. Aber Mason hat ihn gebeten auszuziehen, und Luke hat es nicht besonders gut aufgenommen.« Sie rang die Hände im Schoß. »Das war zwei Wochen, bevor Mason verschwunden ist.«

»Warum wollte er, dass sein Bruder auszieht?«

»Das weiß ich nicht. Sie kamen nicht gut miteinander aus. Nicht, dass Mason so viel Zeit für uns hatte. Ich glaube, er hatte einen neuen Freund.« Sie lächelte ein wenig. »Junge Liebe kann einen so vereinnahmen.«

Ich drehte mich mitsamt dem Sessel in Richtung Tür, als ich einen Schlüssel im Schloss hörte. Sue schien das nicht weiter zu kümmern, sie schaukelte nur wieder in ihrem Sessel und summte vor sich hin. Bevor ich sie fragen konnte, ob sie jemanden erwartete, öffnete sich die Tür, und ein Mann erschien im Türrahmen. Er hatte sich eine braune Papiertüte unter den Arm geklemmt, balancierte eine Konditoreischachtel und hielt zwei kleine Apothekentüten zwischen den Zähnen.

Seine Statur und Größe waren durchschnittlich, und er trug eine Jeans kombiniert mit einem kurzärmeligen Flanellhemd. Alles andere wurde von den Dingen verdeckt, die er in den Armen hielt. »Sue, ich habe deine Medikamente mitgebracht«, nuschelte er um die Tüten herum.

»Vielen Dank, mein Lieber«, antwortete Sue. »Du kannst sie einfach auf die Anrichte legen.«

Mit etwas Mühe fand der Mann eine freie Stelle auf der bereits vollgestellten Arbeitsplatte. Beinahe wäre ihm die rosafarbene Konditoreischachtel runtergerutscht, aber er fing sie gerade so rechtzeitig auf. »Ich bin noch kurz bei *Bakeology* vorbeigefahren und habe ein paar frische Muffins besorgt. Du isst doch die mit Heidelbeeren so gerne, also habe ich vor allem die ...« Er stockte, als er mich entdeckte. »Oh, entschuldige. Ich wusste nicht, dass du einen Gast hast.«

»Gar kein Problem«, erwiderte ich und erhob mich halb aus meinem Sessel, um ihm eine Hand zu reichen, die er zögerlich schüttelte. »Mein Name ist Detective Rain Christiansen, und ich bin nur kurz vorbeigekommen, um mich mit Sue über ...«

»Mason zu unterhalten.« Er schluckte. »Ich bin übrigens Casey.«

Seine braunen Haare waren lang genug, um ihm ständig in die Augen zu fallen. Als er sich eine Strähne hinters Ohr strich, erkannte ich den wahrscheinlichen Grund für seine Frisur. Über die rechte Seite seines Gesichts zogen sich zahlreiche wulstige, glänzende Narben. Die würden vermutlich gar nicht so auffallen, wenn der Rest seines Gesichts nicht so ebenmäßig und harmonisch proportioniert gewesen wäre.

Casey war ein auffallend attraktiver Mann, zumindest für mich. Als Profiler war mir mehr als den meisten anderen bewusst, wie sehr sich Menschen von Gesichtssymmetrie angezogen fühlten. Das war in der Regel das Erste, was mir bei meinem Gegenüber auffiel, noch vor der Haarfarbe. Trotz seiner Narben war Caseys Gesicht wunderschön symmetrisch.

»Ihr Timing ist tatsächlich ziemlich gut«, meinte ich, während ich mich wieder setzte. »Mit Ihnen würde ich auch gerne noch reden.«

»Ich muss leider gleich wieder weg, weil ich in einer halben Stunde einen Freund abholen muss.« Seine Haare fielen erneut über den vernarbten Bereich. »Ich bin nur eben vorbeigekommen, um Sue ihre Einkäufe zu bringen.«

»Dann vielleicht morgen.«

»Mein Terminkalender ist im Moment wirklich sehr voll«, erklärte er. »Eventuell in ein paar Tagen? Ich rufe Sie an.«

Niemand freute sich darauf, mit der Polizei zu sprechen, aber bei Casey hatte ich das Gefühl, dass er mir auswich.

Sein Terminkalender hatte es schließlich auch erlaubt, dass er für Sue bei der Bäckerei, der Apotheke und dem Supermarkt vorbeigefahren war. Auf der anderen Seite fraß es vermutlich einiges an Zeit, wenn man sich um die Mutter des besten Freunds kümmerte.

»Tun Sie das bitte«, sagte ich letztendlich. »Bald.«

Er nickte. »Ganz sicher.«

Einen Augenblick lang stand er da und trat unruhig von einem Bein aufs andere, als wäre er sich nicht sicher, ob er einfach so gehen durfte.

Sue lächelte. »Wir wollen dich nicht aufhalten. Detective Christiansen und ich haben uns gerade so nett unterhalten. Es ist immer schön, wenn jemand vorbeikommt. Das passiert nicht mehr so oft wie früher.«

»Ich komme, so oft ich kann«, entgegnete Casey stirnrunzelnd.

»Das war nicht als Kritik gemeint, Schätzchen. Würdest du die Lebensmittel noch wegräumen, bevor das Eis schmilzt? Und leg die Muffins doch bitte auf die Kuchenplatte. Sie riechen wirklich gut.«

Casey wirkte nicht begeistert davon, aber Sue hatte ihm nicht viel Wahl gelassen. Wir sahen ihm hinterher, als er in der Küche verschwand.

»So ein guter Junge«, meinte sie. »Seit Mason verschwunden und mein Howard von uns gegangen ist, hilft er mir, wo er nur kann.«

»Das ist wirklich nett von ihm.« Ich musste kurz überlegen, um an das Gespräch vor der Unterbrechung anzuknüpfen. »Sie hatten erwähnt, dass Mason mit jemandem zusammen war. Wissen Sie vielleicht, mit wem?«

»Er wollte noch nicht darüber sprechen, weil er es nicht beschreien wollte.« Sue schwieg einen Moment lang. »Ich hatte so gehofft, dass er endlich jemand Besonderes kennengelernt hatte.«

»Können Sie sich vorstellen, wer Mason etwas hätte antun können?«

»Nein. Aber ich bin wirklich froh, dass Sie hergekommen sind. Vielen Dank, dass Sie den Fall meines Sohns wieder aufnehmen.«

»Masons Fall wurde nie abgeschlossen«, erwiderte ich freundlich.

»Oh, ich weiß, dass die Ermittlungen angeblich noch andauern, solange niemand *abgeschlossen* auf den Pappkarton schreibt. Aber niemand hat aktiv daran gearbeitet. Hin und wieder gräbt jemand von der Presse die Geschichte aus. Dann schickt das BBPD mir einen Officer, der seine Pflicht erfüllt.«

Es erschütterte mich, eine sonst so nette und naiv klingende Person derart zynisch zu hören. Und mir stellte sich unwillkürlich die Frage, wie viel von ihrer Fassade als schusseliges Großmütterchen womöglich vorgespielt war.

Sue fuhr fort: »Sie stellen mir die gleichen schmerzhaften Fragen wie im Jahr davor, notieren meine Antworten und legen sie dann in die staubige Akte. Und wissen Sie, warum ich das jedes Mal mitmache?«

»Weil Sie ihn zurückhaben möchten«, antwortete ich leise.

»Weil ich will, dass er *gefunden* wird.« Sie schluckte sichtbar. »Jedes Jahr habe ich das BBPD am Tag seines Verschwindens angerufen. Ich weiß, dass sie mich für eine verrückte Alte halten, die denkt, dass ihr Sohn noch am Leben ist, aber ich wusste es immer.«

»Mrs Harris-Paige, es gibt noch keine Identifikation …«

»Ich weiß es schon. Eine Mutter weiß so etwas.« Sie schaukelte noch ein bisschen auf ihrem Sessel. »Ich habe angerufen, um der Polizei klarzumachen, dass Mason noch jemandem wichtig ist. Er ist mehr als ein verstaubter Karton in einem alten Lagerraum.«

»Ich verstehe.«

»Jetzt habe ich noch eine Frage an Sie. Werden Sie der Detective sein, der seinen Fall endlich löst?«

So ein Versprechen konnte ich ihr nicht geben. »Ja«, sagte ich dennoch fest, obwohl ich mich gleichzeitig für meine Voreiligkeit verfluchte. »Dieses Gespräch war keine Zeitverschwendung.«

»Gut. Darüber bin ich sehr froh.« Sue seufzte. »Wissen Sie, Mason war nicht perfekt, aber ein guter Mann.«

»Ich bin von nichts anderem ausgegangen und wollte so etwas auch nicht andeuten.«

»Ich sage Ihnen das, weil Sie seine letzte Möglichkeit sind, noch einmal zu Wort zu kommen. Er verdient diesen Abschluss.« Sie verschränkte die Finger miteinander. »Sie sind der Mann, der seinen Fall bearbeitet, also sollte Mason Ihnen auch etwas bedeuten.«

Das war süß, aber unnötig. Das tat Mason nämlich bereits.

Kapitel 10

Ich verbrachte die lange Rückfahrt überwiegend in gedankenvoller Ruhe, das Radio so leise gestellt, dass ich es kaum hören konnte. Als ein aufgedrehter Moderator mich über eine Party, auf die ich nie gehen würde, und über den Star des Abends informierte, von dem ich noch nie gehört hatte, machte ich es ganz aus.

Auch wenn Sue das nicht beabsichtigt hatte, so rückte Luke durch ihre Äußerungen doch ziemlich in meinen Fokus. Offenbar war Mason sein Leben lang damit beschäftigt gewesen, für seinen Bruder die Kohlen aus dem Feuer zu holen. Mal abgesehen davon, dass er Luke bei sich hatte wohnen lassen und ihm einen Job gegeben hatte, für den er nicht qualifiziert gewesen war. Vielleicht hatte Mason vom Geben die Nase voll gehabt. Oder vielleicht hatte Luke sich zu sehr ans Nehmen gewöhnt.

Erst, als ich vor Dannys Haus stand, wurde mir bewusst, dass ich automatisch hierhergefahren war. Natürlich stand sein Auto mitten in der Einfahrt. Schon wieder. Einen Moment lang überlegte ich, ob wir ausgemacht hatten, den Abend allein zu verbringen, doch dann zuckte ich die Schultern und parkte hinter ihm, was ihn am Wegfahren hindern würde.

Als ich aus dem Auto stieg, knurrte mein Magen kräftig. Der Duft von rauchigen Köstlichkeiten, der in der Luft hing, passte zu der Qualmwolke, die von irgendwo hinterm Haus aufstieg. Danny war nicht gerade ein begnadeter Koch – wir hatten deswegen immer einen Feuerlöscher zur Hand –, aber er war der unangefochtene Grillmeister. Ich konnte die Holzkohle beinahe schmecken, während ich über die Rasenfläche ins Haus ging.

Nach einer schnellen Dusche war ich mehr als bereit, mir den Bauch vollzuschlagen. In bequemen Shorts und T-Shirt machte ich mich auf den Weg nach hinten.

Danny stand am Grill, und seine Wangen waren vom Feuer, dem Wetter oder vielleicht einer Mischung aus beidem gerötet. Auch er hatte seine Arbeitskleidung gegen Basketball-Shorts, ein Tanktop und Nike-Flipflops eingetauscht.

Lächelnd beobachtete ich, wie er seine Fleischspieße überwachte, als wären es Kinder. Bestimmt würde er ihnen jeden Moment eine Gutenachtgeschichte vorlesen. *Dann küsste die Soße das Steak, und sie lebten glücklich und zufrieden noch weitere drei Minuten, bis sie in meinem Mund landeten. Ende.*

Auf der Schürze, die er sich um die Taille gebunden hatte, stand »Kiss the Cook«, eine Aufforderung, der ich prompt folgte, indem ich Danny einen sanften Kuss auf den obersten Wirbel drückte. Es war schon eine Weile her, dass er seinen Undercut hatte nachschneiden lassen, und die Härchen waren weich nachgewachsen. Seine Haare waren so tiefschwarz, dass sie fast bläulich schimmerten, und die poetische Ader in mir erwartete beinahe, Tinte auf den Lippen zu schmecken.

Ich gab ihm noch einen Kuss auf den Nacken. »Hi.«

Danny drehte sich gerade lange genug zu mir um, um mir ein Lächeln zu schenken. »Selber hi. Ich hab mich schon gefragt, ob du heute überhaupt kommst. Wie war es im Seniorenheim?«

»Nett. Es wird dir dort gefallen, wenn du alt und senil bist.«

»Moment mal. Wieso muss *ich* derjenige sein, der irgendwann alt und senil ist?«

Ich tippte mir gegen die Stirn. »Nur so ein Gefühl. Bei so was habe ich normalerweise recht.« Mir fiel der kleine Soßentopf auf dem obersten Rost auf, dessen Inhalt fröhlich vor sich hin blubberte, und ich streckte einen Finger aus, um mal zu probieren. Prompt bekam ich einen Klaps mit der Grillzange, der mir ein Keuchen entlockte. »Das hat wehgetan, du Idiot.«

»Wahrscheinlich weniger als kochend heiße Queso an deinem Finger.«

»Nur, damit du es weißt: Ich würde zukünftig lieber den Hintern gespankt bekommen als die Hand.« Ich rieb mir die schmerzende Stelle. »Brauchst du Hilfe?«

»Nein, ist fast fertig.« Er schnappte sich eine Bierflasche vom Beistelltisch und reichte sie mir. Dann deutete er mit der Zange auf die Verandasessel. »Setz dich. Entspann dich.«

Gott sei Dank. Mit einem leisen Ächzen ließ ich mich quer auf eins der Sitzmöbel sinken, schwang die Beine über eine der Armlehnen und ließ sie baumeln. Mein Angebot, ihm zu helfen, war so was von nicht ernst gemeint. Ich hatte meinen Kerl, ein kaltes Bier, eine warme Mahlzeit in der Mache und musste dafür nicht einen Finger rühren. So war es auszuhalten.

Irgendwann hatte Danny genug davon, seine Fleisch-Kinder zu babysitten, und setzte sich auf den Liegestuhl neben meinem. Er beobachtete mit einer erhobenen Augenbraue, wie ich das Etikett des Biers studierte. Eins von den Craft-Bieren, die er so liebte. Ich war ja eher der Typ *Hauptsache Bier und kalt*, aber das hinderte mich nicht daran, einen Schluck aus der Flasche zu nehmen.

Der Geschmack war stark, herb und hatte etwas von Apfel. Auf mein zustimmendes Brummen hin klackerte Danny mit der Zange und hängte sie dann über die Armlehne seines Stuhls. Ich lachte leise. »Wie lange braucht das Essen noch, Meisterkoch?«

»Die Steak-Tacos sind in fünf Minuten fertig.«

»Klingt gut.« Ich schnipste mit den Fingern. »Oh, hätte ich beinahe vergessen: Wenn du morgen vor mir fährst, sollten wir jetzt noch umparken. Du stehst schon wieder mitten in der Einfahrt.«

»Da habe ich geparkt, damit du in die Garage fahren kannst«, meinte er, lehnte sich zurück und verschränkte die Hände hinterm Kopf. »Stellst du dich deswegen immer hinter mich? Ich bin davon ausgegangen, dass du gerne bei Tagesanbruch Auto-Tetris im Schlafanzug spielst.«

»Aber in der Garage steht dein Zweitwagen.«

»Der ist schon seit zwei Wochen nicht mehr da.« Danny runzelte die Stirn. »Weißt du nicht mehr? Ich habe ihn an meine Mutter abgetreten.«

»Ich wusste nur, dass du das vorhattest«, erwiderte ich vorsichtig. Seine Mutter war nach wie vor ein Thema, das ich nur mit spitzen Fingern anfasste. Sie hatte mir bis heute nicht vergeben, dass ich Danny bei unserem ersten Beziehungsanlauf das Herz gebrochen hatte, und das ließ sie uns auch gerne wissen. »Du hast dir ziemlich Sorgen gemacht wegen der Panne auf dem Freeway.«

Ich war mit ihm im Auto gewesen, als sie Danny aufgelöst angerufen hatte, weil ihr Auto auf der Interstate mitten in der Rushhour den Geist aufgegeben hatte. Selbst mich hatte das beunruhigt, obwohl ich nicht viel für die alte Schachtel übrig hatte. »Beunruhigt« beschrieb das Ausmaß von Dannys Emotionen jedoch nicht. Er hatte postwendend das Blaulicht samt Sirene angeworfen und so schwungvoll gewendet, dass ich beinahe ein Schleudertrauma davongetragen hätte. Also ja, ich hatte gewusst, dass er ihr ein neueres Auto besorgen wollte. Ich war nur überrascht, dass sie sein Angebot endlich angenommen hatte. Paula McKenna war genauso stur und stolz wie ihr Sohn – manchmal überraschte es mich immer noch, dass sie nicht blutsverwandt waren.

Danny beantwortete meine unausgesprochene Frage. »Ich habe sie lange genug bearbeitet. Letztendlich waren schwere Geschütze und ein paar Schuldgefühle nötig. Hab ihr gesagt, dass sie möglichst noch unter uns weilen sollte, wenn wir ihr endlich ein paar Enkeltiere verschaffen.« Er grinste mutwillig. »Bestimmt finden wir irgendwann einen Hund, der dich in seiner Nähe toleriert.«

Blödmann. Ich öffnete den Mund, um ihm verbal eine zu verpassen, als plötzlich der Inhalt seiner Worte ganz zu mir durchsickerte. »Wir? Wie in du und ich?«

»Das ist die Definition von wir. Du bist echt ein Genie.«

»Danke«, entgegnete ich trocken.

»Alles in allem eine Win-win-Situation«, fuhr er fort. »Jetzt muss ich mir auch nicht mehr dein Gejammer anhören, dass die Sonne den Lack deines geliebten BMW angreift.«

Unterm Strich war das eine ziemlich großartige Überraschung. Allerdings ... brachte mich das auf das große Ganze. Platz für mein Auto in der Garage zu machen, war definitiv ein Schritt nach vorne ... oder? Oder war er nur höflich?

»Dann sind wir uns also einig?«, fragte Danny. »Du parkst ab sofort in der Garage?«

»Ja«, stimmte ich schließlich zu. »Natürlich.«

»Gut.« Seine Mundwinkel hoben sich ein wenig. »Allerdings finde ich es schon ein bisschen seltsam, dass du mir noch nicht angemessen gedankt hast.«

Ich lachte, gehorchte dann aber und gab ihm einen zärtlichen Kuss. Sein Mund war warm und weich, und er schmeckte ein wenig nach Bier. Oder vielleicht kam das auch von meinen eigenen Lippen. Spielte eigentlich auch keine Rolle, viel wichtiger war, dass wir uns Zeit nahmen, den Mund des anderen zu erkunden.

Eigentlich sollte das nur liebevoll Zuneigung ausdrücken, und als mehr daraus zu werden drohte, zog ich mich zurück, weil ich es dabei belassen wollte. Auch wenn es mir verdammt schwerfiel. Am liebsten hätte ich mich auf seinen Schoß gesetzt und mit ihm unter dem Sternenhimmel gevögelt. Scheiß auf Stechmücken und Sommerhitze. Ich würde ja gerne behaupten, dass mich der Anstand zurückhielt, doch ich wollte einfach nichts anfangen, was wir dann nicht beenden konnten.

Wie zur Bestätigung klingelte in diesem Augenblick Dannys Handy-Timer. Als ich mich in meinem Liegestuhl zurücklehnen wollte, griff Danny jedoch in meine Haare und küsste mich noch einmal, bevor er sich mit einem Stöhnen von mir löste und nach seinem Handy angelte. Er wischte mit dem Daumen über das Display, und der nervige Piepton verstummte.

»Ich muss die … Hm, du weißt schon.«

»Fleischspieße?« Ich blinzelte ihn unschuldig an.

Danny verengte die Augen und schnappte sich seine Zange. Mein Versuch, ihm auf den Hintern zu starren, als er wieder zum Grill eilte, schlug prompt fehl, weil die dummen Shorts einfach zu locker saßen. Nicht ein ordentlicher Blick war mir vergönnt. Ich verfluchte die Fleischspieße, schlabberige Basketball-Shorts und pünktliche iPhone-Timer allesamt gleichermaßen.

Nachdem Danny das Fleisch vom Rost gefischt hatte, legte er es auf einen Teller. Mir lief das Wasser im Mund zusammen, als er die Steak-Stücke mit der Zange von den Metallspießen schob, und mein knurrender Magen jagte mich von meinem bequemen Liegestuhl hoch. Ich schlich mich näher an Danny heran, falls er notfallmäßig einen Vorkoster brauchte.

Mein Versuch, nach einem Stück Fleisch zu greifen, wurde jedoch beinahe mit einem weiteren Zangenklaps bestraft – nur meine schnellen Reflexe retteten mich. Ich pikte Danny in die Seite. »Mach schon, ich hab Hunger.«

»Du bist eine Nervensäge.«

Das konnte ich nicht leugnen. »Und du bist ein wahrer Künstler am Grill. Dafür vergebe ich dir sogar deine mangelhaften Fähigkeiten in anderen Bereichen.«

Danny zog eine Augenbraue nach oben. »Welche sollen das sein?«

»So viel Zeit haben wir jetzt doch bestimmt nicht, oder?«

In seine Augen trat ein amüsiertes Funkeln. »Wahrscheinlich gibst du erst Ruhe, wenn ich dir was in den Mund stecke. Und *nicht das*«, kam er mir zuvor, bevor ich etwas erwidern konnte. »Hier. Probier das.«

Er hielt mir ein Stück Steak hin, das ich gerne annahm und dabei gründlich seine Finger ableckte. Limette und Salz explodierten auf meiner Zunge, und ich brummte zufrieden, während ich kaute.

»Ich liebe die Geräusche, die du von dir gibst.«

Dannys tiefere Tonlage ließ mich die Augen wieder öffnen. Dass ich sie geschlossen hatte, war mir gar nicht aufgefallen. Er atmete sichtbar ein, und seine Pupillen waren ein wenig geweitet. Endlich zierten sich seine losen Basketball-Shorts nicht mehr so und gewährten mir einen Blick auf den Umriss seines Schwanzes.

Ich schaute Danny warnend an. »Wag es ja nicht, Tacos mit Sex zu verknüpfen. Ich habe wegen dir schon Schwierigkeiten mit Nudelsoße.«

»Was hätte ich denn tun sollen?«, fragte er schmunzelnd. »Du hattest Soße am Mund.«

»Hatte ich auch Soße auf meinem Schwanz? So habe ich das jedenfalls nicht in Erinnerung.«

Danny lachte nur und hängte die Zange an den Grilldeckel. Dann hakte er die Daumen in die Gürtelschlaufen meiner Shorts und zog mich dichter zu sich. »Ich habe geduscht«, informierte ich ihn.

»Merke ich. Du riechst nach dem Zeug, das uns deine Mom zum Ausprobieren mitgegeben hat.«

»Ja, ich bin ein guter Sohn und habe es getestet. Erinnere mich daran, den Minzschokoladen-Duschschaum mit einem klaren Nein zu bewerten.«

»Der Meinung war ich erst auch, aber ich glaube, das ändert sich gerade.« Er rieb die Nase an meinem Hals und atmete tief ein. »Du riechst wirklich wie Minzschokolade.«

»Ich will mich nicht über den fragwürdigen Seifengeschmack meiner Mutter unterhalten«, stellte ich klar. »Ich will gevögelt werden.«

»Das lässt sich einrichten.« Jetzt klang Dannys Stimme wirklich heiser.

Er löschte den Grill ab, was eine heiße Dampfwolke aufsteigen ließ, für die ich ihn sogleich zur Vorsicht ermahnte. Danny nickte nur mit von der Hitze gerötetem Gesicht. Graue Ascheflöckchen schwebten durch die Luft und sanken wie sommerlicher Grillschnee zu Boden. Dann schaute Danny mich erwartungsvoll an.

Ich erwiderte den Blick, bis mir klar wurde, dass ich grünes Licht bekommen hatte. Also trat ich postwendend aufs Gas, indem ich meine Hände in seine Shorts schob. Meine Hände fanden seine festen Pobacken und drückten zu, was Danny ein scharfes Einatmen entlockte. Mein Griff wurde fester, was es ihm zunehmend erschwerte, still zu halten – ich hätte es ihm durchaus etwas leichter machen können. Jede Stelle an seinem Körper war mir vertraut, ich kannte alle, bei denen er wild vor Lust wurde. Wenn ich wollte, konnte ich ihn in einer Minute zum Orgasmus bringen oder ihn eine halbe Stunde lang an der Klippe entlangtaumeln lassen.

Ich ließ mich auf die Knie sinken und zog Dannys Shorts nach unten. Sie saßen locker genug, dass es nicht viel Mühe kostete, sie zu seinen Füßen zu befördern. Der Duft seiner Erregung stieg mir in die Nase, und ich betrachtete seinen Schwanz, wobei mir erneut das Wasser im Mund zusammenlief.

Ich lehnte mich nach vorn und nahm ihn so tief auf, wie ich konnte, was ihm ein Stöhnen entlockte, das in meiner Kehle widerhallte. Danny taumelte einen halben Schritt nach hinten, um sich am Verandageländer abzustützen, wodurch er halb aus meinem Mund rutschte. Rasch setzte ich ihm nach, doch plötzlich bemerkte ich aus dem Augenwinkel einen grauen Schatten.

Bevor ich jedoch identifizieren konnte, was das genau war, kommentierte eine mir fremde Stimme: »Shit, du kannst das so gut. Als wäre dein Mund dazu gemacht, Schwänze zu blasen.«

Ich riss die Augen auf und gab Dannys Länge erschrocken wieder frei. Neben dem Grill war ein Mann aufgetaucht. Er trug hautenge Jeans mit strategisch platzierten Rissen und ein paillettenbesetztes Oberteil, das bei jeder Bewegung glitzerte. Seine dunklen Augen hatte er mit Eyeliner umrahmt, was sie noch geheimnisvoller wirken ließ.

»Ich bin als Nächstes dran«, meinte er mit einem lüsternen Grinsen.

Warum zum Teufel stand da ein Discohäschen auf meiner Veranda?

»Baby, nicht aufhören«, raunte Danny in diesem Moment drängend.

Im Versuch, mich wieder zu konzentrieren, strich ich mit beiden Händen über seine kräftigen Beine, deren Muskeln vor Anspannung unter meinen Fingern zitterten. Seine Haut war feucht und glatt durch einen feinen Schweißfilm.

»Der Kerl ist so heiß«, fuhr der Geist in einer Tonlage fort, die an ein Schnurren erinnerte, und kam ein wenig näher. »Für den müsste ich nicht mal eine Pille einwerfen.« Sein Lachen klang kalt und hart. »Aber hey, wenn der scheiß DJ mir kein schlechtes Ecstasy angedreht hätte, wäre ich überhaupt nicht hier.«

Ich versuchte, ihn auszublenden, da er sich nun über seine eigenen Nippel rieb und hineinkniff, doch in meinem Kopf herrschte blankes Chaos. So dreist war noch nie ein Geist in unsere Privatsphäre eingedrungen, und das wirkte wie das Äquivalent eines Eimers mit kaltem Wasser auf mich. Früher hatte ich vielleicht ein- oder zweimal von einem Dreier geträumt, aber letzten Endes war es genau das – eine Fantasie. Ich wollte Danny mit niemandem teilen, und dabei ging es nicht nur um Eifersucht. Was uns verband, war zu intim und zu besonders.

Als ich bemerkte, dass Danny verwirrt auf mich hinunterschaute, lächelte ich ihn, wie ich hoffte, beruhigend an. Klappte nicht. Er legte mir eine seiner warmen, großen Hände an die Wange. »Wir müssen nichts machen, wenn du zu müde bist.«

»Ich bin nicht zu müde.«

»Das würdest du doch sowieso nie zugeben«, erwiderte er mit einem schiefen Grinsen. »Ich will damit nur sagen, dass es für mich okay ist, wenn du keine Lust hast.«

»Ich habe immer Lust auf dich.« Daran wollte ich keinen Zweifel lassen.

Auf der Spitze seines Schwanzes bildeten sich Lusttropfen, die ich nur zu gerne ableckte. Seine Haut war warm und weich, und er schmeckte ein wenig salzig. Seine Bauchmuskeln verspannten sich unter meiner Zunge. Gerade wollte ich ihn wieder in den Mund nehmen, als ich bemerkte, wie der Geist eine Hand ausstreckte, um Danny zu berühren.

»Wag es ja nicht, ihn anzufassen«, fuhr ich den Geist an, ohne darüber nachzudenken. Danny zuckte erschrocken zusammen und starrte mich entsetzt aus großen Augen an. Der Geist zeigte mir den Mittelfinger und verschwand, aber die Stimmung war natürlich futsch. Jetzt etwas erzwingen zu wollen, würde alles nur noch schlimmer machen.

Ich seufzte tief, setzte mich auf die Fersen zurück und rieb mir mit beiden Händen übers Gesicht. Vielleicht schaffte ich es ja noch, mir rechtzeitig einen Smoking für die Preisverleihung zu leihen, da ich sicher den ersten Platz in Sachen aufheizen und dann hängen lassen gewinnen würde.

»Tut mir leid«, sagte ich schließlich. »Ich muss aufhören.«

Danny schaute auf mich runter, und die Besorgnis war ihm deutlich anzusehen. »Was ist los?«

»Nichts, nur ... Wir waren nicht allein, und ich ...«

»Hey, hey.« Sanft zog er mich auf die Beine. »Sieh mich an. Es ist alles gut.«

»Ach ja?«

»Ja«, bestätigte er fest. »Wir können auch wann anders weitermachen. Erst mal was essen, okay? Und dann vielleicht ein bisschen ausruhen.«

»Du klingst wie meine Mutter.«

»Damit kann ich leben. Deine Mutter ist cool.« Er zog einen Mundwinkel hoch. »Aber vielleicht sprechen wir lieber nicht über sie, solange mein Schwanz aus der Hose hängt.«

Das brachte mich zum Lachen. Diese Bitte war durchaus nachvollziehbar.

*

Vor mir schwebte ein Gesicht, verfärbt und aufgedunsen. Eine der Augenhöhlen war leer und schwarz, und eine Spinne krabbelte heraus. Reflexartig riss ich die Hände nach oben, in dem Versuch, den Körper wegzuschieben. Seetang hatte sich darum gewickelt, und auf einmal roch es nach Salz und Meer.

Ich war mir sicher, dass ich den Mann noch nie zuvor gesehen hatte, allerdings war es auch schwer, die Horrorvision vor mir mit einem menschlichen Gesicht in Verbindung zu bringen. Das an sich war schon seltsam, weil Geister normalerweise ihre bevorzugte Form behielten. Sie nahmen sich nicht in ihrem ermordeten Zustand wahr, es sei denn, die Gefühle überwältigten sie. Also war das hier ein Traum, oder?

»Ich weiß nicht, wer du bist«, versuchte ich zu sagen, doch die Worte kamen mir nur langsam und schleppend über die Lippen. »Oder?«

Das verbliebene Auge in dem lang gezogenen, verformten Gesicht fixierte mich mit stechendem Blick. Um den Hals des Mannes hatte sich sein langes, dunkles Haar in verfilzten Strähnen wie Ranken gewunden. Dann griff er so plötzlich nach mir, dass ich keine Chance hatte, ihm auszuweichen. Er packte mein Kinn und hielt mich fest. Die Kälte seiner langen, knochigen Finger ließ mich erschrocken nach Luft schnappen, dann wehrte ich mich, schaffte es aber nicht, mich zu befreien. Sein Mund grinste mich breit an und entblößte abgebrochene, schwarze Zahnreste. Auf einmal schmolz sein Gesicht und rann von seinen Knochen wie Wachs, das von einer Kerze tropfte. Es sammelte sich zu seinen Füßen.

»Wie heißt du?«, fragte ich im Flüsterton. »Wer bist du?«

Das Skelett grinste mich weiter an wie eine misslungene Halloween-Dekoration. Als es schließlich sprach, klang es, als wären Tausende Stimmen miteinander in einem merkwürdig hohl klingenden Ton vereint. »Hilf mir«, verlangte der klaffende Mund. »Ich will nicht *sterben, sterben, sterben.*«

Ich erwachte mit einem tonlosen Keuchen und setzte mich ruckartig im Bett auf. Einen Moment lang saß ich nur mit rasendem Puls da. Ich rieb mir kräftig mit einer Hand übers Gesicht und tastete dann nach der Nachttischlampe. Als ich den kleinen Schalter betätigte, flutete Licht den Raum.

Mein Blick landete auf Danny, der friedlich auf dem Rücken schlief, einen Arm unter dem Kopf, den anderen über der Brust. Ein paar Sekunden lang schaute ich ihn an, froh, ihn nicht mit meinem Unsinn geweckt zu haben. Er sah so jung aus, wenn er schlief, vor allem wegen seiner dichten, beinahe mädchenhaften Wimpern. Sein sonst mit diversen Mittelchen gebändigtes Haar stand in alle Richtungen ab. Ohne ihn wirklich zu berühren, strich ich mit den Fingerspitzen über sein kantiges, von Bartstoppeln überzogenes Kinn, als könnte allein die Nähe zu ihm die Albträume vertreiben.

»Ich habe dir einen Termin gemacht«, sagte er mit noch immer geschlossenen Augen. »Wir gehen da morgen zusammen hin.«

Ich erstarrte. Hätte ich mir ja denken können, dass er wach war – der Mann wurde schon von einem Niesen munter. »Du weißt doch gar nicht, worum es in dem Traum ging.«

»Traum?« Danny öffnete die Augen und stemmte sich auf einen Ellenbogen hoch. »Ich bin mir ziemlich sicher, dass Albtraum es wohl besser trifft.«

»Wortklauberei.«

»Du stehst doch auf Wortklauberei.« Er streichelte mir mit dem Daumen über die Stelle unter den Augen, und ich brauchte keinen Spiegel, um zu wissen, was er da sah – dunkle Ringe und Tränensäcke. Ich schlief zu wenig, und das sah man mir auch zunehmend an. »Ich klinge nicht gerne wie eine Platte mit Sprung, aber ...«

»Ich habe alles unter Kontrolle.«

»Dich mit jemandem darüber zu unterhalten, könnte helfen.« Er zuckte die Schultern. »Und wenn es dir nichts bringt, gehen wir wieder.«

Sein Blick ließ mich aufmerken. Genau dieses Lächeln hatte ich bei meinen Nichten benutzt, als sie noch klein waren und ich ihnen weismachen wollte, dass Brokkoli auch ohne alles lecker war und der Käse darauf nur störte.

»Ich weiß nicht, ob ich morgen Zeit habe«, erwiderte ich. »Die Arbeit wird ja nicht weniger, nur weil ein Geist Grenzen überschreitet.«

»Einer?« Danny wirkte geduldig wie jemand, der ganz genau wusste, dass er letzten Endes seinen Willen bekommen würde. Ein Fels in der Brandung, dem das Toben des Ozeans reichlich egal war. »Ich glaube nicht, dass das warten kann. Du schon?«

Ich brauchte einen Augenblick, bevor ich einen neutralen Tonfall anschlagen konnte. »Wenn dir das so wichtig ist ...«

»Ist es.«

»Dann mache ich das«, stimmte ich mit zusammengebissenen Zähnen zu.

Ich legte mich wieder hin und starrte an die Decke, sortierte dabei die Kreise und Vertiefungen ihrer Oberfläche zu einem Muster. So sehr ich mich auch anstrengte, das alles rational zu betrachten und mich nicht angegriffen zu fühlen, so stark war doch mein Widerstand dagegen. Außerdem wollte ich ihn anfahren, wie viele Baustellen *er* mal dringend bei sich bearbeiten sollte, aber das wäre nicht fair.

»Rain.« Als ich zu ihm rüberschaute, lagen weder Vorwürfe noch Verurteilung in seinem Blick, nur Geduld und Verständnis. »Was brauchst du?«

Dich. Ich ließ meine Hand über seinen flachen Bauch gleiten und genoss das Gefühl der glatten, warmen Haut unter meinen empfindlichen Fingerspitzen. Seine Bauchmuskeln zuckten unter der Berührung, und ich beugte mich zu Danny, um ihm über den Hals nach oben zu lecken. Als ich mit den Zähnen über die sensible Stelle hinter seinem Ohr schabte, durchlief ihn ein Schauer.

Ich wiederholte das, nur um ihn noch einmal erbeben zu sehen. »Will dich in mir.«

Danny schien in meinem Blick etwas zu suchen, doch dann lächelte er. »Also machen wir das ab jetzt immer so?«

»Ja.« Er beobachtete mich, wie ich auf die Knie kam und am Zugband meiner karierten Schlafhose hantierte. »Ich gehe zu deinem bekloppten Guru, aber erst vögelst du mich, bis ich genug habe. Klingt nur gerecht, oder?«

»Ich weiß nicht. Scheint, als würde ich dabei den Kürzeren ziehen.«

»An meinem Schwanz ist gar nichts kurz, Püppi.«

In Dannys Augen tanzte der Schalk. »Idiot.«

»Komm schon, Irish«, lockte ich. »Willst du mir nicht helfen, über den schlimmen Traum hinwegzukommen?«

»Vielleicht können wir dir ja einen Traumfänger besorgen oder so.«

Dein Schwanz kann mein Traumfänger sein. Ich gab auf, den Knoten lösen zu wollen, und schob die Hose bis zu meinen Knien hinunter. Dann beugte ich mich nach vorn und stützte mich mit den Ellenbogen auf der Matratze ab, bevor ich Danny mit hochgezogenen Augenbrauen anschaute. Er fluchte leise.

Ungeduldig musste ich warten, bis Danny sich aus dem Würgegriff der Decken befreit hatte. Mir war nicht nach Romantik und Liebkosungen. Ich wollte es hart … wollte, dass er meinen Körper benutzte, bis ich an nichts anderes mehr denken konnte. Falls er es jemals aus dem Laken schaffte, ohne sich dabei zu erhängen, weil er es so eilig hatte.

Endlich war er hinter mir und umfasste fest meinen Hintern. »Fantastisch«, murmelte er mehr zu sich selbst als zu mir.

Keine Ahnung, ob er damit meinen Körper oder meine Direktheit meinte, aber es war mir auch egal. Wir waren endlich allein und hatten Lust aufeinander, mehr brauchte ich nicht. »Mach schnell, bevor wieder ein Geist vorbeischaut.«

Das reichte, damit Bewegung in die Sache kam. Danny passte es nicht, mich so wenig vorzubereiten, aber das kümmerte mich nicht, solange ich endlich meinen harten, schnellen Fick bekam. Wenig später erfüllte er mir den Wunsch, drang tief in mich ein und dehnte mich unglaublich weit. Stöhnend drängte ich mich ihm entgegen. *Mehr, mehr, mehr.* Ich brauchte einen Moment, um zu bemerken, dass jemand dieses Wort vor sich hin stammelte. Und noch ein paar Sekunden, um zu erkennen, dass ich selbst das war.

Danny brummte etwas Zustimmendes und drückte mich mit einer Hand weiter nach unten – ich landete auf der Matratze. Das hieß wohl, dass es mit langsam jetzt vorbei war. Ich spreizte die Beine so weit, wie es mit der Hose um meine Knie machbar war. Die Augen öffnete ich nicht. Wenn jemand zuschaute, wollte und musste ich das nicht wissen.

Die Sache war schon ein wenig verzwickt. Auf der einen Seite würde Danny mich so vögeln, wie es der freakige Teil von mir wollte. Dafür musste ich aber zu einem Guru gehen und etwas tun, das vermutlich grässlich esoterisch war. Danny schob sich wieder in mich, dick und lang genug, um ein Brennen zu verursachen, das ich in vollen Zügen genoss, und ich stöhnte erneut auf.

Um ehrlich zu sein, hatte ich schon mehr für weniger getan.

Kapitel 11

Wenn ich eins gelernt hatte, dann, dass man seine Versprechen halten musste.

Auf dem Weg zu meinem Termin blieben all meine Wünsche für Staus, heruntergelassene Bahnschranken und hochgefahrene Klappbrücken unerhört. *Typisch.* Musste ich mal dringend pinkeln, durfte ich garantiert an einem Bahnübergang ewig auf die Durchfahrt eines extra langen Zugs warten. Aber wenn ich ein Hindernis haben wollte, waren wir quasi allein auf dem Highway unterwegs und mussten nur an einer einzigen roten Ampel halten. Dazu kam noch Dannys Fahrstil – als hätte der Kojote aus den Road-Runner-Cartoons eine Fahrerlaubnis für seine Rucksackrakete bekommen –, was mir die letzte Möglichkeit auf Unpünktlichkeit nahm. Zwanzig Minuten zu früh rollten wir auf den kleinen Parkplatz einer Einkaufsmeile.

Ich betrachtete zweifelnd das Gebäude, vor dem wir standen, und dann Dannys ruhigen, aber entschlossenen Gesichtsausdruck. Den hasste ich. Es war sein Komme-was-wolle-Ausdruck und bedeutete genau das.

Auf dem Schild am Haus stand in großen Buchstaben: »Temple of the Red Lotus«.

Klingt seriös.

Natürlich wusste Danny ganz genau, was gerade in mir vorging. »Das ist eine ernst zu nehmende Einrichtung, die mir wärmstens empfohlen wurde.«

»Von wem?«, fragte ich misstrauisch.

»Deiner Mutter.«

»Wow. Du willst eigentlich gar nicht, dass ich da reingehe, oder?« Ich beäugte den fröhlichen Aufkleber im Schaufenster, der besagte, dass Besucher auch ohne Termin willkommen waren.

»Man braucht bei vielen seriösen Läden keinen Termin.«

»Wir sind in einer Einkaufsmeile.«

»Viele seriöse Geschäfte sind in Einkaufsmeilen.«

»Direkt nebenan ist ein Dunkin' Donuts.«

»Spirituelle Erleuchtung und Schmalzgebäck? Ich nenne das die gelungene Umsetzung eines durchdachten Businessplans.« Danny zog die Augenbrauen zusammen, als ich die Türverriegelung des Autos betätigte. »Du kannst entweder freiwillig aussteigen, oder ich zerre dich raus. Deine Entscheidung.«

»Erzwungene spirituelle Erleuchtung? Das ist aber nicht im Sinne des Zen.«

»Es ist, wie es ist.«

Ich entdeckte ein weiteres Schild im Schaufenster. »Sie akzeptieren Visa und Mastercard?«

»Was hast du denn erwartet, wie sie bezahlt werden? Mit Energie-Gutscheinen?« Jetzt klang er entnervt. »Rain, wir waren uns einig.«

»Daran kann ich mich nicht erinnern«, erwiderte ich trotzig und rümpfte die Nase.

»Du hast zugestimmt, dass du versuchst, mehr Kontrolle über deine Gabe zu bekommen, und ich habe zugestimmt, jedes Mal dein Sexsklave zu sein, wenn du einen Termin hast. Mein Schwanz sagt, dass ich meinen Teil gestern Nacht erfüllt habe. Und heute Morgen.«

Dagegen konnte ich schwerlich argumentieren, da mein Hintern ihm recht gab.

»Na schön.« Ich stieg aus dem Auto.

Danny verengte die Augen, als ich ihm noch einen giftigen Blick zuwarf. »Und knall ja nicht meine ...«

Ich schlug die Autotür schwungvoll zu und fühlte mich direkt ein bisschen besser. Dann ging ich hinüber zum Red-Lotus-Tempel, und mein Magen krampfte sich unangenehm zusammen. Am Eingang angekommen drehte ich mich noch einmal zu Danny, um zu sehen, ob er mich nicht doch vom Haken ließ. Doch er stand mit dem Hintern an sein Auto gelehnt da, die Arme vor der Brust verschränkt, und erwiderte meinen Blick unnachgiebig. Dann scheuchte er mich mit einer Handbewegung vorwärts.

Er hatte ja recht. Meine Fähigkeiten wuchsen mir zunehmend über den Kopf. Trotzdem fühlte ich mich wie ein Kind am ersten Schultag nach den Sommerferien. Ich schnaufte und betrat das Gebäude.

Der Eingangsbereich wirkte wie aus dem Lehrbuch für Feng Shui, samt Grünpflanzen. Offenbar hatte man bei der Gestaltung viel Wert auf die Optik eines buddhistischen Tempels gelegt. Ein paar Sekunden nach meinem Eintreten erschien ein Mann in einem mit einem Vorhang verdeckten Durchgang. Gekleidet war er in ein weißes Hemd mit langen Trompetenärmeln und eine ebenfalls weiße Hose, die ihm bis zu den Knöcheln reichte. Seine langen, krausen Locken waren zu fast gleichen Anteilen braun und grau und wurden mit einem weißen Haarband im Zaum gehalten. Sein Aussehen deutete zwar eher auf einen Entflohenen aus einer psychiatrischen Einrichtung hin, aber sein Blick war offen und freundlich.

Er lächelte mich strahlend an und legte die Handflächen vor der Brust zusammen. »Namaste. Ich bin Tree, dein spiritueller Führer.«

»Tree?«

»Darf ich deinen Namen erfahren?«

Zugegeben, gerade ich sollte mich in dieser Sache nicht zu weit aus dem Fenster lehnen. Wenn es jemanden gab, der meinen vollen Namen zu würdigen wusste, dann wohl ein Mann, der Baum hieß. »Rainstorm«, antwortete ich seufzend.

»Großartig.« Wie erwartet zuckte er nicht mit der Wimper. »Wollen wir anfangen? Ich würde gerne mit ein paar reinigenden Übungen beginnen, und dann können wir dein Chi reaktivieren.«

Oh, das fing ja gut an. »Okay«, meinte ich langsam, weil ich keine Ahnung hatte, auf was ich mich da jetzt einließ.

Er klatschte in die Hände. »Folge mir.«

Ich trödelte ein wenig, als er mich hinter den hauchdünnen Vorhang in so eine Art Meditationsraum führte. Dort saßen sechs Menschen mit geschlossenen Augen im Schneidersitz auf Yogamatten. Meine leicht feuchten Schuhe verursachten quietschende Geräusche auf dem Fußboden, egal, wie vorsichtig ich auftrat.

Quietsch. Quietsch. *Quiiiiietsch.*

Einer der Meditierenden gab einen unwilligen Laut von sich und öffnete die Augen. Hastig schaltete ich mein Handy aus. Wenn quietschende Schuhe schon Empörung hervorriefen, würden sie mich bei einem klingelnden Handy vermutlich mit einer Yogamatte ersticken.

Als wir schließlich zu einem kleinen, mit Vorhängen abgeteilten Bereich kamen, ging Tree zu einem großen Schrank und öffnete ihn. Zum Vorschein kam ein Meer aus Weiß. Er sortierte ein paar Kleidungsstücke um und hielt hin und wieder eins hoch, um seine Größe abzuschätzen. Schließlich reichte er mir einen Stapel.

Ich schaute auf die Kleidung, dann wieder zu ihm. Dann den Weg zurück, den wir gerade gekommen waren, und ich fragte mich, wie viel Krach meine Schuhe wohl machen würden, wenn ich rausrannte, so schnell ich konnte. »Ist das wirklich notwendig?«

Er lächelte nur, als ich die Kleidung entgegennahm, und schloss die Schranktür wieder. »Kleidung kann eine Menge negativer und positiver Gefühle in sich tragen. Sie kann uns außerdem in einen bestimmten Geisteszustand versetzen. Wenn du diese hier trägst, hilft sie dir dabei, dir vor Augen zu führen, was du hier machst.« Er deutete mit dem Kopf in Richtung der Marke, die ich mir an den Gürtel geclipst hatte. »Wenn du hier bist, bist du kein Polizist mehr. Du bist nicht mal ein Mann.«

Plötzlich bereute ich es, meine Pistole in Dannys Handschuhfach eingeschlossen zu haben. »Was bin ich dann?«

»Ein leeres Gefäß, in das die Geister eintreten können.«

»Eigentlich sollen sie das gar nicht …«

Er legte erneut die Handflächen aneinander, was wohl bedeuten sollte: »Halt den Mund und tu, was ich dir sage.« Dann deutete er auf einen weiteren abgetrennten Bereich im hinteren Teil des Raums. »Zeit zum Umziehen.«

Noch ein letztes Mal schaute ich sehnsüchtig in Richtung Ausgang, bevor ich hinter den Vorhang trottete. Ich tauschte meine Hose und mein sauber gebügeltes Hemd gegen lange, weiße Hosen, die ein bisschen zu locker saßen, und ein langärmeliges, weißes Shirt, das mir ein bisschen zu eng war. Das Haarband ließ ich auf meiner gefalteten Kleidung auf dem bereitstehenden Stuhl zurück, weil … Nein, keine Chance. Als nun offizieller Teilnehmer an der schlimmsten Pyjama-Party der Welt trat ich auf der Suche nach Tree wieder hinter dem Vorhang hervor.

Er lächelte, als er mich entdeckte, und winkte mich zu sich. »Wundervoll. Folge mir.«

Draußen angekommen hob sich meine Laune ein wenig angesichts des friedlichen Gartens mit kleinem Teich, in den er mich führte. Wenn es wichtig war, sich einen passenden mentalen Rahmen zu schaffen, war diese kleine Oase dafür sicher besser geeignet als ein voll verspiegeltes Studio. Durch die Scheibe konnte ich sogar einen Blick auf den Warteraum im vorderen Teil des Gebäudes und auf Danny erhaschen, der mir von dort aus aufmunternd zuwinkte, was ich jedoch nicht erwiderte.

Tree nahm auf dem Rasen Platz, die Beine zu einer Brezel verknotet. Er war sehr beweglich, das musste ich ihm lassen. Als er vor sich auf den Boden klopfte, nahm ich die gleiche Haltung ein – oder versuchte es zumindest. Meine Beine ließen sich nicht so falten. Oder überhaupt. Schließlich stopfte ich die widerspenstigen Gliedmaßen mit beiden Händen in so etwas Ähnliches wie bei ihm, wobei meine Knie wie verrückt knacksten.

Tree schien es egal zu sein, dass ich langsam das Gefühl in den Oberschenkeln einbüßte. »Zuerst müssen wir deinen Geist öffnen. Wir werden ein wenig singen und dabei versuchen, offene Kanäle in die spirituelle Ebene zu finden.« Er spitzte die Lippen, schloss die Augen und murmelte dann das Wort »Om« vor sich hin.

Meine Mutter würde diesen Kerl lieben.

Als ich nicht direkt mit einstieg, öffnete er ein Auge wieder. »Spirituelle Erleuchtung wird einem nicht einfach gegeben. Man muss sie sich erarbeiten. Sag es gemeinsam mit mir. Om.«

»Om.«

Jetzt öffnete er auch das andere Auge. »Sprich es nicht nur aus. *Fühle* es. Öffne deine Kehle, während du es sagst, damit die Blockade in deinem Kehlchakra gelöst wird. Noch einmal. *Om*.«

»Ich fühle mich nicht wohl mit ...«

»Om.«

»Wissen Sie, das ist nicht wirklich mein ...«

»Tu es einfach«, fuhr er mich an.

Offensichtlich konnte ich sogar einen ausgeglichenen spirituellen Führer in den Wahnsinn treiben. »Om«, wiederholte ich daher schnell.

Er räusperte sich und sammelte sich wieder. »Nun. Fühl die Energie, die durch deinen Körper fließt und dich öffnet wie eine Blume«, meinte er. »Konzentrier dich aufs Öffnen. Du bist eine Blume. Eine wunderschöne, offene Blume.«

Ich bin eine Blume. Ich schloss die Augen, um mich besser auf den Gedanken zu konzentrieren. Mein Magen knurrte, als mir ein Hauch von Zucker und Butter in die Nase stieg. *Nein, du bist nicht hungrig, du bist eine Blume. Wobei, Blumen werden wahrscheinlich auch irgendwann mal hungrig. Geht es bei Fotosynthese nicht genau darum?*

Meine Konzentration schwand. Ich war eine Blume, die nicht hungrig war, und durch meine Fingerspitzen floss Energie. Ich war empfänglich und offen und … mein Magen knurrte erneut. Fuck. Ich war empfänglich und offen für ein paar Donuts.

Als ich die Augen einen Spaltbreit öffnete, um zu schauen, was Danny gerade machte, sah ich, wie er etwas an den Mund hob. *Isst der Mistkerl etwa, während ich mitten in einer Sitzung bin?*

»Du öffnest dich nicht richtig«, wies Tree mich streng zurecht. »Ich werde versuchen, die Energie aus dir herauszuziehen.« Bevor ich wusste, wie mir geschah, hatte er sich nach vorne gebeugt und seine Hand auf meiner Stirn platziert – ein bisschen schwungvoller, als es notwendig gewesen wäre.

»Autsch.« Ich riss die Augen auf. »Die Energie aus dir herausziehen« war also offenbar zu neunundneunzig Prozent gleichbedeutend mit »Ich haue dir eine vor den Kopf«.

Tree wiederholte die Bewegung auf meiner Stirn noch kräftiger. »Oooohm.«

»Könnten Sie damit aufhören?« Er verpasste mir einen dritten Schlag, doch dieses Mal packte ich sein Handgelenk. »Hören Sie, Tree. Ich stutze Ihnen gleich Ihre verdammten Äste, wenn Sie nicht sofort …«

In diesem Moment ertönte ein Klopfen an der Glasscheibe, und als ich hinüberschaute, stand da Danny mit einem Kaffeebecher in der Hand und sah mich mit erhobener Augenbraue an. Ich wandte mich wieder Tree zu, der von meinem Verhalten nicht im Geringsten eingeschüchtert wirkte. Mit einem tiefen Seufzer ließ ich zu, dass er sein Handgelenk aus meinem Griff befreite. Dann setzte ich mich erneut in den Schneidersitz, Danny winkte mir knapp zu, grinste mich an und ging wieder zu seinem Stuhl zurück.

»Om«, presste ich zwischen zusammengebissenen Zähnen hervor.

»Du öffnest dich immer noch nicht richtig«, informierte Tree mich. »Sag es, als würdest du es ernst meinen.«

»Oh, verdammt noch mal.« Ich wurde zunehmend lauter. »Om!«

Er verengte die Augen, als könnte er die schlechten Schwingungen allein mit der Kraft seines Blickes verpuffen lassen. »Ich kann ohne deine Mitarbeit nicht viel ausrichten.«

»Es tut mir leid«, platzte ich heraus. »Es gibt einen Grund, warum ich mies im Yoga bin. Meine Mutter kann ein Lied davon singen.«

Ich schaute durch die Scheibe zu Danny, der seinen Kaffee schlürfte und dabei auf seinem Handy herumtippte, während er rhythmisch mit einem Fuß wippte. Wahrscheinlich merkte er das selbst gar nicht. Ihm war es mit Sicherheit auch egal, ob diese Sitzung eine Stunde oder sogar zwei dauerte. Er war bereit, mit mir hier zu sein, obwohl es eine Million andere Dinge gab, die er in dieser Zeit hätte tun können.

Ich wusste, dass er sich Sorgen machte. Er wollte, dass ich schlief. In so vielen Nächten war ich schweißgebadet aufgewacht, und er war für mich da und wischte mir mit einem kühlen Lappen übers Gesicht. Er wünschte sich ein Leben für mich, in dem ich nicht jedes Mal sofort springen musste, wenn die Geister es wollten. Er wollte, dass *wir* ein Leben hatten. Zusammen. Das war das bisschen Unbehagen mit einem Mann namens Baum wohl wert.

Ich seufzte. »Probieren wir es noch mal.«

*

Der Guru war ein Reinfall gewesen, anders konnte man es nicht ausdrücken. Wie sich herausstellte, ließ innerer Frieden sich nicht erzwingen. Wer hätte das gedacht?

Nach unserer Sitzung bot mir Tree einen weiteren Termin an, aber ich zögerte. Ich wollte seine Gefühle nicht verletzen, doch dieser New-Age-Scheiß kostete ganz schön was. Letzten Endes musste ich gar nichts sagen. Er nickte nur freundlich und klopfte mir auf die Schulter.

»Das ist nicht für jeden etwas«, meinte er. »Du musst noch herausfinden, welcher Ansatz zu deinem Geist passt.«

Mein Geist ist eine weinerliche Zicke, die keine Lust auf den Kram hat. Ich nippte an meiner Gratis-Tasse Weizengrassaft. Das einzig Gute an dem Zeug war, dass es mich nichts gekostet hatte. Ehrlich gesagt würde ich gerne mal ein ernstes Wörtchen mit dem Menschen reden, der auf die Idee gekommen war, dass man ein Getränk aus Rasenschnitt machen sollte.

»Danke für Ihr Verständnis.«

Tree neigte den Kopf zur Seite. »Ich habe eine Idee. Vielleicht solltest du es mal bei Dakota Daydream versuchen. Er nimmt normalerweise keine Klienten an, aber ...«

»Ich glaube nicht, dass ...«

»Ich könnte mir vorstellen, dass er eher dem spirituellen Führer entspricht, den du brauchst. Er ist mehr wie du. Wissenschaftlich.« Er sprach Letzteres aus, als wäre es ein Schimpfwort. »Er hat einen Doktortitel.«

»In was?«

»Spukologie?« Er zuckte die Schultern. »Ich bin bei den fehlgeleiteten Auswüchsen traditioneller Bildung nicht auf dem Laufenden.«

Ich seufzte. »Was ist denn bitte Dakota Daydream für ein Name?«

»Keine Ahnung.« Sein Gesichtsausdruck blieb gelassen, aber in seinen Augen funkelte es mutwillig. »Rainstorm.«

Touché, Blödmann. Touché.

Tree sah auf, als die Glocke über der Tür bimmelte, und klatschte erfreut in die Hände. »Oh, das ist ja perfektes Timing!«

Ich sah mich einem rothaarigen Hipster gegenüber, der voll beladen mit Büchern und einem Kaffeebecher hereinkam. Er sah jung aus. *Wirklich* jung.

Auf seinen Lippen lag ein einladendes Lächeln, als er zu uns herüberkam. »Ist er das Medium, von dem ich gehört habe?«

»Dakota Daydream?« Ich schüttelte den Kopf. »Deine Eltern hatten auch was gegen dich, hm?«

Er lachte. Seine Haare waren so perfekt frisiert, dass ich die Spur seines Kamms sehen konnte. Seine Brille hatte runde Gläser und ließ ihn zusammen mit seinen weit auseinanderstehenden Augen und den langen Wimpern noch jünger wirken. Er sah ein bisschen naiv und unverbraucht und … vollkommen unvorbereitet auf eine Situation wie meine aus.

»Wie alt bist du?«, entfuhr es mir.

»Ich habe ein paar Klassen übersprungen und meinen Abschluss früher gemacht.« In seinen grün-blauen Augen stand nun Genervtheit. »Eigentlich müsste jemand in deinem fortgeschrittenen Alter wissen, dass man keine voreiligen Schlüsse ziehen sollte.«

Ich war bereits zu dem Schluss gekommen, dass er vielleicht noch nicht mal volljährig war. Dann sickerte der erste Teil seines Satzes in meinen Verstand. *Fortgeschrittenes Alter?*

»Für jemanden wie dich ist wahrscheinlich sogar Dora aus dem Kinderfernsehen schon in fortgeschrittenem Alter.«

»Wie alt sehe ich denn aus?«, wollte er wissen.

»Wie sechs«, schätzte ich großzügig.

Da schien er anderer Meinung zu sein. »Wenigstens sehe ich nicht aus, als hätte ich eine Woche lang nicht geschlafen.«

Ich warf ihm einen finsteren Blick zu. Mir war durchaus klar, dass man mir inzwischen ansah, wie sehr mir die Geister zusetzten. Das musste ich mir nicht extra von einem kleinen Wunderkind wie ihm sagen lassen.

Doch er war noch nicht fertig. »Du siehst müde aus, und deine Haut ist blass. Natürlich bist du immer noch ein attraktiver Mann, aber deine Tränensäcke haben Tränensäcke, wenn du verstehst, was ich meine.«

»Soll mich das davon überzeugen, dich zu engagieren?«

»Ich brauche dein Geld nicht. Ich finde dich nur interessant, und der Wissenschaftler in mir würde gerne mehr über dich erfahren.«

Ich zog eine Augenbraue hoch, woraufhin sich seine Wangen röteten.

»Über deinen Verstand.«

Das war auch besser so. Ich kannte da einen muskulösen Detective, der keine Skrupel hätte, einen niedlichen Doktor-Twink in der Mitte durchzubrechen. »Ich weiß nicht mal, wie du mir helfen willst.«

Er lächelte sonnig. »Was ich habe, sind einige ganz besondere Fähigkeiten.«

Ich brauchte einen Moment, um diesen Satz zuzuordnen, aber als der Groschen schließlich fiel, massierte ich mir die Nasenwurzel. »Großer Gott. Gibt es denn keine seriösen Therapeuten für Paranormales hier in der Stadt?«

»Vor dir steht einer«, erwiderte er.

»Einer, der nicht in einem ganz normalen Gespräch Liam Neeson zitiert?«

»Ich liebe die ›Taken‹-Filme. Aber irgendwann fragt man sich schon, wie oft man denn entführt werden kann, oder?«

Ich starrte ihn einen Moment lang sprachlos an. *Nein. Einfach nur nein.* »Schönen Tag noch.«

»Wir sehen uns, Rainstorm.«

Mir gefiel überhaupt nicht, wie sicher er sich da zu sein schien.

*

Als ich aus dem Haus trat, genügte Danny ein Blick, und er seufzte. Dann legte er mir einen Arm um die Schultern und drückte mich kurz. Ich war ihm dankbar für das Mitgefühl und die Tüte Muffins, die er mir reichte. Anstatt direkt wieder aufs Revier zu fahren, machten wir einen Abstecher zu einem Park in der Nähe und aßen mit halb geöffneten Fenstern im Auto.

»Du hast genug Muffins für fünf Leute mitgebracht«, stellte ich fest.

»Ich habe gern Auswahl. Den Rest nehmen wir für die Kollegen mit.«

Ich nickte und brach ein Stück von meinem Chocolate-Chip-Muffin ab, als wäre es normal, so etwas freiwillig mit anderen zu teilen. »Ich glaube nicht, dass Meditation das Richtige für mich ist.«

Danny zupfte sich ebenfalls ein Stück von meinem Muffin ab, was ich mit zusammengekniffenen Augen quittierte. Es war ein ganz schön großes Stück. Kein Wunder, seine Finger waren ja auch größer als meine.

»Sah auch nicht so aus, als würde es gut laufen.« Er steckte sich das Stück in den Mund. »Vor allem, als er angefangen hat, dir ins Gesicht zu klatschen.«

»Danke!«, rief ich. »Ich *wusste*, dass diese ›Berührung‹ härter war, als sie sein sollte.«

Danny schnaubte amüsiert. »Und ich wusste, dass du anstrengend genug bist, um sogar in einem friedliebenden Guru dunkle Seiten zu erwecken. Aber du bekommst trotzdem Pluspunkte, weil du dich bemüht hast.«

Für dich würde ich alles ausprobieren. Absolut alles.

Im Baum neben dem Auto stritten sich zwei Eichhörnchen keckernd um etwas, das eins von ihnen in den Pfoten hielt. Vielleicht eine Eichel oder so? Es ließ das Ding fallen, und prompt wurde es vom anderen Eichhörnchen durch den Baum gejagt wie bei Tom und Jerry. Das brachte mich zum Lachen, und schließlich richtete ich den Blick wieder auf die weitläufige Rasenfläche. Ich mochte es, wenn weit und breit niemand im Park zu sehen war. Die Sonne brannte vom Himmel, und keine Wolke war in Sicht. Es war einer dieser Bilderbuchtage, die sich gut auf Postkarten machten.

Die Kronen der Bäume bewegten sich in der leichten Brise und ebenso eine der Schaukeln, als würde ein Unsichtbarer auf ihr sitzen. Ich kniff die Augen ein wenig zusammen und sah genauer hin. Nein, das war nicht nur der Wind. Da saß ein Geist auf der Schaukel. Ein kleines Mädchen mit blonden Rattenschwänzen, das mich fröhlich anlächelte, während es weiter schaukelte. Sie schien es nicht eilig zu haben, mit mir zu sprechen. Wer brachte jemanden um, der noch so jung war, und warum?

Das beförderte meine Laune postwendend wieder in den Keller. Ich seufzte und beobachtete, wie sie glücklich vor sich hinsingend schaukelte. Danny fragte nicht, sondern legte mir nur eine Hand aufs Knie und drückte es leicht, bevor er sich ein weiteres Stück von meinem Muffin abbrach.

Er war immer so achtsam beim Essen und konzentrierte sich voll darauf, als müsste er im Anschluss einen Fragebogen ausfüllen. Wenn ich raten sollte, war das wahrscheinlich eine Nachwirkung seiner frühen Kindheit als Pflegekind. Jahre, in denen er nicht gewusst hatte, was er zu essen bekommen würde oder wann. Darüber sprach er nur, wenn ich ihn dazu drängte, und selbst dann war ihm der Unwille deutlich anzumerken. Ich konnte schon froh sein, wenn er nicht direkt zumachte wie eine Auster. Am meisten wich er allem rund um seine verstorbene Schwester Anna aus.

Als er noch ein Kind gewesen war, war Anna aus ihrer Pflegefamilie verschwunden. Das war einer der Gründe dafür, dass er überhaupt zur Polizei gegangen war. Wie sich herausgestellt hatte, war Anna an einer versehentlichen Überdosis gestorben. So hatte sie es mir zumindest letztes Jahr auf Dannys Veranda erzählt.

Unterm Strich war das aber nicht nur schlecht gewesen. Danny hatte ihren gemeinsamen Vater jahrelang im Verdacht gehabt, und zumindest diese Sorge konnte ich ihm nehmen. Brian Murphy war ein lausiger Vater, aber seine Tochter hatte er nicht umgebracht. Hoffentlich würde das die Trauer ein bisschen mildern und Danny eher Erleichterung bringen. Ich wusste aber, wie gerne er sich die Verantwortung für Dinge auflud, die nicht seine Schuld waren, also war das vermutlich ein bisschen zu optimistisch gedacht.

Bis jetzt hatte ich ihm Annas Nachricht noch immer nicht überbracht, er wusste nur, dass sie mit mir gesprochen hatte. Ich hatte Danny versprochen, dass er entscheiden durfte, wann und wo ich es ihm sagte, und ich war fest entschlossen, mein Wort zu halten. Ein Teil von mir fragte sich jedoch, ob er diese Wahl vielleicht überhaupt nicht haben wollte.

»Du weißt, dass ich dich liebe, ja?«, fragte ich.

Um seine Augen bildeten sich kleine Fältchen, und einen Moment lang sah er mich nur stumm an. Wir warfen mit diesem Eingeständnis nicht sehr oft um uns, was mir auch lieber war. Damit bekam es mehr Gewicht, wenn wir es taten.

Danny lehnte sich zu mir und gab mir einen Kuss auf die Stirn, als wäre er meine Großmutter, was mein Herz noch ein bisschen mehr zum Schmelzen brachte. »Was geht dir gerade durch den Kopf?«

»Ich wollte nur, dass du es weißt.«

»Glaubst du, dass unsere Beziehung davon abhängig ist, wie gut du dich bei diesen Sitzungen anstellst? Denn das ist nicht der Fall.«

Nicht? Was, wenn ich es nicht unter Kontrolle bekam? Früher war meine schlimmste Vorstellung gewesen, dass ich Danny von den Geistern erzählte und er mir nicht glaubte, sondern mich für verrückt hielt. Jetzt wäre es das Schlimmste, ihn noch einmal zu verlieren.

Eine eingehende Nachricht ließ Dannys Handy vibrieren, und er setzte sich wieder gerade hin, um es aus seiner Hosentasche zu fischen. »Sieht aus, als hätte Saunders den vorläufigen Bericht fertig. Vielleicht sagt der uns ja, wer da noch mit in die Truhe gestopft worden ist.«

Ich nickte. Die beiden Eichhörnchen hatten sich offenbar über die Eichel geeinigt und flitzten hintereinander den Baum hinauf, ohne sie mitzunehmen. Ich warf Danny einen Seitenblick zu, während er die Reste seines Muffins vertilgte. »Du hast es nicht zurückgesagt.«

Er schaute mich verständnislos an. »Was gesagt?«

»Dass du mich liebst.«

»Als wäre das nicht so offensichtlich, wie dass der Himmel blau ist.« Der Laut, den er von sich gab, klang gleichermaßen entnervt wie liebevoll. »Natürlich liebe ich dich. Und noch viel wichtiger: Ich mag dich.«

»Du solltest dir mal einen Auffrischungskurs zum Unterschied zwischen lieben und mögen verpassen.«

»Ich *weiß*, was Liebe ist, Rainstorm.« Danny lehnte sich noch einmal zu mir und küsste mich auf den verkniffenen Mund. »Liebe ist diese unaufhaltsame Macht, die man nur sehr schwer kontrollieren kann. Manchmal liebt man Menschen, die man nicht lieben sollte. Manchmal liebt man Menschen, die einen wieder und wieder verletzt haben.«

Ich wusste, dass er dabei an seine Eltern dachte – an seine drogensüchtige biologische Mutter, die sich mehr um ihren nächsten Schuss als um ihre Kinder gekümmert hatte. Und an seinen Vater, einen gewalttätigen, aufbrausenden Mann, der schon fast Dannys ganzes Leben lang wegen Totschlags im Gefängnis saß. In Sachen Eltern hatte Danny gleich zweimal die Arschkarte gezogen.

Er schüttelte den Kopf, als wäre es wirklich so einfach, die Vergangenheit abzuschütteln. »So ist die Liebe. Sie trifft ihre eigenen Entscheidungen, und man hat dabei nichts mitzureden. Ich liebe dich, weil mein Herz das so bestimmt.« Danny schenkte mir ein schiefes Grinsen. »Aber ich mag dich, weil *ich* das so bestimme.«

Allein dafür würde ich ihm verzeihen, dass er mich in aller Herrgottsfrühe aus dem Bett gezerrt hatte, damit ich mich von einem Guru ohrfeigen lassen konnte. *#AberIchVergesseNichts*

»Ich mag dich auch«, antwortete ich leise. »So sehr.«

Nur noch ein paar Sekunden und wir würden gemeinsam in den Sonnenuntergang reiten, doch in dem Moment traf mich eine Erkenntnis – eine sehr wichtige. Ich musste lachen und schüttelte verwundert den Kopf.

Danny runzelte die Stirn. »Was?«

»Es ist einfach nur unglaublich.«

»Was denn?«

»Dass derselbe Mann, der mir gerade diese wundervollen Worte gesagt hat, mir eine Valentinstagskarte geschenkt hat, auf die er ganz unten ›Lieb dich, Danny‹ gekritzelt hat.«

»Ich habe doch einen Pfeil zu der Zeile ›Du bist mein Herz‹ gemalt.«

»Das stimmt«, meinte ich belustigt.

»Wenn ich es besser ausdrücken könnte als die Romantik-Industrie, hätte ich keine fünf Dollar für eine Karte ausgegeben.«

Offenbar war unser tiefsinniges Gespräch damit beendet, denn Danny drehte das Radio ein wenig lauter. Doch als er versuchte, noch ein Stück von meinem Muffin zu ergattern, brachte ich den außer Reichweite. Ja, ich liebte ihn – und noch wichtiger, ich mochte ihn –, aber es gab Grenzen.

Kapitel 12

In der Gerichtsmedizin hatte ich mich noch nie gerne aufgehalten – und noch viel weniger, wenn wir uns eine Leiche ansehen mussten. Im Gebäude war es eiskalt, und der wortkarge Gerichtsmediziner uns gegenüber für gewöhnlich ebenso. Außerdem bestand hier stets die Gefahr, einem Geist über den Weg zu laufen. Ich warf einen Blick über die Schulter zu Mason. Inzwischen geschah es immer häufiger, dass ich es war, der die Geister mitbrachte.

Ein Seitenblick zu Danny verriet mir, dass er keine Beklemmung angesichts der Umgebung zu verspüren schien, während wir den Flur hinuntergingen – er hatte gute Laune, wie immer, wenn ein Fall an Fahrt aufnahm.

Er erwiderte meinen Blick. »Ist alles okay bei dir?«

»Ja. Ich bereue es nur, so viel gegessen zu haben.« Mein Magen grummelte wie aufs Stichwort. »Ich hätte den letzten Muffin sein lassen sollen.«

»Du musst nicht mitkommen. Ich kann dich auch nachher auf den neuesten Stand bringen.«

Mason schaute mich Hilfe suchend an, was mich seufzen ließ. »Er will, dass ich hingehe, also muss ich das wohl.«

Wir zogen uns Handschuhe und Masken über, bevor wir durch die Doppeltür in einen komplett mit Edelstahl ausgestatteten Raum gingen. An der hinteren Wand waren modulare Schränke und Arbeitsflächen angebracht, und sofort stieg mir die charakteristische Duftmischung in die Nase, mit der der Verwesungsgeruch übertüncht werden sollte. Eine Kombination aus beißendem Desinfektionsmittel und Wintergrün-Duftöl. Wenn man mich fragte: Sie erfüllte ihren Zweck nicht. Sie sollten es mit was Stärkerem versuchen. Wie Benzin und einem Streichholz.

Saunders nahm den Gestank entweder nicht wahr oder hatte sich schon vor langer Zeit die Nasenhaare abgesengt. Er schrieb gerade emsig mit einem Whiteboard-Marker auf eine Glasscheibe, als wir eintraten. Neben ihm lag eine Leiche auf einem Tisch, doch auch das schien ihn nicht zu kümmern. Ich ließ den Blick hektisch durch den Raum schweifen, weil ich nicht recht wusste, wo ich hinschauen sollte – auf die Ablage mit den barbarisch aussehenden Messern oder zu dem wuchtigen Werkzeug, mit dem meines Wissens das Gehirn entfernt wurde.

Kurz verharrte ich bei dem Beutel zwischen den Knien der Leiche. Aus Erfahrung wusste ich, dass sich Organe darin befanden. Ein Leichnam wurde den Angehörigen so vollständig wie möglich übergeben, also würde Saunders diesen Beutel in den Körper legen und ihn anschließend zunähen wie eine makabre Matroschka.

Mein Muffinfrühstück drohte, mir wieder hochzukommen, und ich schluckte ein paarmal kräftig. »Hallo, Saunders«, begrüßte ich ihn knapp. Meine Stimme klang durch die Maske ein bisschen gedämpft. »Was haben Sie für uns?«

»Detectives.« Er schob die Kappe auf den Stift und legte ihn auf den Tisch. Saunders war ein älterer, launischer Mann mit weißem Haar, dunklen Augen und wenig Sinn für Höflichkeiten. »Sie kommen spät.«

»Ging nicht anders«, entgegnete Danny.

»Nun, so konnte ich schon mal mit Mrs Roberts hier anfangen.« Saunders deutete mit dem Daumen in Richtung der Leiche auf dem Autopsietisch. »Können Sie sich vorstellen, dass sie acht Wochen lang in einem Kofferraum gelegen hat?«

So riecht sie auch. Ich schaute kurz zu der blonden Frau hinüber. Der Wissenschaftler in mir konnte eine gewisse morbide Faszination nicht leugnen. »Warum ist sie so wenig verwest?«

»Die Vorkehrungen, die ihr Mörder getroffen hat, damit der Geruch nicht nach außen dringt, haben auch den Körper konserviert. Und dann ist da natürlich noch das Leichenwachs …«

Er köderte mich mit diesem Begriff, und wie ein neugieriger Fisch riskierte ich einen kleinen Biss. »Das Leichen-was?«

»Auf gar keinen Fall«, hinderte Danny Saunders am Weitersprechen, als der gerade begeistert ansetzen wollte. »Wenn wir nicht an dem Fall arbeiten, brauchen wir auch die ekligen Details nicht.«

»Findest du das nicht spannend?«, fragte ich.

»Nein«, antwortete er kurz angebunden. »Vielleicht könnt ihr beiden euch ja später darüber unterhalten. Allein.«

»Ja, vielleicht.« Ich schickte Saunders ein kleines Zwinkern, woraufhin er mich praktisch anstrahlte. War ja klar, dass sich unsere netteste Unterhaltung überhaupt um Leichenwachs drehen würde.

Saunders zog ein paar lange, violette Handschuhe aus einer Pappschachtel auf der Arbeitsplatte und ging hinüber zu einem Rolltisch, auf dem er die gelblich-braunen Knochen zweier Skelette aufgereiht hatte. Am liebsten hätte ich ihn direkt gefragt, wer die zweite Leiche war, aber Saunders durfte man nicht hetzen, wenn er sich in seinem Element befand.

»Die vorläufige Untersuchung hat ergeben, dass das größere Opfer männlich, weiß und zwischen dreißig und vierzig Jahre alt war. Normalerweise gäbe es nicht direkt einen Namen dazu, aber bei euch von der PTU ist wohl alles ein bisschen anders.« Er zog eine weiße Augenbraue nach oben und schenkte mir einen bedeutungsvollen Blick. »Man hat mich informiert, dass Sie bereits wissen, wer der Mann ist?«

»Gewissermaßen«, wich ich ihm aus. »Was ist mit der anderen Leiche?«

»Ebenfalls männlich, aber jünger. Anfang zwanzig. Gewalteinwirkung im Nackenbereich.« Er musterte mich erneut. »Für den haben Sie wohl nicht zufällig auch schon einen Namen?«

Ich schüttelte den Kopf. »Nein.«

Saunders zuckte die Schultern. »Fragen schadet ja nicht. Ich habe seinen exartikulierten Kiefer zu den Odontologen in die Forensik geschickt, möglicherweise lässt er sich durch seinen Zahnstatus identifizieren.«

Das war alles so kalt und klinisch. Aus dem Augenwinkel sah ich, wie Mason den Rolltisch umrundete, den Blick starr auf seine Knochen gerichtet. Mir fiel nichts ein, um ihn zu trösten. Was hätte ich denn sagen sollen? Dieser Haufen alter Knochen war nicht er – es war nicht einmal mehr ein Mensch.

Es war, als wären wir im einen Moment noch da und dann ... einfach nicht mehr. Die schaurige Erkenntnis traf jeden, der schon einmal eine Leiche gesehen hatte. Ohne die Seele, die den Körper bewohnte, war er nicht mehr als eine leere Hülle mit Verfallsdatum. Ich konnte mich nicht entscheiden, ob das Gedanken an den Tod leichter oder schwerer machte.

In dem Moment merkte ich, dass Saunders immer noch sprach, also versuchte ich, mich wieder auf ihn zu konzentrieren.

»Die Untersuchung ergab stumpfe Gewalteinwirkung auf Masons Schädel. Das Zungenbein war ebenfalls gebrochen.« Er deutete auf die entsprechende Stelle an seinem eigenen Hals und dann auf die Verletzung am Skelett.

Strangulation. Ich runzelte die Stirn. Unglücklicherweise konnte das von einer ganzen Reihe stumpfer Einwirkungen auf den Hals herrühren – erhängen, erdrosseln, Würgegriff und so weiter. Alle erdenklichen Arten von Tod durch Abdrücken der Hauptluftzufuhr. Das mit bloßen Händen zu tun, war nicht annähernd so einfach, wie es in Filmen oft dargestellt wurde.

»Dann suchen wir wahrscheinlich nach einem kräftigen Mann«, murmelte Danny. Meine Überlegungen gingen in dieselbe Richtung.

Von denen gab es ein paar an meiner Mörderwand.

Der Killer hatte Mason wahrscheinlich ins Gesicht gesehen und beobachtet, wie das Leben aus seinen Augen wich. Vielleicht hatte er noch fester zugedrückt, obwohl Mason bettelte und verzweifelt an den Armen seines Mörders riss, um sich etwas so Essenzielles wie das Weiteratmen zu ermöglichen. Der Mann hatte zugesehen, wie Mason noch einen letzten, gequälten Atemzug tun wollte … und dann seinen Griff verstärkt, um ihm selbst das zu verwehren. Das war mehr als persönlich. Es war bestialisch.

Die ultimative Ausübung von Macht.

»War die Todesursache das Schädeltrauma oder die Halsverletzung?«, fragte Danny. »Oder beides?«

»Das ist im Moment noch schwer zu sagen.« Saunders warf uns einen anklagenden Blick zu. »Ist ja nicht so, als hätten Sie mir die inneren Organe mitgebracht.«

Ich blinzelte ein paarmal, um das Bild zu vertreiben, wie wir Saunders die Innereien eines Menschen mit Expresskurier schickten. *Wenn Ihre Nieren mit absoluter Sicherheit am nächsten Tag geliefert werden sollen.*

»Auf Ihrem Wunschzettel stehen ganz schön seltsame Dinge, Saunders«, meinte ich. »Ich hoffe wirklich, dass ich dieses Jahr beim Weihnachtswichteln nicht Sie ziehe.«

»Ich werde ein paar Tests durchführen, um herauszufinden, welche Waffe das Schädeltrauma verursacht hat.« Saunders deutete auf mich. »Und ich will einen Schongarer. Meiner gibt demnächst den Geist auf.«

»Werden Sie Wassermelonen für die Tests benutzen?«, fragte Danny ein bisschen zu interessiert.

Saunders hielt uns einen Vortrag darüber, warum Cantaloupe-Melonen die Form des menschlichen Schädels realistischer simulierten, und über noch ein paar weitere Fakten, die ich normalerweise sehr spannend finden würde. Jetzt lenkte mich Masons Schmerz davon ab.

»Ist schon in Ordnung«, raunte ich ihm zu.

Seine Augen wurden groß. »Gar nichts ist in Ordnung. Hilf mir wieder rein.«

»So funktioniert das nicht«, erwiderte ich, ohne die Lippen zu bewegen.

Er ignorierte mich und kletterte auf den Tisch, um sich dort auf das Skelett zu legen. Sein Geist passte so erschreckend perfekt auf die Knochen, als würde er dorthin gehören. Ich würde ja gerne behaupten, dass ich mir hundertprozentig sicher war, dass das nicht funktionieren würde … dass er nicht einfach vom Tisch aufstehen würde wie in dem alten »Thriller«-Musikvideo. Verdammt, ich war ein Mann der Wissenschaft.

Aber in den letzten Jahren hatte ich viele unerklärliche Dinge gesehen.

Ich war erleichtert, hatte aber auch tiefes Mitgefühl mit Mason, als er schließlich einen verzweifelten Laut von sich gab und sich inmitten seiner Knochen wieder aufsetzte. »Du bist das Medium. *Tu* etwas!«

»Ich bin mir ziemlich sicher, dass du eher Gott darum bitten solltest«, zischte ich.

Glücklicherweise waren Danny und Saunders immer noch in die Diskussion darüber vertieft, wie man am besten mit einem Neuner-Eisen auf eine Cantaloupe-Melone einschlug – ein bisschen zu begeistert für meinen Geschmack. Zeit, die Golfschläger in der Garage schnellstmöglich loszuwerden.

Ich wandte mich wieder an Mason. »Was fort ist, ist endgültig fort. Hast du ›Friedhof der Kuscheltiere‹ nicht gesehen?«

»*Das* ist dein Handbuch für deine Arbeit?«

Ich seufzte. »Ich habe damit gemeint, dass du dich jetzt auf einem neuen Pfad befindest. Einem, dessen Ende ich nicht kenne. Aber deine Reise hier ist an dieser Stelle zu Ende. Hier gibt es nichts mehr für dich.« In einer hilflosen Geste hob ich die Hände. »Es tut mir leid.«

»Wenn es dir wirklich leidtun würde, würdest du das hier wieder in Ordnung bringen.« Mason legte sich wieder zurück und starrte an die Decke. »Ich muss zurückkommen. Was ist mit Luke? Wer kümmert sich jetzt um Luke?«

Das war wohl nicht der richtige Zeitpunkt, um Mason zu fragen, ob Luke ihn zu Tode gewürgt hatte. »Luke schlägt sich wirklich gut«, sagte ich schließlich. »Zum ersten Mal in seinem Leben steht er auf eigenen Beinen.«

»Was ist mit meiner Mutter? Wer holt ihre Medikamente aus der Apotheke?«

»Casey.«

»Und wer wird sich um Casey kümmern? Er ist so verletzlich.« Seine Augen weiteten sich. »Oh Gott, Hunter. Den hätte ich beinahe vergessen. Was ist mit Hunter? Ich muss *zurück*!«

»Das geht nicht«, erwiderte ich ein bisschen lauter, damit es endlich bei ihm ankam. »Es geht einfach nicht.«

»Natürlich geht das«, mischte Saunders sich etwas pikiert ein, während er sich die Hände am Waschbecken wusch. Er trocknete sie sich mit einigen Papiertüchern ab, die allerdings eher nach Sandpapier aussahen. »Ich habe die Probe bereits ins Labor geschickt.«

Er marschierte aus dem Raum, bevor ich auch nur ein weiteres Wort sagen konnte. Als ich wieder zum Tisch schaute, war Mason nicht mehr da. Danny und ich zogen unsere Masken und Handschuhe aus und wuschen uns die Hände. Dann wechselten wir einen kurzen Blick, bevor wir zur Tür gingen, durch die Saunders verschwunden war.

Sein Büro war klein und unordentlich, ein Großteil der Wände wurde von medizinischen Plakaten eingenommen. Saunders schaute auf, sichtlich erstaunt, dass wir ihm gefolgt waren. »Ja?«

Sein abweisender Tonfall schreckte mich nicht ab. »Wie lange wird es dauern, bis Sie das zweite Opfer identifiziert haben?«

»Sie wissen doch, wie das läuft, Detective. Cold Cases bekommen keine Priorität, es sei denn, Sie haben eine heiße Spur.«

»War das Wortspiel gewollt?« Danny zog die Augenbrauen nach oben.

»Konnte nicht widerstehen«, meinte Saunders schulterzuckend. »Ich habe Ihnen nur einen Vorabbericht gegeben, weil ich nicht wollte, dass Christiansen sein ... Ding abzieht.«

Dass er dabei dramatisch betont Anführungszeichen in die Luft malte, gefiel mir nicht gerade. Danny gab sich Mühe, sein Grinsen zu verbergen. Protestieren konnte ich schlecht, weil ich tatsächlich keinerlei Geduld besaß. Das war allerdings keine besonders gefragte Eigenschaft, wenn man alte Fälle bearbeitete.

Mein »Ding« bestand für gewöhnlich darin, den Gerichtsmediziner so lange mit Anrufen zu terrorisieren und unangekündigt vorbeizukommen, bis ich meine Ergebnisse bekam. Das CSI hatte sich wohl auch schon über mich beschwert. Aber es hatte tatsächlich niemand jemals eilig, sich mit Beweismaterial für einen Cold Case herumzuschlagen. Es gab immer etwas Wichtigeres oder Dringenderes als eine staubige, alte Akte, die schon ewig aufgegeben worden war. Wenn man da nicht dranblieb, dauerte es bis ins nächste Jahrhundert, bis die Beweismittel bearbeitet wurden.

»Eine Sache wäre da noch.« Saunders kramte in seinem Aktenschrank und zog einen Asservatenbeutel hervor, den er mir reichte. »Das lag ebenfalls in der Truhe. Muss nichts zu bedeuten haben, aber ich bin davon ausgegangen, dass Sie das wissen wollen.«

Ich drehte die Plastiktüte in den Händen und entdeckte ein kleines, schwarzes Stück Kunststoff darin. Etwa fünf Zentimeter lang, gebogen und auf einer Seite geriffelt. Ich gab den Beutel an Danny weiter, damit er es sich ansehen konnte.

Als ich zu Saunders hinüberschaute, um ihn danach zu fragen, machte er sich gerade an dem kleinen Kühlschrank zu schaffen, der in einer Ecke des Raums stand. Er entnahm ihm eine braune Tüte und eine kleine Plastikdose mit etwas Weißem darin, das bei der Bewegung verdächtig wabbelte. Dann griff er nach einem Löffel.

Einem Löffel.

Ich konnte mich nicht mehr beherrschen. »Was zum Teufel ist das?« *Und wollen Sie das wirklich essen?*

»Gehört zu meinem Mittagessen«, antwortete er und schenkte mir einen finsteren Blick. Er schüttelte die Dose in meine Richtung. »Meine Frau macht einen hervorragenden Reispudding.«

Danny stieß mir einen Ellenbogen in die Seite, und ich lächelte schwach. »Ach so.«

»Ich werde mir dazu noch ein Sandwich vom Diner nebenan holen«, fuhr Saunders fort. »Eigentlich wollte ich vorhin schon eine Kleinigkeit essen, aber es war zu viel zu tun, und im Labor zu essen ist tabu.«

Aha, wenn es dort keine gefährlichen Keime gäbe, würden Sie also direkt neben Mrs Roberts' gut erhaltener Leiche essen?

Ich biss mir auf die Zunge, bevor mir die Frage rausrutschen konnte. Und ehrlich gesagt hatte ich auch Wichtigeres zu tun, als mir über die fragwürdigen Vorlieben unseres Gerichtsmediziners in Sachen Tischnachbarn Gedanken zu machen.

Ich betrachtete noch einmal den Asservatenbeutel mit dem kleinen, halbmondförmigen Plastikteil. »Was denken Sie, könnte das sein?«

Saunders deutete auf sich selbst. »Gerichtsmediziner.« Dann wies er mit dem Finger auf mich. »Ermittler. Das dürfen Sie ermitteln.«

Klugscheißer. Ich verengte die Augen. »Ist wahrscheinlich besser, dass Sie nur mit toten Leuten arbeiten.«

»Das können Sie laut sagen«, murmelte er, als er an mir vorbeischlurfte. »So was von laut.«

»Rufen Sie uns an, wenn Sie weitere Ergebnisse haben«, erinnerte Danny ihn.

Saunders winkte uns zu, ohne sich umzudrehen. »Wie immer.«

Die Tür schwang hinter ihm zu, und Danny schüttelte den Kopf. »Er wird uns irgendwann umbringen, wenn du ihm weiter so auf die Nerven gehst«, bemerkte er beiläufig.

Bei allen anderen wäre diese Äußerung wohl ein bisschen dramatisch gewesen, aber ich hatte mal gesehen, wie Saunders mit seinen ruhigen, altersfleckigen Händen eine riesige Nadel in den Augapfel einer frischen Leiche gerammt hatte. Das ekelhafte Schmatzen der Körperflüssigkeiten hatte ich heute noch im Ohr.

Ein Muskel an meinem Auge zuckte. »Lass uns verschwinden.«

*

Einen kurzen Spaziergang später waren wir wieder im BBPD. Ich konnte nicht leugnen, dass mich ein melancholisches Gefühl erfasste, als wir vor den altersschwachen Aufzügen standen. Danny stieß mich sacht mit der Schulter an.

»Was ist los?«

»Ich muss nur an Mason denken. Er war gerade mit uns da.«

»In der Gerichtsmedizin?« Danny schüttelte den Kopf. »Muss hart für ihn gewesen sein.«

»War es. Er hat wohl geglaubt, dass ich ihn irgendwie wieder zum Leben erwecken kann.« Ich runzelte die Stirn, als ich daran zurückdachte. »Keine Ahnung, wie er darauf kam, aber er hat sich an diese Hoffnung geklammert.«

Danny schenkte mir einen langen Blick. »Rain, ich habe mit dir inzwischen wirklich viel seltsames Zeug mitgemacht. Hey, das gehört sogar mit zu deinen besten Eigenschaften. Aber wenn du anfängst, Tote wiederauferstehen zu lassen, ist es aus mit uns.«

Ich lachte leise. »Quatschkopf. Er hat mir einfach nur leidgetan. Er wollte so sehr zu seiner Familie zurück. Zu seiner Mutter und Luke. Casey und Hunter.«

Danny schaute mich schon wieder so seltsam an. »Was denn?«, fragte ich, weil mir das langsam auf die Nerven ging.

»Fällt dir an der Liste nichts auf?«

»Nicht wirklich, nein. Hilf mir auf die Sprünge.«

»Wer zum Geier ist Hunter?«

Ich öffnete den Mund, schloss ihn dann aber wieder. Verdammt, ich war so abgelenkt gewesen, dass mir der unbekannte Name bisher überhaupt nicht aufgefallen war. »Dann haben wir jetzt wohl zu allem Überfluss noch einen weiteren Verdächtigen«, meinte ich seufzend.

Kapitel 13

Zu einem Meeting zu spät zu kommen, das ich selbst einberufen hatte, war ein neuer Tiefpunkt in meinem Leben.

Ich warf einen Blick auf die Uhr und versuchte erneut, dem Drucker meine Unterlagen zu entlocken. Schon eine Minute über der Zeit. Die anderen Teammitglieder waren im Großen und Ganzen recht pünktlich, und ich ebenso, wenn ich nicht gerade von steinalter Büroausstattung sabotiert wurde.

Danny war am schlimmsten, so überaus pünktlich, dass er zu früh erscheinen genauso verabscheute wie zu spät. Wahrscheinlich hatte er um 16:59 Uhr auf der Matte gestanden. Ganz bestimmt steckte eine Uhr in seinem Hintern. Die hatte ich zwar bisher weder mit meinen Fingern noch mit meinem Schwanz gefunden, aber ich würde die Suche nicht aufgeben.

Ich versetzte dem Drucker einen kräftigen Tritt. Ratternd erwachte er zum Leben und spuckte dann meine Papiere so schwungvoll aus, dass sie über die Ablage hinausschossen. Sie waren noch warm, als ich sie vom Boden aufsammelte. Anschließend hetzte ich zum Aufzug, wobei ich hinter mir Schritte und ein entferntes »Bitte aufhalten!« hörte.

Rasch drückte ich auf den Knopf zum Türenschließen. Sechsmal.

Als ich endlich mit heißen Wangen, schief sitzender Krawatte und ein bisschen durch den Wind in den Besprechungsraum stürmte, war ich nur fünf Minuten zu spät.

»Hallo zusammen.« Ich sah mich kurz um und erkannte, dass noch jemand fehlte. »Wo ist Kevin?«

»Noch nicht da«, antwortete Danny und reichte mir einen Styroporbecher, in dem sich sicher kein Kaffee befand. Er hatte seine übliche Arbeitskleidung aus Jeans und T-Shirt gegen ein dunkelblaues Hemd und eine gebügelte, graue Stoffhose getauscht, was mir verriet, dass er heute noch ein anderes Meeting gehabt hatte. Das trug er nur, wenn er sich mit Lieutenant Tate traf. »Wir können auch ohne ihn anfangen.«

Ich pinnte die Kopie eines alten Vermisstenflyers an. Selbst auf dem verpixelten, abgeschnittenen Foto sah der Mann unschuldig und jung und nett aus. Er hatte hellbraune Locken und dunkelbraune Augen. Sein Lächeln zeigte tiefe Grübchen neben seinen Mundwinkeln.

»Okay, ich mache den Anfang«, sagte Tabitha. Ihre roten Haare waren zu einem hohen Pferdeschwanz zusammengefasst, was sie jünger wirken ließ. Mit einem Finger schob sie ihre Brille höher auf die sommersprossige Stupsnase. »Wer zum Teufel ist Hunter Carr?«

Die Tür flog auf, und Kevin kam etwas außer Atem herein. »Tut mir leid, dass ich zu spät komme.« Er ließ sich auf einen Stuhl fallen. »Jemand hat die Aufzugtüren vor meiner Nase zugehen lassen.«

Ich räusperte mich. »Manche Leute sind so unhöflich. Keine Sorge, du hast nicht viel verpasst. Ich wollte euch gerade mit Hunter Carr bekannt machen, auch bekannt als unser geheimnisvolles zweites Skelett in der Truhe.«

Dieser Vermisstenflyer war das Ergebnis einer durchgemachten Nacht. Eine halbe Stunde, nachdem ich ins Bett gegangen war, war ich wieder aufgestanden und hatte mich in meinem Behelfsbüro eingeigelt, sonst bezeichnet als Dannys Esszimmer. Nicht, dass er es jemals als solches benutzte, wie das Laufband bewies, das in einer Ecke stand.

Er war mehr der Typ für Hocker an der Frühstückstheke, aber seine Mutter hatte ihm die Einrichtung für das Esszimmer spendiert, als er das Haus gekauft hatte. Also blieb der wuchtige Mahagonitisch samt acht Stühlen, wo er war. Ein handfester Beweis dafür, was für ein Muttersöhnchen Danny tatsächlich war.

Ich setzte mich mit angezogenen Beinen auf einen der mit Schnörkeln verzierten Stühle und arbeitete mich stundenlang mit wechselnden Parametern durch das Material in der Hoffnung, einen Treffer zu landen. Irgendwann gegen Morgen kam Danny gähnend und mit zerzausten Haaren herein. Viel mehr als »Konntest du nicht schlafen?« sagte er jedoch nicht. Dann stellte er eine Tasse Tee neben mir ab, gab mir einen Kuss auf die Stirn und ging wieder ins Bett.

Geistesabwesend trank ich von dem Tee und hatte bereits die halbe Tasse geleert, bevor mir auffiel, dass er mir die Mischung für besseren Schlaf untergejubelt hatte – die mit dem Bär im Schlafanzug auf dem Etikett. *Hinterhältiger Bastard.* Ob es nun am Tee lag oder nicht, auf jeden Fall schlief ich eine Stunde später am Tisch ein. Als ich wieder aufgewacht war und den Kopf von meinen Armen gehoben hatte, hatte ein Treffer auf meinem Laptopbildschirm geblinkt.

»Hast du Saunders angerufen?«, fragte Danny.

Ich nickte. Saunders hatte sich widerwillig für den Hinweis bedankt. Und dann einfach aufgelegt. Er hasste es, wenn man ihm die Schau stahl, und ich stahl sie ihm so gerne, dass er mich wohl unter »Rampensau« in seinem Telefon einspeichern sollte.

Ich klebte Masons Foto an die Wand und malte mit einem laut quietschenden Marker einen Pfeil daneben. *Quieeeetsch.* »Vor zehn Jahren ...«

»Oh Gott«, stöhnte Nick.

»Vor gut zehn Jahren …«, wiederholte ich lauter, sehr zu Dannys Belustigung. »… lebte Hunter Carr zusammen mit seiner Mutter und zwei jüngeren Geschwistern in der beschaulichen Nachbarschaft von Turtle Bay. Er war gerade ein Jahr mit dem College fertig und arbeitete bei einer kleinen Softwarefirma. Als seine Mutter ein Jobangebot in Oklahoma bekam, wollte Hunter nicht mit umziehen. Er konnte sich aber auch keine eigene Wohnung leisten.«

»In welcher Verbindung steht er zu unserem ursprünglichen Opfer?«, fragte Nick ungeduldig. »Und wie sind sie zusammen in der Truhe gelandet?«

»Dazu komme ich gleich. Ich habe mit Hunters Mutter telefoniert, und sie hat erwähnt, dass er sich damals seit etwa fünf Wochen mit jemandem traf. Ich denke, dass das Mason war und dass sie zusammenziehen wollten, auch wenn sie sich noch nicht lange kannten.«

»Das erklärt immer noch nicht, warum sie beide tot sind.«

»Ich habe ein paar Arbeitshypothesen. Sie könnten von jemandem in den Park gelockt worden sein.« Ich machte eine kurze Pause. »Oder vielleicht haben sie etwas gesehen, das sie nicht hätten sehen sollen, und jemand hat sich zwei Zeugen vom Hals geschafft.«

Danny rieb sich so fest über die Schläfen, dass ich unwillkürlich das Gesicht verzog. »Christiansen. Erzähl mir bitte nicht, dass du den Kreis unserer Verdächtigen mit Worten wie *irgendjemand* und *irgendwas* erweitern willst. Denn das bedeutet, dass wir so schnell nicht weiterkommen werden.«

»Ruft bitte mal jemand meine Frau an? Sagt ihr, dass ich schnell gestorben bin«, jammerte Kevin. »McKenna, du hältst die Trauerrede. Sag was Nettes über mich.«

Danny schnalzte mitfühlend mit der Zunge. »Alles klar, alter Freund. Sofern mir was Passendes einfällt.«

»Das bringt neues Leben in den Fall«, versuchte ich, sie aufzumuntern. »Es ist ein guter Anfang.«

Kevin schnaubte. »Ja, wenn man anspruchslos ist.«

Ich deutete mit dem Daumen in Dannys Richtung. »Bin ich ganz offensichtlich.«

Danny grinste nur und lehnte sich auf seinem Stuhl zurück. »Okay, hat sonst noch jemand eine Theorie, die er gerne mit uns teilen möchte?«

»Ich«, antwortete Kevin und fuhr sich durch die kurzen, blonden Haare, bevor er die Hände hinterm Kopf verschränkte. »Bevor er mit diesem Hunter zusammen war, hatte Mason was mit Carter James, einem verheirateten Mann. Was, wenn Carter derjenige war, der Mason in den Park gelockt und ihn da erwürgt hat? Dann ist ihm aufgegangen, dass Hunter im Auto wartete, deswegen musste er ihn ebenfalls erledigen. Die alte Leier von wegen ›Wenn ich dich nicht haben kann, bekommt dich auch kein anderer‹.«

Ich setzte mich zu ihnen. Der einzige freie Platz war neben Nick, wahrscheinlich, weil der die Füße auf den Tisch gelegt hatte. Seine löchrigen Skinny-Jeans waren stylish, aber seine Bartstoppeln und das knittrige T-Shirt erweckten den Eindruck, dass er sich nicht viel Mühe mit seinem Äußeren gab. Komplettiert wurde das Outfit durch modische Sneaker, die mir irgendwie bekannt vorkamen. Aber Designerschuh oder nicht, die Dinger waren definitiv zu nahe an meinem Teebecher. Meinen bedeutungsvollen Blick ignorierte Nick komplett.

»Dann wäre es aber nicht in seinem Interesse, Mason umzubringen, oder?«, meinte Nick und überschlug die Beine andersherum. Damit kamen seine Sneaker meinem Tee noch näher. »Soweit ich weiß, können tote Menschen einen nicht zurücklieben.«

Ich versuchte, Nicks Füße mit dem Ende eines Bleistifts vom Tisch zu schubsen. »Tote Menschen können auch nicht mehr ihre gammeligen Schuhe auf Tische legen.«

»Die sind kein bisschen gammelig. Das sind Yeezys«, klärte er mich auf.

»Was auch immer das heißen mag.«

»Das heißt, dass er ein Sneaker-Junkie ist«, mischte Danny sich ein. »Er besitzt sogar ein Paar fabrikneue Js.«

Ich schaute ihn verständnislos an. »Er besitzt was?«

»Air Jordans«, erklärte Tabitha ernst. »Er hat ein Paar, das er noch nie getragen hat. Haben ein Vermögen gekostet. Normalerweise stöbert er eher in alten Sneaker-Läden nach Glücksfunden in Restlagerbeständen, aber in diesem Fall hat er echt tief in die Tasche gegriffen.«

Ich gab einen entnervten Laut von mir. »Okay, könnten wir jetzt bitte zu was zurückkommen, das ich verstehe?«

Danny wirkte sichtlich amüsiert. »Es scheint niemand gegen Kevins Theorie zu sein. Dann einigen wir uns darauf, dass Carter vorerst auf der Liste bleibt.«

»Ich habe eine andere Hypothese«, verkündete Tabitha. Sie wartete noch einen Moment, um ihren Worten die nötige Dramatik zu verleihen. »Sue Harris-Paige.«

Wir gaben alle ungläubige Laute von uns, und Danny lehnte sich so weit mit seinem Stuhl nach hinten, dass ich befürchtete, er würde umkippen.

»Wir haben so viele Verdächtige, die sich anbieten, und du tippst sofort auf die Mutter«, meinte er lächelnd. »Wie geht's denn deiner? Sie ist letztes Jahr zu deiner Schwester gezogen, um ihr mit dem neuen Baby zu helfen oder? Sieben Staaten von hier?«

»Acht«, erwiderte Tabitha verträumt, und die Zufriedenheit stand ihr ins Gesicht geschrieben. »Vergiss nicht Tennessee.«

Danny lachte. »Du weißt schon, dass wir einen hauseigenen Psychiater und eine gute Krankenversicherung haben. Nutz die gerne.«

Sie winkte ab. »Ich mein's ernst, Jungs. Denkt doch mal nach. Ich habe Christiansens Zusammenfassung der Befragung gelesen. Sie hat gesagt, dass Mason wegen seiner neuen Beziehung nicht mehr viel Zeit für sie hatte. Die Beziehung war mit Hunter, wie wir jetzt wissen. Sie bekommt nicht mehr genug Aufmerksamkeit von ihrem Goldjungen, wird wütend …«

»Wütend genug, um die beiden um die Ecke zu bringen, sie in eine Truhe zu stopfen und diese Truhe dann im See zu versenken?« Danny zog die Augenbrauen nach oben. »Ich gehe mal davon aus, dass sie ihre Vitamine nimmt, aber selbst die Seniorenspezialmischung hat ihre Grenzen.«

Kevin schnaubte. »Ich wette auf Luke. Mason aus dem Weg zu räumen, hat ihm die Bäckerei, Geld von der Versicherung und das Haus verschafft, aus dem Mason ihn rauswerfen wollte. Neid und Rache, Leute. Das ist doch der absolute Klassiker.«

»Die verlassene Ex dürfen wir aber auch nicht vergessen«, sinnierte Tabitha. »Trotz der Scheidung hat Melanie Mason immer noch geliebt. Unerwiderte Liebe verleitet Menschen zu verrückten Dingen.«

»Klingt nach einer von meinen Ex-Freundinnen«, warf Nick mit einem Seufzen ein, das … seltsam nostalgisch klang. »Stellt euch so viel Durchgeknalltheit auf ein Meter sechzig und fünfundfünfzig Kilo Kampfgewicht vor.«

»Amber?« Danny runzelte die Stirn. »Hast du die nicht zu unserem Grillabend mitgebracht?«

»Ja, und?« Nick zuckte die Schultern. »Da war sie noch nicht verrückt.«

Ich erinnerte mich dunkel an eine hübsche Rothaarige mit einer Aura von Harley Quinn. »War das nicht die, die deine Maiskolbenpikser geklaut hat? Und die Seife aus dem Gästebad?«

»Dann war sie eben ein bisschen kleptomanisch veranlagt«, entgegnete Nick abwehrend. »Wer ist schon perfekt? Mr Ich-sehe-tote-Menschen?«

»Hey.« Da ich jedoch zu meiner Verteidigung nichts vorzubringen hatte, beließ ich es dabei.

Nick deutete mit dem Daumen auf Kevin. »Mr Ich-esse-alles. Selbst wenn es vorher im Müll lag.«

»Dieses Sandwich war in einer Tüte und lag obendrauf.« Kevin grinste – der schämte sich für gar nichts. »Unser Land hat ein gravierendes Problem mit Lebensmittelverschwendung, Nicky.«

Doch Nick war noch nicht fertig, denn als Nächstes war Tabitha dran. »Miss Erst-tasern-dann-Fragen-stellen.«

»Wir reden weiter, wenn du so klein bist wie ich und versuchen musst, einen Kerl von über eins neunzig unter Kontrolle zu bekommen«, schoss sie zurück. »Der kann froh sein, dass ich nicht auf seine Eier gezielt habe.«

Kevin und ich rutschten unangenehm berührt auf unseren Stühlen herum. Nick nahm endlich die Füße vom Tisch und überschlug sie züchtig darunter. Ich war mir ziemlich sicher, dass wir alle gerade unsere Kronjuwelen schützen wollten. Selbst wenn es sich dabei um einen Widerstand leistenden Verdächtigen gehandelt hatte, verursachten ihre Worte doch einen Moment der Stille … im Namen der Eier.

Nick wandte sich Danny zu, wohl um ihm auch einen Spitznamen zu verpassen, doch es brauchte nur einen der berüchtigten finsteren Blicke, und er klappte den Mund schnell wieder zu.

»Zurück zum Thema«, wies Danny uns streng an. »Kevin, du findest alles über Hunter Carr heraus. Bisher sind wir davon ausgegangen, dass Mason das Ziel und Hunter nur zur falschen Zeit am falschen Ort war, aber das müssen wir überprüfen.«

Kevin salutierte. »Wird gemacht.«

»Nick und Tab …«

»Sue Harris-Paige?« Tabitha wirkte geradezu begeistert.

Danny gab sich keine Mühe, seine Belustigung zu verbergen. »Nein, ihr unterhaltet euch noch mal mit Melanie. Findet heraus, wie sie dazu stand, dass Mason wieder eine Beziehung hatte und so schnell mit einem so viel jüngeren Mann zusammenziehen wollte.«

»Alles klar«, stimmte sie missmutig zu.

»Rain, du wühlst in Lukes Vergangenheit. Seine Mutter hat gesagt, dass er oft Ärger hatte. Ich will wissen, über welche Art von Ärger wir hier reden.«

Jetzt war ich an der Reihe, mürrisch zuzustimmen. Ich mochte Recherche und war wirklich gut darin, aber meine Augen brannten noch von letzter Nacht. Danny wollte wahrscheinlich sicherstellen, dass ich todmüde war, damit ich heute Abend besser schlief. Ganz schön egoistisch.

Als hätte er meine Gedanken gelesen, lächelte Danny. »Weiß jeder, was er zu tun hat?«

Das war eine rhetorische Frage.

»Ja«, antworteten wir pflichtbewusst unisono.

»Warum sitzt ihr dann alle noch hier?«

Als wir den Raum verließen, formte Nick stumm mit den Lippen *Mr Kontrollfreak* und bewies damit, dass er sehr wohl für jeden von uns einen Spitznamen parat hatte. Ich überspielte ein Lachen, und Danny schaute mich misstrauisch an. Nick war eine Nervensäge, aber er hatte auch recht.

*

Gegen zehn Uhr ging mir langsam die Puste aus. Vor einer Stunde hatte ich einen Abstecher in die Cafeteria im ersten Stock gemacht und mir eine Power-up-Bowl geholt. Keine Ahnung, was daran so Power-up war oder wie sie den deftigen Preis rechtfertigten, weil sie hauptsächlich aus Joghurt und Früchten zu bestehen schien. Vielleicht war der Name

»Power-up« ja ein Code für »Zahl extra für die Kraft der Einbildung«.

Ich rieb mir über die müden Augen, während ich weiter Lukes zugegebenermaßen sehr auffälligen digitalen Spuren folgte. Im Gegensatz zu Masons makellosem Führungszeugnis war Luke schon früh für kleinere Straftaten verurteilt worden. Einbrüche, Zechprellerei und Vandalismus an öffentlichem Eigentum schienen zu seinen Lieblingsdelikten zu gehören. Verdammt, selbst seine Liste an Verkehrsverstößen war beachtlich. Mit siebzehn war er zu bewaffnetem Raubüberfall übergegangen, was nicht sehr verwunderte. Er kam jedoch milde davon und hatte nur eine sechsjährige Haftstrafe im Calhoun-Gefängnis verbüßt.

Ich las weiter und sackte alle paar Minuten weiter nach vorn, bis ich immer mehr Gefahr lief, mit dem Gesicht voran im Joghurt zu landen. Luke hatte sein Leben inzwischen im Griff, aber sein Weg dahin war mehr als steinig gewesen. Das Gefängnis veränderte Menschen, und sie taten danach oft Dinge, die sie sich vorher nicht einmal hätten vorstellen können.

Vielleicht hatte Luke erst einen riesengroßen Fehler machen müssen, um zu erkennen, dass er sauber werden musste.

»Rain?« Ich schreckte hoch und sah zu Danny, der am Türrahmen lehnte. Um seine Mundwinkel spielte ein kleines Lächeln. »Was machst du da?«

»Wa…?« Ich schaute hinunter auf meinen Schreibtisch und blinzelte. Überall lagen Kiwi- und Erdbeerstücke verteilt. Auf meinen Papieren. Auf meinem geliebten Laptop. Verständnislos beobachtete ich, wie ein weiteres Stück Erdbeere von dem Löffel rutschte, den ich mit den Fingern umklammert hielt, und auf der Tischplatte landete.

»Shit. Offenbar nutze ich jetzt Obst als Post-its.« Ich pflückte ungeschickt ein Stück von meiner Tastatur und warf es zurück in die Schüssel, bevor ich meine klebrigen Finger ableckte. »Wo warst du?«

»Bei Saunders. Er hat die Identität der zweiten Leiche bestätigt, es ist Hunter Carr.« Er schwieg kurz. »Außerdem soll ich dich warnen, dass Pfefferspray zum Einsatz kommt, wenn du ihm noch mal in den Büschen vor der Gerichtsmedizin auflauerst.«

»Ich habe ihm nicht aufgelauert.« Ich zog die Augenbrauen zusammen. »Sondern nur mein Auto heute auf dem weiter entfernten Parkplatz abgestellt. Der Weg durch die Büsche war eine Abkürzung.«

»Das ist interessant, insbesondere, weil der Hauptparkplatz heute gar nicht so voll war.« In seinen Augen stand ein amüsiertes Funkeln. »Er meinte auch, dass du seine Nummer löschen sollst.«

»Dann habe ich ihn eben einige Male angerufen. Kann nicht mehr als ein paar …«

»Dutzend …«

»Höchstens ein *halbes* Dutzend Anrufe waren es«, korrigierte ich ihn. »Man muss da hartnäckig sein. Wie … wie …«

»Ein Floh auf einem Hundearsch?«

Ich warf ihm einen finsteren Blick zu. »Ich sollte mal die Wand auf den neuesten Stand bringen, da wir jetzt die offizielle Bestätigung haben.«

»Schon erledigt.« Jetzt lächelte Danny richtig. »Ich kenn dich doch.«

Nicht sehr gut, wenn du den Schatzzzz angefasst hast.

Und tatsächlich, er hatte an meinem Whiteboard herumgefummelt – auf dem in sauberen Großbuchstaben NICHT ANFASSEN am unteren Rand stand. Hunters Vermisstenflyer war durch ein Schulfoto ersetzt worden. Darauf trug er ein kariertes Hemd und lächelte wie auf diesen Bildern üblich künstlich-gezwungen in die Kamera. Darunter hatte Danny Hunters Namen in Blockschrift vermerkt, aber viel zu groß. Ich wusste sein Bemühen ja zu schätzen, aber er war trotzdem ein toter Mann, weil er meine Wand angefasst hatte.

Ich rieb mir mit den Fäusten über die Augen und wusste mit hundertprozentiger Sicherheit, dass ich einschlafen würde, sobald mein Kopf das Kissen berührte. Gerade noch rechtzeitig erinnerte ich mich daran, die Hand beim Gähnen vor den Mund zu halten.

»Oh je. Mr Zugeknöpft-und-effizient ist so müde.« Danny stieß sich vom Türrahmen ab und kam zu mir. Er wuschelte mir durch die Haare. »So niedlich.«

Es gab doch nichts Schöneres, als von dem Mann, der einen sexy finden sollte, wie ein schläfriges Kleinkind behandelt zu werden.

»Ich bin ein erwachsener Mann«, erinnerte ich ihn pikiert.

Er lachte nur. »Komm, ich fahr dich nach Hause. Ich hol schon mal das Auto, während du deine Sachen zusammenpackst, und sammel dich dann am Eingang ein.«

Dagegen hatte ich absolut nichts einzuwenden. Ich steckte meinen Laptop in seine Tasche, ohne ihn vorher ordnungsgemäß herunterzufahren, und stopfte ein paar der Akten dazu. Als ich schließlich unten ankam, wartete Danny bereits auf mich, und ich stieg wie ein Zombie ins Auto.

Danny fuhr los, und der Motor brummte so laut, dass ich die Vibrationen in meinem Sitz spürte. Abgesehen von der Tatsache, dass er wie der Tasmanische Teufel aus den Looney Tunes fuhr, war das irgendwie beruhigend. Ich kuschelte mich in den Sitz und schloss die Augen. Durch die Geister und Träume bekam ich zu selten guten, ungestörten Schlaf.

Ich fühlte eine Hand in meinen Haaren, die mir ein paar Strähnen aus der Stirn strich. Ohne die Augen zu öffnen, schlug ich danach. »Hände aufs Lenkrad und Augen auf die Straße.«

»Ich habe das Fahrtraining mit Bestnote bestanden.«

»Der Fahrlehrer hatte die Wahl zwischen Pest und Cholera. Entweder dir eine hohe Punktzahl geben oder noch 'ne Runde, noch 'ne Fahrt.«

Danny lachte leise. »Nicht einschlafen. Wir sind in weniger als fünfundzwanzig Minuten da.«

Fünfundzwanzig Minuten. Das war die Entfernung zu meinem Haus, nicht seinem. Vielleicht wollte er mich einfach schneller ins Bett bringen. Vielleicht wollte er sein eigenes Bett auch mal für sich allein haben, um ungestört durchzuschlafen. Ich war zu müde, um darüber nachzugrübeln.

»Danke, dass du mich nach Hause fährst«, meinte ich gähnend. »Und dass du mich davon abgehalten hast, mit dem Gesicht in der Joghurtschüssel zu landen.«

Seine Worte hörte ich nur noch ganz entfernt, weil ich schon wegdöste. »Immer gern.«

Beziehungen. Es waren die kleinen Dinge, die sie ausmachten.

Kapitel 14

Danny bog gerade in meine Einfahrt ein, als mich die Sirene eines vorbeifahrenden Einsatzwagens weckte. Nachdem das Geräusch in der Ferne verklungen war, lag die Straße wieder still und friedlich da. So war es hier meistens, was ich sehr schätzte. Die Nachbarn allerdings … Nun, die waren eine andere Sache.

Links wohnte Mrs Johnson. Sie war über siebzig und übellauniger, als es für einen einzelnen Menschen erlaubt sein dürfte. Jedes Mal, wenn ich ihr fröhlich einen guten Morgen wünschte, schlug sie die Haustür extra kräftig zu. Dennoch stellte ich die Mülltonnen für sie an die Straße, und sie verzichtete im Gegenzug darauf, eine brennende Tüte mit Hundekot auf meiner Veranda zu hinterlassen. Eine echte Win-win-Situation.

Rechts neben mir lauerte ein ganz anderes Problem. Daraus hatte ich inzwischen gelernt, dass man niemals in ein Haus zog, vor dessen Nachbartür ein Zu-vermieten-Schild stand. Da wusste man nie, was die Zukunft brachte. Vielleicht hauchte ein umgebauter Hippie-Bus im Vorgarten seinen letzten Atemzug aus, und die Insassen wurden die neuen Nachbarn. Die dann ihren Vorgarten und die Veranda als erweitertes Wohnzimmer betrachteten und quasi nie ins Haus gingen. Und die pinke Flamingos für den letzten Schrei hielten und sie flächendeckend als Rasendekoration aufstellten. Dazu kamen mehr Windspiele und Traumfänger, als man sich vorstellen konnte. Und wenn man morgens genau lauschte, konnte man eventuell auch den afrikanischen Regenmacher hören, der während ihrer frühen Yoga-Sessions zum Einsatz kam. Und als wäre all das noch nicht schlimm genug, stellten diese Leute dann womöglich noch hinterm Haus ein riesiges Zelt auf, in dem sie Gras anbauten, von dem man dann so tat, als wüsste man nichts davon.

Und diese Nachbarn waren meine Eltern.

Sie waren durch und durch Hippies, Freigeister, die nach ihrem eigenen Rhythmus lebten. Na ja, erst bastelten sie sich aus einer Tierhaut und Stöckchen eine Trommel, und die lieferte ihnen dann den Rhythmus. Ja, ich wollte wieder näher bei meiner Familie wohnen. Das war einer der Hauptgründe gewesen, warum ich aus D.°C. zurückgekommen war – um ein erfüllteres Leben mit den Menschen zu führen, die ich liebte. Das Ziel hatte ich erreicht. Nur hatte mein Plan vorgesehen, dass schon ein paar Highway-Ausfahrten zwischen uns liegen durften, und nicht nur ein windschiefer Gartenzaun.

Als Danny in meiner Einfahrt hielt, entdeckte ich meinen Vater, der in einem Campingstuhl auf seiner hinteren Veranda saß. Er trug schreiend bunte Hawaii-Shorts und ausgetretene Sandalen. Und er rauchte gemütlich etwas, das er hastig unter seiner Zeitung versteckte, als er uns sah. Vor seinem Gesicht hing eine dichte Rauchwolke, die er eilig mit den Händen wegwedelte.

Großer Gott. Ich verdrehte die Augen und stieg aus dem Auto. Mein Vater war dermaßen unauffällig. Mit meiner Aktentasche über der Schulter ging ich in Richtung Haus. »Hey, Dad.«

»Rainstorm!« Er wedelte noch einmal wie nebenbei durch die Luft und schlenderte dann zum Zaun. Sein Gesichtsausdruck erhellte sich, als er auf einen Punkt hinter mir schaute. »Danny-Boy.«

Ein Blick über die Schulter bewies, dass Danny mir tatsächlich gefolgt war. Doch es erstaunte mich noch mehr, als er auf seinen Schlüssel drückte, was die Autotüren verriegelte und die Alarmanlage mit einem nervigen Ton einschaltete. Offenbar blieb er über Nacht. Oder er brachte mich nur zur Tür wie nach dem Abschlussball.

Danny beugte sich über das Törchen des Gartenzauns und begrüßte meinen Vater mit einer halben Umarmung und einem kräftigen Klopfen auf den Rücken. »Wie geht's dir, Leo?«

»Alles bestens. Ich freue mich, meinen Sohn mal wiederzusehen.« Er grinste mich mutwillig an. »Du bist so oft bei Danny, dass ich mich schon gefragt habe, ob du noch weißt, wo du wohnst.«

Ich versuchte, nicht rot zu werden, aber das hätte ich mir auch sparen können. Erröten gehörte zu meiner Erscheinung wie meine blonden Haare und die langen, schmalen Füße. Außerdem sprach mein Vater nur aus, was mir auch bereits durch den Kopf gegangen war.

Meine letzte Besichtigung mit Mary Anne war … interessant gewesen. Eigentlich hatte ich erwartet, einen Pferdefuß an dem Townhouse zu finden, bevor ich auch nur einen Fuß hineinsetzte, aber es war überraschend perfekt für mich. Dazu ein gutes Viertel und ein vernünftiger Preis. Aber als sie mich erwartungsvoll angesehen hatte, fühlte es sich einfach nur falsch an.

Also hatte ich Mary Anne gesagt, dass ich darüber nachdenken und sie anrufen würde, und sie hatte mich ermahnt, nicht zu lange zu warten. Seitdem hatte sie mich nicht wegen neuer Angebote angerufen, was mich auch nicht überraschte. Wir wussten beide, wie gut das Townhouse passte.

Um ehrlich zu sein, wollte ich gar nicht irgendwo anders hinziehen, sondern zu Danny. Das machte ich sowieso schon irgendwie, Stückchen für Stückchen, auch wenn es nicht absichtlich passiert war. Meine Möbel und Küchengeräte waren einfach besser. Nachdem Dannys steinalter Toaster mir zum sechsten Mal einen Bagel verbrutzelt hatte, war es sinnvoll gewesen, meinen mitzubringen. Und war es denn so schlimm, dass ich ein paar Tumbler-Sets in Dannys Haus deponiert hatte? Und einige Lampen. Eine Ottomane. Eine Couch?

Ich kratzte mich am Kopf. Okay, da waren durchaus ein paar größere Sachen dabei, aber Dannys Couch war Gift für meinen Rücken. Pures Gift. Also war es einfach sinnvoll.

Wenn ich genug Mumm hätte, würde ich ihn darauf aufmerksam machen, dass wir praktisch schon zusammenwohnten. Dass er mich liebte und ich ihn und ich keine Lust hatte, Spielchen zu spielen – ich hatte nicht vor, wieder zu gehen. Vielleicht würde ich das Thema tatsächlich ansprechen, wenn ich ihn nicht regelmäßig auf Selbstmordmissionen unter der Leitung von Geistern mitschleppen würde. Wir sollten da bald mal drüber reden. Aber nicht jetzt, nicht auf dem Grünstreifen neben meinem Haus und ganz bestimmt nicht vor meinem Vater.

Der warf mir nur einen wissenden Blick zu und wechselte das Thema. »Komm rüber, Danny.« Er deutete enthusiastisch auf die Campingstühle. »Setz dich, leg die Füße hoch. Ich hab nichts gegen ein bisschen Gesellschaft, bevor ich schlafen gehe. Robin ist schon vor Stunden ins Bett.«

Es verwunderte mich nicht, dass Danny, ohne groß zu zögern, über den Zaun sprang. Er und mein Vater waren schon immer dicke miteinander gewesen. Sie konnten sich stundenlang über die absurdesten Themen unterhalten. Einig waren sie sich nur selten, und mein Vater konnte ausführlichst auf die Regierung schimpfen, aber Danny blieb immer respektvoll und tat das nie einfach ab. Natürlich würde ich es nie zugeben, aber ich fand das unfassbar niedlich.

Lächelnd beobachtete ich, wie Danny sich in einen der Campingstühle fallen ließ und die Füße auf eine alte, rote Kühlbox legte.

»Du siehst müde aus«, meinte mein Vater zu mir.

Mein Lächeln wurde breiter. Das war der subtile Hinweis an mich, die Fliege zu machen, damit er Danny eine Weile lang das Ohr abkauen konnte. Passte perfekt zu meinen Plänen.

»Kann kaum noch geradeaus gucken«, stimmte ich zu. »Ich würde ja gerne bleiben und mich unterhalten, aber ...«

Mein Vater lehnte sich über den Zaun und tätschelte mir beruhigend die Wange. »Mach dir keine Gedanken. Und wenn du was brauchst, um dich ein bisschen zu entspannen ...«

»Dad«, erwiderte ich warnend, doch er machte nur eine beschwichtigende Geste.

»Ich habe die neue Flieder-Teemischung deiner Mutter gemeint. Damit schläft man wie ein Baby.«

»Oh, danke, aber das wird heute kein Problem sein.«

»Du hast doch nicht etwa wieder Kaffee getrunken?«, fragte er misstrauisch.

Sechs Tassen. Wenn ich mir eine Autobatterie an die Nippel geklemmt hätte, wäre ich wohl auch nicht aufgedrehter. »Würde mir nie einfallen«, entgegnete ich schnippisch.

»Mein Junge arbeitet so hart.« Bevor das Lob richtig bei mir ankam, runzelte er die Stirn. »Wäre noch besser, wenn es nicht fürs Establishment wäre, aber man kann wohl nicht alles haben.«

»Wahre Worte.« Ich achtete darauf, einen würdevollen Ton anzuschlagen. »Aber wo wir gerade beim Thema sind: Deine Zeitung qualmt.«

»Ach, wirklich?« Er schlug sie sich gegen das Bein. *Klatsch.* »Das ist ja ...« *Klatsch!* »... seltsam.«

»Du bist seltsam«, brummte ich. »Wenn ich raten müsste, dürfte das wahrscheinlich an dem Joint im Sportteil liegen.«

»Du bist ein kleiner Klugscheißer. Er ist so ein Klugscheißer.« Der zweite Teil war an Danny gerichtet, der nur lachte. »Keine Ahnung, wie du es mit ihm aushältst.«

Ich winkte zum Abschied und ging ins Haus. Dort schälte ich mich aus meiner Arbeitskleidung und warf sie über den Stuhl, auf dem ich alles für die Reinigung sammelte, bevor ich mir eine uralte, verwaschene Schlafhose und ein ausgeblichenes, locker sitzendes Shirt anzog. Ohne Umschweife kroch ich ins Bett. Die Laken waren weich und kühl, und ich wackelte zufrieden mit den Zehen. Wenige Minuten später war ich eingeschlafen.

Irgendwann später – anscheinend ziemlich viel später – senkte sich die Matratze hinter mir ab, und ich kullerte in die Richtung, bis ich auf Dannys Körper traf. Er legte einen Arm um mich.

»Alles in Ordnung?«, fragte ich verschlafen.

»Ja.«

»Mein Dad auch?«

»Ja. Er wurde müde und ist ins Bett.«

»Okay.« Ich schloss die Augen, doch dann kam mir ein Gedanke, und ich öffnete sie wieder. »Hat er den Joint ausgemacht? Ich will nicht, dass er das Haus abfackelt …«

»Entspann dich, ja? Deinem Dad geht es gut, uns geht es gut, und bevor du fragst, deiner Mutter geht es auch gut.« Er zog mich noch dichter zu sich, sodass ich der Länge nach an ihn gekuschelt lag. »Alles ist gut, wenn ich dich so im Arm halten kann.«

»Elender Romantiker.«

Danny lachte und gab mir einen Kuss auf den Nacken. »Schlaf weiter.«

Fahrig griff ich nach hinten und tätschelte ihm die Wange. Na ja, ich hatte auf seine Wange gezielt, traf aber das

Auge. »Ich will nicht, dass du fährst, wenn du müde bist. Wenn du nach Hause willst, solltest du jetzt gehen.«

Erst, als ich die Worte ausgesprochen hatte, wurde mir bewusst, wie das klang. Als würde ich Danny irgendwie testen. Doch der Gedanke blieb nur einen winzigen Moment lang, weil ich viel zu müde war, als dass es mich kümmern würde, ob er es auch für einen Test hielt.

»Ich bleibe heute Nacht einfach hier. Wenn ich weiß, dass du Schlaf bekommst, klappt es mit meinem auch besser.«

Ich schmiegte mich noch ein wenig fester an ihn und ließ eine Hand auf dem Arm ruhen, den er um mich gelegt hatte.

»Außerdem«, murmelte Danny an meinem Hals, »hab ich es nicht eilig, irgendwohin zu gehen, wo du nicht bist.«

Test mit Auszeichnung bestanden.

*

Hilf mir. Ich will nicht sterben, sterben, sterben.

Ich stand in meiner nur spärlich erhellten, stillen Küche und trank eine Tasse Kaffee, während ich mich an einer juckenden Stelle über meinem Hüftknochen kratzte und mein verzerrtes Spiegelbild im Küchenfenster betrachtete. Die karierte Schlafanzughose hing mir tief auf der Hüfte. Mein Lieblingsschlafshirt war inzwischen so oft gewaschen worden, dass man das »F« nicht mehr lesen konnte und nur noch »BI« auf meiner Brust stand.

Ich erschauderte, als ich einen plötzlichen kalten Luftzug spürte, der mir eine Gänsehaut verursachte. Ein Geist schwebte durch die Küche, aber ich drehte mich nicht um. Er schien nicht mit mir reden zu wollen, was mir nur recht war.

Gegen zwei Uhr hatte mich ein Geistertraum geweckt, gerade einmal drei Stunden, nachdem ich die Augen zugemacht hatte. Der Geruch von Seewasser schien danach noch im Raum zu hängen. Der Geist hatte sich auf einer Art Brücke entfernt, die von Ranken und Unkraut überwuchert war. Ich war ihm nachgelaufen, aber meine Füße schienen im Schlamm festzustecken. Sein Lachen umgab mich von allen Seiten.

»Wie heißt du?«, schrie ich schließlich frustriert.

Seine schwarze, übel riechende Haut fiel langsam von ihm ab. Was ich zunächst für ein makabres Lächeln gehalten hatte, war tatsächlich eine schmerzverzerrte Grimasse. Seine Skelettfinger griffen nach mir, und seine Worte hallten durch meine Gedanken wie ein wild gewordener Pingpongball.

Hilf mir. Ich will nicht sterben, sterben, sterben.

Ursprünglich hatte ich gedacht, dass er mit mir sprach, aber daran hegte ich inzwischen Zweifel. Er schien in einer Erinnerung festzuhängen und war offenbar nicht in der Lage zu kommunizieren. Ich vermutete sogar, dass er mich gar nicht sah. Das ließ für mich nur eine Schlussfolgerung zu, und an die wollte ich eigentlich nicht einmal denken: Er flehte um sein Leben, und jemand hatte ihn dort zum Sterben zurückgelassen. Eine schreckliche Vorstellung. So schrecklich, dass ich nicht wieder einschlafen konnte.

Stattdessen holte ich Masons Laptop und seine Fallakte aus meiner Tasche und ging ins Wohnzimmer. Wenn ich nicht an einem Schreibtisch saß, war es auch keine Arbeit. Und wenn der Fernseher dabei lief, war es erst recht keine Arbeit, oder? Ich machte es mir auf der Couch bequem und schaltete den Fernseher ein, damit er mir zusehen konnte.

Irgendwann machte ich eine kurze Pause, um mir eine Schüssel Cornflakes zu holen. Auf der Suche nach dem Zucker stieß ich zufällig auf Dannys besondere Schüssel, und endlich verstand ich, warum er die so liebte. Die

Trennung von Milch und Cerealien erlaubte es mir, gemütlich zu essen, ohne dass die Milch meine Flakes komplett aufweichte.

Ich schaufelte mir noch einen Löffel in den Mund und brummte zufrieden. *Schnurps, schnurps, schnurps.* Da ich mich nicht erinnern konnte, die Schüssel eingesackt zu haben, musste Danny sie selbst mitgebracht haben. Offenbar war ich nicht der Einzige, der unsere Haushalte zusammenlegte, ohne es zu merken.

»Ist das eine neue Couch?«

Dannys Stimme ließ mich erschrocken Luft holen, was einen Mundvoll Milch in die falsche Röhre schickte. Als Antwort auf meinen Hustenanfall klopfte er mir ein paarmal so kräftig auf den Rücken, dass ich beinahe vom Sofa geflogen wäre. Wenn ich nicht gerade am Ersticken gewesen wäre, hätte ich ihm einen Vortrag darüber gehalten, dass ihm anscheinend nicht klar war, wie viel Kraft er besaß. So aber konnte ich Danny nur einen giftigen Blick zuwerfen.

Er sah aus, als wäre er aus dem Bett gefallen, die Haare zerzaust, die Schlafanzughose zerknittert. In einer Hand hielt er ein Glas Orangensaft, aus dem er trank, als seine harten Klapse zu beruhigendem Streicheln wurden. Irgendwann entspannte ich mich genug, dass der Husten abklang, und Danny drückte meine Schulter, bevor er die Hand wieder wegzog.

Ich wischte mir die Tränen aus den Augen. Während der ganzen Aktion hatte Danny nicht mal sein Glas weggestellt. Das war ziemlich nonchalant angesichts der Tatsache, dass ich beinahe in der Blüte meines Lebens einer Schüssel Cornflakes zum Opfer gefallen wäre.

»Geht's wieder?«, fragte er.

Ich nickte stumm, weil ich noch einen Moment brauchte, um meine Stimme wiederzufinden. »Nett, dass du fragst.«

»Keine Sorge, ich kann das Heimlich-Manöver«, entgegnete er mit einem kleinen Lächeln. »Ist das eine neue Couch?«

Ich räusperte mich. »Nein, die ist nicht neu. Ein altes Futonsofa, das meine Eltern loswerden wollten.«

»Was ist mit deiner Couch passiert?«

»Habe ich verschenkt.«

Danny beäugte mich skeptisch, aber ich würde sicher nichts zugeben. Im Prinzip war das auch keine Lüge – immerhin hatte ich ihm die Couch geschenkt. Er wusste es nur nicht. Der dunkelbraune Lederbezug sah genauso aus wie der seiner alten. Nur besser. Mein Schwager Rick hatte mir geholfen, das Möbel in Dannys Haus zu bekommen und das alte Sofa zu entsorgen. Dank der Unfähigkeit dieses Hippies, richtig zu zählen, hatte ich mir dabei prompt den Rücken verrenkt. Rick wollte seinen Fehler nicht mal zugeben, aber wenn man auf drei etwas anheben sollte, dann machte man das auf *drei* und nicht auf vier.

Ich tat so, als würde ich lesen, während Danny mich weiter anstarrte. Als er gerade etwas sagen wollte, raschelte ich extra laut mit den Papieren.

»Ich mache dir ein bisschen mehr Licht …« Er verstummte, als sein Blick auf den leeren Platz auf dem Beistelltisch fiel, auf dem früher eine Lampe gestanden hatte. »Wo sind deine Lampen?«

In deinem Wohnzimmer. »Sie haben nicht mehr zu meinem Dekor gepasst.« Dass ich es schaffte, das mit ausdrucksloser Miene zu sagen, war eine echte Leistung. Meinen Einrichtungsstil mit einem so hochtrabenden Wort wie *Dekor* zu bezeichnen, war schon recht gewagt. Ich bevorzugte es, wenn alles zusammenpasste, in neutralen Farben gehalten und sauber war – daraus bestand mein Dekor unterm Strich.

Danny setzte sich vorsichtig aufs Sofa, was auch besser so war, denn es wirkte nicht übermäßig stabil. Als er das nächste Mal in meine Richtung blickte, küsste ich ihm einfach den perplexen Ausdruck vom Gesicht.

Glücklicherweise fiel seine Aufmerksamkeit dann auf den Stapel Fotos, der auf dem Couchtisch lag. »Ist das das Stück Plastik, das Saunders uns gezeigt hat? Grübelst du schon wieder darüber nach?«

Ich hatte das Teil aus den verschiedensten Blickwinkeln fotografiert und die Ausschnitte vergrößert. Aber egal, wie lange ich mir die Bilder anschaute oder wie ich sie drehte, ich konnte es nicht zuordnen. Es war nur ein schwarzes, abgebrochenes Stück Plastik. Noch immer wusste ich nicht, wozu es gehörte, woher es stammte oder ob das überhaupt eine Rolle spielte.

»Es macht mich wahnsinnig«, gab ich schließlich zu.

»Ich weiß nicht, ob man für deinen Geisteszustand wirklich diese Fotos verantwortlich machen kann.«

»Halt die Klappe, Daniel.«

Danny schnaubte amüsiert und legte die Bilder zurück. »Ich habe ganz vergessen, dir zu sagen, dass ich mit einer meiner Informantinnen gesprochen habe. Sie hatte Informationen über Luke.«

Ich blinzelte ein paarmal. »Du hast Informanten?«

»Du nicht?«

»Natürlich«, erwiderte ich hastig, während ich mich gleichzeitig fragte, wo man einen Antrag auf Informanten stellen konnte, und zwar pronto. »Ich wollte nur sichergehen, dass ich dich richtig verstanden habe.«

Er lachte. »Diese Informantin hatte früher mit Wetten und Glücksspiel zu tun. Weißt du noch, dass Sue erzählt hat, Luke wäre bei Mason eingezogen, weil er finanzielle Schwierigkeiten hatte?«

»Ja.«

»Wie sich herausgestellt hat, hatte Luke ein großes Glücksspielproblem. Er schuldete einem kleinen Buchmacher namens Jeremy Watts über zwanzigtausend Dollar.« Danny lehnte sich deutlich weniger vorsichtig als zuvor auf dem Sofa zurück und legte die Füße auf den Couchtisch. »Wenn man den Gerüchten glauben kann, ist Watts ziemlich gewalttätig und hat keine Skrupel, sich die Hände schmutzig zu machen.«

»Denkst du, dieser Buchmacher könnte Mason getötet haben, um Luke klarzumachen, dass er es ernst meint?«

»Vielleicht.« Als er nichts weiter sagte, schaute ich zu ihm rüber, doch er hatte die Augen geschlossen. Ich stieß ihn mit dem Ellenbogen an, woraufhin er sie wieder öffnete. »Was? Ich habe *vielleicht* gesagt.«

Mit einem Ruckeln an der Maus erweckte ich meinen Laptop zum Leben. Ich loggte mich in die Datenbank des BBPD ein und startete einen Suchlauf nach Jeremy Watts, der recht schnell Ergebnisse lieferte. Viele Ergebnisse. Seine vier Polizeifotos wirkten beinahe wie die Dokumentation fortschreitender Kriminalität – auf dem ersten war er schlanker und blass, in seinen dunklen Augen stand deutlich die Angst geschrieben. Auf dem letzten wand sich ein Tattoo um seinen Hals, und seine Augen wirkten kalt und gnadenlos. Außerdem lächelte er, was mir alles über seine Persönlichkeit sagte, was ich wissen musste.

»Mason hat eine hohe Summe von seinem Konto abgehoben, bevor er verschwand«, meinte ich. »Bislang fehlte eine Erklärung, wo das Geld abgeblieben ist. Vielleicht wollte er Lukes Schulden bezahlen.«

Als Danny nicht antwortete, sah ich erneut zu ihm hinüber. Seine Augen waren geschlossen, und sein Atem ging tief und gleichmäßig. Er sah immer so jung und friedlich aus, wenn er schlief. Ich nahm mir einen Moment, um ihn ausgiebig zu betrachten, und fragte mich dabei, wie ein so aufbrausender Mensch gleichzeitig so wahnsinnig niedlich sein konnte. Dann begann ich, mich wie ein gruseliger Stalker zu fühlen, und stieß ihm noch einmal den Ellenbogen in die Seite, was ihn mit einem Ruck erwachen ließ.

»Wa...?« Er stöhnte auf, als ich ihn erwartungsvoll anschaute, und rieb sich über die Augen. »Was? Was ist los?«

Ich wiederholte meinen Gedankengang, woraufhin Danny verschlafen nickte. »Diese Abhebung war deutlich geringer als die Summe, die Luke dem Kerl geschuldet hat. Vielleicht war der Buchmacher ja nicht von der geduldigen Sorte.«

»Dann denkst du auch, dass Mason versucht hat, einen Deal auszuhandeln, und Watts an ihm ein Exempel statuiert hat?« Ich tippte mir nachdenklich gegen das Kinn. »Aber wenn das der Fall war, wieso hat er dann auch Hunter umgebracht?«

»Den hat Mason möglicherweise als Verstärkung mitgenommen«, gab Danny gähnend zurück. »Mason war naiv, aber selbst ihm musste klar sein, dass Watts gefährlich ist.«

Ich spielte die Theorie ein paar Minuten lang in verschiedenen Szenarien durch. Dann schüttelte ich den Kopf. »Man kann kein Exempel an jemandem statuieren, wenn niemand weiß, dass man den Menschen getötet hat.«

»Erwartest du, dass er sich *Ich habe Mason Paige umgebracht, versuch's ruhig* auf ein T-Shirt drucken lässt?«

»Ich erwarte, dass die Informantin zumindest von einem Gerücht darüber gehört hätte.«

»Dann sind wir vielleicht auf dem falschen Dampfer.« Danny klang, als wäre ihm das im Moment ziemlich egal. Und natürlich fielen ihm schon wieder die Augen zu.

Auf einmal stolperte ich in der Datenbank über einen recht interessanten Eintrag unter *Bekannte Decknamen*, bei dem ich die Augenbrauen nach oben zog. »Hör dir das an. Einer von Watts Spitznamen ist ›Der Hammer‹. Und wir haben ein Opfer mit stumpfer Gewalteinwirkung auf den Kopf. Zufall? Das glaube ich kaum.«

Danny schwieg. Ich seufzte und wiederholte das Ellenbogenmanöver.

»Herrgott noch mal.« Jetzt war er wieder wach. »Selbst Vampire schlafen mehr als du.«

»Ich glaube nicht, dass die generell Schlafprobleme haben.« Ich klickte mich durch Jeremys illustre Vergangenheit. »Die Legenden ranken sich bei denen eher um die Tageszeit, zu der sie schlafen.«

Danny sah mich aus zusammengekniffenen Augen an. »Was oder wer schläft nicht lange?«

»Ähm ... Leute, die unter Schlaflosigkeit leiden?«

»Dann schlafen Leute mit Schlaflosigkeit mehr als du.«

»Ist vermerkt«, sagte ich. »Wir müssen diesen Watts aufspüren. Ich will wissen, ob die Schulden bei ihm je beglichen worden sind.«

»Klingt gut«, murmelte Danny, schon wieder mit geschlossenen Augen.

Ich kaute auf meiner Unterlippe. Noch immer hatte ich ihm nichts von dem Gespräch mit Tate erzählt, aber das musste ich. Es gab keine Möglichkeit, ihm das schonend beizubringen. Danny war ein sehr direkter Mensch, der es schätze, wenn man ... nun, auch direkt zu ihm war.

»Danny? D?« Als er nicht reagierte, rüttelte ich ihn an der Schulter. Kräftig. »*Danny.*«

»Oh. Mein. Gott.« Mit sichtlicher Mühe öffnete er die Augen und nahm die Füße vom Tisch. »Du solltest wegen Verbrechen gegen die Menschlichkeit angeklagt werden. Ich gehe wieder ins Bett.«

»Tate will die Abteilung dichtmachen«, platzte ich heraus.

Danny wirkte jedoch nicht überrascht, und seine nächsten Worte bestätigten das. »Ich weiß. Sie hat mich bei der Tauchsuche lang und breit darüber aufgeklärt.«

»Warum hast du nichts gesagt?«

»Wahrscheinlich aus dem gleichen Grund wie du«, erwiderte er und rieb sich die Augen. »Ich wollte dich auch nicht unter Druck setzen.«

Ich seufzte. »Und was machen wir jetzt?«

»Das, was wir immer tun. Wir steigen in unsere Mystery Machine und klären das Verbrechen auf, Scooby.« Seine Mundwinkel zuckten nach oben. »Um Tate kümmere ich mich.«

»Aber ...«

»Vertrau mir.«

Das war zwar keine Frage, aber ich antwortete trotzdem ehrlich darauf. »Das tue ich. Ich würde dir mein Leben anvertrauen.«

»Gut. Ich weiß, wie man mit Tate umgehen muss.« Sein Gesichtsausdruck wirkte jetzt fast liebevoll. »Ich arbeite schon lange mit ihr, und sie bellt deutlich mehr, als sie beißt.«

Ja, aber bei einigen dieser Bisse konnte man sich die Tollwut einfangen. Und apropos Tollwut ...

»Nur, damit du es weißt: Ich wäre Velma. *Du* wärst Scooby.«

»Ich glaube, Fred würde viel besser zu mir passen.«

»Jeder weiß, dass Fred und Daphne gevögelt haben wie die Weltmeister. Bist du dir sicher, dass du das willst?«

Er dachte kurz darüber nach. »Vielleicht bin ich dann einfach Shaggy.«

»*Au Backe*, gute Entscheidung, Irish.«

Danny lachte leise und gab mir einen Kuss auf die Nase. »Schön, dass dir das zusagt. Kommst du mit ins Bett?«

Ich war müde. Und ich brauchte den Schlaf, weil uns morgen vermutlich wieder ein langer Tag bevorstand. Aber ich wusste genau, wer auf mich lauerte, sobald ich die Augen schloss. Er würde da sein und mit spindeldürren Fingern nach mir greifen, während er mich verzweifelt anstarrte und um ein Leben flehte, das ihm bereits geraubt worden war.

Hilf mir. Ich will nicht sterben, sterben, sterben.

Ich biss mir auf die Lippe. »Ich komme nach.«

Danny musterte mein Gesicht, doch letzten Endes nickte er nur. Was sollte er dazu noch sagen? Mein Körper war stärker als die Angst. Ich konnte nicht ewig wach bleiben, und ich konnte meinen eigenen Träumen nicht davonlaufen.

Das wussten wir beide.

Kapitel 15

Als ich die Augen aufschlug, sah ich dicht vor mir ein Paar grüne Augen. In einem Anflug von galoppierendem Wahnsinn fragte ich mich, seit wann ich eine Katze hatte, wie sie wohl hieß und warum zum Teufel sie mich so anstarrte. Dann klärte sich mein Blickfeld, und ich erkannte den Rest von Masons Gesicht.

»Oh, gut«, hauchte er. »Du bist wach.«

»Stell dir vor.« Meine Worte gingen beinahe im Gähnen unter. »Und vielleicht könntest du ein bisschen mehr auf Abstand gehen?«

Schnaubend zog er sich zurück. Ich setzte mich auf und rieb mir mit den Fingerknöcheln über die Augen, bevor ich einen Blick auf mein Handydisplay warf. Fünf Uhr morgens. Ich legte das Telefon auf den Nachttisch und stützte mich auf die Ellenbogen.

Einst war ich ein Mann gewesen, der seinen Schlaf genoss. Ich hatte keine dunklen Ringe oder Tränensäcke unter den Augen, und ich kaufte mir gerne hochwertige Bettwäsche, alles nur vom Feinsten. Selbst wenn meine Kissen in die Jahre kamen – und vermutlich ein bisschen eklig wurden –, brauchte ich eine halbe Ewigkeit, um mich von ihnen zu trennen. Waren sie erst einmal perfekt eingelegen, rückte ich sie nur über meine Leiche wieder raus.

Diese Tage des Schlafs waren längst vergangen.

»Was willst du?«, fragte ich grummelig.

»Während du geschlafen hast, ist mir ein guter Verdächtiger eingefallen. Hast du schon dieses Wiesel von einem Buchmacher ...«

»Jeremy? Ja, ich habe gehört, dass ihr Probleme mit dem hattet.«

»Weißt du auch, wie der drauf ist?«

»Hm-hm. Du erinnerst dich nicht zufällig daran, ob du Lukes ausstehende Schulden bezahlt hast, oder?«

Mason runzelte nachdenklich die Stirn. »Ich weiß noch, dass ich das vorhatte«, sagte er schließlich. »Aber dann habe ich rausgefunden, dass Luke schon wieder woanders Schulden gemacht hatte, und mich deshalb dagegen entschieden.«

»Wie hat Watts das aufgenommen?«

»Er gab mir eine Woche Zeit, um ›den Scheiß in Ordnung zu bringen‹.«

»Und?«, hakte ich nach, als er nicht weitersprach. »Hast du? Hast du ›den Scheiß in Ordnung gebracht‹?«

»Ich ... ich weiß nicht. Aber es würde zu mir passen, oder?«

Das verbesserte meine Laune nicht. »Im Ernst? Das ist alles, was du weißt? Deswegen hast du mich um fünf Uhr morgens geweckt?«

»Entschuldige bitte, dass ich den Fall nicht allein gelöst habe.« Er rümpfte die Nase. »Ich habe dir einen zwielichtigen Verdächtigen präsentiert, oder?«

»Ja, hast du gut gemacht. Ich melde das einfach, dann holen die Kollegen ihn noch vor dem Frühstück ab. Sechs Fälle von Zwielichtigkeit ersten Grades. Vielleicht bekommt er dafür sogar die Giftspritze.«

Mason schnaufte. »Na ja, Watts war schon sehr komisch. Ich wäre nicht überrascht, wenn sich herausstellt, dass er ein Serienmörder ist.«

»Es ist kein Anzeichen für einen Serienmörder, wenn jemand nicht gut mit Menschen kann«, gab ich immer noch sauer zurück. »Viele von ihnen sind sogar extrem charmant. Es kommt ganz drauf an, ob der Nervenkitzel für sie in der Jagd oder dem Töten liegt.«

»Wie bitte?«

»Wenn sie das Töten am spannendsten finden, kann die Jagd auf das Opfer reine Routine sein. Etwas, das der Killer tun muss, um zu dem Teil zu kommen, den er mag.« Ich strich mir ein paar Strähnen aus dem Gesicht. »Wenn der Nervenkitzel in der Jagd liegt, ist es umso befriedigender, wenn der Täter das Opfer dahingehend manipulieren kann, eine Rolle bei seinem oder ihrem eigenen Tod zu spielen.«

Mason schüttelte den Kopf. »Deine Welt ist schon ganz schön seltsam.«

Dagegen konnte ich nicht viel sagen, insbesondere zu einem Geist, der auf meiner Bettkante saß. Seltsam traf es nicht mal im Ansatz.

Doch Mason war nicht der Einzige, der sich über meinen wachen Zustand freute – meine Blase war so verdammt opportunistisch. Ich schlug die Decke zurück und stieg aus dem Bett. Danny murmelte nur etwas Unverständliches und drehte sich auf den Bauch, um das Gesicht im Kissen zu vergraben. Kurz streichelte ich ihm über den Rücken, bis er wieder ruhig dalag, und schlurfte dann ins Bad.

Nachdem ich mich erleichtert hatte, steuerte ich als Nächstes die Küche an. Ich drückte die richtigen Knöpfe auf meiner Deluxe-Kaffeemaschine, die mir eine Tasse starken Kaffee aufbrühte, und kratzte mir über die Bartstoppeln, während ich wartete. Wahrscheinlich sollte ich mich mal wieder rasieren. Meinen Kaffee trank ich an das Spülbecken gelehnt, und Dannys Worte geisterten mir laut und deutlich durch den Kopf. *Setz ihnen Grenzen und sorg dafür, dass sie sie einhalten.*

Leichter gesagt als getan.

Mason beobachtete mich vorwurfsvoll, als ich den Knopf für die Kaffeeausgabe ein drittes Mal betätigte. »Das sind nur kleine Tassen«, erklärte ich. Wir schauten hinunter auf die riesige Tasse und dann wieder einander an. »Das ist schon für meinen Thermobecher.«

Er war höflich genug, mich nicht auf meine vollkommen offensichtliche Lüge hinzuweisen. »Also. Wo fahren wir heute Morgen hin?«

»*Wir* fahren nirgendwo hin. Ich bezweifle, dass ich weiterschlafen kann, also fange ich eben früher an.« Ich rieb mir über die müden Augen. »Ich will mit Casey sprechen.«

»Er ist wahrscheinlich am Strand«, sagte Mason nach kurzer Überlegung. »Er geht gerne mit seinem Hund Eddy am Lighthouse Point spazieren. Bissige, kleine Ratte.«

»Ich hoffe wirklich, dass du dich damit auf Eddy beziehst.« Ich gähnte. »Warum geht Casey so früh mit dem Hund raus?«

»Laut seiner Aussage, weil es kühler ist, bevor die Sonne aufgeht, aber das ist wohl nicht der einzige Grund.« Mason klang sehr ernst. »Er mag es nicht, wenn die Leute ihn anstarren. Die Narben machen ihm nach wie vor zu schaffen. Ich habe den Leuten immer die Meinung gesagt, wenn sie geglotzt haben.«

Es war deutlich leichter, Menschen die Meinung zu sagen, wenn man selbst nicht betroffen war. Ich konnte mir gut vorstellen, dass die Blicke ebenso wie das Fingerzeigen und die blöden Fragen ziemlich schnell ziemlich heftig nervten.

Mason folgte mir in Richtung Bad, doch dann verschwand er und ließ mich zufrieden, während ich duschte, mich rasierte und anzog. Erst, als ich Dannys Haarstylingprodukte auf dem Waschtisch näher unter die Lupe nahm, erschien er wieder. Danny hatte wirklich mehr von seinen Sachen hier deponiert, als mir bewusst gewesen war.

Sumotech. Ich griff nach einer der kleinen, schwarzen Dosen, schraubte sie auf und roch daran. Gar nicht so schlecht. Und es musste gutes Zeug sein, wenn der nüchterne McKenna bereit war, Geld dafür auszugeben. Er bevorzugte für gewöhnlich Produkte, auf deren Label in irgendeiner Form »zwei in eins« stand. Einmal hatte er sich beinahe mitten im Supermarkt nass gemacht, weil er ein Fünf-in-eins-Duschgel gefunden hatte … zumindest hatte *ich* die Geschichte so in Erinnerung.

Ich schnupperte noch einmal am Inhalt der Dose. Mithilfe dieser Paste und des beherzten Einsatzes einer Haarbürste schaffte er es in drei Minuten von Unkraut auf dem Kopf zu Rockstar-Perfektion. Unglücklicherweise waren meine eigenen Haare vollkommen glatt und widersetzten sich erfolgreich den meisten Stylingversuchen. *#Widerstand*

Ich stellte die Dose zurück und schaute zu Mason, der damit beschäftigt war, eine kleine Schachtel mit Krimskrams zu durchwühlen. Seine Laune war im Keller, seit wir über seinen besten Freund gesprochen hatten, und ich hielt das nicht für einen Zufall. »Alles in Ordnung?«

»Hmm? Ja. Natürlich.« Er deutete auf Haarschaum, an dessen Kauf ich mich nicht erinnern konnte. »Nimm den. Deine Haare sind zu fein für das schwere Gel.«

»Großartig.« Ich schüttelte den Behälter und sprühte mir etwas von dem Schaum auf die Handfläche. »Meine Haare sind dünn, und mein Schwanz ist durchschnittlich. Ich schätze unsere Gespräche am Morgen wirklich, Mason.«

»Du weißt ganz genau, dass du gut aussiehst.« Er lächelte. »Das Beste an den Menschen sind die Unvollkommenheiten. Perfektion ist so … blah.«

Ich konnte es kaum erwarten, Danny mitzuteilen, dass er gar nicht so toll war. Seidiges, dunkles Haar, funkelnde blaue Augen und ein perfektes Lächeln waren so *blah*. »Sprich ruhig weiter.« Ich verteilte den Schaum in meinen Haaren.

Mason lachte. »Na ja, stimmt doch. Hey, ich habe an Casey die Dinge am meisten geliebt, die er selbst gehasst hat. Sein Lachen, das eher wie ein Grunzen klingt. Wie er mit rudernden Armen rennt. Und sein Lächeln. Er hat einen schiefen Eckzahn, der ihm das gewisse Etwas verleiht.«

Ich betrachtete Mason einen Moment lang schweigend im Spiegel. So viele Emotionen huschten über sein Gesicht, und alle waren ein bisschen traurig. »Du vermisst ihn.«

»Ja. Unsere Beziehung war nicht immer einfach, aber ich vermisse ihn so sehr.«

Als ich die Hand nach dem Lichtschalter ausstreckte, bemerkte ich, dass meine Finger noch klebrig vom Haarschaum waren, also wusch ich sie mir erst. Bevor ich jedoch das Licht ausschalten konnte, übernahm Mason das für mich.

»Okay, wie hast du das gemacht?«, wollte ich wissen.

»Eventuell ziehe ich Energie aus dir. Tun wir alle«, antwortete er ein bisschen verlegen. »Tut mir leid. Du strahlst ein derart helles Licht aus, von dem sich Geister unglaublich angezogen fühlen. Es ist so strahlend und klar und rein.«

Strahlend und klar und rein. »*Meine* Energie?«, hakte ich nach, nur um sicherzugehen.

Mason schmunzelte. Wahrscheinlich genoss er gerade die leckere Energie. »Ein Licht von einer so blendenden Schönheit und Fülle, dass es schwerfällt, sich nichts davon zu nehmen.«

Stirnrunzelnd dachte ich über seine Worte nach. Ich wusste nicht, wie mir diese Analogie gefiel – Geister verhalten sich zum launischen Detective wie Motten zum Licht.

»Was passiert, wenn ich dieses Licht nicht kontrolliere?«, erkundigte ich mich. »Wie viel Energie könnte sich ein Geist nehmen? Und was würde er damit tun?«

»Das weiß ich nicht. Vielleicht solltest du mal mit jemandem reden, der sich damit auskennt«, schlug er vor.

Ich seufzte. *Fantastisch.* Selbst der Geist war der Meinung, dass ich einen Guru aufsuchen sollte.

Masons Abbild wurde transparenter, was mir verriet, dass ich nicht mehr viel Zeit hatte. »Mason. Diese starke Energie, von der du gesprochen hast ... die ich ausstrahle. Wie sieht sie aus?«

»Das ist schwer zu beschreiben.«

»Versuch es.«

Er schaute mich einen Moment lang an und suchte offenbar nach dem richtigen Ausdruck. »Erlösung.« Seine Augen wirkten auf einmal ein wenig glasig, und er schluckte sichtbar. »Sie sieht aus wie Erlösung.«

Er flackerte und verschwand, bevor ich etwas darauf erwidern konnte.

*

Normalerweise war das hier ein Touristen-Hotspot, doch so früh am Morgen lag der Strand beinahe menschenleer da. Die Sonne war noch nicht ganz aufgegangen und die Luft kühl und frisch. In einer oder zwei Stunden würde die angenehme Brise abflauen und das Thermometer langsam von heiß auf unerträglich wandern. Doch dann war ich schon längst weg.

Ja, ich hätte ein bisschen mehr Schlaf gebrauchen können, aber man konnte seinen Morgen durchaus schlechter verbringen als bei einem Sonnenaufgang über dem Meer. Ich entschied mich, meine Schuhe im Auto zu lassen, und machte mich auf den Weg den sandigen Hang hinunter Richtung Wasser.

Ein paar Jogger mühten sich im nassen Sand ab, und ich zollte ihrer Entschlossenheit Respekt – nachmachen wollte ich das natürlich nicht, aber ich bewunderte es. Eine Frau vollführte vor ihrem Handy, das sie auf einem Stativ platziert hatte, eine komplizierte Yogapose und filmte sich wahrscheinlich dabei.

In der Ferne war ein einsamer Surfer auf einer Welle unterwegs, dem ich ein wenig neidisch zuschaute. Das hatte ich schon immer lernen wollen, mir aber nie die Zeit dafür genommen. Wobei, so ganz stimmte das nicht. Surfen war doch ein bisschen wie russisches Roulette spielen, und das schreckte mich irgendwie ab. Ich wollte nicht eines Tages vor einer Kamera sitzen und die Geschichte erzählen, wie mich ein Hai angeknabbert hatte, weil er mich für eine Robbe gehalten hatte. Dann müsste ich so tun, als würde ich ihm vergeben, weil ich mich »in seinem Zuhause« herumgetrieben hatte, während ich insgeheim hoffte, ihn mit einer Harpune zu erwischen.

Plötzlich fiel mein Blick auf Casey, der in einiger Entfernung einen kleinen Hund spazieren führte. Rasch schlug ich einen Weg über den Strand ein, mit dem ich ihn abpassen würde. Casey sah mir ein wenig ängstlich entgegen. Sein locker sitzendes Tanktop flatterte im Wind, und seine wild gemusterten Shorts wiesen feuchte Flecken auf. Auf seiner Haut glitzerte eine Mischung aus Sand und Salz.

Ich beäugte den kleinen Hund, der verhalten knurrte und mich offenbar schon auf den ersten Blick nicht leiden konnte. Vielleicht hatte Danny recht. Mein Blindenhund würde mich wohl wirklich direkt in den fließenden Verkehr lotsen.

Casey musterte sichtlich amüsiert meinen Aufzug – schmal geschnittene, schwarze Hose und ein maßgeschneidertes, graues Hemd. Mein Zugeständnis an die Hitze waren bis zu den Ellenbogen aufgekrempelte Ärmel.

»Haben Sie sich verlaufen?«, fragte er.

Wie sollte ich bitte jemanden verhören, der Badeshorts und Flipflops trug? Ich räusperte mich. »Ich dachte, ich besuche Sie zeitig, damit wir ein bisschen Zeit zum Reden haben. Können Sie ein paar Minuten aufbringen?«

Das war eine rhetorische Frage. Und angesichts dessen, wie er die Lippen zusammenpresste, wusste er das auch. »Natürlich. Können wir dabei weitergehen? Eddy könnte sonst ungeduldig werden.«

Der kleine Hund kläffte einmal drohend. Also stimmte ich lieber zu, bevor mein Hosenbein noch Bekanntschaft mit seinen scharfen Zähnen schloss. Ich nickte, und wir gingen den Strand entlang, wobei Eddy vorwegpreschte, nur um gleich darauf überrascht festzustellen, dass die Leine irgendwann zu Ende war und ihn mit einem Ruck am Weiterlaufen hinderte. Dann begann das Spiel von Neuem. Casey beobachtete ihn mit einem kleinen Lächeln.

Mein Blick huschte über seine Narben. Die wulstigen, blassen Linien zogen sich auf seiner rechten Wange von der Augenhöhle bis zum Kinn. Ihre Ränder waren leicht gerötet und glänzten. Casey schenkte mir ein kurzes Lächeln, bevor er auf meine rechte Seite wechselte. Das geschah vollkommen nebenbei, was mir sagte, dass er das vermutlich oft tat.

»Das müssen Sie nicht tun«, meinte ich leise.

Ihm war nicht anzusehen, was er gerade dachte. »Was denn?«

»Ihre Narben verstecken.«

»Ach nein?« Jetzt bedachte er mich mit einem deutlich kühleren Blick. »Sie sind zurückgezuckt, als Sie mich das erste Mal gesehen haben.«

Nur, weil mein Gesicht ohne meine Erlaubnis reagiert hatte. Seine Gleichmütigkeit schickte ein Stechen durch meine Brust. Ich konnte mir nicht mal vorstellen, wie es sein musste, wenn Menschen der Anblick meines Gesichts abstieß, aber für Casey war das offensichtlich Alltag. Einen Moment lang suchte ich nach den richtigen Worten.

Etwas musste meinen inneren Zwiespalt verraten haben, denn Casey grinste schief. »Keine Sorge. Ich weiß, dass es ziemlich schlimm aussieht.«

»Ich finde eher, dass es ziemlich tapfer aussieht.«

»Ja, das bin ich. Ein wahrer Held.«

»Darf ich Sie fragen, wie ...«

»Nein«, fiel er mir ins Wort. »Dürfen Sie nicht. Aber ich will auch nicht, dass Sie in meinem Leben herumschnüffeln, also erzähle ich es Ihnen. Als Kind war ich zusammen mit meinen Eltern in einen Autounfall verwickelt. Ein anderer Fahrer, der dazukam, hat mich aus dem Auto gezogen, aber für meine Eltern war es zu spät.«

»Das tut mir leid.«

»Ist schon lange her, aber danke.«

»Und danach haben Sie in Masons Nachbarhaus gewohnt?«

»Ja. Meine Großmutter hat mich aufgenommen, und ich war noch keine fünf Minuten da, als ich Mason kennenlernte. Er spielte gerade im Vorgarten, als wir ankamen. Wie der Blitz ist er über den Rasen gerannt.« Casey schmunzelte. »Mein persönliches Empfangskomitee.«

»Sind Sie direkt Freunde geworden?«

»Nein. Ich war schon vor den Narben ziemlich zurückhaltend und schüchtern. Danach ... Na ja, sagen wir einfach, er musste hartnäckig sein. Er ›verlor‹ immer wieder seinen Baseball in unserem Garten, und meine Grandma schickte mich raus, um ihm beim Suchen zu helfen.« Er lachte leise. »Er war so stur. Der Rest ist Geschichte.«

Angesichts des liebevollen Lächelns auf seinem Gesicht würde ich sagen, dass hinter dieser *Geschichte* noch deutlich mehr steckte. *Du warst in ihn verliebt.* Doch Casey würde sicher sofort dichtmachen, wenn ich das aussprach.

»Klingt, als hätten Sie ihn sehr gemocht«, meinte ich stattdessen vorsichtig.

Caseys Kopf ruckte zu mir herum. »Er war mein bester Freund.«

»Mehr nicht?«

»Nein«, erwiderte er kurz angebunden.

»Oh, tut mir leid, ich wollte Ihnen nichts unterstellen.« Ich achtete darauf, freundlich zu bleiben. »Dann sind Sie nicht …«

»Schwul? Doch, bin ich.« Jetzt klang er abweisend. »Wir waren trotzdem nur Freunde. Das ist ja wohl erlaubt, oder?«

»Natürlich.« Ich schaute ganz bewusst nicht zu ihm, damit er sich nicht so entblößt vorkam. »Es wäre auch in Ordnung, wenn Sie sich mehr gewünscht hätten.«

Casey ließ geräuschvoll einen Atemzug entweichen und warf mir einen entschuldigenden Seitenblick zu. »Tut mir leid. Wenn man etwas so lange leugnet, legt man das nur schwer ab. Vielleicht … vielleicht habe ich das, aber Mason hielt es für keine gute Idee.«

»Es muss schwer für Sie gewesen sein, zuzusehen, wie er Beziehungen mit anderen Menschen einging. So etwas verursacht leicht …«

»Ablehnung? Eifersucht?« Er schluckte. »Sehnsucht?«

Ich hatte eher an Hass gedacht. »Das sind sehr starke Emotionen.«

»Nicht stark genug, um zu töten«, entgegnete er. »Und Mason hatte recht. Ich bin froh, dass wir gewisse Grenzen nie überschritten haben. Ich hätte nie etwas getan, das unsere Freundschaft gefährdet.«

Wir trennten uns kurz, um einer Sandburg auszuweichen, die das Wasser schon zur Hälfte abgetragen hatte. Die Überreste ließen auf ein monumentales Bauwerk schließen, samt Burggraben und Türmchen. Als wir wieder nebeneinander hergingen, hatte ich meine nächste Frage parat. »Über was haben Sie mit Mason am Tag seines Verschwindens gesprochen?«

»Das fragen Sie doch jetzt nicht im Ernst.« Er wirkte sichtlich ungehalten. »Das ist so lange her. Zehn Jahre.«

»Und trotzdem war es erst gestern.« Ich sah ihm fest in die Augen. »Sie erinnern sich an die wichtigen Dinge. Wahrscheinlich wäre es einfacher, wenn es nicht so wäre. Wir wissen vielleicht nicht mehr, welche Kleidung wir getragen haben oder was es zum Mittagessen gab, aber wir erinnern uns an das letzte Mal, als wir mit einem geliebten Menschen gesprochen haben.«

Als er schließlich antwortete, war seine Stimme so leise, dass ich ihn kaum verstand.

»Salat, das Dressing extra, und ein Eistee.«

»Was?«

»Das hat er sich zum Mittagessen bestellt.« Er schaute aus den Augenwinkeln zu mir. »Er hat mir erzählt, dass Lukes Buchmacher ihn belästigt. Der ist sogar zu ihm in die Bäckerei gekommen.«

Das ließ mich aufhorchen. »Tatsächlich? Wissen Sie, wie der Buchmacher hieß? Oder wie viel Luke im schuldete?«

»Nein, aber was spielt das für eine Rolle? Luke hat dauernd irgendwem Geld geschuldet.« Casey runzelte die Stirn. »Ich habe Mason immer wieder gesagt, dass er damit aufhören muss und Luke sich selbst um seine Probleme kümmern soll. Aber er war der Meinung, dass man seiner Familie nicht den Rücken kehrte.«

»Sehen Sie das anders?«

»*Mason* war meine Familie. Ich wollte nur das Beste für ihn.« Sein Gesichtsausdruck wirkte ein wenig verloren. »Ich hatte recht, wissen Sie?«

»Womit?«

»Mit Luke. Er hat sich immer darauf verlassen, dass Mason alles für ihn richtet. Jetzt, wo Mason nicht mehr da ist, hat Luke es auch alleine geschafft. Ich hatte *recht*«, wiederholte er, mehr zu sich selbst als zu mir.

»Und was ist mit Ihnen?«, fragte ich beiläufig. »Sind Sie nach dem Mittagessen mit Mason direkt nach Hause gegangen?«

»Ich?« Er schnaubte. »Bin ich jetzt ein Verdächtiger?«

»Nur eine Frage.«

»Sicher.« Gemessen an seinem Gesichtsausdruck witterte er sofort, dass das nicht stimmte. »Ich arbeite von zu Hause aus und steckte gerade in einem wichtigen Projekt mit knapper Deadline.«

»Aber Zeit für das Essen mit Mason haben Sie sich genommen.«

»Ja. Ich wollte absagen, aber er hat nicht locker gelassen, also bin ich hingegangen.« Sein Lächeln war ebenso spöttisch wie liebevoll. »Ich hätte alles für Mason getan.«

»Kann das jemand bezeugen?«

»Ja, Eddy.« Casey deutete auf den Hund. »Ich habe nicht oft Gesellschaft, Detective. Sie sehen hier den einzigen besten Freund, der mir noch geblieben ist.«

Zwei Surfer liefen mit ihren bunten Brettern unterm Arm an uns vorbei in Richtung Wasser. Sie unterhielten sich angeregt, und in den wenigen Sekunden, die ich mitbekam, hörte ich oft genug »Alter« und »Bro«, dass jede Studentenverbindung vor Neid erblasst wäre. Unter lautem Gejohle und Wasserplatschen stürzten sie sich ins Meer.

Obwohl sie uns nicht einmal ansahen, schien Casey sich in sich selbst zurückzuziehen. »Ich muss nach Hause«, meinte er leise. »Mein nächstes Projekt anfangen. Das liegt schon eine ganze Weile auf Eis.«

Ich machte eine zustimmende Geste. »Gehen Sie nur. Ich habe vielleicht später noch Fragen an Sie.«

»Sie wissen ja, wo Sie mich finden.« Während er sich umdrehte, um in die Richtung zurückzugehen, aus der wir gekommen waren, fügte er noch hinzu: »Ich hoffe, dass Sie herausfinden, was mit Mason passiert ist.«

»Das werde ich«, erwiderte ich nachdrücklich.
Das hoffte ich nicht nur. Es war ein Versprechen.
Den ganzen Weg die Anhöhe hinauf spürte ich seinen Blick auf mir ruhen.

*

Zurück am Auto zog ich mir die Schuhe wieder an und verfluchte dabei Sand und Strände im Allgemeinen. Plötzlich klingelte mein Handy, und ich nahm ab, ohne aufs Display zu schauen – hauptsächlich, weil ich gerade damit beschäftigt war, auf einem Bein zu balancieren.

»Was?«, meldete ich mich unfreundlich.

»Das ist aber keine sehr nette Art, einen Anruf entgegenzunehmen«, belehrte meine Mutter mich.

Lächelnd klemmte ich das Telefon zwischen Ohr und Schulter ein. »Tut mir leid, ich habe nicht gut geschlafen. Guten Morgen, Mutter.«

»Morgen, Schatz.«

Endlich schaffte ich es, meine Füße in die Schuhe zu zwängen. Zwischen den Zehen konnte ich Sand fühlen. Ich spielte ja nicht gerne die Prinzessin auf der Erbse, aber ich musste sie noch mal ausziehen und ausschütteln, bevor ich wieder hineinschlüpfte. »Was verschafft mir denn die Ehre?«

»Ich wollte fragen, ob du zu meiner Yogastunde kommst.«

Kurz durchzuckte mich die Erinnerung an das letzte Mal, als ich mich von ihr hatte überreden lassen, zu ihrer Yogagruppe zu stoßen. In der waren hauptsächlich ältere Menschen, die in enger Aerobic-Kleidung Posen einnahmen, von denen ich nicht einmal zu träumen wagte. Man hatte nicht gelebt, bis man feststellte, dass ein Siebzigjähriger flexibler war als man selbst. Gefolgt wurde das Dehnungsspektakel von Karottensaft und Kurkuma-Shots. Ich erschauderte.

»Ich habe zu tun«, antwortete ich ein bisschen zu schnell.

Meine Mutter reagierte nicht sofort. »Ich habe noch gar nicht gesagt, wann.«

»Oh.« Ich setzte mich hinters Lenkrad und ließ den Motor an, woraufhin ich einen Moment warten musste, bis mein Handy sich via Bluetooth mit der Freisprechanlage gekoppelt hatte. »Dann sag mir, wann.«

»Morgen.«

»Wunder, oh Wunder«, erwiderte ich erfreut. »Da habe ich tatsächlich bereits was vor.«

»Lügst du deine Mutter an? Und das schon so früh am Morgen?« Sie schnalzte mit der Zunge. »Also wirklich, Rain.«

»Nein, im Ernst. Du kannst Danny fragen.« Meine Eltern vertrauten Danny vorbehaltlos, und sein Wort über meinen vollgepackten Arbeitstag hatte wesentlich mehr Gewicht als das ihres Yoga-scheuen Sohns. »Ich muss arbeiten.«

»Du sprichst nicht mit einem Kriminellen, oder?« Ich sah ihr Stirnrunzeln praktisch vor mir. »Ich mag es nicht, wenn du mit Kriminellen sprichst, Schatz.«

»Das ist mein Job.«

»Deinen Job mag ich auch nicht. Das weißt du.«

Ich schaute angestrengt gen Himmel. »Ja, das weiß ich.«

»Okay, dann lasse ich dich weiterarbeiten. Du hast sicher viel zu tun.«

Dennoch zögerte ich, aufzulegen. Ich wollte mit ihr über die neueste Entwicklung in meinem geisterhaften Leben sprechen, aber gleichzeitig wollte ich nicht, dass sie sich Sorgen machte. Das hinderte mich jedoch nicht daran, damit herauszuplatzen. »Was denkst du über Geister, die einem in Träumen erscheinen?«

»Geister in Schäumen? Was denn für Schäume?« Im Hintergrund wurde ein Mixer angeschaltet. »Leo, könntest du bitte das Ding ausmachen? Ich höre mich ja kaum selbst denken.«

Das schreckliche Geräusch verstummte, und meine Mutter wandte sich wieder unserem Gespräch zu. »Also, wie war das jetzt mit den Geistern und dem Schaum? Meinst du so etwas wie Milchschaum oder wie Pflegeschaum?«

»Geister in *Träumen*, Mutter. Träume.«

Der Mixer wurde erneut gestartet, und sie gab einen genervten Laut von sich. »Leo!«

Ich seufzte, auch wenn der Mixer wieder Ruhe gab. Mein Timing hätte wirklich besser sein können. Offenbar unterbrach ich gerade die heilige Morgenroutine meiner Eltern, die aus Smoothies und Yoga bestand. Und mir drängte sich der Gedanke auf, dass ich viel Lärm um nichts machte.

»Vergiss es«, sagte ich schließlich. »Das kann warten.«

»Jetzt hast du mich neugierig gemacht. Was machen die Geister denn in deinen Träumen?«

»Es ist ein Geist im Speziellen. Er besucht mich immer wieder. Wahrscheinlich spricht er mein Unterbewusstsein an. Es ist, als wäre er in einem ewigen Kreislauf gefangen, während er darauf wartet, dass ich es verstehe.« Ich hielt kurz inne. »Denkst du, dass er etwas in meinem Verstand verändern könnte?«

»Das weiß ich nicht.« Auch sie machte eine Pause. »Mir war nicht klar, dass es so schlimm geworden ist.«

Natürlich schwang Sorge in ihrer Stimme mit, und ich verfluchte mich dafür. »Mach dir keinen Kopf darum. Ich wollte nur deine Meinung zu dem Ganzen hören.«

»Ich will nicht, dass du uns wieder etwas nicht erzählst, weil wir uns keine Sorgen machen sollen«, betonte sie. »Hast du das gemeint, als du gesagt hast, dass du schlecht schläfst?«

»Es ist ... schwierig.« Ich fuhr mir mit einer Hand durch die Haare. Die Enden waren ziemlich strohig, was mir sagte, dass ich dringend zum Friseur gehen sollte. »Ich glaube, ich brauche einfach nur mal wieder ausreichend Schlaf.«

»Vielleicht solltest du ein paar Techniken erlernen, um deine Kanäle zu blockieren.«

»Meine ... Kanäle?« Ich brauchte keinen Spiegel, um zu wissen, dass mir meine Augenbrauen beinahe im Haaransatz klebten.

»Ja, deine Kanäle. Du kannst bestimmte Dinge tun, um für andere Ebenen weniger erreichbar zu ein. Im Moment bist du ein All-you-can-eat-Buffet für die Geisterwelt.«

»Welch schönes Bild, Mutter.« Doch das deckte sich mit dem, was Mason vorhin im Bad gesagt hatte.

»Es stimmt aber. Wahrscheinlich fühlst du dich deshalb auch in Dannys Haus so wohl.«

Ich kaute auf meiner Unterlippe herum, achtete jedoch darauf, die Haut nicht zu verletzen. Noch immer hatte ich das dringende Bedürfnis, mich von allem zu distanzieren, was übersinnlich oder nicht logisch erklärbar war, aber ich konnte auch nicht leugnen, dass ich eine Verbindung mit der Erde spürte. Nach den Jahren in D.°C., wo alles mit Hochhäusern zugebaut war, wusste ich Weite und Offenheit umso mehr zu schätzen. Auf Dannys Haus traf das absolut zu. Das einzige Hohe, was es dort gab, waren Bäume und ab und an mal ein Strommast. Für mich war es immer ein sehr friedlicher Ort gewesen ... bis die Geister angefangen hatten, mich zu verfolgen.

Meine Mutter schnalzte erneut mit der Zunge. »Weißt du, an wen du dich wenden solltest? Es gibt da einen spirituellen Führer, der seine Kerzen in meinem Laden kauft. Er nennt sich der Große Magellan.« Als ich nicht darauf reagierte, fragte sie: »Bist du noch dran?«

»Ich hatte gehofft, dass mir das Netz abhandengekommen ist.« Ich warf den Palmen auf der Promenade einen missmutigen Blick zu. »Hier gibt es normalerweise ein verlässliches Funkloch.«

»Er ist gut.« So schnell ließ sie nicht locker. »Wahrscheinlich ist er genau das, was du brauchst.«

Ich stellte mir einen Mann vor, der sich selbst der Große Magellan nannte und der mich in einer spontanen Session dazu bringen wollte, mir die Bandscheiben in Posen zu ruinieren, die mein Chi blockieren sollten. »Reizvoll, aber nein.«

»Denk drüber nach.«

»Mutter ...«

»Denk einfach nur drüber nach«, unterbrach sie mich entnervt. »Ich schicke Danny eine Nachricht mit der Adresse.«

Ich seufzte. Es brachte auch Nachteile mit sich, wenn die Eltern den Partner wie einen zweiten Sohn liebten. »Lass es bitte.«

»Honey, du wirst nicht vorankommen, wenn du weiterhin einfach nur darauf hoffst, dass sie nicht stärker werden. Schau nur, was passiert ist, als du versucht hast, sie zu ignorieren. Sie werden nicht weggehen, also musst du sie wissen lassen, dass das Spiel nach deinen Regeln läuft. Wer weiß, was sie sonst noch tun werden? Wie viel Macht sie besitzen?«

»Das verstehe ich ja.«

»Gut. Ich hab dich lieb, Rainstorm Moonbeam.«

»Könntest du das bitte lassen?« Ich war gleichermaßen genervt wie amüsiert. »Am Ende denken die Leute noch, das wäre tatsächlich mein zweiter Vorname.«

»Das wäre auch so, wenn dein Vater nicht dagegen gewesen wäre.« Der Unmut war ihr deutlich anzuhören. »Dieser Mann wollte dich *Bradley* nennen. Kannst du dir das vorstellen?«

»Ich hätte einen fabelhaften Bradley abgegeben.«

»Du bist immer fabelhaft. Aber wie unfassbar ... *gewöhnlich.*«

Ich lächelte. »Nicht, dass ich das extra sagen muss, aber ich habe dich auch lieb.«

»Genug, um einen Termin beim Großen Magellan zu machen?«

Mein Lächeln verpuffte. »Nein.«

»Genug, um zum Yoga zu kommen?«

Ich musste wieder an das Dehnungsfest der Senioren denken. »Auf gar keinen Fall.«

»Vielleicht sollte ich dir noch mal deine Geburt beschreiben. Darüber haben wir schon länger nicht mehr geredet. Seit deinem letzten Geburtstag, glaube ich.«

»Etwas, wofür ich jeden Tag auf Knien danke.«

»Deine Schwester kam ganz problemlos zur Welt, aber nach dir musste ich ins Krankenhaus. Ich musste genäht werden!« Sie war offenbar sehr zufrieden, dass sie mal wieder eine Gelegenheit bekam, mir meine Geburtsgeschichte unter die Nase zu reiben. »Die Doula sagte, dass ich wegen dir einen Riss in …«

»Ich werde da sein«, fiel ich ihr laut ins Wort. »Solange du diesen Satz nicht beendest. Nie wieder.«

»Dann belassen wir es dabei«, erwiderte sie mit einem selbstgerechten Schnauben. »Und Rainstorm?«

»Ja?« Mein Finger schwebte bereits über dem Button mit dem roten Hörer.

»Du bist vorsichtig, ja?«

»Ich versuche es.«

»Tu es, oder tu es nicht. Es gibt kein …«

»Pack jetzt nicht den Yoda aus, Mutter«, warnte ich sie. »Oder der Deal ist vom Tisch.«

Noch lange, nachdem ich aufgelegt hatte, ließen ihre Worte mich nicht los. Ich beobachtete die Surfer eine Weile, während ich abwesend mit den Fingern auf dem Lenkrad herumtippte. Meine Mutter war zwar ein bisschen durchgeknallt, aber sie hatte in der Regel recht – mit allem.

Ich wusste nicht, was die Geister alles tun konnten oder wie weit sie gehen würden. Und um ganz ehrlich zu sein, hatte ich auch ein wenig Angst, es herauszufinden.

Kapitel 16

Ich war gerade erst ein paar Schritte aus dem Aufzug raus, als ich prompt gegen eine Wand aus festen Muskeln lief. Als ich mich abfing, um nicht zu stolpern, erkannte ich einen finster dreinblickenden Danny vor mir. »Wo bist du gewesen?«, fragte er ungehalten.

»Hallo, auch schön, dich zu sehen.«

»Hallo«, entgegnete er übertrieben freundlich und packte mich am Ellenbogen, um mich in Richtung der Verhörräume zu bugsieren. Ich schlug ihm auf die Hand, bis er damit aufhörte, mich mit sich zu zerren. »Also, wo warst du?«

»Am Strand, um …«

»Am *Strand*?«

»Um einen Verdächtigen zu befragen«, beendete ich meinen Satz indigniert. »Das hat ein bisschen länger gedauert. Wo brennt's denn?«

»Carter James sitzt in Verhörraum eins. Ich bin davon ausgegangen, dass du dabei sein willst, also habe ich gewartet.«

»Oh.« Meine Ohren wurden heiß, und ich gab mir alle Mühe, nicht schuldbewusst dreinzuschauen, als er meinen Starbucks-Becher betrachtete. Mein Danny war ein scharfsinniges Kerlchen. Ich lächelte ihn strahlend an. »Wie ich sagte: Es hat ein bisschen länger gedauert.«

»Ich verstehe.«

Dass ich Backwaren in meiner Tasche hatte, verschwieg ich an dieser Stelle lieber. Und auch, dass ich gerne bereit gewesen war, im Starbucks die extra sieben Minuten zu warten, bis sie aus dem Ofen kamen.

Dannys Nasenflügel zuckten. »Riecht hier was nach Kürbis?«

»Ich rieche nichts«, erwiderte ich rasch. Das ging ihn gar nichts an – ich war Amerikaner, und als solcher galt ich als unschuldig, bis mir das Gegenteil bewiesen worden war. Ich räusperte mich. »Gehen wir.«

Unsere Verhörräume entsprachen dem Standard – ungemütliche, graue Bunker, die man von außen abschließen konnte, ausgestattet mit einem Einwegspiegel. Möbliert waren sie nur mit drei Metallstühlen und einem Metalltisch, auf dem ein u-förmiger Haken angebracht war, an dem man Verdächtige mit Handschellen festketten konnte. Alles ziemlich trostlos. Unser Kaffee war schlecht, und die Snacks waren noch schlimmer. Unwohlsein förderte oft die Bereitschaft zum Geständnis.

»Seine Frau hat ihm mitgeteilt, dass das BBPD auf der Suche nach ihm ist«, erklärte Danny im Gehen. Er bemerkte, dass ich ziemlich außer Atem war, und machte weniger große Schritte. Langbeiniger Blödmann. »Also hat er beschlossen, seinen Urlaub abzubrechen und sich mit uns zu unterhalten.«

»Ist das ein Zeichen von Angst und dass er etwas zu verbergen hat?«

»Vielleicht. Oder dafür, dass er nichts zu verbergen hat und uns loswerden will.«

Wir blieben vor dem Raum stehen, in dem Carter mit verschränkten Armen am Tisch saß und wartete. Im kalten, grellen Licht der Neonröhren wirkte seine Haut fahl, was ihm nicht das Aussehen eines Mannes gab, der gerade einen entspannenden Urlaub hinter sich hatte. Tatsächlich machte er in seinem weißen Hemd, der dunkelblauen Nadelstreifenhose und der schiefergrauen Krawatte eher den Eindruck, als würde er direkt von der Arbeit kommen. Sein Nadelstreifenjackett hatte er über die Lehne seines Stuhls gehängt. Er warf einen ungeduldigen Blick auf seine Smartwatch.

Ich schob die Hände in die Hosentaschen und wippte auf den Fersen vor und zurück. Danny machte keine Anstalten, in den Raum zu gehen, also warf ich ihm einen auffordernden Blick zu. Er sah mich mit erhobener Augenbraue ebenfalls nur an.

»Du solltest vielleicht reingehen«, sagten wir schließlich gleichzeitig.

»Was?«, riefen wir wieder unisono.

Ich runzelte die Stirn und gab ihm einen Klaps gegen die Schulter. »Hör auf damit.«

»Ich gehe in Raum zwei«, meinte Danny. »Ich kann nicht beide Befragungen durchführen.«

»Moment, wer sitzt denn in Raum zwei? Vielleicht will ich ja lieber Nummer zwei haben.«

»Sue Harris-Page«, informierte er mich. »Sie hat sich noch an ein paar Sachen über Mason erinnert, die sie uns mitteilen will.«

Ich marschierte über den schmalen Gang und schaute in den Raum. Gerade zog Sue einen Stapel Fotos aus ihrer Handtasche, und ich erhaschte einen Blick auf das oberste. Es zeigte einen dunkelhaarigen Jungen in einem Bollerwagen. Sie breitete die Fotos in sauberen Reihen auf dem Tisch aus, und ich würde darauf wetten, dass jedes einzelne aus Masons Kindheit stammte.

Das hatte das Potenzial, als Geiseldrama zu enden.

»Ich rede mit Carter«, lenkte ich daher schnell ein.

»Das habe ich mir gedacht.« Danny reichte mir eine Akte, die er dabeihatte. »Die E-Mails, die Mason und Carter James sich geschrieben haben. Die könnten nützlich sein.«

»Du bist ein Genie.«

Er grinste selbstzufrieden. »Dem kann ich nicht widersprechen. Also lasse ich es.«

Als ich den Raum betrat, begrüßte Carter mich mit einem zurückhaltenden Lächeln. Er war unbestreitbar ein attraktiver Mann mit vollem, von silbernen Strähnen durchzogenem, dunklem Haar und warmen, braunen Augen. Die tiefen Falten um seine Augen und die Beschaffenheit seiner Haut verrieten mir, dass er viel Zeit im Freien verbrachte.

»Detective Christiansen«, stellte ich mich vor und schüttelte seine Hand kurz. »Schön, Sie kennenzulernen.«

»Carter James. Aber das wissen Sie vermutlich schon.« Er rieb die Handflächen in einer nervösen Geste aneinander. »Allerdings weiß ich nicht so recht, was ich hier soll.«

»Ich habe ein paar Fragen an Sie. Zu einem Mann namens Mason Paige.«

»Wie ich dem Detective, der mich hereingeführt hat, schon gesagt habe: Wir sind ein paarmal miteinander ausgegangen. Es war nichts Ernstes.«

»Nichts Ernstes?« Ich zog eine Augenbraue nach oben. »Dann habe ich vielleicht etwas missverstanden.«

»Das denke ich auch«, meinte er. »Und es gefällt mir nicht, dass Sie meine Frau damit belästigt haben. Ich durfte mir ordentlich was von ihr anhören.«

»Ich denke nicht, dass der Ausdruck Belästigung hier zutrifft.«

»Tja, ich musste ihr erklären, warum die Polizei so dringend mit mir sprechen will. Es war nicht leicht, mir spontan etwas Plausibles auszudenken, und ich lüge meine Frau auch nicht gerne an. Nicht mehr«, fügte er noch hinzu, als er meinen Blick bemerkte.

Wie du willst. Ich schlug die Akte auf und zog willkürlich eine der E-Mails heraus. »Ich muss dich wiedersehen. Je schneller, desto besser. Ich kann an nichts anderes denken als an das, was wir letztes Wochenende getan haben.« Carter wurde blass um die Nase, und ich fuhr fort: »Du bist der tollste Mann, der mir je begegnet ist.«

»Wo haben Sie das her?«

»Wir sind die Polizei, Carter.« Ich lächelte. »Wir bekommen so einiges in die Finger.«

»Ich glaube nicht, dass das nötig ist.«

»Oh, ich halte das für überaus nötig.« Ich verlas die anzügliche E-Mail weiter. »Wenn wir miteinander schlafen, brenne ich lichterloh. Das Feuer ergreift meine Seele. Mein Herz. Meine Lenden …«

»Detective.«

»Das Wort Lenden kann ich persönlich ja nicht ausstehen. Keine Ahnung, warum.« Als ich wieder aufsah, war sein Gesicht rot angelaufen. »Möchten Sie noch mehr hören?«

»Nein«, erwiderte er scharf.

»Ich auch.« Erstaunlich, wie selektiv mein Gehör manchmal funktionierte. Erneut griff ich wahllos nach einer E-Mail. »Ich weiß, dass du wütend bist, und du hast allen Grund dazu. Aber ich schwöre dir, Mason, dass ich dich nie wieder anlügen werde. Stacy und ich leben komplett getrennte Leben. Ich weiß, dass ich ehrlich hätte sein sollen, aber ich wollte dich so sehr. Ich dachte nicht, dass du es verstehst.«

Ich überflog stumm eine weitere E-Mail, bis mir das verhasste Wort abermals ins Auge stach. »Meine Güte, was haben Sie denn nur mit dem Wort *Lenden*?«

»Haben Sie mich herkommen lassen, damit ich vor Verlegenheit sterbe?«

»Nein, das war nur für mich persönlich. Ich habe Sie herkommen lassen, damit wir uns über Mason unterhalten können.« Ich schloss die Akte wieder. »Aber wenn ich Sie in Verlegenheit bringen muss, damit Sie entgegenkommender werden, dann tue ich das.«

»Ich habe Ihnen doch gesagt, dass das nur eine lockere ...« Als ich erneut nach der Akte griff, hielt er mich auf, indem er etwas zu laut einlenkte: »Na schön. Was wollen Sie wissen?«

»Alles über Ihre Beziehung zu Mason Paige. Und ich will die Wahrheit.« Ich warf ihm einen harten Blick zu. »Und ich warne Sie, wenn mir nicht gefällt, was ich höre, ist Ihre nächste Station der Erkennungsdienst.«

»Ich gehe davon aus, dass alles, was ich sage, diesen Raum nicht verlassen wird.«

»Das kann ich Ihnen nicht versprechen.«

»Sie sind wirklich darauf aus, mein Leben zu zerstören.« Er massierte sich einen Moment lang die Nasenwurzel, schien sich dann aber zusammenzureißen und seufzte tief. »Was soll ich Ihnen denn erzählen, das Sie noch nicht wissen? Ich habe ihn geliebt.«

»Nur nicht genug, um Ihre Frau zu verlassen.«

»In meinen Kreisen ... tut man so etwas nicht.«

»Ihre Familie wäre nicht begeistert gewesen.«

»Meine Familie weiß von meinen ... Neigungen. Meine Mutter hat mir geraten, mich diskret der einen oder anderen Affäre zu widmen. Sie hat mich daran erinnert, dass die Ehe mit Stacy der Firma meines Vaters etliche Türen geöffnet hat und dass ich das nicht gefährden sollte.« Er schluckte. »Ich habe zugestimmt. Damals erschien mir das so wichtig.«

»Und jetzt?«

»Und jetzt wünsche ich mir, er würde durch diese Tür kommen.« Er schaute mir in die Augen. »Haben Sie ihn gefunden?«

»Ja.«

Er schwieg einen Augenblick lang. »Und er ist ...«

»Ja.«

»Oh.« Er atmete geräuschvoll aus und blinzelte heftig. »Das habe ich mir schon fast gedacht.«

Seine Schultern sanken nach unten, und er starrte blicklos auf die Tischplatte. Angesichts seiner Verzweiflung war es schwer, sich vorzustellen, wie er Mason und Hunter erwürgte. Ich wusste nicht recht, ob mir das in den Ermittlungen half oder sie eher behinderte.

»Das hätten Sie uns auch früher mitteilen können.«

»Ich war nicht gerade erpicht darauf, diesen Teil meines Lebens offenzulegen.«

»Über was haben Sie mit Mason gesprochen, als Sie sich das letzte Mal gesehen haben?«

»Ich bin mit einem Blumenstrauß und einem Teddybären in seine Bäckerei gegangen.« Er räusperte sich. »Aber er hatte kein Interesse und warf mich direkt wieder raus. Ich wusste, dass er den Müll immer um eine bestimmte Uhrzeit zu den Tonnen bringt, also habe ich dort auf ihn gewartet.«

Da hat aber jemand das Handbuch für Stalker sehr genau gelesen. »Und haben Sie da noch einmal mit ihm geredet?«

»Nein, er kam zusammen mit Luke raus. Sie haben sich gestritten, und ich bin hinter den Tonnen in Deckung gegangen, damit ich sie belauschen konnte.« Er wurde rot, als ich ihm einen vielsagenden Blick schenkte. »Sie haben doch gesagt, ich soll ehrlich sein.«

Das stimmte. Ich konnte mir nur schwer vorstellen, wie sich der gut gekleidete, distinguierte Herr Doktor hinter ein paar Mülltonnen versteckte wie ein verängstigter Waschbär. »Worüber haben sie sich gestritten?«, fragte ich.

»Ich konnte nicht alles hören, aber Mason hat Luke beschuldigt, etwas gestohlen zu haben. Luke hat es geleugnet, doch Mason glaubte ihm nicht. Er sagte Luke, dass er ausziehen müsse. Dass er ihm nicht mehr vertrauen könne.«

»Wie hat Luke das aufgenommen? War er wütend?«

»Nein. Er sah traurig aus ... beinahe resigniert.« Carter runzelte die Stirn. »Mason ging wieder ins Haus, aber Luke blieb draußen und rauchte eine Zigarette. Zehn Minuten später verschwand er endlich, und ich konnte gehen.«

»Wissen Sie, was Luke angeblich gestohlen hat?«

»Nein. Aber Casey könnte es wissen.« Er verzog das Gesicht. »Er und Mason hingen immer zusammen.«

»Sie klingen, als hätten Sie Casey nicht besonders gemocht.«

»Habe ich auch nicht. Sagen wir einfach, das beruhte auf Gegenseitigkeit.«

»Bleiben wir doch noch einen Moment dabei«, schlug ich vor. »Ich denke, ich weiß, warum er Sie nicht mochte, aber warum waren Sie Ehrenmitglied des Casey-Hass-Clubs?«

»Weil er Mason für sich haben wollte.« Er kniff die Lippen zusammen. »Und es war nicht richtig von Mason, ihm da etwas vorzumachen, wenn man Caseys Situation bedenkt.«

»Welche Situation?«

»Na ja. Sie haben den Mann doch gesehen.« Als ich ihn nur weiterhin verständnislos anschaute, gab Carter einen ungeduldigen Laut von sich und deutete auf sein Gesicht. »Er hat ja nun nicht wirklich viel Auswahl.«

Gott, Luke hatte recht. Masons Männergeschmack war grauenvoll. Wahrscheinlich kamen Caseys Narben jemandem, dessen Lebensinhalt aus Schönheitschirurgie bestand, schlimmer als der Tod vor. Ich musterte Carter unterkühlt und lange genug, dass er den Blick senkte und die Röte sich über seinen Hals ausbreitete.

»Noch irgendetwas?«, erkundigte ich mich schließlich.

»Nein.« Er seufzte. »Hören Sie, ich bin freiwillig hergekommen, aber ich habe einen langen Flug hinter mir. Ich bin müde und würde gerne nach Hause fahren.«

Er war nicht dringend tatverdächtig und auch nicht verhaftet. Ich hatte keinen Grund und zudem nicht die Befugnis, ihn festzuhalten, und ich wusste auch, wo er sich aufhielt, falls ich weitere Fragen hatte. Außerdem machte ich mir keine Sorgen um Fluchtgefahr. Mein Gefühl sagte mir, dass Carter James *sehr* an seinem komfortablen Lebensstil hing. So sehr, dass er sich die Liebe seines Lebens durch die Finger hatte gleiten lassen. Irgendwie bemitleidenswert.

»Warten Sie hier.« Ich schob meinen Stuhl zurück und stand auf. »Ich schicke Macy her, sie wird Sie hinausbegleiten.«

Carter wirkte nicht sehr erfreut, dass er auf unsere Assistentin warten musste, damit sie die Reiseführerin für ihn spielte, aber er verschränkte nur die Arme und sagte nichts dazu. Vorschrift war Vorschrift – hier ließ man keine Zivilisten unbeaufsichtigt herumstromern. Geister, ja, aber keine Zivilisten.

Ich war schon halb aus der Tür, als er mich aufhielt.

»Detective Christiansen.«

»Ja?«

»Ich habe Mason geliebt. Ich weiß, dass ich ihn nicht so behandelt habe, wie er es verdient gehabt hätte, aber ich habe ihn wirklich geliebt.«

»Okay«, erwiderte ich gedehnt.

»Ich hoffe wirklich, dass Sie herausfinden, was ihm zugestoßen ist. Aber wenn Sie mich im Verdacht haben, sind Sie vollkommen auf dem Holzweg.«

Ich presste die Lippen aufeinander und schlug einen kühlen Tonfall an. »Das hoffe ich sehr, es wäre in Ihrem Sinn.«

*

Danny befand sich immer noch in Verhörraum zwei, an dessen Scheibe ich jetzt trat. Rasch schickte ich ihm eine Textnachricht, in der ich ihn über den Streit informierte, den Carter zwischen den Brüdern belauscht hatte. Danny schaute einen Augenblick lang auf sein Display, bevor er sein Smartphone wieder in die Tasche steckte. Seine nächsten Worte trieben Sue die Röte in die Wangen.

Ich betätigte den Schalter für den Ton an der Wand.

»... woher soll ich so etwas wissen?«, fragte Sue ärgerlich. »Lukes Vergangenheit ist seine Vergangenheit.«

»Im Moment versuche ich, herauszufinden, ob diese Vergangenheit etwas mit dem Tod seines Bruders zu tun hat«, erwiderte Danny geduldig. »Ich bin davon ausgegangen, dass Sie mich dabei gerne unterstützen würden.«

»Warum sollte ich Ihnen helfen, wenn Sie den einzigen Sohn verdächtigen, den ich noch habe?«

»Ich verdächtige niemanden. Ich stelle nur ein paar Fragen.«

»Ob ich weiß, was Luke Mason gestohlen hat, ist nicht einfach nur eine Frage.« Sie lehnte sich mit einem missbilligenden Schnauben auf ihrem Stuhl zurück. »Sie denken wirklich, ich wäre nur eine dumme, alte Frau, oder?«

»Nein, Ma'am, das tue ich nicht«, sagte Danny. »Aber ich glaube, dass jemand, der nichts zu verbergen hat, die Frage beantworten würde. Bereitwillig.«

Das musste sie erst einmal verdauen. »Und Sie versuchen nicht, das Luke anzuhängen?«

»Nein«, meinte er. »Ich bekomme keinen Bonus für weggesperrte Mörder. Ich will, dass die schuldige Person für das Verbrechen verhaftet wird.«

Für einen Moment musterte sie ihn noch und wägte offensichtlich die Möglichkeiten gegeneinander ab. Dann ließ sie die Schultern sinken. »Es ist wohl kein Geheimnis mehr, dass meine Jungs sich oft gestritten haben. Luke hatte Schwierigkeiten, seinen Weg im Leben zu finden.«

»Was hat Mason also gedacht, was Luke ihm gestohlen hat?«

»Einige wertvolle Münzen. Mein Howard war besessen davon, und er hat Mason die komplette Sammlung hinterlassen. Das hat Luke sehr verletzt. Aber mein Mann wusste, dass Luke sie bei der ersten Gelegenheit verkaufen würde.« Sie seufzte. »Es war nicht Lukes Schuld. Er war krank.«

»Glauben Sie denn, dass Luke die Münzen gestohlen hat?«

»Ich weiß es nicht.« Geschäftig sammelte sie die auf dem Tisch ausgebreiteten Fotos wieder ein. »Er brauchte Geld. Aber er wusste auch, wie wichtig Mason diese Sammlung war. Ich kann nicht glauben, dass er so etwas getan hätte.«

»Wie viel waren diese Münzen wert?«

»So in etwa fünfundzwanzigtausend Dollar.«

Mehr als die Summe, die Luke seinem Buchmacher schuldete.

Dannys Gesichtsausdruck ließ vermuten, dass er zu dem gleichen Schluss gekommen war. »Hmm«, war jedoch alles, was er dazu sagte.

Eilig setzte Sue noch nach: »Aber selbst wenn Luke sich die Münzen wirklich genommen hat – und ich sage nicht, dass er das hat –, heißt das noch lange nicht, dass er seinen Bruder umgebracht hat.«

Es hatten schon Menschen mehr für weniger getan.

Ich schaltete den Ton wieder aus, als Danny die Befragung beendete. Diese Münzsammlung war mehr als etwas, das man versetzen konnte. Es war etwas, das Masons Vater speziell ihm vererbt hatte. Lukes Diebstahl wäre ein schwerer Verrat gewesen, und vielleicht hatte Luke es nicht ertragen, dass der Mensch, der ihm sein Leben lang aus der Patsche geholfen hatte, sich jetzt von ihm abwendete.

Ich schaute Danny entgegen, als er auf den Gang trat. Er schloss die Tür leise hinter sich und stellte sich dann neben mich, sodass unsere Schultern sich streiften, bevor er sich mit den Handballen über die Augen rieb.

Sacht stieß ich ihn mit der Schulter an und hielt ihm meinen halb leeren Becher hin. »Kaffee?«

»Warum? Bist du schon so weit, dass du ihn dir direkt in die Venen spritzt?«

»Ich bin nett zu dir, und du nennst mich einen Fixer?«

Als ich jedoch den Becher wieder zurückziehen wollte, griff Danny rasch danach. »Das war wohl ein Missverständnis.«

»Ganz bestimmt.«

Ich brachte ihn bezüglich Carters Befragung auf den neuesten Stand, während er den Kaffeebecher leerte, den er anschließend zerknüllte. Er zielte auf den nächsten Mülleimer, doch der vermeintlich einfache Wurf ging daneben.

Ich schnaubte. »Man sollte nicht meinen, dass du auf dem College ein Basketballstipendium hattest.«

»Halt die Klappe.« Doch seinen Worten fehlte der Nachdruck. Er ging hinüber und hob den Becher auf, um ihn in den Mülleimer zu befördern. »Ich bin so müde, dass ich kaum geradeaus schauen kann.«

Ich biss mir schuldbewusst auf die Unterlippe. »Tut mir leid.«

»Was denn?«

»Es ist meine Schuld, dass du nicht viel Schlaf bekommst.«

»Wenn ich der Meinung wäre, dass du schuld bist, würde ich das sagen.« Er schwieg kurz. »Was mich daran erinnert ...«

Ich verengte die Augen. »Nein.«

»Rain.«

»Nicht noch ein Guru.«

»Spiritueller Berater«, korrigierte Danny mich. Er zog seinen Geldbeutel aus der Hosentasche und suchte im Scheinfach, bis er schließlich eine Visitenkarte herauszog, die er mir reichte. »Ich habe einen Termin für dich vereinbart. Er nennt sich Master Spencer.«

Ich nahm die Karte mit spitzen Fingern entgegen. »Travis? Sein Name ist Travis?«

»Dich von jemandem anleiten zu lassen, der Baum heißt, hat dir auch nicht gefallen.«

Das war ein gutes Argument. »Es kann wohl nicht schaden«, murmelte ich. »Offenbar bist du der Meinung, dass ich kaputt bin und repariert werden muss.«

»Leg mir bitte keine Worte in den Mund«, meinte Danny stirnrunzelnd.

Als ich ihn nur skeptisch anschaute, gab er einen verärgerten Laut von sich. Er kam auf mich zu und blieb so dicht vor mir stehen, dass mein Mund auf einmal ganz trocken wurde. »Es geht nur darum, ein Gleichgewicht zu finden, Rain. Nichts weiter.«

»Okay.«

»Ich mein's ernst.«

»Hab ich verstanden.«

Danny musterte mich ein paar Sekunden lang intensiv, um sicherzugehen, dass es wirklich bei mir angekommen war. Dann lehnte er sich nach vorne, als wollte er mich küssen. Mein Puls beschleunigte sich, als ich ihm entgegenkam, und dann ... nichts. Ich hatte gar nicht bemerkt, dass ich die Augen geschlossen hatte, bis ich sie wieder öffnete, um Danny einen finsteren Blick zuzuwerfen. »Würdest du die Transaktion bitte abschließen?«

Er lächelte. »Mit dir vergisst man nur zu leicht, wo man gerade ist, vor allem jetzt, wo ich dich endlich für mich habe und dich jederzeit anfassen kann, wenn ich will. Und ich *will*.«

»Ich habe auch Bedürfnisse, weißt du?« Ich seufzte, als er nur leise lachte. »Warum bin ich mit meinem Boss zusammen, wenn ich trotzdem nicht bei der Arbeit mit ihm rummachen kann?«

»Hör auf, mich zur Unprofessionalität zu verleiten.« Sein sexy Mund verzog sich zu einem Lächeln. »Du bist

Gift für meine Selbstbeherrschung.« Er streichelte mit dem Daumen über mein Handgelenk, und wir genossen einen Moment lang einfach die Nähe des anderen, bevor er meine Hand mit einem bedauernden Lächeln losließ. »Wir sollten wieder an die Arbeit. Ich will mit diesem Watts reden.«

»Brauchst du Hilfe?«

»Danke, aber ich werde mal sehen, ob Kevin mitkommen will.« Er warf mir einen bedeutungsvollen Blick zu. »Du solltest zu Master Spencer fahren.«

Ein Gespräch mit einem Kriminellen war mir noch nie so verlockend vorgekommen. Ich biss die Zähne zusammen. »Bringt ja nichts, es aufzuschieben.«

»Genau.« Danny runzelte die Stirn. »Und kein Kaffee mehr heute. Dein Puls rast.«

»Ich kann nichts versprechen.«

Gleichermaßen belustigt wie genervt sah ich ihm hinterher, als er sich von mir entfernte. Dass nicht der Kaffee, sondern *er* der Grund für meinen Puls war, sagte ich ihm natürlich nicht. Es war schon ein bisschen peinlich, dass es nach all der Zeit immer noch ausreichte, wenn er mir mit dem Daumen übers Handgelenk strich, um mich nervös und albern werden zu lassen und mir feuchte Handflächen zu bescheren … nicht nur auf sexuelle Weise, sondern weil ich irgendwie immer noch nicht glauben konnte, dass er wirklich mein Partner war. Jedes Mal wieder.

Es gab Schlimmeres.

Kapitel 17

Watts hatte sich aus dem Staub gemacht.

Sein Bewährungshelfer setzte eine überaus betretene Miene auf, als ihm klar wurde, dass die Adresse in seiner Akte nicht stimmte – es sei denn, Watts wohnte wirklich mitten in einem Freizeitpark. Wir stellten eine Einheit am Bungalow seiner Mutter ab, nur für den Fall, dass er dorthin zurückkam. Die Beamten hatten jedoch bis jetzt nichts gesehen. Na ja, außer seiner Mutter, die in unregelmäßigen Abständen in einem alten Bademantel zum Rauchen auf die Veranda trat. Jedes einzelne Mal zeigte sie dem Auto der Kollegen den Mittelfinger, bevor sie wieder ins Haus schlurfte.

Uns blieb nichts weiter übrig, als andere Spuren zu verfolgen, aber ich machte mir keine großen Sorgen. Leute wie Watts tauchten öfter mal ab, doch irgendwann mussten sie zum Luftholen wieder an die Oberfläche kommen.

Danny und ich unternahmen an diesem Abend den halbherzigen Versuch, etwas zu kochen. Er kam sogar so weit, eine Zwiebel fein säuberlich in ungleiche Stücke zu hacken, bis mir auffiel, dass ich heute Morgen vergessen hatte, das Hackfleisch aus dem Gefrierschrank zu nehmen. Einen Moment lang starrten wir sehnsüchtig auf die Mikrowelle, entschieden uns dann jedoch, das Projekt abzubrechen. Auftauen fand sich durchaus in meinem beschränkten Kochrepertoire, aber ich hatte weder Lust noch Geduld.

Nachdem ich mich umgezogen hatte, ließ ich mich in Jogginghose und T-Shirt zufrieden seufzend auf die Couch fallen. Die Cheesecake Factory hatte vor Kurzem eine neue Filiale nur eine Viertelstunde von Dannys Haus entfernt eröffnet, und ich war spirituell genug, das als Zeichen zu werten. Jetzt musste ich mir nur noch klar werden, was und wie viel ich essen wollte.

Ich scrollte durch die Bestell-App und sabberte praktisch die Fotos an, während Danny den Arbeitsplan der Einheit für die kommende Woche erstellte. Schließlich drohte er mir, dass er eine Dose Ravioli aufmachen und sie *kalt* essen würde, wenn ich noch länger hin und her überlegte.

Ich erschauderte unwillkürlich. Manchmal war er so barbarisch.

Zwar informierte ich ihn darüber, dass ich nichts in die Nähe meines Munds lassen würde, was zuvor mit Dosenfutter in Kontakt gekommen war, aber ich kannte ihn auch gut genug, um hastig zwei Hauptgerichte auszuwählen. Da wir uns nicht auf eine Käsekuchenvariante einigen konnten, bestellte ich drei verschiedene, und beim Bezahlen nannte ich Dannys Automarke und -modell unter den Abholinformationen.

Danny lachte nur und gab mir einen Kuss. »Du warst noch nie sonderlich subtil. Dann hole ich wohl mal das Essen ab.«

»So macht man das doch, wenn man nett zu seinem Partner sein will.«

»Woher willst du denn wissen, wie man nett zu seinem Partner ist?«

Zur Strafe fuhr ich mit den Daumen über seine Rippen, was Danny aufkeuchen ließ. Er wand sich unter meinem Angriff und schwor mir blutige Rache. Doch mein Triumph währte nur kurz. Einen Moment später ging er in die Offensive und drängte mich auf den Rücken, bis ich auf der Couch lag, bevor er sich rittlings auf mich setzte und meine Arme seitlich am Körper festpinnte. Ich bekam ein ganz schlechtes Gefühl bei der Sache, als er vielsagend mit den Fingern wackelte.

»Waffenstillstand?«, war alles, was ich noch herausbrachte, bevor er sich auf mich stürzte und ich diesmal derjenige war, der versuchte, ihm zu entkommen.

»Du bist … so … tot«, stammelte ich außer Atem. Das hätte sicher beeindruckender geklungen, wenn ich mit dem Lachen hätte aufhören können. »Sobald ich wieder Luft bekomme, werde ich …«

»Weiter schreien wie ein kleines Mädchen?«, unterbrach er meine sehr ernst gemeinte Drohung. »Ja, das passt.«

Irgendwann schaffte ich es, meine linke Hand freizubekommen, und ergriff prompt die Gelegenheit – in Form seiner Eier. Danny atmete geräuschvoll aus, als er meine Hand spürte, und plötzlich hatte ich die Oberhand. Schien ihm allerdings nicht viel auszumachen. Er lächelte nur und zog die gepiercte Augenbraue nach oben. »Einfach so, ja?«

Ich nickte. »Einfach so.«

Danny stützte sich links und rechts von meinem Kopf auf und beugte sich herunter, bis seine Lippen nur noch ein paar Millimeter von meinen entfernt waren. Ich verstärkte meinen Griff vorsichtig, und sein Atem strich über meinen Mund. Er roch nach einer Mischung aus Kaffee und Minze, und ich wollte ihn so gerne schmecken.

Trotz seines Gewichts auf mir kam ich ihm entgegen, doch Danny wich mir aus. Seine Mundwinkel bogen sich nach oben, als ich ihm weiter folgen wollte. »Wenn ich nicht bald losfahre, wird unser Essen kalt.«

»Ich bin ein Meister an der Mikrowelle«, versicherte ich ihm. »Mein Hauptfach am College war Fertigfutter für Fortgeschrittene.«

Danny gab nach, und seine weichen Lippen landeten zielsicher auf meinen. Der Kuss war fordernd, genau so, wie ich es mochte. Ich ließ seine Hoden los und wollte mich schon an seinem Reißverschluss zu schaffen machen, als Danny sich meine Hände schnappte und sie nach oben über meinen Kopf zog. Dann war sein Mund zurück auf meinem, und er küsste mich so leidenschaftlich, dass ich ins Polster der Couch gedrückt wurde.

Danny zeichnete meine Lippen mit seiner Zunge nach, und natürlich wusste ich, was er wollte, doch ich tat ihm den Gefallen nicht. Ein Lachen stieg in mir auf, als ihm ein frustrierter Laut entkam. Er biss mich sacht in die Unterlippe, doch ich ließ ihn immer noch nicht ein, woraufhin er schließlich leise an meinem Mund lachte. »Du bist so ein Quälgeist.«

»Und genau das gefällt dir.«

Als seine Lippen sich das nächste Mal auf meine senkten, nahm ich alles, was er mir gab, und das Gefühl von seiner Zunge an meiner, rau und feucht, schickte einen heißen Blitz durch meinen Körper. Ich stöhnte heiser auf, so tief, wie ich es nicht für möglich gehalten hätte. Und prompt wurde ich hart und wollte mehr.

Trotz mehrerer Uniabschlüsse und meiner umfassenden Bildung lernte ich anscheinend nur langsam dazu. Immer noch wartete ich darauf, dass es weniger intensiv wurde, etwas abkühlte und sich auf einem angenehmen, vorhersehbaren Level einpendelte, doch es erstaunte mich jedes Mal wieder maßlos, wie sehr ich Danny wollte.

»Gott, ich liebe deinen Mund«, ächzte er. Er saugte und leckte an meinen Lippen und knabberte mit den Zähnen daran, was mich beinahe wahnsinnig machte. »Ich will deinen Mund ficken.«

Ja, das wollte ich auch. Ich befreite meine Hände, und meine Finger tasteten wie von alleine nach Dannys Gürtelschnalle. Plötzlich bemerkte ich jedoch eine Bewegung neben uns und hielt mittendrin inne. Im Sessel neben dem Fenster hatte ein weiblicher Geist Platz genommen, der uns mit offenem Mund anstarrte, einen Finger in ihr Buch gelegt.

»Warum hast du aufgehört zu lesen?« Ein weiterer Geist tauchte sichtlich verärgert in dem anderen Sessel – meinem Sessel! – auf. Als sein Blick auf uns beide auf der Couch fiel, stöhnte er genervt auf. »Oh Mann, geht's schon wieder zur Sache bei denen? Wie die Tiere.«

Die Frau schien ihre Fassung wiederzugewinnen und wandte sich ihrem Buch zu. »So sind Männer eben«, antwortete sie pikiert.

»Nicht zu meiner Zeit«, meinte ihr Gegenüber. »Verdammt, in meiner Fabrik wäre so etwas nie geduldet worden.«

»Wenn du noch mal fluchst, wasche ich dir den Mund mit Seife aus, darauf kannst du Gift nehmen«, fuhr sie ihn an. »Und du glaubst doch nicht im Ernst, dass ich nicht gesehen habe, wie du den Rawlings-Jungen anschaust?«

Das schien ihn noch mehr zu verärgern. »Tut mir leid, Mutter.«

Danny löste sich aus unserem Kuss, was mich blinzeln ließ. »Warum hörst du auf?« Ich versuchte, ihn wieder zu mir zu ziehen, doch er weigerte sich. An seinen Schultern zu zerren, brachte auch nichts. Genauso gut hätte ich versuchen können, eine Ziegelmauer zum Beischlaf zu bewegen.

»Du bist doch überhaupt nicht bei der Sache.«

Mit finsterer Miene drängte ich meine Hüften gegen seinen Hintern. Harte achtzehn Zentimeter sollten wohl als Beweis ausreichen, dass ich sehr wohl bei der Sache war – dafür hatte ich ein Fleißbienchen verdient. »Das ist doch nicht dein Ernst?«

»Rain, du konzentrierst dich kein bisschen auf das, was wir hier machen. Da könnte ich auch eine Gummipuppe vögeln.«

»Nur, weil ich zwei Sekunden lang weggeschaut habe, musst du nicht gleich einen Aufstand machen.« Erst jetzt sickerte sein sarkastischer Kommentar zu mir durch. »Moment mal, das machst du doch nicht etwa, oder?«

»Nein!« Die Röte, die ihm in die Wangen stieg, sah man sogar auf seiner gebräunten Haut. »Ich meine, vielleicht ein- oder zweimal. Aber da war ich noch jung und neugierig.«

»Erzähl's mir.«

»Nein, danke.«

»Ich will das wissen«, forderte ich.

»Warum?«

Warum? Weil mich eine Frage schon lange beschäftigte. Danny vögelte nicht wild durch die Gegend – das war nicht sein Stil. Er schlief nur mit Menschen, mit denen er sich eine Zukunft vorstellen konnte. Dadurch hatte er in der Vergangenheit schon mal länger auf dem Trockenen gesessen. Ich hatte beinahe Angst, wen er sich während unserer Trennung ins Bett geholt hatte – nicht, weil ich mir wünschte, dass er in dieser Zeit ein enthaltsames Leben geführt hätte, das wäre unfair. Aber ich hatte die Befürchtung, dass ich mit dem Wer nicht umgehen konnte. Oder dem Wie-oft.

Aber die Vorstellung von Danny, der so verzweifelt vor Lust war, dass er wie von Sinnen ein unbelebtes Objekt vögelte? Gar kein Problem. Noch besser war, dass es ihm offenbar falsch vorkam. Das Bild von ihm, wie er sich wie ein wildes Tier bewegte, stand mir so lebendig vor Augen, dass es sich weniger wie meine hyperaktive Fantasie und mehr wie eine Erinnerung anfühlte.

Seine Rückenmuskeln zeichneten sich deutlich unter der verschwitzten Haut ab, während er in das Loch stieß, bis er kam … Ich schluckte hart. Ja. Irgendwann würde ich ihn dazu bringen, vor mir dieses Spielzeug zu ficken. Und dabei würde ich vielleicht das Gleiche mit ihm machen. Die Möglichkeiten waren endlos.

Meine Gedanken machten meine Situation nicht besser, und Danny zog eine Augenbraue nach oben, als mein Schwanz zuckte. »Oder sollte ich besser nicht nach dem Warum fragen?«

»Nur so«, brachte ich hervor.

Ich beobachtete fasziniert, wie er den Bund meiner Jogginghose nach unten zog und seine Hand hineinschob. Er schloss seine kräftigen Finger selbstsicher um meinen Schwanz, und mir entfuhr ein überraschter Laut, während ich mich ihm entgegenbog. Dann bewegte er seine Hand – hart, wenn ich es sanft wollte, und zärtlich, wenn ich es grob brauchte. Ich wimmerte frustriert. Das hier würde nicht schnell gehen, und so, wie er mich reizte, würde er es mir auch nicht leicht machen.

»Offenbar muss ich für deine ungeteilte Aufmerksamkeit erst mit echt seltsamen Dingen kommen.« Dannys Stimme klang heiser und kratzig, was mir sagte, dass er nicht so unbeeindruckt war, wie er tat. Vielleicht würde es ja doch noch auf einen schnellen Orgasmus hinauslaufen.

»So kann man es auch ausdrücken.« Ich stieß erneut nach oben und zischte leise, als Danny mit dem Daumen über die feuchte Spitze meines Schwanzes rieb. »Und jetzt erzähl mir von deinem Fickspielzeug.«

»Es war ein Scherzgeschenk«, antwortete er und bewegte dabei gemächlich seine Hand an meiner Länge auf und ab. »Ein Freund hat es für witzig gehalten, mir einen dieser Plastikärsche mitzubringen. Wir haben uns alle köstlich darüber amüsiert, und ich hab das Ding im Schrank verstaut und es dort vergessen.«

»Und dann?«

»War ich geil und auf der Suche nach meiner Pornosammlung.«

»Uralte Ausgaben von ›Men's Health‹?«

»So schlimm war ich nicht.« Ich japste, als sein Griff sich verstärkte. »Du weißt doch, dass ich DVDs habe.«

»Externe … Festplatte«, keuchte ich. »Viel besser. Passt mehr … drauf.«

»Wie viele Pornos besitzt du denn?«, fragte Danny belustigt.

»Genug.«

Dannys Hand an meinem Schwanz hatte inzwischen einen guten Rhythmus gefunden, und meine Lusttropfen machten die Reibung angenehm. Wir waren beide so darauf konzentriert, meine Eichel dabei zu beobachten, wie sie immer wieder zwischen Dannys Fingern erschien und verschwand, dass wir darüber die Geschichte ganz vergaßen. Oder ich zumindest, denn auf einmal meldete sich eine neugierige Stimme aus der Zimmerecke: »Dann ist er dabei im Schrank auf den künstlichen Hintern gestoßen und dachte sich, dass man sich den ja mal vornehmen könnte? Männer sind solche Tiere.«

Ich zuckte erschrocken zusammen, was Danny aufmerken ließ. Das Barbell-Piercing in seiner Augenbraue glänzte, als er sie hochzog. »Alles in Ordnung?«

Wie gerne wollte ich über das Piercing lecken, aber nicht hier. »Hm, können wir ins Schlafzimmer gehen?«

Sein Griff wurde beinahe schmerzhaft fest, doch er hielt nicht inne, was meine Lust noch höher trieb. »Warum?«

»Warum nicht?« Auf meinen Schläfen bildeten sich erste Schweißperlen. Danny wusste so genau, was ich mochte, dass ich gleich kommen würde, weswegen ich seine Hand wegschob. »Ich muss … ich brauche … kann gleich nicht mehr.«

Er runzelte verwirrt die Stirn. »Musst du auch nicht. Das weißt du doch. Ich bekomme dich da gleich wieder hin.«

Sein absolutes Selbstvertrauen in die Fähigkeit, mir ohne Probleme zwei Orgasmen nacheinander zu verschaffen, stieß mich beinahe über die Grenze meiner Beherrschung. Ich schubste ihn von mir runter. Noch zwei Striche mit seiner Hand, und ich würde kommen.

»Mann, Danny.« Ich ließ geräuschvoll einen Atemzug entweichen. »Ich will noch nicht kommen, weil ich dich in mir haben will. Und am besten ohne Publikum.«

»Publikum?« Danny senkte die Stimme zu einem gefährlichen Knurren. »Rain …«

Ich warf die Hände in die Luft. »Ist ja nicht so, als würden sie tun, was ich sage.«

»Shit.« Er versuchte nicht weiter, an meinen Schwanz zu kommen, was mir einen sehnsüchtigen Laut entlockte. Scheiß Geister, die einem jeden Spaß verdarben. »Wie viele?«

»So zwei etwa.« Aus dem Augenwinkel bemerkte ich einen Schatten, als ein weiterer Geist aus der Küche geschlendert kam. In seinen Ohren steckten Ohrstöpsel, und er summte ziemlich falsch vor sich hin. »Drei«, korrigierte ich mich.

»Oh mein Gott.«

Ich versteckte mich hinter einem Arm, den ich mir über die Augen legte. Das war's dann wohl mit Sex für alle Ewigkeit. Und natürlich stieg Danny prompt von mir runter. »Ich gehe duschen und hole dann unser Essen.«

»Danny …«

Das hätte ich mir auch sparen können, weil er bereits den Flur hinunter verschwand. Einen Moment später ertönte das Geräusch der sich schließenden Badezimmertür – Danny schlug sie nicht zu, aber viel fehlte nicht.

Fenstergeist schnalzte mit der Zunge. »Er ist für einen Mann schon recht empfindlich, oder?«

Auch ihr Sohn steuerte bereitwillig einen Kommentar bei: »Zu meiner Zeit …«

»Oh, haltet die Klappe«, unterbrach ich ihn stinksauer.

Der Geist schaute mich finster an. »Du warst doch derjenige, der ihm gesagt hat, dass wir hier sind. Er kann uns schließlich nicht sehen.«

»*Ich* kann euch sehen.« Wut auf die ganze Situation machte sich in mir breit. »Und ich habe euch gebeten zu gehen. Im Moment frage ich mich ernsthaft, warum ich euch überhaupt helfen sollte. Irgendeinem von euch.«

Plötzlich vibrierte Dannys Handy auf dem Couchtisch, und ich warf einen Blick aufs Display. Ungläubig starrte ich auf den Namen, und plötzlich fand mein Zorn sein Ventil. Ich schnappte mir das Handy und marschierte damit aus dem Zimmer.

Küchengeist nahm perplex einen seiner Ohrstöpsel raus. »Was ist sein Problem?«, fragte er hinter mir.

Ohne anzuklopfen öffnete ich die Badezimmertür, wild entschlossen, Danny zur Schnecke zu machen. Möglicherweise nahm mir der Anblick seines Körpers unter der Dusche ein bisschen den Wind aus den Segeln. Er stand mit dem Rücken zu mir, was das Tattoo, das sich über die Muskelstränge bis nach unten zu seinem Hintern zog, perfekt in Szene setzte.

Fuck. Mir lief das Wasser im Mund zusammen. Ein seifiges Rinnsal suchte sich den Weg seine Wirbelsäule hinunter und verschwand dann zwischen seinen festen, muskulösen Pobacken. Ich wollte die Spur mit der Zunge nachfahren.

»Was ist?« Dannys Stimme glich über das Rauschen des Wassers hinweg einem tiefen Knurren.

Ich brauchte einen Augenblick, um mich daran zu erinnern, worüber ich mich gerade so aufgeregt hatte. »Dein Handy klingelt.«

»Und weiter?« Er stellte sich direkt unter den Duschstrahl. »Was Wichtiges?«

»Sag du's mir. Es ist der Große Magellan.«

Stille. »Ich rufe ihn später zurück.«

Mit verengten Augen musterte ich seinen attraktiven Rücken. »Sicher, dass ich nicht die Mailbox abhören soll? Man wird ja nicht jeden Tag von einem Zauberer angerufen.«

»Er ist kein Zauberer, sondern ein spiritueller Berater und Medium.«

»Hast du meine Mutter angerufen?«, wollte ich wissen.

»Nein«, verteidigte er sich. »Nicht so ganz.«

»Was dann?«

»Sie hat mich angerufen, während du auf der Couch geschlafen hast.«

»Warum hast du mich nicht geweckt?«

»Du schläfst so wenig, dass du froh sein kannst, wenn ich dir keine K.-o.-Tropfen in deine Getränke mische. Ich habe ihr erklärt, dass die Sache mit Master Spencer nicht so gut geklappt hat.«

»Er hat mich aus seinem Dojo geworfen!«

Das ignorierte Danny. »Also habe ich sie gefragt, ob ihr sonst noch jemand einfällt, und sie war der Meinung, dass dieser Kerl dir vielleicht helfen könnte.«

Ich starrte ihn finster an, als er sich zu mir umdrehte und sich die Haare aus dem Gesicht wischte. Wenn er glaubte, dass mich der Anblick seines nackten, eingeseiften Körpers davon ablenken würde, dass … ich wegen irgendetwas wütend war, hatte er sich aber gewaltig geschnitten. Jetzt musste ich mich nur noch an das Warum erinnern, und alles war paletti.

Danny seifte seinen Schwanz und die Schamhaare ein – ein bisschen gründlicher, als es meiner Meinung nach notwendig gewesen wäre. Gerade wollte ich anbieten, ihm die Hoden zu waschen, als das Handy mich mit einem Piepton an die Nachricht auf der Mailbox erinnerte.

Ach ja, genau. Wieder voll konzentriert erklärte ich: »Ich gehe da nicht hin.«

»Sag mir einen guten Grund.«

»Er nennt sich der Große Magellan.«

Das ließ Danny einen Moment innehalten. »Okay, gib mir zwei gute Gründe.«

»Er nennt sich *der Große Magellan*«, wiederholte ich betont.

»Rain.« Er warf mir einen missbilligenden Blick zu.

»Daniel«, erwiderte ich giftig.

In seiner Stimme schwang ebenso viel Genervtheit wie Belustigung mit. »*Rainstorm.*«

Fuck, bei ihm klang das so viel besser als bei mir. Vielleicht auch, weil er es mit *dem Blick* kombinierte. Dieser Gesichtsausdruck zusammen mit diesem Tonfall hatte schon abgebrühten Verbrechern Geständnisse entlockt. Dazu kam, dass er mich besser kannte als irgendein anderer Mensch auf der Welt, meine Zwillingsschwester eingeschlossen. Dagegen hatte ich keine Chance.

Ich ließ meinen angehaltenen Atem entweichen. »Na schön.«

»Gut. Danke.« Auch er atmete langsam aus. »Es ist nur zu deinem Besten.«

»Mein Leben wäre so viel einfacher, wenn es mir egal wäre, ob ich dich enttäusche.«

»Da bin ich mir sicher.« Um seine blauen Augen bildete sich kleine Fältchen, ein Ausdruck, der mir so unendlich vertraut war. »Ich liebe dich.«

Oh, wie süß. Dafür bekam er meine ganz persönliche Form von Romantik zu spüren. »Du kannst mich mal.«

Ich schloss die Tür von außen, um seinem lauten, herzhaften Lachen zu entgehen, konnte ein Lächeln aber nicht unterdrücken.

Kapitel 18

Am nächsten Morgen trödelte ich so lange wie möglich herum, bevor Danny mich schließlich zum Auto scheuchte. Wenn er auch nur einen Anflug von Nachsichtigkeit verspürt hatte, mich meinen Termin beim Großen Magellan schwänzen zu lassen, hatte mein jüngster Albtraum ihm den gründlich ausgetrieben.

Immer musste er übertreiben.

Danny lenkte den Wagen entspannt mit einer Hand am Steuer, der anderen auf dem Schalthebel durch die Straßen, was mir die Gelegenheit gab, ihn von der Seite zu mustern. Offenbar zeugte es von schlechten Manieren, wenn man seinen Freund mitten in der Nacht weckte, indem man im Schlaf schrie. Sich gegen besagten Freund zu wehren, wenn der versuchte, einen aus diesem Traum zu wecken, war ebenso falsch. Ihn zu fragen, ob man ihn vögeln durfte, bis man nicht mehr geradeaus denken konnte, wurde ebenso wenig gern gesehen, wie anschließend genau das auf dem blanken Boden ohne Polster für seine angeblich alten Knie zu tun.

Gott, er war so wehleidig. Ich hatte ja angeboten, ihm ein Kissen zu holen.

Unruhig rutschte ich auf meinem Sitz herum, als ich mich daran erinnerte, wie er mich zur Eile angehalten hatte, damit wir fertig wurden, bevor einer meiner Geisterfreunde auftauchte. Das musste er mir nicht zweimal sagen. Wenig später hatte ich ihn mit Gleitgel versorgt und nahm mir ein bisschen Zeit, um ihn vorzubereiten, auch wenn ich mich am liebsten direkt auf ihn gestürzt hätte. Als Danny mir knapp zunickte, brachte ich meinen Schwanz in Position und drang langsam in ihn ein. Sein Körper wehrte sich erst ein bisschen, doch schließlich war ich mit einem Seufzen ganz in ihm versunken.

Danny spannte die Muskeln um mich herum an. »Gut?«

Seine Stimme klang leise und zögerlich, was so untypisch für ihn war, dass es surreal wirkte. Aber der starke, fähige Mann verschwand, wenn ich so mit ihm schlief – von seinen Fähigkeiten als Bottom war er nicht gerade überzeugt. Ich war der einzige Mann, dem er das je erlaubt hatte, und ich bat ihn auch nicht oft darum. Umso mehr wusste ich es zu schätzen, wenn ich mal derjenige sein konnte, der ihn dahingehend beruhigte.

Aber da fehlten mir doch wirklich glatt die Worte. Gut? Das war die Untertreibung des Jahrhunderts. Ich versuchte, einen anderen Ausdruck, einen besseren Ausdruck für das Nirwana – das Gefühl, mich in seiner wunderbaren, heißen, feuchten Enge zu bewegen – zu finden, doch mir fiel nichts ein.

Also hörte ich auf, meinen inneren Thesaurus nach etwas Passendem zu durchwühlen. Im Moment kamen mir nur Worte wie *gut, Hintern, so eng* und *ich liebe dich so sehr* in den Sinn. Und ich benutzte sie alle, während ich langsam in Danny stieß und dabei das Gesicht an seinem Nacken vergrub, sodass mich seine Haarsträhnen an der Nase kitzelten.

Er verspannte sich um mich, als er kam und sein Sperma auf den Boden tropfte. Mit einem erleichterten Stöhnen jagte ich meinem eigenen Orgasmus nach und drängte Danny weiter nach vorn. Ich bewegte mich so heftig in ihm, dass die Dielen unter seinen feuchten Handflächen quietschten, als er auf ihnen nach Halt suchte. Jetzt im

Nachhinein? Vielleicht hatte ich dem Wort *gut* einfach nicht genug Respekt gezollt – mit Danny zu schlafen war so gut, dass es gar nicht besser ging.

Lautes Hupen holte mich in die Gegenwart zurück, und ich rutschte erneut auf dem Sitz herum. Mein kurzer Erinnerungsausflug machte sich jetzt in Form einer zu engen Hose bemerkbar. Ich schielte zu Danny, ob dieser etwas bemerkt hatte, und natürlich versuchte er, ein Grinsen zu unterdrücken.

Schnaubend zog ich meine Umhängetasche auf den Schoß, und Danny gab den Kampf gegen seine Selbstbeherrschung auf und grinste breit. »Na, woran denkst du gerade, Christiansen?«

»Das weißt du genau.«

Er lachte leise. »Laut dem Navi hast du noch zehn Minuten, um etwas dagegen zu tun.«

»Zerbrich dir nicht den Kopf über meine Erektion, konzentrier dich lieber auf die Straße.«

Wundersamerweise half mir unser Gerichtsmediziner aus meiner heiklen Situation. Ich holte mein Handy aus der Tasche, um meine E-Mails zu checken, und sah, dass er mir wie versprochen den Artikel über Leichenwachs weitergeleitet hatte. Und da er seinen Job mit Leib und Seele ausübte, fehlten natürlich auch die entsprechenden Fotos nicht, die mich prompt das Gesicht verziehen ließen. Bis wir in Magellans Viertel angekommen waren, gehörten Erektionen längst der Vergangenheit an. Mein Schwanz war gestorben ... oder befand sich zumindest in so kritischem Zustand, dass ich wohl dringend um Spenden für seine Behandlung bitten sollte.

Danny war jedoch mit dem Thema noch nicht fertig. »Ich wollte mal mit dir über gestern Nacht sprechen.«

Ich schaute ihn verständnislos an. »Inwiefern?«

»Was wir gemacht haben ...«

»Oh Gott.«

»Ich frage ja nur.« Er schnaubte leise. »Ist das etwas, das du brauchst? Das du gerne öfter machen würdest?«

»Wenn dem so wäre, würde ich es sagen.«

»Ich wollte nur sichergehen, dass wir miteinander über so etwas sprechen können. Dass du nichts Sexuelles unterdrückst ...«

»Oh mein *Gott*.« Ich schaute mir noch ein paar der Fotos an, von denen ich sicher Albträume bekommen würde. Wie konnte es sein, dass diese sehr tiefgreifenden Informationen über Leichenwachs nicht den schlimmsten Teil meines Tages darstellten? »Wenn jemand sexuell unterdrückt ist, dann du. War ich nicht derjenige, der vor vier Monaten angesprochen hat, dass wir die Kondome weglassen könnten?«

»Eigentlich nicht. Du hast mir das Kondom aus der Hand gerissen, als ich es eben überrollen wollte, und es quer durchs Zimmer geworfen.« Er schmunzelte. »Dann hast du gesagt, und ich zitiere: ›Mann, Danny.‹«

»Zählt das nicht als darüber sprechen?«

»Mir kommen gerade Zweifel an dieser Beziehung«, erwiderte Danny kopfschüttelnd. »Gott kann mich doch unmöglich mit jemandem wie dir strafen.«

»Du könntest es schlimmer treffen.« Unwillkürlich musste ich an das Foto seines Highschool-Abschlussballs und das babyblaue Chiffonkleid seines Dates samt passender Turmfrisur denken. Das Mädchen hatte darin wie ein Barbie-Cupcake ausgesehen. »Und das hast du auch schon.«

Danny verlangsamte das Tempo kurz vor dem Ende der Sackgasse, auf das wir zusteuerten. Auf dem Rasengrundstück stand ein Haus im spanischen Kolonialstil, dessen kanariengelbe Stuckfassade mit blassblauen Fensterläden kombiniert worden war. Weder die Farben noch die Ausführung entsprachen meinem persönlichen Geschmack, aber das Gebäude besaß durchaus einen gewissen rustikalen Charme.

Einen Moment lang starrte Danny auf das Haus, wahrscheinlich um die Hausnummer abzugleichen, dann bog er in die Einfahrt ein und hielt knapp vor einem riesigen Schlagloch. Durch den Asphalt zog sich in voller Länge ein gezackter Riss, den ich misstrauisch beäugte. »Mich würde es nicht wundern, wenn sich hier gleich der Erdboden auftut.«

Danny verdrehte die Augen. »Das Risiko gehe ich ein.«

Nachdem ich mich abgeschnallt hatte, stieg ich ohne ein weiteres Wort aus dem Auto, da es Danny offenbar egal war, dass wir gleich einen qualvollen Tod erleiden würden. Ich konnte nur hoffen, dass uns das Loch noch vor meinem Termin verschlucken würde und nicht erst hinterher. Wie unhöflich wäre es bitte, jemanden *nach* einer unerfreulichen Erfahrung umzubringen?

»Es ist doch nur eine Stunde«, meinte Danny, als wir zur Haustür gingen. Und dafür, dass er angesichts des drohenden Erdloch-Tods so gleichgültig reagiert hatte, vermied er es ziemlich bewusst, auf den Riss zu treten. »Ich schaffe es nicht, früher zurück zu sein, also sieh zu, dass du nicht wieder rausgeworfen wirst, ja?«

Ich warf ihm einen bitterbösen Blick zu. »Er heißt Master *Spencer* und betreibt ein Dojo. Ihn mindestens einmal versehentlich Master Splinter zu nennen, passiert doch wohl jedem.«

»Hmhm. Und wie genau hat das zu einer Gruppendiskussion geführt, wer welcher Ninja Turtle wäre?«

»Das war unvermeidlich.«

Danny schüttelte den Kopf. »Und warum wolltest du unbedingt Michelangelo sein?«

»Das hat praktische Gründe«, gab ich zurück. »Jeder weiß, dass er der Beste ist.«

Darauf antwortete er nur mit einem gemurmelten »Gott«. Wir betraten die Veranda, und Danny klopfte kräftig an die Tür. Einen Moment später wurden die Rüschenvorhänge beiseitegezogen, und ich hörte das Klicken mehrerer Schlösser, bevor die Tür von einer zierlichen, blonden Frau geöffnet wurde. Sie blinzelte ein paarmal. »Kann ich Ihnen helfen?«

»Ja, ich möchte zu ... zu ...« Shit, musste ich wirklich seinen vollen Namen aussprechen? Danny gab mir einen Schubs, und ich zwang mich zum Weitersprechen. »... dem Großen Magellan.«

»Natürlich. Sie müssen sein Zehn-Uhr-Termin sein«, erwiderte sie lächelnd. »Ich bin seine Assistentin Bellamy. Der Einzigartige beendet noch seine Sitzung mit Miss Graverly und ist dann gleich bei Ihnen.«

Der Einzigartige? Ich drehte postwendend auf dem Absatz um, doch Danny packte mich an den Schultern und schob mich zurück in meine Ausgangsposition. Von der kleinen Pirouette wurde mir prompt schwindelig, ich fühlte mich kurz wie ein menschlicher Wackeldackel.

Bellamy gab den Weg ins Haus frei, und wir folgten ihr in einen kleinen Salon, der mit einem Haufen antiker Möbel eingerichtet war. Sie wartete, bis wir auf den zerbrechlich wirkenden Queen-Anne-Stühlen Platz genommen hatten, bevor sie uns einen Kaffee anbot und wohl Richtung Küche verschwand.

»Entspann dich«, raunte Danny mir zu. »Ich weiß, dass es anders ist, als du erwartet hast, aber du kannst jederzeit gehen. Ich bin nur einen Anruf entfernt.«

»Wenn er mich bittet, ihn den Einzigartigen zu nennen, bin ich weg.«

Ein Vorteil hier: Ich musste nicht wie im Red Lotus einen weißen Pyjama tragen und wurde auch nicht von einem Mann namens Baum geschlagen. Und ich wurde zudem nicht von einem Sensei namens Travis Spencer angeschrien und aus einem Dojo gejagt, weil er die Parallelen zwischen seinem Leben und den Ninja Turtles weder erkannte noch diese Erkenntnis zu schätzen wusste.

Bellamy brachte uns Kaffee und war dann direkt wieder weg. Eine Viertelstunde später kehrte sie zurück, dicht gefolgt von einer weinenden Frau in einem pinken Jogginganzug. Auf ihrer flachen Kehrseite stand das Wort *Juicy* aufgedruckt zu lesen. Bellamy legte ihr einen Arm um die Schultern und geleitete sie durch den Eingangsbereich hinaus. Wir hörten nur noch ein lautes, dramatisches Schluchzen.

Ich schaute Danny mit großen Augen an, der jedoch bloß die Schultern zuckte. »Manchmal hilft weinen. Du machst ... Wie nennst du das immer?«

»Wegsortierung«, presste ich zwischen zusammengebissenen Zähnen hervor.

Nickend nahm er noch einen Schluck von seinem Kaffee. »Genau. Es würde dir nicht schaden, wenn du ein paar wegsortierte Sachen wieder einsortieren würdest.«

Ich widmete mich meinem Kaffee, doch innerlich fühlte ich mich wie ein Igel mit aufgestellten Stacheln. *In die Fick-dich-ins-Knie-Schublade würde ich gerade nur zu gerne etwas einsortieren.*

Es dauerte noch einmal zehn Minuten, bis Bellamy uns in die Höhle des Einzigartigen führte, die sich als kleiner Raum entpuppte, dessen Wände in einem grässlichen Rot gestrichen waren. Beinahe das komplette Mobiliar war mit violettem Knautschsamt gepolstert. Am Ende eines langen Tischs mit lila Tischdecke saß ein Mann mit braunen Augen und dunklem Haar in einer Robe aus glitzerndem Material. Sein Stuhl glich eher einem Thron, und um ihn herum stiegen Rauchwolken auf. Hinter seiner überdimensionierten Brille sah der Kerl nicht viel älter aus als ich.

Er winkte mich mit beringten Fingern zu sich heran. »Tritt ein, mein Kind.«

Ich wandte mich zu Danny um, der auffälligerweise die Lippen zusammenpresste. »Ernsthaft?«

»Man weiß ja nie«, meinte er. »Ich habe auch erst gedacht, dass du mich verarschst, weißt du noch?«

»Ja, und ich werde wirklich gerne daran erinnert.«

Mein Blick fiel wieder auf den Mann, der gerade hektisch auf etwas unter dem Tisch einschlug. Wahrscheinlich die Rauchmaschine. Sie stieß jedoch eine weitere Wolke aus.

»Der Kerl hat so viel magische Fähigkeiten wie ein Zauberkasten.«

Danny biss sich fest auf die Unterlippe. Jede Wette, dass er vor Lachen beinahe platzen würde, wenn er wieder im Auto saß. »Gib ihm eine Chance. Ich hol dich ab, wenn deine Sitzung um ist.« Mein Gesichtsausdruck ließ ihn lediglich erneut die Augen verdrehen. »Ich bring dir auch ein Sandwich mit.«

»Komm schon, Irish«, winselte ich. »Tu mir das nicht an.«

Aber er gab mir nur einen kleinen Schubs. »Geh schon.«

Ich schlurfte in den Raum wie ein Hund, der gerade beim Durchwühlen des Mülleimers erwischt worden war und sich jetzt den Konsequenzen stellen musste. Danny schloss die Tür, bevor ich es mir anders überlegen konnte. Fest entschlossen herauszufinden, was Magellan denn nun so einzigartig machte, setzte ich mich an den Tisch.

Er musterte mich. »Wie ich sehe, bin ich in Gesellschaft eines Skeptikers.«

»Ähm, nein, ich bin nur …«

»Stille!«, unterbrach er mich laut.

Ach du Scheiße. Ich schloss den Mund und beobachtete besorgt, wie sein Gesicht immer röter wurde. War es beleidigend, wenn man seinem spirituellen Führer anbot, ihm den Blutdruck zu messen?

»Zunächst werde ich die geeigneten Energien heraufbeschwören.« Er begann einen leisen Singsang auf Latein. Zumindest glaubte ich, dass es Latein war, ich konnte keine spezifischen Worte ausmachen.

Langsam wurde ich nervös. Dann erinnerte ich mich daran, wie Tree auf meine mangelnde Beteiligung reagiert hatte, also bot ich an: »Soll ich auch singen, oder …«

»Stille!«

Schnaufend lehnte ich mich auf meinem Stuhl zurück. Noch nie hatte ich mir so sehr gewünscht, dass Danny das Medium wäre und ich der Normalo, der es sich eine Stunde lang bei Pancakes in einem Diner gemütlich machen und dabei seine E-Mails durchgehen konnte. Eine plötzliche Bewegung erregte meine Aufmerksamkeit, und ich stöhnte innerlich auf. Ode an die Freude, da saß eine Frau in einem Schaukelstuhl hinter dem Einzigartigen. Und ich war mir ziemlich sicher, dass sie nicht offiziell zu unserer Sitzung gehörte.

Sie hielt im Stricken inne, als sie meinen Blick bemerkte, und lächelte ein wenig. »Na, sieh mal einer an. Scheint, als wäre ausnahmsweise ein echtes Medium anwesend. Ich bin Peg.« Sie kniff die Augen ein wenig zusammen. »Willst du mehr Geister sehen? Oder keine mehr?«

Ich versuchte zu sprechen, ohne die Lippen zu bewegen. »Ich will mehr Kontrolle über meine Fähigkeit. Dachte, dass mir ein Experte dabei helfen könnte.«

Sie lachte laut auf. »Honey, dann bist du hier definitiv falsch.«

»Der Versuch kann wohl nicht schaden.« Ich stellte sicher, dass der Einzigartige noch beschäftigt war, bevor ich leise fortfuhr: »Hast du vielleicht einen besseren Vorschlag?«

Magellan unterbrach sein Gesinge und schaute mich stirnrunzelnd an. »Bitte. Ich versuche, in Kontakt mit den Geistern zu treten, und dafür brauche ich Stille.«

»Sonst wäre das hier wohl auch ziemlich dumm, oder?«

Sein Gesichtsausdruck verfinsterte sich. »Sie haben bereits bei Bellamy bezahlt. Wenn Sie Ihre Stunde verschwenden möchten, ist das Ihr Problem.«

Ich seufzte. »Entschuldigung.«

Als der Singsang wieder einsetzte, wandte ich mich aufs Neue Peg zu, die die Augenbrauen hochgezogen hatte. »Du bezahlst tatsächlich was für das hier?«

»Irgendwie schon«, flüsterte ich. Magellans Lider flatterten, doch er sang weiter.

»Na dann habe ich eine Geschichte für dich, Junge.« Sie lehnte sich in ihrem Sessel nach vorn. »Sie handelt von einem Stück Pumpkin-Pie, etwas Gift und seiner nichtsnutzigen Freundin.«

An meinem linken Auge zuckte ein Muskel. Ich wollte ja nicht voreilig sein, aber dieser Guru-Versuch steuerte offenbar geradewegs auf durchsuchen, Handschellen anlegen und abführen zu. »Erzähl mir alles.«

*

Als Danny das Auto vor dem Haus abstellte, saß ich bereits auf den Stufen der Veranda. Drei Streifenwagen waren am Straßenrand geparkt, und in zweien davon saßen meine Verdächtigen. Danny kam mit einer kleinen Papiertüte in der Hand zu mir. Wortlos setzte er sich neben mich auf die oberste Stufe und reichte mir die Tüte.

Ich holte ein dick belegtes Sandwich hervor, auf dessen Einwickelpapier sich Fettflecken abzeichneten – die besten Flecken überhaupt. Mein Magen knurrte leise und erinnerte mich daran, dass ich heute Morgen noch nichts gegessen hatte. Hastig wickelte ich das Sandwich aus, während Danny einen Stapel Servietten zwischen uns platzierte, den ich jedoch ignorierte.

Ich wollte gerade genüsslich in das Sandwich beißen, als ich mich an meine guten Manieren erinnerte. »Danke. Und hi.«

»Selber hi«, entgegnete er mit hochgezogener Augenbraue.

Gierig grub ich die Zähne ins Brot. »Mann, ich bin am Verhungern. Hast du das von dem Diner mitgebracht, den ich so liebe?«

»Genau.«

»Du hast dran gedacht, dass sie Cheddar drauf machen, ja? Ich hasse …«

»Scheiblettenkäse. Ich weiß.«

Keine Ahnung, ob das Sandwich wirklich besonders lecker oder ich nur besonders hungrig war, aber ich brummte zufrieden beim Essen. Danny beobachtete die Szene, die sich gerade im Vorgarten abspielte, mit mildem Interesse. Eine Weile später fragte er: »Rain?«

»Ja?«

»Warum befindet sich dein Guru auf dem Rücksitz eines Streifenwagens?«

Dass er sich darüber offenbar nicht aufregte, machte mir große Hoffnungen für unsere gemeinsame Zukunft. »Ha' sei'e Mu'er 'mgebra't«, antwortete ich mit vollem Mund.

»Bitte was?«

Mir ging auf, dass ich mein Essen vielleicht nicht wie eine Boa constrictor hinunterschlingen sollte, weil mir dazu eindeutig die passende Anatomie fehlte. Also schluckte ich ein paarmal. »Er hat seine Mutter umgebracht, und Bellamy hat ihm dabei geholfen. Es geht doch nichts über einen kleinen Mord, um frischen Wind in die Beziehung zu bringen.«

Einen Augenblick lang starrte Danny mich einfach bloß an, während er das Gesagte verarbeitete. »Läuft bei dir eigentlich irgendwann mal irgendwas normal?«

»Bevor mir hier jetzt wieder die Schuld zugeschoben wird, würde ich gerne anmerken, dass *du* derjenige warst, der mich ohne viel Skrupel auf der Türschwelle von Hannibal ausgesetzt hat«, merkte ich indigniert an. »Du kannst froh sein, dass du bei deiner Ankunft nicht meine Augäpfel in einem Einmachglas vorgefunden hast.«

Die Vorstellung meiner potenziellen Verstümmelung schien Danny nur wenig zu beeindrucken. »Also hat er es gestanden? Einfach so, aus dem Nichts?«

»Der freundliche Geist seiner Mutter hat dabei geholfen.«

»Ah.« Er nickte, als würde das vollkommen Sinn ergeben. »Ich gehe davon aus, dass das alles in deinem Bericht stehen wird?«

»Exakt.« Ich leckte ein wenig abtrünnigen Käse vom Einwickelpapier, bevor ich noch einen Bissen vom Sandwich nahm.

Dannys Handy kündigte eine eingehende Textnachricht an, und er schaute einen Moment lang aufs Display, bevor er eine Antwort tippte. Dann steckte er das Telefon wieder ein, ohne ein Wort zu sagen. Ich schnaubte. »Und?«

»Und was?« Wie sehr er es liebte, wenn ich ihn um Informationen anbettelte.

»Wer war das?«, fragte ich.

Und natürlich schmunzelte er. »Eli. Er hat nachher Zeit, sich mit dir zu treffen.«

»Warum sollte ich mich mit unserem Phantombildzeichner treffen wollen?«

»Wegen dem Mann aus deinen Träumen. Eli kann ihn zeichnen, und das Bild schicken wir dann durch die Datenbank.« Er zuckte die Schultern. »Vielleicht landen wir ja einen Treffer.«

Das war keine schlechte Idee, und selbst wenn wir nichts fanden, hatte ich zumindest das Gefühl, irgendetwas zu tun. »Er könnte auch die Brücke zeichnen. Vielleicht erkennt die ja jemand.«

»Kann nicht schaden«, stimmte er zu.

Zufrieden damit aß ich weiter, bis ich mich an unseren Deal erinnerte. Den wichtigen Teil davon. Ich stieß Danny einen Ellenbogen in die Seite. »Es gilt immer noch.«

»Was denn?«

»Ich bin zum Guru gegangen, also schuldest du mir Sex. Und fang nicht wieder mit dem Quatsch mit deinen alten Knien an, Irish.«

Er lachte leise. »Ich gelobe, all deine perversen Forderungen zu erfüllen.«

»Gut. Wenn wir nach Hause kommen, bist du der neue Mitarbeiter in der Asservatenkammer, der meinen Beweis nicht vorschriftsgemäß eingebucht hat, und ich bin der Detective, der dir einen Ausweg anbietet, es wiedergutzumachen.«

»Deine Sexfantasien sind so seltsam.«

»Und wenn sie dich nicht so anmachen würden, wäre ich jetzt wahrscheinlich sehr beleidigt.« Ich lehnte mich zu ihm und gab ihm einen feuchten Kuss auf die Wange, den er sich demonstrativ abwischte. »Ich darf doch wohl wegen meines morgendlichen Guru-Traumas früher Feierabend machen?«

Danny lächelte. »Oh toll, deine übersinnlichen Fähigkeiten lassen bereits nach.«

Ich sparte mir die Berichtigung, dass ich ein Medium war und kein Hellseher, weil ich komischerweise tatsächlich eine Vision aus einer anderen Ebene empfing. Ich schaute mal ganz genau in meine Kristallkugel. *Lasse ich ihn betteln, bevor er mit mir schläft?*

»Die Zeichen deuten auf ja«, murmelte ich.

Danny musterte mich misstrauisch, doch ich vertilgte nur mit viel Genuss den Rest meines Sandwiches.

*

Ich traf mich wie versprochen mit Eli. Nach einer Stunde des »Nein, seine Nase ist ein bisschen schmaler, die Augen sind ein bisschen weiter auseinander« scheuchte er mich hinaus, um die Skizze in Ruhe fertigzustellen. Auf meinen Scherz hin, dass er nur meine Änderungswünsche satthatte, versicherte er mir jedoch, dass jedes Detail von Bedeutung sei. Später am Nachmittag brachte er mir zwei Kopien der finalisierten Version vorbei. Ich bedankte mich herzlich und wartete, bis er mein Büro verlassen hatte, bevor ich sie mir anschaute.

Ich sog scharf Luft ein.

Da war er, in Fleisch und Blut ... oder zumindest in 2D. Der Mann aus meinen Träumen oder eher Albträumen. Es kam mir vor, als hätte Eli geradewegs in mein Hirn gegriffen und das Bild herausgezogen. Ich pinnte eine der Kopien neben Masons Foto an meine Wand und setzte mich dann nachdenklich wieder.

Ein kurzes Klopfen an meiner Tür. »Detective Christiansen?« Macy erschien im Türrahmen. »Anderson Marx hat gerade die Liste gefaxt, die Sie haben wollten.«

Ich brauchte einen Moment, um die passende Verbindung zu dem Namen herzustellen. Glücklicherweise nahmen meine Synapsen schnell wieder ihren Dienst auf. »Oh. Ja! Der Münzenhändler.« Macy reichte mir die Papiere, die ich kurz überflog, bevor ich sie auf meinem Schreibtisch ablegte. »Vielen Dank.«

Ich hatte eine Liste der Münzen aus Howard Paiges Sammlung angefordert, und sein Münzenhändler war so nett, mir den Gefallen zu tun. Wahrscheinlich war es umsonst, aber ich hatte vor, einige von ihnen aufzuspüren. Wenn ich beweisen konnte, dass Luke Masons wertvolle Münzen gestohlen und verkauft hatte, wäre ich einen Schritt näher am Beweis, dass er Mason getötet hatte.

Eigentlich hatte ich erwartet, dass Macy sich wieder aus dem Staub machen würde, nachdem sie mir die Nachricht überbracht hatte, doch sie blieb und betrachtete neugierig Elis Skizze. »Ein neuer Verdächtiger?«

»Im Moment nicht.«

»Ist er ein Zeuge?«

»Da bin ich mir noch nicht sicher.«

»Oh, haben Sie einen anonymen Tipp bekommen?«

Ich schüttelte langsam den Kopf. »Nicht so richtig.«

Sie wandte sich mir mit großen Augen zu und fragte sich offenbar, ob die Gerüchte wohl stimmten, die sie sicherlich gehört hatte. In den drei Monaten, seit sie von Tate zur PTU abgestellt worden war, hatte sie kein einziges Mal danach gefragt, und ich hatte nichts dazu gesagt. Von mir aus konnte das auch gerne so bleiben – sehr, sehr gerne. *Machen wir bitte einfach weiter wie immer.*

Macy starrte mich jedoch nach wie vor an.

Ich schnappte mir die zweite Kopie der Skizze und reichte sie ihr. »Könnten Sie das vielleicht runter in die Technik bringen und dort fragen, ob man das Bild durch die Datenbank jagen kann? Vielleicht JT? Der schuldet mir noch einen Gefallen.«

Sie schaute auf das Papier, dann wieder zu mir. »Natürlich.«

»Es wäre dringend«, meinte ich schließlich.

»Oh. *Oh.* Okay«, stotterte sie, während sie rückwärts hinausging und prompt in die Tür lief. »Autsch. Ich kümmere mich gleich darum. Sagen Sie mir einfach Bescheid, wenn Sie noch etwas brauchen.«

Ich lächelte. »Mache ich.«

Kapitel 19

Am Donnerstag tauchte Watts wieder auf.

Die Überwachung seiner Kreditkarte schlug bei einer Mietwagenfirma in Miami an, und ein kurzes Telefonat verschaffte uns die Info, dass er jetzt einen weißen Impala fuhr. Da das Auto keine eingebaute Diebstahlsicherung besaß, konnten wir es leider nicht direkt stilllegen, aber er hatte der Mitarbeiterin gegenüber erwähnt, dass er im Anschluss etwas essen gehen wollte. Da sie ihn für einen Touristen gehalten hatte, hatte sie ihn mit einer Karte der umliegenden Restaurants versorgt, die sie mir nun gerne rüberfaxte.

Ich nahm das Fax und steckte meine Schlüssel ein, bevor ich Danny eine Nachricht schrieb, ob er mitkommen wollte. Mein Handy vibrierte, bevor ich meinen Schreibtisch umrundet hatte.

D: In Tates Büro.
Ich: Bringst du sie auf den neuesten Stand?
D: Ja.

Seine Antwort war kurz und knapp, was bei ihm normal war. In der Vergangenheit hatte ich ihm schon gedroht, dass ein Emoji seinen Grabstein zieren würde – zur Strafe, weil er meine ausführlichen, korrekt interpunktierten Nachrichten mit ein oder zwei Worten beantwortete. Das schien ihn nur zu amüsieren, aber inzwischen bemühte er sich, ein bisschen ausführlicher zu schreiben.

Ich: Ist sie auf dem Kriegspfad?

D: Das wird sie gleich sein, wenn du nicht aufhörst, mir Nachrichten zu schreiben.
Ich: Wann bist du voraussichtlich fertig?
D: Warte nicht auf mich. Du weißt, wie sie ist.

Dann erinnerte er mich daran, jemand anderes mitzunehmen, und noch bevor ich ein *Okay* zurücktippen konnte, traf eine weitere Nachricht ein: *Ich mein's ernst.*

Ich verzog das Gesicht. Ja, vor nicht allzu langer Zeit war ich alleine losgezogen und dabei kurz gekidnappt … und ein bisschen angeschossen worden, aber ich war jetzt ein ganz anderer Mensch. Mehr oder weniger.

Mein Handy meldete sich erneut, als ich mein Büro verließ. Das Herzchen auf dem Display ließ mich belustigt schnauben. Danny verwendete nie Emojis, was hieß, dass er nun versuchte, seine herrische Anweisung etwas abzumildern. Zu schade, dass ich immun gegen niedliche Herz-Emojis war. Dann schickte er ein kleines Katzengesicht mit Herzchenaugen, und damit hatte der Idiot mich.

Ich sammelte Kevin ein, der sich gerade im Pausenraum einem Snack widmete, und wir stellten uns der Hitze des Tages. Meine Laune verbesserte sich auf dem Parkplatz signifikant, als Kevin mir seine Autoschlüssel zuwarf. Offenbar ließ er sich gerne durch die Gegend kutschieren, was fantastisch war, weil ich es so was von genießen würde, seinen schicken Camaro zu fahren.

Mein BMW war der Inbegriff kultivierter Eleganz, bei dem jedes Detail einen daran erinnerte, warum man so verdammt viel Geld für einen Haufen Blech und Gummi ausgegeben hatte. Kevins Camaro dagegen … Ich ließ eine Hand sacht über die Motorhaube gleiten und seufzte glücklich. Der schwarze Lack glänzte, und die schnittigen, unverwechselbaren Linien der Karosserie waren dafür gemacht, sich in enge Kurven zu legen – und Leute zu verärgern, wenn man sich im Verkehr in kleine Lücken schob.

Die roten Ledersitze waren ganz offensichtlich ein Hilfeschrei oder Zeichen einer Midlife-Crisis, aber das ging mich nichts an.

Als ich mich auf den Fahrersitz sinken ließ, schmiegte sich der maßgefertigte Rennsitz so obszön an meinen Hintern, dass ich ihm beinahe eine geknallt hätte. Mein letztes Mal in einem Wagen mit Schaltgetriebe war schon eine Weile her, und die Umstellung von Automatik war nicht so leicht, wie ich es in Erinnerung hatte. Doch ich tat einfach, als würde ich Kevins finsteren Blick nicht bemerken, während ich die Kupplung auf dem Weg über den Parkplatz quälte. Und die Straße vor dem Polizeigebäude hinunter. Ebenso ignorierte ich sein gemurmeltes »Die Kupplung dient nicht nur zur Deko«.

Aber ich hatte schon immer schnell gelernt. Bis wir auf den Highway gelangten, hatte ich den Dreh wieder raus, und trotz des mittäglichen Verkehrs war genug Platz auf der Fahrbahn, um ein bisschen Gas zu geben. Ich zögerte keine Sekunde.

Kevin warf mir einen warnenden Seitenblick zu, als ich mich flott zwischen den anderen Autos hindurchschlängelte. »Wann bist du das letzte Mal mit Schaltung gefahren?«

»In D. C. Wobei das weniger fahren war, als horrende Parkgebühren zahlen, wenn ich das Auto abstellen wollte. Deswegen ist es immer noch ein bisschen Luxus für mich.«

»Das beantwortet jetzt meine ...« Er holte tief Luft, als ich im letzten Moment zu unserer Ausfahrt ausscherte und mich mit einem gekonnten Schlenker in die Autoschlange einreihte. »Das war ein bisschen zu knapp, meinst du nicht?«

»Ich weiß, was ich tue.«

Seine Lippen zuckten. »Die Selbstbeteiligung meiner Versicherung ist ziemlich hoch.«

»Du ruinierst meinen Camaro-Tag«, beschwerte ich mich. »Ich dachte, du lässt dich gern chauffieren.«

»Normalerweise schon. Aber Danny kann auch mit dem Schaltknüppel besser umgehen als du.«

»Das sieht Danny sicher anders«, schoss ich zurück, ohne nachzudenken, was Kevin laut auflachen ließ. Mein Kommentar fiel wohl in die Kategorie »zu viel Information«, aber Kevin schien es nichts auszumachen, und immerhin entspannte er sich genug, um sich nicht mehr am Angstgriff festzuklammern.

Je weiter wir ins Zentrum von Miami kamen, desto mehr veränderte sich das Stadtbild. Die Einfamilienhäuser waren kleiner und standen dichter beieinander, bis sie schließlich den Wohnblöcken wichen, die alle mehr oder weniger gleich aussahen: hoch, kastenförmig und entworfen, um möglichst viele Menschen unterzubringen.

Nachdem wir sechs der Restaurants auf unserer Liste abgeklappert hatten – und ich Kevin daran erinnern musste, dass wir keine Zeit hatten, ein kubanisches Sandwich mitzunehmen –, hatten wir schließlich Glück. Kevin entdeckte einen weißen Impala, der gerade vom Parkplatz eines Schnellrestaurants fuhr. Ich folgte ihm unauffällig, während Kevin das Nummernschild überprüfte.

Watts schien großen Wert darauf zu legen, keine Aufmerksamkeit zu erregen, denn er fuhr exakt der Geschwindigkeitsbeschränkung entsprechend – fünfunddreißig Meilen pro Stunde, keine mehr oder weniger. Dass wir ihm folgten, während andere Autos um uns herum einscherten und abbogen, machte ihn wohl misstrauisch. Er sah schon zum vierten Mal in ebenso vielen Minuten in den Rückspiegel.

»Volltreffer!«, rief Kevin. »Das Nummernschild passt. Lass ihn anhalten.«

Ich gehorchte schmunzelnd und schaltete Blaulicht und Sirene ein.

»Zeit, uns die Hände schmutzig zu machen.« Er vollführte eine Runde Schattenboxen. »Zeit, ihm in den Arsch zu treten.«

»Kevin.«

»Jippie ja jeh, Schweineback...«

»Nein.« Ich ignorierte die Faust, die er mir hinhielt, und lenkte das Auto konzentriert durch den Verkehr. »Vergiss es.«

*

Dass wir unseren Verdächtigen aufgespürt hatten, war auch schon alles an guten Nachrichten. Als weniger gute Neuigkeit entpuppte sich die Tatsache, dass Watts nicht gerade glücklich darüber war, uns zu sehen. Und die schlechte Nachricht – auch bekannt als Ach-du-Scheiße-Nachricht – war, dass er nicht davor zurückschreckte, mitten im dichten Stadtverkehr von Miami eine Verfolgungsjagd zu veranstalten.

Ich raste über eine schmale Straße, die deutlich sichtbar mit einem Verbotsschild gekennzeichnet war, an einem Gebäude entlang, in der Hoffnung, Watts einzuholen. Urplötzlich mündete die Straße in den Highway, und ich fädelte mich so schwungvoll in die rechte Spur ein, dass die Reifen quietschten. Immerhin schien Kevin nun keine Lust mehr zu verspüren, »Stirb langsam« nachzuspielen.

»Verdammte Scheiße.« Er zurrte seine ohnehin schon dicht anliegenden Sicherheitsgurte noch fester. »Da geht sie hin, meine Versicherung.«

Fest entschlossen, Watts nicht zu verlieren, suchte ich mir einen Weg durch den Verkehr. Für mich war es deutlich schwerer als für ihn – die öffentliche Sicherheit hatte oberste Priorität. Außerdem machten es mir die anderen Autofahrer nicht gerade leicht, doch ich konnte nur die

Zähne zusammenbeißen, während Kevin weiter die Wahl seiner Autoversicherung hinterfragte.

»Eine hohe Selbstbeteiligung hat zu dem Zeitpunkt einfach Sinn gemacht. Ich meine, normalerweise rase ich mit dem Auto auch nicht wie ein Irrer durch die Gegend.«

Offenbar wusste nicht jeder, der am Straßenverkehr teilnahm, was Blaulicht und eine Sirene bedeuteten. Ich versuchte, an einem langsamen SUV vorbeizukommen, dessen Fahrer jedoch nicht einfach zur Seite lenkte, sondern eine Vollbremsung hinlegte. Hastig wechselte ich die Spur, um ihm auszuweichen.

»Meine Frau liegt mir schon lange in den Ohren, dass ich mir ein praktischeres Auto anschaffen soll. *Ein Sportwagen ist mit Kindern einfach nutzlos.*« Kevin machte sie mit hoher Stimme nach. »*Verdammt, du hörst einfach nie zu.*«

»Kevin …«

»Ich habe noch nie einen Unfall gebaut. Da erschien es mir klüger, weniger Versicherungsbeiträge zu bezahlen, als …«

»Kevin, würdest du bitte die Klappe …« Ich stöhnte genervt auf, als der Impala auf den Standstreifen fuhr und dann rapide beschleunigte. »Fuck!«

Endlich hörte Kevin mit dem Gejammer auf und fragte nach, wo unsere Verstärkung blieb. Die Einsatzzentrale bestätigte, dass die Kollegen auf dem Weg waren.

Für mich konnten sie gar nicht schnell genug eintreffen. Ich hatte erst ein Mal an einer Verfolgungsjagd teilgenommen, bei der wir mit vier Fahrzeugen einem vermeintlich gestohlenen Porsche auf der Fährte gewesen waren. Das musste ich nicht wiederholen, insbesondere, weil der Verdächtige damals an einem Bahnübergang von einem Zug erfasst worden war. Noch heute musste ich daran denken, wenn ich einen Porsche 911 Turbo sah.

Außerdem hasste ich es, jemanden in dichtem Verkehr zu verfolgen. Es gab einfach zu viele Variablen. Zu viele Möglichkeiten, ihn zu verlieren. Ich überholte ein weiteres Auto, das vor mir scharf bremste, gerade noch rechtzeitig, um zu sehen, wie Watts in eine Seitenstraße abbog. Rasch kalkulierte ich die Strecken durch und beeilte mich dann, den Häuserblock zu umrunden.

»Shit, du verlierst ihn!«, schrie Mason vom Rücksitz, was mich erschrocken zusammenzucken ließ. »Weißt du überhaupt, wohin du fährst?«

Ich warf ihm durch den Rückspiegel einen gehetzten Blick zu. Keine Ahnung, seit wann er da war, und es war mir auch egal. »Ich improvisiere.« Ich wechselte immer wieder die Spur, traute mich aber, kurz aufs Navi zu schauen. »Wenn ich recht habe, kommen wir so direkt zur anderen Seite der Straße.«

Beinahe hätte ich meinen Abzweig verpasst, also riss ich das Steuer herum, woraufhin die Reifen laut quietschend protestierten. Kevin war leichenblass, und seine Kiefermuskeln angespannt, doch er klammerte sich nur wieder an den Angstgriff. Wir schafften die Kurve, und ich trat kräftig aufs Gas, um uns zur Mündung der Seitenstraße zu bringen. Urplötzlich schoss der weiße Impala heraus und verfehlte dabei nur knapp eine alte Frau auf dem Gehweg, die gerade noch rechtzeitig in einen Haufen Müllsäcke sprang.

Der Impala schlingerte einen Moment lang, bis Watts ihn wieder unter Kontrolle brachte. Die Fahrer um ihn herum waren dadurch gezwungen, die Spuren zu wechseln, und prompt gab es einen Auffahrunfall. Es knallte erneut, als Watts von einem anderen Wagen gestreift wurde … und dann krachte es plötzlich ohrenbetäubend, als ein weiteres Fahrzeug das Knäuel geradewegs in eine Bushaltestelle hineinschob, in der sich zum Glück niemand aufhielt.

»Oh Scheiße! Scheiße, Scheiße, *Scheiße*!« Zu mehr schien Kevin nicht mehr fähig zu sein. Er trat auf imaginäre Pedale in seinem Fußraum.

Im Rückspiegel sah ich, wie die Leute an der Unfallstelle sich aus ihren Autos befreiten. Wir mussten eine Entscheidung treffen, und die bedeutete: unseren Flüchtigen davonkommen lassen und wenden, um zurückzufahren.

»Wir müssen abbrechen«, erklärte ich, obwohl ich es nicht wollte. »Das können wir nicht mehr verantworten.«

Kevin nickte zustimmend. Er hatte die Lippen so fest zusammengepresst, dass seine Mundwinkel weiß hervortraten. »Wenn er so weiterfährt, bringt er noch jemanden um.«

»Moment mal. Wollt ihr ihn einfach so davonkommen lassen?«, fragte Mason panisch. »Er könnte der Schlüssel zu allem sein.«

Ich schaute ihn durch den Rückspiegel an, während ich das Tempo verlangsamte. »Uns bleibt nicht viel anderes übrig.«

»Ich habe doch schon zugestimmt.« Kevin wirkte verwirrt, doch dann verstand er und schüttelte sich leicht. »Mann, wie ich es hasse, wenn du das machst. Da kriege ich direkt Gänsehaut. Keine Ahnung, wie McKenna das aushält. Nichts gegen dich.«

»Schon gut«, erwiderte ich trocken.

»Ich kann helfen«, fuhr Mason dazwischen. »Lass mich helfen.«

»Wir werden ihn schon noch kriegen. Ein anderes Mal.« Ich sah, wie sein Gesichtsausdruck trotzig wurde. »Wir müssen uns an Vorschriften halten, Mason. Lass uns einfach unseren Job machen, dann …«

Auf einmal quietschte und hupte es vor uns. Ich reckte den Hals, um etwas erkennen zu können, gerade noch rechtzeitig, um zu sehen, wie ein weißer Schatten von der

Straße abkam. Das Auto durchschlug die Leitplanke, als wäre sie aus Pappmaschee, und landete mit einem lauten Platschen und der Nase voran im Wasser.

»Was zum Teufel war das?«, rief Kevin. »Hat er einfach so die Kontrolle über das Auto verloren?«

Mit zusammengebissenen Zähnen trat ich wieder aufs Gas. Auf gar keinen Fall würde ich Kevin darüber aufklären, dass dieser Unfall nicht mit rechten Dingen zuging, auch wenn Watts zuvor wie ein Henker gefahren war. Ich schickte Mason einen wütenden Blick über den Rückspiegel. Er hielt ihm einen Moment lang stand, bevor er sich abwandte, sich auf die Unterlippe biss und die Hände im Schoß rang.

Schlitternd kamen wir zum Stehen und sprangen aus dem Wagen. Bis wir das Ufer erreichten, hatte Watts sich schon durch das offene Fenster auf der Fahrerseite aus dem Auto gewunden. Mit einem uneleganten Bauchplatscher fiel er ins Wasser und ging prompt unter. Einen Augenblick später durchbrach sein Kopf die Wasseroberfläche wieder, und ich seufzte erleichtert auf, bis er anfing, panisch mit den Armen zu rudern.

Kevin verengte die Augen. »Weiß er, dass das Wasser nur eins fünfzig tief ist?«

»Sieht nicht so aus.«

»Du bist definitiv der bessere Schwimmer von uns beiden.« Er wippte auf den Fersen. »Ich werde lieber hierbleiben und die Leute im Auge behalten.«

Das brachte ihm einen finsteren Blick meinerseits ein. »Mir egal, ob du erst Schwimmflügel anlegen musst, St. James. Du steigst ins Wasser.«

Ein paar Autofahrer mit Samariteranwandlungen hatten ihre Autos verlassen und schauten nun über die Leitplanke, deuteten auf Watts und redeten durcheinander. Ein Mann hielt ein Handy in der Hand und schien es für besonders hilfreich zu halten, die ganze Sache zu filmen. Sein Audiokommentar bestand hauptsächlich aus »Alter« und »oh Scheiße«. Ein anderer Mann zog sich in Zeitlupe Schuhe und Socken aus, wohl in der Hoffnung, dass jemand anderes Anstalten machte, ins Wasser zu springen. Und ja, mir war klar, dass die Dienstmarke an meinem Gürtel mich dazu verpflichtete. *Verdammt.*

»Hilfe«, keuchte Watts, immer noch strampelnd. »Ich kann nicht schwimmen.«

Eigentlich schlug er sich gar nicht so schlecht, zumindest sah das, was er da trieb, von hier aus nach recht ordentlichem Hundepaddeln aus. Ich schaute Kevin noch ein letztes Mal böse an, bevor ich mir die Schuhe von den Füßen trat. Da er offenbar gewillt war, unseren Verdächtigen ertrinken zu lassen, kam es mir zu, einen Satz ins dreckige Wasser zu machen.

Prustend kam ich wieder an die Oberfläche. Wie konnte Wasser bloß so ekelhaft stinken? Der zuvor nur leicht brackige Geruch überwältigte nun beinahe meine Sinne und ließ mich würgen. Kevin, der immer noch am Straßenrand stand, legte die Hände um den Mund und brüllte: »Du schaffst das!«

Meinen Gesichtsausdruck interpretierte er hoffentlich richtig: *Erstick dran.*

Das Wasser war ein wenig tiefer als die von Kevin geschätzten eins fünfzig, aber ich schaffte es dennoch, den Kopf über der Oberfläche zu halten, während ich mich langsam zu Fuß vorwärts arbeitete. Vorsichtig näherte ich mich Watts und erklärte dabei, was ich machte, um ihn zu beruhigen.

»Watts, ich bin links von Ihnen. Ich werde Ihnen raushelfen. Aber Sie müssen sich jetzt hinstellen.«

»Ich kann nicht schwimmen.« Er japste nach Luft.

»Sie brauchen nicht schwimmen. Ich weiß, dass Sie Angst haben, aber versuchen Sie, den Boden mit den Füßen zu finden.«

Er hatte jedoch einen anderen Überlebensplan geschmiedet. Sobald ich in Reichweite für ihn war, klammerte er sich wie ein Äffchen an mich, und beinahe wären wir durch seine hektischen Bewegungen beide untergegangen. Außerdem war er locker fünfzig Kilo schwerer als ich, und ich spürte jedes einzelne im Rücken.

»Ich will noch nicht sterben!«, schrie er.

»Sie werden nicht sterben.« *Wahrscheinlich.* Ein paar Sekunden lang rang ich mit ihm und bemühte mich, langsam und deutlich mit ihm zu sprechen. »Jeremy, konzentrieren Sie sich. Sie müssen einfach nur ...«

Er warf sich erneut auf mich und drückte mich unter Wasser. Ich befreite mich aus seinem Griff und kam hustend wieder an die Oberfläche. »Stellen Sie sich doch einfach hin, Herrgott n...«

Abermals tauchte er mich unter, und ich kämpfte mich zurück nach oben. Watts' Augen waren weit aufgerissen und unfokussiert, und er wehrte sich heftig. Ein paar Schläge bekam ich ab, bevor ich ihn losließ, ihn umrundete, von hinten mit beiden Armen packte und fixierte.

»Jeremy Watts!«, brüllte ich ihm direkt ins Ohr. Das ließ ihn kurz innehalten und riss ihn aus seiner Panik. »Hören Sie mir zu.«

Seine Brust hob und senkte sich schnell unter meinen Armen, und der Griff war ziemlich unbequem, aber immerhin war er jetzt aufmerksamer. Meine Chance, etwas Aufmunterndes zu sagen. Etwas, das uns beide runterkommen ließ.

»Beruhigen. Sie. Sich. *Verdammt noch mal*«, brachte ich schließlich hervor und spuckte das Wasser aus, das genauso widerwärtig schmeckte, wie es roch. »Verstanden?«

Er nickte abgehackt. »Helfen Sie mir raus«, bat er heiser. »Ich will nicht ertrinken.«

»Dann stellen Sie sich aufrecht hin«, wies ich ihn entnervt an.

Das hatte ich ihm zwar schon mindestens dreimal gesagt, aber eben kam es zum ersten Mal bei ihm an. Vorsichtig streckte er die Beine aus, und plötzlich musste ich sein Gewicht nicht mehr mittragen. Das Wasser reichte ihm gerade einmal bis zu den Schultern, und ich ließ ihn los.

»Oh«, meinte er verlegen und drehte sich mit geröteten Wangen zu mir um. »Tut mir leid.«

»Nicht der Rede wert«, erwiderte ich trocken.

Das meine ich wörtlich. Reden Sie mit niemandem drüber. Aber falls doch, stellen Sie die Umstände deutlich dramatischer dar. Sie sind dem Tod nur um Haaresbreite entkommen, und ich war so heldenhaft, dass Captain America mir seinen Schild geschenkt hätte.

Jetzt, wo er stand, ging mir auf, dass ich zu ihm hochsehen musste. Der Mistkerl war ein gutes Stück größer als ich. Und breiter. Und noch etwas fiel mir sehr schnell auf. Nun, wo die Gefahr des Ertrinkens gebannt war, musterte er mich und kalkulierte bereits seine Möglichkeiten.

Ich verengte die Augen, während ich meine Handschellen aus der Tasche zog. »Hier gibt's wahrscheinlich Krater im Boden. Wenn Sie wegrennen wollen, dann müssen Sie in diese Richtung.«

Ich deutete von der Straße weg. Von Watts' Auto war nur noch das Dach zu sehen, das in der gleißenden Sonne grellweiß glänzte. »Wenn Sie wieder Schwierigkeiten bekommen, schaffe ich es dann vielleicht nicht rechtzeitig zu Ihnen.«

Er kniff die Lippen zusammen. »Ich brauche Ihre Hilfe nicht.«

»Sagt der Mann, der gerade beinahe in einem Planschbecken voll Dreckwasser ersoffen ist.«

»Sie können mich mal«, fuhr er mich an.

Ich zog spöttisch eine Augenbraue nach oben. »Oh, und hatte ich die Alligatoren erwähnt?«

Ohne ein weiteres Wort streckte er mir die Hände entgegen. Ja, das hatte ich mir gedacht. Ich gab mich zwar souverän, aber auch ich wollte so schnell wie möglich aus dem Wasser raus. Oder zumindest ein Schild malen, auf dem stand: »Er schmeckt viel besser als ich, Salz und Pfeffer auf Nachfrage«, und es Watts an den Rücken kleben.

Ich legte ihm Handschellen an, und er testete umgehend seine Bewegungsfreiheit. »Au«, gab er Mitleid heischend von sich.

Halt die Schnauze. »Zu eng?«, erkundigte ich mich überaus besorgt.

»Spielt das eine Rolle?« Er bewegte die Hände noch einmal.

»Tragen Sie Waffen bei sich? Irgendetwas, an dem ich mich verletzen könnte, wenn ich Ihre Taschen durchsuche?«

»Ja«, fauchte er.

»Drogen oder Drogenzubehör?«

Stille. »Ja.«

Na wundervoll. Waren nicht aller guten Dinge drei? Ich durchsuchte ihn gründlich und förderte zwei Messer und eine kleine Tüte Pillen zutage, die seinen Tauchausflug heil überstanden hatte. Als ich ihn danach fragte, schien er kein Interesse daran zu haben, mich darüber aufzuklären, was genau das war.

Mit einer Hand auf seinem Nacken führte ich ihn durchs Wasser zurück zum Ufer. Unweit von uns platschte es im Unterholz, und wir zogen das Tempo deutlich an. Als wir schließlich ankamen, hatte sich die Menge der Gaffer verdoppelt. Inzwischen war auch ein Rettungswagen eingetroffen, und die beiden Sanitäter halfen, Watts aus dem Wasser zu ziehen. Unter den wachsamen Blicken eines Uniformierten sprachen sie höflich, aber bestimmt auf ihn ein und führten ihn zum Rettungswagen.

Ich wischte mir Haarsträhnen aus dem Gesicht, bevor ich die Hand annahm, die Kevin mir mit einem belustigten

Funkeln in den Augen hinhielt. Er zog mich aus dem Wasser, bis ich klatschnass neben ihm stand. »Gut gemacht, Partner.«

»Klappe.«

»Der beste Teil war, als du ihn angeschrien hast, dass er sich verdammt noch mal hinstellen soll. Ich glaube, irgendwer hat das schon auf Facebook hochgeladen, wenn du dir das Video davon anschauen willst.«

Na wunderbar. Ich war so froh, es lebend rausgeschafft zu haben, dass ich nichts zwischen uns ungesagt lassen wollte. »Leck mich am Arsch, St. James.« Das kam wirklich von Herzen.

Kevin lachte und gab mir einen kräftigen Klaps auf den Rücken. »Ich sehe mal zu, dass unser Verdächtiger bei der Untersuchung nichts anstellt.«

Ich nickte und zog mir die Schuhe wieder an. Wahrscheinlich sollte ich dringend meine Tetanusimpfung auffrischen lassen. Was für ein Sahnehäubchen auf dieser beschissenen Aktion.

Auf dem Weg zum Auto tropfte ich weiter alles voll. Immerhin fand ich im Kofferraum eine Sporttasche mit Kleidung. Ein kurzes Schnüffeln sagte mir jedoch, dass sie nach altem Schweiß stank. Kevins müffelnde Sportklamotten anzuziehen *würde mich nur vom Regen in die Traufe befördern, also versuchte ich,* mein Hemd auszuziehen, um so viel Wasser wie möglich herauszudrücken.

Damit war ich immer noch beschäftigt, als ich aus dem Augenwinkel einen Schatten bemerkte. Den ignorierte ich jedoch stur und kämpfte weiter mit meinen Knöpfen. Ich wusste genau, dass Mason Watts' Unfall verursacht und dazu meine überschüssige Energie genutzt hatte. War das nun meine Schuld oder seine? Im Moment gab es jedenfalls genug Schuld für uns beide. Ich zog mir das Hemd aus, sodass ich nun in einem dünnen Unterhemd am Straßenrand stand, das schon bessere Tage gesehen hatte.

»Es tut mir leid«, sagte Mason schließlich. Das schlechte Gewissen war ihm deutlich anzusehen. »Ich wollte nur helfen.«

Ich wrang mein Hemd so stark aus, dass meine Handflächen schmerzten. »Auf diese Art von Hilfe kann ich gut verzichten.«

Kapitel 20

Ein paar Stunden später saß ich Watts gegenüber am Tisch in einem unserer Verhörräume. Meine Haare waren von der Dusche noch feucht, und ich hatte mir aus unserem Fundus BBPD-eigene Sportkleidung geholt sowie ein paar Sneaker aus Nicks Spind geliehen, die mir eine Nummer zu groß waren.

Auch Watts war neu eingekleidet und trug nun einen orangefarbenen Overall mit verblasstem BBPD-Logo auf der Brust. Außerdem hatte man ihm eine Decke gegeben, die er jedoch schnell ablegte, sobald ich zur Tür reinkam. Ich sparte mir die Mühe, ihn über den Einwegspiegel aufzuklären oder darüber, dass ich wusste, dass er sich wie ein Kleinkind an die Decke geklammert hatte, seit er sie bekommen hatte.

Meine linke Pobacke schmerzte noch ein bisschen von der Spritze, die Danny mir vorhin verpasst hatte. Ich wusste seinen Pragmatismus durchaus zu schätzen, aber er besaß die Feinfühligkeit eines Orang-Utans. Er hatte mich sogar begrapscht, während er mir die Nadel in den Hintern gerammt hatte. Natürlich tat er so, als würde er nur meine Pobacke ruhig halten, aber da war ganz sicher ein Grinsen auf seinen Lippen gewesen. Als ich beim Einstich zusammenzuckte, bestand Dannys Vorstellung von Patientenfürsorge darin, mir über den Rücken zu reiben und mich wissen zu lassen: »Wirst es überleben.« Ich gab ihm als Dankeschön für seine liebevolle Mühe einen Klaps auf den Hinterkopf.

Vorsichtig versuchte ich, mich mehr auf die rechte Seite zu setzen. Der harte Stuhl machte es auch nicht besser, aber nicht nur wegen des dumpfen Schmerzes wollte ich Watts am liebsten direkt wieder in den dreckigen Kanal befördern.

Watts starrte mich an. Ich starrte geradewegs zurück und ließ das Schweigen Druck aufbauen. Meiner Erfahrung nach erfuhr man durch Zuhören mehr als durch Reden. Die meisten Menschen fühlten sich unwohl, wenn man nicht mit ihnen sprach, was sie dazu brachte, die Stille mit Worten zu füllen.

Ein paar Minuten später war klar, dass Jeremy Watts nicht zu diesem Schlag Mensch gehörte. Als ich gerade meine eigenen Regeln und zugleich das Schweigen brechen wollte, meldete er sich in klarem, kompromisslosem Tonfall zu Wort. »Ich will einen Deal.«

Ich blinzelte. *Du bist ein erfahrener Ermittler. Du wirst dir nicht die Blöße geben, als Eröffnungsschachzug ein dümmliches »Was?« herauszublöken.*

»Zu welchen Bedingungen?«, fragte ich schließlich.

»Ich weiß, dass ihr nach mir gesucht habt und warum.« Er beugte sich nach vorne. »Ich werde Ihnen was erzählen, das Sie verwenden können, wenn Sie mit der Staatsanwaltschaft sprechen.«

»Ich kann sicher ein gutes Wort für Sie einlegen«, erwiderte ich ehrlich. »Aber dazu müssen Sie voll kooperieren. Verarschen Sie mich nicht.«

Er wirkte besorgt. »Was wollen Sie wissen?«

»Ich werde Ihnen erzählen, was ich schon weiß, und Sie füllen die Lücken für mich auf. Ich weiß, dass Sie Mason bedroht haben, dafür gibt es einen Zeugen.«

»Was für einen Zeugen?«

»Das lassen Sie mal meine Sorge sein«, wiegelte ich ab. »Wie viel hat Luke Ihnen geschuldet, und wie wurde Mason in die Sache verwickelt?«

»So wie gehabt, denke ich. Luke hat ihn angebettelt, und er hat nachgegeben. Der Kerl hat schon immer, sagen wir, über seine Verhältnisse gelebt.« Watts rieb sich mit beiden Händen über die Haare. »Vielleicht wäre das gar kein Problem gewesen, wenn Satan gehalten hätte, was sein Potenzial versprochen hatte.«

Eigentlich hatte ich gedacht, dass mich nichts mehr überraschen konnte – ich war sehr stolz auf mein Pokerface. Doch gerade fiel es mir ziemlich schwer, meine Verwirrung zu verbergen. »Inwiefern?«

»Satan's Best«, antwortete er ungeduldig. »Dieses verdammte Pferd gehört in die Wurst. Luke meinte, dass Mason seine Schulden bei mir begleichen würde. Aber als ich bei ihm war, um das Geld einzutreiben, hat Mason mich rausgeworfen. Er hatte die Nase voll davon, für Luke geradezustehen. Ich habe ihm gesagt, dass das nicht so funktioniert.«

»Wie funktioniert es denn?«, erkundigte ich mich angespannt.

»Lukes Schulden waren Masons Schulden. Als ich ihm das … klargemacht habe, versuchte er, mir einen Teil des Gelds zu geben. Er meinte, dass er nicht mehr auftreiben kann. Also habe ich ihm erklärt, dass ich keine Tauschbörse betreibe und man mit mir auch nicht handeln kann. Ich habe ihm eine Woche Zeit gegeben, den Rest zu besorgen, oder …«

Ich kniff die Lippen zusammen. »Oder was?«

Ganz kurz sah er mir in die Augen, wandte dann jedoch den Blick rasch wieder ab. »Ich hätte ihm nichts getan. Aber wenn man diesen Idioten nicht zeigt, dass man es erst meint, nehmen sie einen nicht für voll.«

»Aber das hat er?« Ich achtete darauf, gelassen zu klingen. »Hat er Sie ernst genommen?«

»Luke hat mir mein Geld gebracht. Pünktlich.« Watts zuckte die Schultern. »Er weiß, was gut für ihn ist. Jeder weiß, dass man den Hammer nicht übers Ohr haut.«

Dabei eine neutrale Miene beizubehalten, war ganz schön schwierig. Mason hatte getan, was er immer getan hatte, und war für seinen Bruder in die Bresche gesprungen.

Watts runzelte die Stirn. »Ich weiß, was Sie jetzt denken.«

»Telepathie ist schon was Tolles. Was denke ich denn?«

»Sie glauben, dass ich den Kerl um die Ecke gebracht habe, aber das stimmt nicht. Als ich Masons Haus verlassen habe, war er noch am Leben.«

»Kann das irgendjemand bezeugen?«

»Nein.«

»Dann haben Sie ein Problem.«

Er ballte die Hände zu Fäusten. »Das soll doch wohl ein Witz sein.«

»Luke hat Ihnen eine Menge Geld geschuldet und konnte nicht bezahlen. Mason hat Ihnen gegeben, was er konnte, aber es reichte nicht. Was sind denn ein paar Tausend Dollar für einen Gauner wie Sie schon?«

»Nein.«

»Also haben Sie beschlossen, ein Exempel an ihm zu statuieren, um Luke zu zeigen, dass Sie es ernst meinen.«

»*Nein!*«

»Sie können Nein sagen, so viel Sie wollen. Solange Sie mir keine andere Version liefern, bleibe ich bei dem, was ich habe.« Ich schob meinen Stuhl nach hinten. »Warten Sie hier. Ich veranlasse, dass Sie in eine Zelle …«

»Sie werden jetzt nicht einfach abhauen!«, brüllte er und schlug so hart auf den Tisch ein, dass sich das billige Metall verformte, bevor es wieder zurückploppte. Ich schaffte es gerade so, ein Zusammenzucken zu unterdrücken. »Ich bin noch nicht fertig!«

Ruhe bewahren, Ruhe bewahren. Meine Finger ruhten auf dem Griff meiner Waffe, und ich schaute ihn lange genug einfach nur an, dass es ihm die Schamesröte in die Wangen trieb. »Beruhigen Sie sich, oder ich sehe mich genötigt,

Zwangsmittel einzusetzen«, sagte ich, ohne die Stimme zu erheben.

Watts ließ einen langen Atemzug entweichen. »Tut mir leid. Ich bin einfach so frustriert. Aber ich sage die Wahrheit. Luke hat seine Schulden bezahlt, okay?«

»Woher hatte er das Geld?«

»Das geht mich nichts an.«

»Ihr Deal hängt von Ihrer Kooperationsbereitschaft ab«, erinnerte ich ihn.

»Und ich kooperiere doch«, verteidigte Watts sich. »Ich weiß nicht, woher Luke das Geld hatte, ich bin schließlich kein Detective. Aber vielleicht wurde er ja ein bisschen wütend, als sein Goldesel nichts mehr hergeben wollte.«

»Dann hatten Sie also nichts mit Masons Tod zu tun?«

»Kann ich vielleicht mal mit jemandem reden, der meine Sprache beherrscht?« Er schaute mich finster an. »Ich habe ihn nicht umgebracht. Und ich bin's echt leid, das ständig zu wiederholen.«

Ehrlich gesagt war ich es auch leid, es zu hören. Ich stand auf. »Warten Sie hier.«

»Hey, ich habe meinen Teil erfüllt«, fügte er noch hastig hinzu. »Jetzt sind Sie dran. Reden Sie mit der Staatsanwaltschaft, und sorgen Sie dafür, dass ein paar der Anschuldigungen fallen gelassen werden?«

Staatsanwältin Andrea Fairbanks war eine Frau mit großem Gerechtigkeitssinn, die Deals gerne zustimmte. In diesem Fall war ich mir allerdings nicht sicher, inwieweit sie einem Berufskriminellen entgegenkommen würde, der sich eben erst ein paar neue Anklagepunkte eingehandelt hatte – angeführt von mutwilliger Gefährdung des Straßenverkehrs, Widerstand gegen die Festnahme und Drogenbesitz.

Mehr als ein vages »Wir werden sehen« konnte ich ihm nicht versprechen.

Wie nicht anders zu erwarten, war Watts nicht gerade begeistert von meiner Antwort, aber das war sein Problem. Mehr konnte ich nicht tun.

*

Unterm Strich hätte der Tag schlimmer laufen können.

Lieutenant Tate schien das jedoch anders zu sehen.

Danny und ich saßen vor ihrem Schreibtisch wie gescholtene Schuljungs, während sie uns verhörte. Wie immer hatte Danny eine unbewegliche Miene aufgesetzt, die muskulösen Arme vor der Brust verschränkt und einen Fuß auf das andere Knie gelegt. Er wirkte, als könnte er so bis ins nächste Jahrhundert ausharren. Ich dagegen war zappeliger als ein Fünfjähriger.

Nachdem ich ihr ein drittes Mal den Ablauf der *Nicht so fantastischen Abenteuer von Rain und Kevin* geschildert hatte, legte sie die Fingerspitzen aneinander. »Nur, damit ich das recht verstehe: Sie haben einen Verdächtigen ohne Rücksicht auf die öffentliche Sicherheit oder einen tatsächlichen Plan für seine Ergreifung durch die dicht befahrenen Straßen von Miami gejagt. Eine alte Frau hat sich den Knöchel gebrochen, als sie aus dem Weg springen musste ...«

»In einen Haufen Müllsäcke«, warf ich rasch ein. »Und damit war der Weg ja auch frei.«

»Und dann wurde eine Bushaltestelle zerstört?« Sie musterte mich eisig. »Oder habe ich diesen Teil von Kevins Bericht missverstanden?«

»Kevin hat seinen Bericht schon fertig?«

Tate nickte, den raubtierhaften Blick fest auf mein Gesicht gerichtet. »Und wie er das hat. Ich frage mich ja, ob Ihre Darstellung der heutigen Ereignisse mit seiner übereinstimmen wird.«

Verdammt, ich hätte wirklich gerne einen Blick darauf geworfen. Nicht, dass wir etwas Falsches getan hatten, aber es schadete nie, sich abzustimmen. Dann erinnerte ich mich daran, dass es nur eine Version der Wahrheit gab, und reckte das Kinn. »Das wird sie sicher.«

»Und die Bushaltestelle?«

»Der Ausdruck ›zerstört‹ kommt mir ein bisschen übertrieben vor.« Ich zog die Schultern ein wenig nach oben bei der Erinnerung an das zersplitternde Glas, als die Autos in die Konstruktion gedonnert waren. »Na ja, vielleicht stimmt er schon irgendwie. Aber ich habe mich über den Zustand der Unfallbeteiligten informiert, und es geht nachweislich allen gut.«

Dannys Augen weiteten sich. »Du hast eine Bushaltestelle zerstört?«

Okay, ich hatte ihm vielleicht nicht *alles* erzählt, während wir den Flur entlang zu Tates Büro geeilt waren.

»Nicht ich, sondern die anderen drei Autos«, stellte ich richtig. Beide schauten mich stumm an. »Das wird alles in meinem Bericht stehen.«

Tate fuhr fort, als hätte ich nichts gesagt. »Dazu kommt ein Auto, das immer noch im Woxahatchee-Kanal feststeckt, das Beinaheertrinken eines Verdächtigen *und* eines Polizisten, und jetzt wollen Sie mir im Ernst sagen, dass … das alles umsonst war?«

»Nicht umsonst«, gab ich indigniert zurück. »Wir haben einige wirklich wichtige Verbindungen innerhalb des Falls aufgedeckt. Und außer einer Injektion in mein Gesäß gibt es keine bleibenden Schäden. Es ist übrigens die linke.«

»Die linke was?«

Ich brauchte einen Augenblick, um zu erkennen, dass ich meinen Hintern zum Gesprächsthema mit meiner ohnehin schon ungehaltenen Vorgesetzten gemacht hatte. Aber wo ich nun einmal damit angefangen hatte ... »Pobacke«, meinte ich knapp.

Danny gab einen Laut von sich, der verdächtig nach einem Lachen klang, räusperte sich dann aber. »Detective Christiansen will damit betonen, dass zwar sehr viele unerwartete Dinge zusammenkamen, er und Detective St. James die Situation aber jederzeit unter Kontrolle hatten.«

Ich deutete mit dem Daumen und einem erleichterten Seufzen in seine Richtung. »Genau das.«

Tate atmete einmal tief durch. Dann murmelte sie irgendetwas Unverständliches, was kein gutes Zeichen war.

»Vielleicht sollten wir besser gehen«, meinte ich. »Ich muss noch meinen Bericht schreiben, solange mir alles frisch im Gedächtnis ist.«

Sie reagierte nicht, was ich als »Großartige Idee. Sie sind ein echtes Arbeitstier!« deutete. Wir standen auf und machten, dass wir davonkamen, wobei ich darauf achtete, dass die Tür leise hinter uns ins Schloss fiel und nicht versehentlich zuschlug.

Keine Ahnung, ob Tate ihr Büro absichtlich auf Höllentemperatur aufheizte, aber die kühle Luft im Gang war eine echte Wohltat. Ich atmete lang gezogen aus. »Ich gehe davon aus, dass wir direkt ins Zeugenschutzprogramm kommen?«

Danny wirkte nicht sehr beunruhigt. »Hätte schlechter laufen können.«

»Mord mit anschließendem Selbstmord?«

Er schnaubte. »Sie wird sich wieder beruhigen. Ihr habt vielleicht ein bisschen mehr Aufsehen erregt als üblich, aber sie weiß auch, dass ihr nur euren Job gemacht habt. Und es war ja auch nicht umsonst – Watts könnte sehr wohl der Täter sein.«

»Luke ist auch weiterhin eine Möglichkeit. Vielleicht hatte er Streit mit Mason, weil der seine Schulden nicht bezahlen wollte, und die Sache ist außer Kontrolle geraten.«

»Stimmt.« Das schien er jedoch ebenfalls gelassen zu sehen. »Hast du Saunders angerufen und ihm gesagt, dass bei uns ein Verdächtiger mit dem Spitznamen *Der Hammer* sitzt?«

»Ja. Er hat wohl einen Hammer als Tatwaffe schon ausgeschlossen, weil keiner zu dem Schlagmuster auf dem Schädel passt. Außerdem meinte er, dass die Waffe eher zylindrische Form haben dürfte.«

Saunders hatte Fäustel, Vorschlag- und Tischlerhammer – sowohl gerade als auch gebogen – ausprobiert, doch nichts passte. Zudem hatte er mich darüber in Kenntnis gesetzt, dass er seine Profession beherrsche und sie bereits seit über dreißig Jahren ohne meine Hilfe ausübe. Dann hatte er mich darauf hingewiesen, dass *er mich* anrufen würde, wenn ihm weitere Ergebnisse vorlagen, und danach aufgelegt.

Griesgrämiges Ekel.

»Weißt du, was ich nicht so recht verstehe?«

Ich schaute ihn fragend an. »Was denn?«

»Dass Watts die Kontrolle über seinen Wagen verloren hat. Ein Augenzeuge hat berichtet, wie seltsam das ausgesehen hat. Im einen Moment gelang Watts die Flucht, im nächsten schien es, als würde er *absichtlich* in Richtung Kanal lenken.«

»War schon irgendwie komisch.«

»Kevin hat erzählt, dass du im Auto mit Mason gesprochen hast, bevor es passiert ist.«

»Was, ich? Oh, ja, stimmt.« Ich nickte ruckartig. »Das ging alles so schnell, ist ziemlich verschwommen.«

Danny fixierte mich mit einem dieser langen, stechenden Blicke, unter denen ich mich immer unwohl fühlte. Ich erwiderte ihn und versuchte, auf gar keinen Fall zu blinzeln, auch wenn ich das dringende Bedürfnis danach verspürte. Wenn er mich direkt fragte, würde ich ihn nicht anlügen. *Das wäre ein guter Zeitpunkt für einen tollen Jedi-Telepathie-Trick.*

Ich nahm eine Bewegung am Rand meines Sichtfelds wahr und fuhr herum. Tate stand gerade vom Schreibtisch auf und entdeckte uns durch das kleine Fenster in ihrer Tür. Sie schien überrascht, uns noch immer dort stehen zu sehen, war aber sichtlich nicht erfreut darüber. Mit zusammengezogenen Brauen griff sie nach etwas in ihrer Schreibtischschublade.

»Hat sie eben ihre Dienstwaffe rausgeholt?«, fragte ich, ohne die Lippen zu bewegen.

»Ich glaube schon«, raunte Danny mir zu.

Tate schob die Waffe in ihr Hüftholster und schnappte sich ihren Schlüsselbund.

»Vielleicht muss sie zu einem Einsatz.«

»Oder sie schafft ihr kleines PTU-Problem persönlich aus der Welt«, flüsterte ich. »Lass uns verschwinden.«

Als Danny nicht antwortete, drehte ich mich zu ihm um, doch er lief schon mit schnellen Schritten den Gang hinunter. Dass ich ihm nicht folgte, schien ihn nicht weiter zu kümmern. Offenbar wollte er mich früher als geplant opfern, obwohl ich noch gar nicht von Zombies gebissen worden war.

Tate öffnete ihre Bürotür, und ich machte, dass ich wegkam. Meine geliehenen Sneaker quietschten überlaut auf dem billigen Linoleum.

Kapitel 21

Unsere Verdächtigen hatten allesamt beschlossen, ab sofort nicht mehr zu kooperieren, sondern dem BBPD den Stinkefinger zu zeigen. Luke wich unseren Anrufen geschickt aus, und die beiden Male, die ich ihn in der Bäckerei abpassen wollte, war nur Melanie dort. Sie informierte mich unterkühlt darüber, dass ihr Verlobter sich auf einer Backmesse in Tampa befand. Beinahe – aber auch wirklich nur beinahe – überraschte es mich, dass eine Google-Suche keine passende Veranstaltung ausspuckte.

Carter James engagierte eine sicher nicht billige Anwältin, die exzessiv mit dem Wort »verklagen« um sich warf. Als ich sie fragte, ob sie auch noch andere Wörter kannte, ließ sie sich meine Dienstnummer geben, die ich resigniert herunterratterte. *Stellen Sie sich hinten an, Lady.*

Wenigstens war Jeremy Watts vorerst in Gewahrsam, doch ihm passte der angebotene Deal der Staatsanwaltschaft nicht. Nicht, weil der unfair war, sondern weil Watts wohl darauf gehofft hatte, dass man ihn laufen ließ. Das bedeutete auch, dass er nicht mit der PTU sprechen wollte. »Vor allem nicht mit dem«, hatte er mit einem Fingerzeig in meine Richtung erklärt.

Unser Fall brauchte dringend frischen Wind.

Ein Klopfen an meiner Tür, dann streckte JT, einer unserer Techniker, den Kopf durch den Spalt. Ich musterte sein rundes, sommersprossiges Gesicht. »Dein zweiter Vorname ist nicht zufällig Tornado?«

Unbeeindruckt von meinem seltsamen Kommentar lächelte er mich an. »Tut mir leid. Das T steht für Theodore.«

Als er nicht mehr sagte, musste ich mir ein unangebrachtes *Was willst du denn, Chipmunk?* verkneifen. Ich deutete mit dem Kopf auf die Papiere in seiner Hand. »Hast du was für mich?«

»Ich habe einen Treffer zu dem Phantombild.« JT reichte mir einige Ausdrucke, und ich erkannte das Gesicht, das mich seit einer gefühlten Ewigkeit verfolgte. »Hab mir gedacht, dass du das gleich haben willst.«

Es war ein Schnappschuss – der Mann kniete vor einem Hund, der ihm begeistert das Gesicht ableckte, auf einer Wiese. Abgesehen von ein paar Kleinigkeiten war Elis Skizze unglaublich genau gewesen. Das gleiche ovale Gesicht, die gleichen braunen Locken, die ihm in die Stirn fielen. Die gleichen braunen Augen, in deren Ausdruck ein wenig Traurigkeit lag. Die gleichen vollen Lippen und das gleiche breite Lächeln.

»Wie heißt er?«, fragte ich leise.

»Samuel Abbot. Er wird seit über fünfzehn Jahren vermisst.«

Das war interessant. Noch eine vermisste Person, die irgendwie mit den anderen in diesem Fall in Verbindung zu stehen schien. Natürlich gab es Zufälle. Aber mehrere Zufälle ergaben für gewöhnlich einen Zusammenhang.

JT schien es nicht besonders eilig zu haben, was vielen Menschen so ging, die mein Büro betraten. Neugierig betrachtete er meine Mörderwand. »Wieso ist da ein Bild von der Ironcrest Bridge?«

»Kennst du die?«

»Natürlich. Die Leute erzählen sich, dass es da spukt. Wenn man an so was glaubt.«

»Glaubst du daran?«, fragte ich ganz direkt.

»Nee, aber meine Schwester.« Er schüttelte den Kopf. »Sie liebt alles, was alt und geheimnisvoll ist, selbst wenn es albern ist. Einmal hat sie mich zu so einem Krimidinner in einem ausrangierten Zug geschleppt, das war lustig.«

Hilf mir. Ich riss die Augen auf, als die vertraute Stimme in meinem Kopf ertönte. Samuels Stimme, wie ich jetzt wusste. *Lass mich nicht hier sterben, sterben, sterben.* Das Bild eines gut aussehenden, jungen Mannes wirbelte an den Schienen entlang immer weiter weg von mir. Seine seelenvollen, braunen Augen flehten mich an, ihn zu retten, doch es war bereits zu spät. *Hilf mir. Lass mich nicht hier ...*

»Detective?«

Ich blinzelte ein paarmal, bis ich JT wieder scharf sah, der mich besorgt anschaute. »Ja?«

»Alles in Ordnung?«

»Natürlich.«

Offenbar wollte er noch etwas sagen, doch sein Handy vibrierte. Er zog es aus der Hosentasche und fluchte nach einem Blick aufs Display. »Shit. Ich muss meine Freundin vom Flughafen abholen und bin spät dran. Ich muss los.«

»Natürlich.«

»Sag Bescheid, wenn du noch was brauchst!«, rief er mir über die Schulter zu.

»Mach ich, danke«, murmelte ich zum verwaisten Türrahmen.

Ich ging die Infos durch, die JT für mich zusammengestellt hatte. Dann holte ich meinen Computer aus dem Ruhemodus und recherchierte noch ein wenig mehr. Samuel Abbot, mit dreiundzwanzig verschwunden, als er mit ein paar Freunden einen Geburtstag in einer Bar gefeiert hatte. Er ging zur Toilette und kehrte nie zurück. Seine Freunde waren sturzbetrunken davon ausgegangen, dass er sich von jemandem hatte abschleppen lassen. Erst am nächsten Tag war klar geworden, dass etwas nicht stimmte.

Monate später hatte ein anderer Gast der Bar ausgesagt, dass er zum Pinkeln in die Gasse hinter der Bar gegangen war und dort vielleicht jemanden gesehen hatte, auf den Samuels Beschreibung passte. Möglicherweise. Der Vielleicht-Samuel hatte sich ins Beifahrerfenster eines blauen Buick gelehnt. Bevor der Gast wieder in die Bar gegangen war, glaubte er sich zu erinnern, dass Samuel die Autotür geöffnet hatte.

Das war zwar nicht viel, aber immerhin eine Spur.

Im Lauf meiner Berufsjahre hatte ich gelernt, auf meine Ermittlerinstinkte zu hören, und etwas an diesem Fall fühlte sich zunehmend nach ... einer Serie von Taten an. Ich startete einen Suchlauf nach weiteren vermissten jungen Männern in der Gegend. Parameter wie Haar- und Augenfarbe ließ ich vorerst weg, nahm aber allgemeinere Merkmale wie Abbots Altersgruppe hinzu. Seinen Körperbau. Seine Größe.

Eine ellenlange Liste an Ergebnissen. Ich brummte unzufrieden. Zu viele. Doch mehr Parameter hatte ich nicht, um das Feld einzugrenzen. Dass die Suchfunktionen praktisch aus der Steinzeit stammten, half dabei auch nicht wirklich. Nachdem ich eine Weile gegrübelt hatte, rief ich den Log-in für die modernere FBI-Datenbank auf – eine Datenbank, die ich nicht länger nutzen durfte. Meine Zugangsdaten funktionierten sicher nicht mehr, aber vielleicht ...

»Bingo«, murmelte ich, als ich mich mit dem Passwort einer ehemaligen Kollegin einloggte.

Ich musste mich beeilen, weil sie mich innerhalb von Sekunden erwischen würde, aber vielleicht hatte sie heute einen großzügigen Tag. Wir waren zwar keine Kollegen mehr, aber immerhin noch Freunde, oder?

Mir kam es nur wie ein paar Minuten vor, aber wahrscheinlich waren es sogar zehn oder so, bis meine Verbindung gekappt wurde. Ich fluchte laut, als die Log-in-Seite wieder erschien. Dann klingelte mein Handy, und ich nahm den Anruf schicksalsergeben entgegen.

Sie ließ mich gar nicht erst zu Wort kommen. »Hier ist Chevy alias Chevrolet Sullivan, Guru aller Internetangelegenheiten. Wie kann ich Ihnen bei Ihren kriminellen Aktivitäten weiterhelfen?«

»Ich war nur fünf Minuten drin.«

»Weil ich dich gelassen habe. Und es waren zehn. Hör auf, mich zu hacken.«

»Das mache ich, sobald du aufhörst, Songs von Taylor Swift als Passwort zu benutzen. Ich brauche deine Hilfe.«

»Daran besteht kein Zweifel.«

Gott, wie ich die kleine Giftzwergin vermisste, und nicht nur wegen ihrer fabelhaft schnellen Suchfähigkeiten. Ich erklärte ihr die Situation so komprimiert wie möglich – Chevys Talente waren legendär, ihre Geduld jedoch nicht.

»Könntest du das für mich durch die Datenbank jagen? Und mir vielleicht eine Liste der vermissten Männer schicken, auf die diese spezifischen Parameter zutreffen?«

»Könnte ich«, gab sie ausweichend zurück.

»Chev …«

»Ich arbeite nicht mehr für dich.«

»Komm schon, Chev«, versuchte ich, mich bei ihr einzuschmeicheln. »Nur noch ein Mal.«

»Graycie wird nicht begeistert sein, dass ich FBI-Ressourcen nutze, um dir zu helfen. Vor allem wegen deiner Kündigung.«

Das war jetzt aber schon eine schräge Betrachtungsweise meiner damaligen Situation. »Sieht er das so?« Ich schnaubte. »Ich erinnere mich da an was ganz anderes. Mir wurde nahegelegt, zu kündigen, sonst hätte man mich gefeuert.«

»Er erzählt die Geschichte anders.«

»Dann erzählt er sie falsch.«

Chevy seufzte, und ich sah den Sieg am Horizont aufleuchten, also blieb ich am Ball. »Außerdem tust du nicht mir damit einen Gefallen. Ich möchte diese Jungs gerne nach Hause bringen. Sie werden schon viel zu lange vermisst und nicht mehr beachtet.«

»Nicht das Argument mit dem hehren Ziel«, meinte sie mit einem Stöhnen. »Ach, Scheiße.«

Ich wusste, wann ich gewonnen hatte, also wartete ich einfach geduldig.

»Das kannst du jetzt mindestens ein Jahr lang nicht mehr benutzen«, lenkte sie schließlich grummelig ein.

Verdammt. Dann musste ich mir wohl etwas anderes einfallen lassen. Vielleicht sollte ich meine Bitte einfach an ein Tierschutz-Werbevideo anheften. Traurige Welpenaugen funktionierten immer. »Geht klar«, stimmte ich zu. »Schaffst du das bis morgen früh?«

»Noch mal: Ich arbeite nicht für dich.«

Ich öffnete den Mund, um etwas Schlagfertiges zu erwidern, aber sie hatte schon aufgelegt. Also gab es nichts weiter zu tun, als anderen Spuren nachzugehen. Mein Blick fiel auf das Bild der Ironcrest Bridge. Eine kurze Internetsuche ergab, dass sich die Brücke etwa eine Autostunde entfernt befand, also griff ich nach meinen Schlüsseln. Am besten fand ich direkt heraus, ob Samuel der Grund für die Geistergeschichten war, die zu der Brücke kursierten.

Ich machte einen Abstecher zu Dannys Büro, doch das war leer. Unverdrossen lenkte ich meine Schritte in Richtung Aufzüge und rief ihn auf dem Weg an. Dreimal musste ich abbrechen, als das erste Wort seiner Mailbox ertönte; bis er schließlich beim vierten Mal abnahm, war ich schon am Auto.

»Machst du gerade was Gefährliches?«, fragte er anstelle einer Begrüßung.

»Irgendwann sagst du einfach mal Hallo zu mir.«

Er lachte leise. »Hallo. Guten Tag. Buenos dias. Und jetzt beantworte die Frage.«

»Nein, ich mache nichts Gefährliches«, gab ich mit einem Schnauben zurück und stieg ein. »Aber komm bitte zur Ironcrest Bridge.«

Der heiße Ledersitz und das aufgeheizte Holzdekor im Innenraum grillten mich gut durch. Selbst meine Kopfhaut kribbelte in der stickigen Hitze, und ich erwartete beinahe, dass meine Haarwurzeln wie Popcorn explodierten. Rasch startete ich den Motor und drehte die Klimaanlage auf Maximum, wobei ich ein paarmal auf den Knopf drückte, obwohl die Lüftung direkt ansprang.

»Schick mir die Adresse.« Danny hatte sicher Fragen, aber ich hörte, wie er sich bewegte und das Klimpern seiner Schlüssel. »Hast du eine Spur?«

»Ich bin mir nicht sicher. Aber ich weiß, dass Samuel dort gestorben ist, und ich glaube, dass er will, dass ich dorthin gehe.«

»Ich weiß, dass ich das bereuen werde, aber wer zum Teufel ist Samuel? Und warum findest du immer mehr tote Leute?«

»Das ist mein Job, Irish. Und jetzt fahr los.«

Danny zögerte, bevor er auflegte, und ich wusste natürlich, warum. Er wollte mir einschärfen, dass ich vorsichtig sein sollte, aber auch keinen Streit provozieren. Und tatsächlich murmelte er etwas, das nach »Scheiß drauf« klang. Dann lauter: »Rain …«

»Ich werde nichts tun, bevor du nicht da bist.«

»Danke«, erwiderte er leise.

Wie sehr ich diesen Mann liebte. Niemand machte sich so viel Sorgen um mich wie er. Niemand. Und ich vermutete auch, dass mich niemand so sehr liebte wie er, selbst wenn meine Mutter dazu wohl eine andere Meinung hätte. Eine, die sie lautstark äußern würde.

Dafür konnte ich ihm auch vergeben, dass er der überbeschützendste Beschützer war, der jemals jemanden beschützt hatte. »Ich liebe dich.«

Er brummte. »Werd nicht kitschig, Christiansen.«

Auch ohne visuelle Bestätigung wusste ich, dass sich seine Wangen rosig färbten. Gott, es war so süß, wenn ein großer, ruppiger Kerl rot wurde. Ich wünschte nur, ich könnte es sehen. Dann würde er mir wahrscheinlich einen strengen Blick zuwerfen, der mir alles Mögliche androhte, wenn ich das kommentierte.

Herausforderung angenommen.

»Ah, ich verstehe schon«, neckte ich ihn. »Du liebst mich *wirklich*.«

»Halt die Klappe, Moonbeam.«

»Das ist nicht mein zweiter Vorname, und es ist mir egal, was meine Mutter dazu sagt.«

Beim Auflegen hörte ich noch sein Lachen.

Kapitel 22

Lange vor Danny fuhr ich den schmalen Schotterweg hinunter, der zur Brücke führte, bis ich auf ein Hindernis traf. Jemand hatte das Gatter des Zauns geschlossen, der zu beiden Seiten der Straße verlief, und es zusätzlich mit Brettern vernagelt. Auf dem Holz war ein ausgeblichenes und mit Graffiti übersprühtes »Zutritt verboten«-Schild zu erkennen. Da ich die Brücke bereits sehen konnte, stellte ich das Auto neben dem Weg ab und stieg aus.

Einen Moment lang stand ich nur da und betrachtete die Brücke nervös. Wer auch immer sie einst erbaut hatte, kümmerte sich heute nicht mehr um sie. Die Vegetation wucherte ungehindert auf, über und neben dem Bauwerk, als würde die Natur versuchen, dieses Stück Land zurückzuerobern. Viel mehr als den Umriss der Brücke und den Fluss, der unter ihr verlief, konnte ich nicht ausmachen. Das Wasser war dunkel und schlammig.

Ob es hier spukte, ließ sich noch nicht wirklich feststellen, aber da lag etwas wie ein … Summen in der Luft. Es fühlte sich beinahe wie Energie an, nach der ich nur die Hand ausstrecken müsste. Etwas in mir fühlte sich davon angezogen, während es mich jedoch gleichzeitig auch abstieß. Das ignorierte ich bewusst, doch die seltsame Energie knisterte immer lauter und zerrte an meinen Nerven.

Nicht, dass ich vorgehabt hätte, mein Versprechen Danny gegenüber zu brechen, aber die merkwürdige Atmosphäre machte es mir leichter, auf ihn zu warten. Ich nutzte die

Zeit sinnvoll, um ein bisschen zu der Brücke zu recherchieren. Wenn ich Glück hatte, fand ich vielleicht sogar was über ihre Gruselhistorie.

Die Ironcrest Bridge war 1920 errichtet worden, um die Holztransporte zur Hauptstraße zu vereinfachen. Damals war das ein großes Bauvorhaben gewesen, das einiges Aufsehen erregte. Doch die Zeit verging und bessere, größere und effizientere Straßen ließen die Brücke nach und nach in Vergessenheit geraten. Sie wurde geschlossen, und irgendwann kletterten hier nur noch gelangweilte Teenager und Leute auf der Suche nach Nervenkitzel herum. Inzwischen war es wortwörtlich eine Brücke ins Nirgendwo.

Ich kann das besser. Ich kann sein, wer immer ich für dich sein soll.

Erschrocken schaute ich von meinem Smartphone auf. Die Stimme rief nach mir, verzweifelt und angsterfüllt. Die Worte hallten in meinem Kopf wider, beinahe, als wären es meine eigenen Gedanken. Als wären sie in mir. Irgendwo hinter mir ertönte ein betrunkenes Lachen, doch als ich herumfuhr, war da niemand.

Ich schaute wieder zur Brücke und kniff die Augen gegen das helle Sonnenlicht zusammen. Erneut ein Lachen, diesmal zu meiner Linken, aber ich drehte mich nicht um – es war direkt an meinem Ohr. Meine Haut kribbelte.

Und dann sah ich ihn aus dem Unterholz auftauchen. Er trug Kleidung, die ihm nicht richtig zu passen schien, als würde sie jemand anderem gehören. »Samuel«, flüsterte ich.

Sein stechender Blick landete auf mir, als ob ich seinen Namen gerufen hätte. *Ich kann das besser.* Die Stimme in meinem Kopf war langsam und undeutlich. Auch wenn seine Lippen sich nicht bewegten, wusste ich, dass er es war. *Ich kann sein, wer immer ich für dich sein soll.*

»Rain?«

Die Vision verschwand. Als ich mich umdrehte, erblickte ich Danny, der mit besorgtem Gesichtsausdruck auf dem Weg stand. Sein Auto hatte er direkt hinter meinem geparkt. Ich hatte ihn bis jetzt nicht bemerkt, was angesichts seines lauten Motors bemerkenswert war.

Ich blinzelte. »Hey.«

»Selber hey. Alles in Ordnung?«

»Ja, natürlich.« Mir ging auf, dass ich mein Handy immer noch umklammert hielt, und ich lockerte meinen Griff, damit ich es nicht am Ende noch Hulk-mäßig zerbrach. Rasch steckte ich es wieder ein und rieb meine feuchten Handflächen über meine Hosenbeine. »Wie lange bist du schon da?«

»Nur ein paar Minuten.« Sein Tonfall wurde ein wenig schärfer. »Hast du was gesehen?«

Als ich wieder zur Brücke schaute, war Samuel immer noch weg. »Das dachte ich jedenfalls.« Ich rieb mir mit den Fingerknöcheln über die Augen, bis bunte Lichtpunkte über die Innenseite meiner Lider tanzten und mich zwangen, damit aufzuhören. »Wir sollten uns mal umsehen.«

Danny hinterfragte das nicht. Vorsichtig gingen wir den überwucherten Weg entlang und suchten nach Hinweisen. Dabei stolperten wir über genug Müll, dass jeder Umweltschützer einen Herzinfarkt bekommen hätte. Mit einem spitzen Finger rupfte ich an ein paar feuchten, zerrissenen Pappkartons, bis plötzlich ein paar schwarze Einmalhandschuhe in meinem Sichtfeld auftauchten.

Typisch Danny. Besser auf jede Situation vorbereitet als ein Schweizer Taschenmesser. Ich pustete mir eine Strähne aus den Augen. »Danke, Pfadfinder.«

Danny zog sich schmunzelnd ebenfalls Handschuhe an. »In der Zombieapokalypse wirst du mich sicher brauchen.«

»Ja. Stimmt. Ich werde direkt zu dir kommen.«

»Denk dran, dass ich die Fensterläden nur eine Stunde lang auflassen werde. Dann muss ich sie schließen und das Haus verbarrikadieren.«

»Eine Stunde? Mehr nicht?« Ich schlüpfte in die Handschuhe. »Verdiene ich nicht wenigstens zwei? Ich bin die Liebe deines Lebens.«

»Dafür steht der Beweis noch aus«, meinte er. »Außerdem ist es zu riskant.«

»Deine Schuldgefühle werden dich auffressen, lange bevor sich ein Zombie dein Gehirn einverleibt.«

Danny lachte, und wir durchsuchten die Kartons weiter. »Das hättest du wohl gerne. Ich bleibe zufrieden und sicher in meiner Festung in dem Wissen, dass du willst, dass ich glücklich werde.«

»Was, wenn die Stunde um ist und ich an deine Tür hämmere?«

»Das Risiko kann ich nicht eingehen. Du bist link genug, um eine Bisswunde zu verstecken. Ich meine, was, wenn du dich verwandelst?« Er schüttelte den Kopf und warf eine Box beiseite. »Es würde mich umbringen, wenn ich dir mit einer Schaufel den Schädel einschlagen müsste. Ich würde es natürlich tun, weil es das Richtige ist, aber wie soll ich anschließend damit leben?«

»Ich würde sowieso nicht mit in deinen dummen Bunker gehen wollen«, informierte ich ihn mit gerümpfter Nase.

Über Dannys Lachen hinweg hörte ich ein Wispern, so leise, dass ich die Worte nicht verstand. Ich drehte den Kopf und sog scharf Luft ein. Direkt vor mir stand Samuel, so nah wie noch nie zuvor. Der Blick seiner seelenvollen, braunen Augen bohrte sich in meine.

»Hi«, brachte ich atemlos hervor. »Ich habe nach dir gesucht.«

»Ich kann das besser«, erklärte er tonlos, als wäre er überhaupt nicht richtig anwesend. »Ich kann sein, *wer immer ich für dich sein soll.*«

»Du bist Samuel Abbot, nicht wahr?«

»Hilf mir«, sprach er im gleichen hölzernen Tonfall weiter. »Ich will nicht sterben.«

Mir waren schon Geister begegnet, die in einem Kreislauf feststeckten, aber ich war mir nicht sicher, ob das auch auf ihn zutraf. Es kam mir eher vor, als würde er die Gegenwart ganz bewusst ignorieren. Anders als andere Geister, die meist gar nicht mehr aufhörten zu reden, wenn sie einmal damit anfingen, schien er kein Interesse daran zu haben, das Rätsel seines Tods zu entschlüsseln. Vielleicht hatte er Angst vor den Antworten … oder er kannte sie bereits.

»Ich will dir helfen«, sagte ich behutsam.

Samuel schaute mich an, als wüsste er nichts damit anzufangen, zwischen seinen feinen Brauen bildete sich eine steile Falte. Ich glaubte schon, zu ihm durchgedrungen zu sein, als sein Gesicht wieder ausdruckslos wurde. »Ich kann das besser. Ich kann sein, *wer immer ich für dich sein soll.*«

Er streckte eine Hand nach mir aus, war jedoch sichtlich enttäuscht, als seine Finger durch meine hindurchglitten. Trotzdem bedeutete er mir, ihm zu folgen. »Komm mit.«

Ich taumelte vorwärts, obwohl ich eigentlich hatte ablehnen wollen, fast als würde ich an einem Seil gezogen werden. Samuel vergewisserte sich nicht, ob ich ihm folgte, während er mit sicheren Schritten wie eine Katze mitten auf dem Brückengerüst weiterging. Ich war da deutlich vorsichtiger, als ich mich über die rostigen Metallstreben hangelte. Jedes Mal, wenn ich stehen bleiben wollte, wurde ich erneut von einer Kraft weitergeschoben.

Instinktiv griff ich nach dem Geländer, als ich stolperte, und atmete erst wieder, nachdem ich sicher war, nicht in die Tiefe zu stürzen. Mit wild klopfendem Herzen blickte ich auf den Fluss unter mir.

Gott. Dieser Geisterscheiß war Gift für eine hohe Lebenserwartung.

Ich schaute zu Samuel, der sich weiter von mir entfernt hatte. »Ich muss mit dir reden!«, rief ich. »Du hast mich hierhergeführt, also *sprich* mit mir.«

»Ich kann das besser. Ich kann sein …«

»Wer immer ich für dich sein soll«, murmelte ich genervt und bewegte mich noch ein Stückchen vorwärts. »Ich weiß, ich weiß.«

»Das ist weit genug.« Dannys strenger Tonfall ließ mich zusammenzucken. Ich hatte fast vergessen, dass er auch da war. Mittlerweile stand er mit angespannter Miene am Anfang der Brücke. »Wenn er mit dir reden will, wird er das tun. Wir wissen nicht, wie stabil die Konstruktion ist.«

Da hatte er recht – die Brücke wirkte in Teilen recht wacklig. Aber mir blieb keine große Wahl. Samuel hatte sich bereits deutlich weiter auf die Brücke hinausgewagt und spielte gerade mit ein paar Glühwürmchen. Wenn ich ehrlich sein sollte, war meine Motivation überwiegend egoistisch. Ja, ich wollte ihm helfen, aber ich wollte auch, dass er aus meinen Träumen verschwand. Meinen Albträumen.

In diesem Moment bemerkte Samuel, dass ich mich gegen seinen Zugriff wehrte. Er neigte den Kopf zur Seite, viel weiter, als es anatomisch möglich sein sollte. Es wirkte fast, als hätte er ein gebrochenes Genick, und dann ging mir auf, dass es genau so war. Sein Lächeln verblasste. Die Schönheit und Friedlichkeit, die ihn umgeben hatte, verging – seine Kleidung hing in schmutzigen Fetzen, und seine Haut wurde zunehmend dunkler. Sie begann, von seinem Gesicht abzufallen, und entblößte weiße Knochen darunter.

Ich gewann den Kampf gegen seinen übersinnlichen Griff durch pure Willenskraft und wich Zentimeter für Zentimeter zurück. Samuel presste zornig die Lippen aufeinander, und einen Wimpernschlag später stürzte er sich auf mich. Seine Hände glichen Knochenklauen und grapschten nach mir. Doch anstatt wie erwartet durch mich hindurchzufassen, fanden seine Finger Halt.

Ich wusste nicht, wen von uns das mehr überraschte. Etwas Neues trat in Samuels Blick, als ich versuchte, mich zu befreien, und nun hielt er mich voller Entschlossenheit fest. Er war unerwartet stark ... *unnatürlich* stark. Eigentlich hätte ich mich ohne Probleme losmachen können sollen, doch ich hatte das Gefühl, in einem Schraubstock zu stecken.

»Ich kann das besser«, wiederholte er noch einmal mit unbewegter Miene. »Ich kann sein, wer immer ich für dich sein soll.«

»Samuel ...«

»Er hat mich von der Brücke gestoßen. Ich habe alles getan, was er wollte, und er hat mich in den Tod geschickt.« Samuel runzelte die Stirn. »Er hat gesagt, dass ich ein wirklich guter Junge war, aber dass es nun Zeit ist, sich zu verabschieden.«

»Und du hast ihm erklärt, dass du es noch besser kannst.« Jetzt fügten sich die Puzzlestücke zusammen. »Dass du sein kannst, wer immer du für ihn sein solltest.«

»Hilf mir.« Samuels dunkle Augen bildeten einen starken Kontrast zu seinem Gesicht, das fast nur noch aus Knochen bestand. »Ich will nicht sterben.«

»Es ist zu spät«, erwiderte ich fest. An die Vernunft eines Geists zu appellieren war schon unter idealen Umständen schwierig – und die letzten Momente seines Lebens noch einmal durchzumachen, war nun wirklich nicht ideal. »Samuel, du musst mich jetzt loslassen.«

Er schien mich nicht zu hören. Selbst ohne die Panik in seinem Blick hätte ich gewusst, dass er in der Erinnerung festhing und wild entschlossen war, mich dazu zu zwingen, sie mit ihm zu erleben. Unglücklicherweise gehörte dazu auch der Sturz von der Brücke. Ich wehrte mich verbissen, vergeblich. Samuel schrie auf, und ich schloss instinktiv die Augen. Dann verlor ich den Boden unter den Füßen, und wir fielen … fielen … fielen …

Endlich ließ Samuel mich los. Ich öffnete rasch die Augen, doch da war nur Wasser, das auf mein Gesicht zukam. *Oh fuck, das passiert wirklich.*

Das Gefühl der Schwerelosigkeit verschwand abrupt, als wir mit einem Platschen im Wasser landeten. Mein Mund formte das Wort »nein«, doch kein Ton kam heraus. Ich sank tiefer, und alle Geräusche verstummten. Meine Arme fühlten sich seltsam schwer an, und mir ging auf, dass Samuel mich zwar physisch losgelassen, aber immer noch Kontrolle über mich hatte.

Ein neugieriger Fisch schwamm um meinen Körper herum und verfolgte mein Abtauchen mit seinen seltsam flachen, dunklen Augen. Während diese Wahrnehmung durch meinen vor Panik gelähmten Verstand schwebte, wurde mir klar, dass ich mich meinem Ende näherte. Bald würde mir die Luft ausgehen. Der Instinkt würde über die Intelligenz siegen, und ich würde einen Atemzug voll Wasser nehmen müssen. Beinahe wie ein Außenstehender dachte ich über die Einzelheiten meines Ertrinkens nach.

Samuels Kopf hing wieder in diesem unnatürlichen Winkel zur Seite, als er erneut die Hände nach mir ausstreckte. Er hatte sich offenbar beim Sturz das Genick gebrochen, aber dennoch kam ich ihm entgegen und versuchte, den Kontakt zwischen uns herzustellen. Keine Ahnung, was passieren würde … Ich wusste nur, dass ich ihn retten wollte. Den Lauf der Dinge ändern. Es widersprach aller

Logik, aber warum sollte er mir seinen Tod zeigen, wenn ich absolut nichts daran ändern konnte?

Meine Finger berührten seine, und ich packte seine Hand, die in meiner erschlaffte. Wir schauten uns in die Augen. Wahrscheinlich waren es nur ein paar Sekunden, doch es kam mir wie eine Ewigkeit vor, bis sein Blick brach und das Leben aus ihm wich. Da wusste ich, warum er mich hergeführt hatte. Ihm war klar gewesen, dass ich ihn nicht retten konnte. Er wollte nur gefunden werden.

Ich nahm ihn trotzdem in die Arme und strampelte einmal probehalber. Der übersinnliche Griff, mit dem er mich festgehalten hatte, war verschwunden, also schwamm ich verzweifelt in Richtung Oberfläche. Vor meinen Augen tanzten dunkle Punkte, und meine Lungen schrien nach Luft. Ich konnte nur ans Atmen denken, und ich wusste, dass ich den Kampf in ein paar Sekunden verlieren würde. Das war kein einfacher Tod und auch nicht schmerzlos, aber wenigstens würde es schnell gehen.

Plötzlich packte mich eine Hand am Arm und zog mich schneller nach oben, als ich selbst schwimmen konnte. *Danny.* Ich strampelte heftig, um mitzuhelfen, und bekam eine Sekunde Zeit, um zu begreifen, dass er mir hinterhergesprungen war ... und eine weitere, um zu erkennen, dass es vielleicht zu spät war, als ich meine Belastungsgrenze erreichte. Keinen Augenblick zu früh durchbrachen wir die Oberfläche.

Luft.

Ich keuchte. Süße Luft. Süße, Leben spendende Luft. Ich machte mir nicht die Mühe, mir das Wasser aus dem Gesicht zu wischen, sondern schloss nur die Augen und konzentrierte mich aufs Wassertreten und Atmen, meine zwei neuen Lieblingsbeschäftigungen. Sauerstoff strömte in meine Lunge, und ich sog ihn so gierig ein, dass mir der Brustkorb schmerzte.

Hände berührten mein Gesicht, streiften Wasser von meiner Haut. Starke Hände. Finger umfassten sanft meine Wangen. »Mach die Augen auf«, forderte Danny mich auf.

Ich konnte nichts anderes tun, als dem Folge zu leisten. Beinahe überrascht stellte ich fest, dass ich noch lebte, und nahm einen weiteren hastigen Atemzug. Einfach, weil ich es konnte. Danny musterte mich besorgt und voller Angst. Gott, wie froh ich über seinen Anblick war.

»Es ist alles in Ordnung«, beschwichtigte er mich und versuchte, mir das Bündel abzunehmen, das ich immer noch in den Armen hielt. »Du kannst jetzt loslassen.«

Samuel. Nein, das würde ich auf keinen Fall. Doch als ich versuchte, Danny das zu sagen, hustete ich nur Wasser. Ich klammerte mich noch fester an das Bündel, ohne zu schauen, was ich da eigentlich hatte, weil ich schon wusste, was es war. Das tote Gewicht, das ich zuvor gespürt hatte, war inzwischen federleicht. Wenn ich hinsah, würde mir nicht Samuels hübsches Gesicht mit seinen seelenvollen Augen entgegenblicken – sondern ein Haufen Knochen und Stofffetzen.

»Komm, wir sollten raus aus dem Wasser«, meinte Danny.

Stumm ließ ich mich – *uns* – von ihm zum Ufer ziehen und war froh über die Hilfe. Normalerweise war ich ein exzellenter Schwimmer, sogar besser als Danny, aber gerade fühlte ich mich schwach wie ein neugeborenes Kätzchen. Auf halbem Weg nahmen meine Muskeln ihren Dienst wieder auf, und ich bewegte mich mühsam mit. Als wir die Böschung erreichten, schaffte ich es, allein auf die Beine zu kommen und nur ein paarmal zu stolpern. Danny bot an, mir das Bündel abzunehmen, aber ich schüttelte stur den Kopf.

Klatschnass setzten wir uns auf den Boden, um uns zu sammeln. Die untergehende Sonne brannte auf meine

Schultern hinab, doch ich war bis auf die Knochen durchgefroren.

»Ich habe ihn gefunden«, krächzte ich schließlich heiser. »Ich habe ihn gefunden.«

»Ja«, erwiderte Danny leise. Sein Gesicht war leichenblass. »Das hast du.«

KAPITEL 23

Meine unbeabsichtigte Entdeckung hatte ihre Spuren an der Ironcrest Bridge hinterlassen. Das friedliche, lang vergessene Areal war nun mit gelbem Band abgesperrt und zum offiziellen Leichenfundort erklärt worden. Die Tauchereinheit durchkämmte noch immer den Fluss. Nach drei Stunden hatten sie ein zweites Skelett gefunden, und mein Bauchgefühl sagte mir, dass es nicht das letzte bleiben würde.

Das Team hatte Fragen. Saunders hatte Fragen. Die örtlichen Pressevertreter hörten offenbar den Polizeifunk ab und hatten zu viel Zeit, denn auch sie waren da und hatten ebenfalls Fragen. Nur Tate stellte keine. Den Großteil der Nacht über spürte ich, wie sie mich beobachtete, doch ich war zu müde, um mir darüber Gedanken zu machen. Wenn ich hätte raten müssen, kam ihr wohl inzwischen der Gedanke, dass ein hauseigener Geisterflüsterer mehr Arbeit als Nutzen mit sich brachte.

Ich konnte nur hoffen, dass Danny nicht auch zu diesem Schluss gelangte.

Nach Mitternacht gab ich auf und fuhr nach Hause, allerdings über Landstraßen und nicht die Interstate. Unterwegs tankte ich, obwohl mein Benzintank noch halb voll war. Normalerweise gehörte ich zu den Leuten, die warteten, bis das aggressive Warnlämpchen sie darauf hinwies, dass sie mal wieder was in den Tank füllen sollten, aber heute Nacht handelte ich vorausschauend. Außerdem überprüfte ich den Luftdruck meiner Reifen und putzte meine bereits sauberen Fenster. Dann ließ ich mir gemütlich Zeit, den richtigen Kaugummi auszusuchen, misstrauisch beäugt vom Tankwart.

Doch trotz all dem kam ich nur wenige Augenblicke nach Danny an. Er stand noch draußen am Briefkasten. Vielleicht hatte er ebenso ein bisschen Verzögerungstaktik praktiziert. Mein Magen knurrte, als ich gerade in die Garage fuhr. Hoffentlich bedeutete seine verspätete Ankunft auch, dass er auf dem Weg Essen geholt hatte, weil ich das natürlich vergessen hatte.

Ich drückte auf den Garagenknopf und sah dem Tor beim Schließen zu, bis mich Dunkelheit umfing. Einen Moment später schaltete sich die Lichtautomatik mit einem Summen ein. Ich blieb jedoch noch sitzen, weil ich zu erschöpft von … na ja, allem war.

Kurz spielte ich mit dem Gedanken, in mein eigenes Haus zu fahren, doch den gab ich genauso schnell wieder auf. Ich wollte mit Danny zusammenleben, komplett und dauerhaft. Das hieß aber auch, dass ich nicht weglaufen durfte, wenn es schwierig wurde. Nicht wie früher.

Bevor ich jedoch das Thema Zusammenziehen anschneiden konnte, musste ich ihm beweisen – mit Taten –, dass es dieses Mal anders war. Dass *ich* mich geändert hatte. Ich war vertrauenswürdig. Erwachsen. Ich … versteckte mich in der verdammten Garage.

Also hörte ich auf, es hinauszuzögern, und ging ins Haus.

Innerlich war ich auf einen Streit eingestellt, doch Danny schien nicht auf einen aus zu sein. Er murmelte etwas von Essen machen und verschwand in die Küche, ehe ich zustimmen, ablehnen oder auch nur blinzeln konnte.

Ich legte meine Umhängetasche auf der Couch ab, streifte mir die Schuhe von den Füßen und folgte Danny in die Küche, der dort wie auf Autopilot Teller aus dem Schrank und Brotbelag aus dem Kühlschrank nahm. Dann machte er zwei riesige Sandwiches ... schweigend. Ich ließ mich auf einem der Barhocker an der Kücheninsel nieder.

Wenn ich nicht schon gewusst hätte, dass etwas nicht stimmte, wäre das ein guter Indikator dafür gewesen. Danny war in der Küche immer effizient, aber auch sehr laut. Er summte vor sich hin, ohne es zu merken, und manchmal sang er sogar leise – und extrem falsch. Nie hätte ich für möglich gehalten, dass ein so angenehmer Bariton Töne von sich geben konnte, bei denen Glas zu zerspringen drohte, aber ich hatte es mit eigenen Ohren gehört. Danach hatte ich meine guten Weingläser woanders hingeräumt, nur zur Sicherheit.

Danny schnitt mein Sandwich in der Mitte durch und legte es auf einen Teller. Anschließend kippte er einen Haufen Chips dazu und platzierte eine Gewürzgurke daneben. Die verschiedenen Sandwichschichten waren alle hübsch ordentlich aufgelegt, sodass trotz der Höhe nichts umkippte.

Mir lief das Wasser im Mund zusammen, als er mir den Teller zuschob. »Niemand macht so gute Sandwiches wie du.«

Das entlockte ihm endlich ein schiefes Grinsen. »Ich will ja nicht prahlen, aber ich habe auf dem College nebenbei bei Subway gejobbt.«

»Du warst ein Sandwich-Künstler?«

»Genau. Angestellter des Monats, bis mich eine andere Kette abgeworben hat.«

»Nach allem, was Subway für dich getan hat, damit du erfolgreich wirst?«

Sein Lächeln wurde breiter. »Im Sandwich-Business gibt es keine Loyalitäten, Rain. Die nächste Firma habe ich schließlich auch irgendwann sitzen lassen.«

Eigentlich hatte ich warten wollen, bis Danny mit seinem eigenen Sandwich fertig war, doch kaum hatte ich einen kleinen Probierbissen zur Qualitätskontrolle genommen, schaltete ich in den Staubsaugermodus und schlang die komplette Hälfte hinunter. Als er sich schließlich auf den Hocker neben meinem setzte, stopfte ich mir gerade das letzte Stück in den Mund. Auf meinen entschuldigenden Blick hin lächelte er nur.

»Sorry«, nuschelte ich mit vollem Mund.

»Ich werte es als Kompliment.«

Während des Essens sprachen wir über ein bisschen Haushaltskram, den wir gerne mal beiseiteschoben, weil wir beide so viel arbeiteten. Irgendwie war es schön, sich über einen Wechsel des Kabelanbieters zu unterhalten und die Frage, welche unserer Rechnungen wir noch per Lastschrift bezahlen konnten.

Auch als wir längst fertig waren, unterhielten wir uns weiter. Manchmal vergaß ich, wie sehr ich seine Gesellschaft genoss. Doch irgendwann war der Small Talk durch, und das Schweigen kehrte zurück. *Hach, Stille. Was habe ich dich nicht vermisst.*

Ich streckte eine Hand aus und strich ihm ein paar Haarsträhnen aus der Stirn. Als ich sie wieder zurückziehen wollte, griff Danny danach und drückte mir einen Kuss auf die Handfläche. Meine Mundwinkel zuckten. »Wofür war das?«

»Was hat Anna zu dir gesagt?«, fragte er vollkommen zusammenhangslos.

»Deine Schwester?« Ich blinzelte ein paarmal. Dass er ausgerechnet jetzt damit kam, hätte ich nie im Leben erwartet. »Du hast gesagt, dass du noch nicht bereit dafür bist.«

»Ich hab's mir anders überlegt. Wenn du dein Leben riskierst, um Antworten zu bekommen, sollte ich sie mir auch anhören.«

»Bei Anna war das nicht so. Sie war nicht gefährlich, sie war …« Ich suchte nach den richtigen Worten, beendete den Satz aber ein wenig lahm. »… ein freundlicher Geist.«

Da war es wieder, das schiefe Lächeln. »Wirklich?«

»Nicht wie Casper«, erklärte ich indigniert. »Du weißt, was ich meine.«

»Also, was hat sie gesagt?«

»Dass sie dich lieb hat. Und sie wollte dir für deine Liebe danken. Sie wollte auch, dass du weißt, dass es nicht euer Vater war.«

»Wenigstens etwas, das man ihm nicht vorwerfen kann«, entgegnete Danny finster. »Er ist trotzdem ein Arschloch.«

»Da hörst du von mir keinen Widerspruch.« Ich zögerte. Dannys Beschützerinstinkt war riesengroß, und ich hatte so ein Gefühl, wie er den nächsten Teil aufnehmen würde. Trotzdem musste ich es an ihn weitergeben. »Sie sagte außerdem, dass es nicht deine Schuld war.«

Danny lachte humorlos auf. »Es *war* meine Schuld. Ich hätte auf sie aufpassen müssen. Ich bin ihr großer Bruder. Du willst mir doch nicht erzählen, dass du nicht weißt, wie das ist.«

Ich wand mich innerlich. Natürlich wusste ich das. Meine Schwester war zwar der ältere Zwilling, aber dennoch fühlte ich mich dafür verantwortlich ... nein, dazu *verpflichtet*, sie zu beschützen. »Ja. Weiß ich.«

Ich legte ihm eine Hand auf die Schulter, doch er schüttelte sie ab. Daraufhin verschränkte ich die Finger, um mich davon abzuhalten, ihn wieder anzufassen. Danny nicht zu berühren war für mich, wie den Atem anzuhalten – ich konnte es nicht für lange.

»Sie hat die Pflegefamilie aus eigenem Antrieb verlassen«, fuhr ich möglichst neutral fort. »Sie hat sich mit einem Kerl getroffen, mit dem sie schon eine Weile zusammen war.«

Allein bei der Erwähnung eines Mannes erhob Danny sich halb vom Stuhl. »Sie hat mir nichts davon erzählt, dass sie mit jemandem ...«

Ich hielt eine Hand hoch, was ihn verstummen ließ, und er setzte sich mit einem Schnaufen wieder. »Wahrscheinlich kannte sie deine Meinung dazu. Und sie brauchte jemanden, Danny. Jemanden zum Reden. Sie sind in den Park gegangen ... so was eben. Normalerweise nahm nur er harte Drogen, aber dieses Mal war es wohl anders. Warum, hat sie mir nicht erzählt, aber ich habe ein bisschen nachgeforscht und herausgefunden, dass ihre letzte Pflegefamilie sie abgeben wollte.«

»Die Gellmans«, sagte Danny bitter. »Samantha Gellman wurde schwanger, und deswegen brauchte sie Anna nicht mehr.«

»Anna war wütend. Wahrscheinlich wollte sie einfach nur alles für eine Weile vergessen und hat sich gedacht, dass es nicht schaden könnte, wenn sie nur ein Mal ...«

»Wie konnte sie so *dumm* sein?« In Dannys Augen schimmerten Tränen, doch ich tat so, als würde ich es nicht bemerken. »Sie wusste doch besser als jeder andere, dass man keine Drogen nimmt. Nach allem, was wir mit unserer Mutter durchgemacht haben.«

»Einsamkeit und Verletzlichkeit lassen Menschen die seltsamsten Dinge tun. Sie war noch ein Kind, Schatz.« Ich wagte es noch einmal, ihn an der Schulter zu berühren, und dieses Mal ließ er es zu. »Und du auch.«

Er ließ das so stehen, vermutlich, weil er wusste, dass ich recht hatte und es sowieso keinen Unterschied mehr machte. »Wer war der Kerl?«, fragte er schließlich.

»Er ist an einer Überdosis gestorben.«

»Mir egal. Ich will einen Namen.«

»Sie hat mir keinen genannt.«

»Du hast sie nicht gefragt?«

»Natürlich habe ich das.«

»Ich will mit ihr sprechen.« Jetzt schwang Wut in seiner Stimme mit. »Sie ist nicht die Einzige, die etwas zu sagen hat.«

»Sie ist ... Sie ist weg.« Ich breitete meine Hände in einer beschwichtigenden Geste aus. »Sie bestimmen, welche Nachricht ich überbringen soll, nicht ich. Wenn es ein Trost ist: Sie wirkte, als würde eine große Last von ihr abfallen. Als wäre sie endlich bereit, alles hinter sich zu lassen.«

»Ja, das hilft total.« Der Sarkasmus war unüberhörbar. »Mir geht's schon viel besser.«

Ich verbiss mir eine ebenso zornige Antwort, weil es niemandem half, wenn wir uns hochschaukelten. Stattdessen sagte ich leise: »Lass es bitte nicht an mir aus.«

»Tue ich nicht.« Ein Blick in mein Gesicht ließ Danny tief aufseufzen. »Shit, tue ich wohl doch. Aber ich gebe dir keine Schuld. Du bist nur gerade das einfachere Ziel, weil ich weder sie anschreien noch den Wichser erwürgen kann, der es für eine gute Idee gehalten hat, sich zusammen mit meiner Teenager-Schwester einen Schuss zu setzen.«

»Es tut mir leid.« Ich fühlte mich ein wenig hilflos.

»Dir muss nichts leidtun. Ich ... ich muss nur allein sein, okay?« Er fuhr sich mit den Händen durch die Haare, eine abrupte Geste, in der so viel Frustration steckte.

Kurz fragte ich mich, ob er damit *allein* allein meinte und ich meinen paranormalen Hintern in mein eigenes Zuhause schwingen sollte. Doch ein Blick auf ihn erstickte den Vorschlag im Keim, bevor ich ihn aussprechen konnte. Er hatte die Unterarme auf der Theke abgestützt, die Hände in den Haaren vergraben, und seine Nasenspitze war gerötet. Vermutlich, weil er sich so sehr zusammenriss, um nicht zu weinen.

Ich würde nirgendwo hingehen.

»Was auch immer du brauchst«, meinte ich ruhig. »Ich gehe duschen.«

So langsam wie möglich verließ ich die Küche, wobei ich immer wieder über die Schulter schaute. Am liebsten hätte ich ihn fest in die Arme genommen, aber das war nicht Dannys Stil. Er war daran gewöhnt, andere zu beschützen, nicht, beschützt zu werden.

Wenn er mich aus dem Haus haben wollte, hätte er das sicher gesagt, damit hatte er früher auch keine Probleme gehabt, also würde ich mich darauf verlassen. Hierzubleiben war alles, was ich im Moment für ihn tun konnte. Und darauf zu vertrauen, dass er zu mir kam, wenn er mehr benötigte.

*

Chevys Textnachricht traf just in dem Moment ein, als ich mich ausgezogen hatte. *Ruf mich über Videochat an.*

Ich schaute instinktiv an mir runter. *Kann ich dich normal anrufen?*, schickte ich zurück.

Warum? Ich sah ihr spöttisches Grinsen bildlich vor mir. *Soll ich was nicht sehen?*

Nein. Aber ich bin nackt.

ERZÄHL MIR ALLES!

Ich schnaubte. *Ich wollte gerade duschen gehen.*

Sie schickte mir ein Schnarch-Emoji. *Gott, da lebst du schon mit diesem heißen Polizisten zusammen, und dein Sexleben ist immer noch todlangweilig.*

Wir leben nicht zusammen.

Interessant, dass du dir gerade das herauspickst.

Hitze stieg mir in die Wangen. *Stimmt doch. Und ich lege Wert auf Korrektheit.*

Oh, okay. Dann … bist du gerade zu Hause?

Ich schaute mich schuldbewusst um, als hätte sie mir einen Peilsender verpasst. Bei Chevy war alles möglich.

Nicht so ganz.

Dachte ich mir. Und jetzt starte den Videoanruf.

Ich bin immer noch nackt.

Ich habe gehört, dass iPhones mit dieser fortschrittlichen Technik ausgestattet sind, die es dir erlaubt, die Kamera auf dein Gesicht zu richten statt auf deinen Schwanz.

Ich musste lachen und drückte auf den entsprechenden Button. Ein paar Sekunden später tauchte Chevys Gesicht auf dem Display auf. Ihre Brille saß leicht schief auf der Nase, und wie immer hatte sie ihre Locken zu einer voluminösen Frisur aufgetürmt. Der Hintergrund war dunkel, doch ich erkannte das schummrige Licht ihrer Computerbildschirme, was mir bestätigte, was ich aus den vielen Jahren gemeinsamer Arbeit bereits wusste: Chevy verließ nie das Büro. Irgendwann würde sie erblinden, wenn sie weiter so viel in künstliches Licht starrte.

»Haha, du bist drauf reingefallen.« Sie wackelte mit den Augenbrauen. »Dann zeig mal her, was du zu bieten hast.«

Ich grinste. »Lüstern wie eh und je. Schön, dass sich manche Dinge nie ändern.«

»Nein, das tun sie offensichtlich nicht. Du bist immer noch eine Spaßbremse«, beschwerte sie sich. »Komm schon, Rain. Immerhin habe ich dir einen Gefallen getan.«

»Wenn ich dir dafür meine Kronjuwelen zeige, würde mich das wohl zur Schlampe machen.«

»Nein, nach zwei Dates mit dem Kerl von Cyber Crime zu schlafen, macht dich zur Schlampe.«

Gegen meinen Willen breitete sich Hitze in meinen Wangen aus. »Das ist ewig her.« Ich schaute sie böse an. »Warum habe ich dir das noch mal anvertraut?«

»Weil du ein zugeknöpftes Bürschchen mit exakt einer echten Freundin warst. Und die sitzt gerade vor dir.« Sie klimperte mit den Wimpern. »Aber hey, du hast wirklich einen guten Geschmack.«

»Offenbar nicht bei allem«, erwiderte ich mit einem Knurren. »Was hast du für mich?«

»Eine Liste der vermissten Männer aus der Gegend, auf die deine Vorgaben zutreffen.« Chevy wechselte in den professionellen Modus und drehte die Kameraanzeige um, damit ich ihren Bildschirm sehen konnte. Doch ich erhaschte nur einen kurzen Blick, bevor sie zurückwechselte. »Du hattest recht mit dem Serientäter.«

»Von wie vielen Personen sprechen wir?«

»Ich habe die Suche ausgeweitet und sechs mögliche Opfer gefunden, außerdem noch zwei, die vielleicht auch dazu passen. Die Parameter stimmen nicht exakt überein, aber du kennst mich. Gründlich ist mein zweiter Vorname.«

»Da widerspreche ich sicher nicht. Kannst du mir die …« Ich lächelte, als eine Nachricht auf meinem Handy einging. »Danke.«

Sie schwieg, und ich starrte aufs Display. Ich schüttelte das Handy ein wenig, weil ich erst dachte, dass die Anzeige eingefroren wäre, doch dann fiel mir auf, dass Chevy normal blinzelte. *Oh.*

»Du bist die Beste«, erklärte ich pflichtbewusst und schaffte es sogar, die Augen dabei nur ein winziges bisschen zu verdrehen. Und weil ich wusste, dass die Giftzwergin es mochte, wenn man ihr Ego streichelte, fügte ich noch hinzu: »Ohne dich hätte ich das nie geschafft.«

Chevy grinste. »Stimmt!«

»Ich ruf dich an, wenn ich mehr weiß.« Als ich mich bückte, um meine Kleidung aufzuheben, rutschte mir das Handy aus der Hand, doch ich fing es auf, bevor es zu Boden fiel. Ich richtete mich wieder auf und sah, dass Chevy breit grinste. »Tut mir leid.«

»Ich hab was gesehen!«, rief sie triumphierend. »Keine Ahnung, was genau, aber ich habe Haut gesehen.«

Lachend legte ich auf, doch meine Belustigung währte nur kurz. Fortschritte bei den Ermittlungen waren immer willkommen, und wir mussten der Beweisspur folgen. Aber ein Serienmörder in der Gegend, der schon seit weiß Gott wie lange aktiv war, war jetzt nicht gerade das, worauf ich gehofft hatte.

Ich beförderte meine Klamotten in den Wäschekorb, drehte dann die beiden Wasserhähne der Dusche so weit auf, wie es ging, und stellte mich unter den Strahl, bevor die Temperatur sich stabilisiert hatte. Die Rohre waren schon an guten Tagen launisch, und ich war zu müde, um zu warten.

Mit den Händen gegen die Fliesen gestützt ließ ich das Wasser auf meinen Rücken prasseln. Eiskalt wechselte zu kochend heiß, und ich senkte den Kopf etwas, bevor ich mich komplett unter den Strahl stellte. Doch als mir das Wasser übers Gesicht lief, zuckte ich beinahe instinktiv zurück.

Hustend rang ich nach Luft und wischte mir die Augen frei. *Na großartig.* Sollte mich nicht überraschen, immerhin war ich heute fast ertrunken. Natürlich bereitete es mir Probleme, den Kopf unter den Wasserstrahl zu halten.

Fest entschlossen tauchte ich wieder unter das Wasser. Mein Herz schlug unangenehm schnell, doch ich blieb ein paar Minuten so stehen, um mir zu beweisen, dass ich es konnte.

Unwillkürlich fragte ich mich, was passiert wäre, wenn Danny mich nicht rechtzeitig nach oben gezogen hätte. Wäre ich dort mit Samuel gestorben? Und was, wenn es ihm keinen Frieden brachte, dass ich seine sterblichen Überreste gefunden hatte? So viele Fragen, auf die ich keine Antworten hatte. Eins war jedoch klar, und jetzt konnte ich es auch nicht mehr kleinreden.

Ich war vollkommen überfordert.

Der Duschvorhang wurde beiseitegezogen, aber ich drehte mich nicht um. Danny stieg in die Badewanne und schloss den Vorhang hinter sich wieder, was uns wie in einem Kokon einschloss, der ein bisschen zu klein für zwei erwachsene Männer war. Als Danny sich jedoch an meinen Rücken schmiegte, überdachte ich das Platzproblem noch einmal. Die Dusche war ganz offensichtlich genau richtig groß.

Er griff um mich herum und regulierte die Wassertemperatur etwas runter, weil er unverständlicherweise etwas dagegen hatte, wie ein Hummer gekocht zu werden. Dann holte er eine Flasche Duschgel aus dem kleinen Regal und schäumte einen Luffa-Schwamm ein, mit dem er mir gemächlich über den Rücken rieb, als hätten wir alle Zeit der Welt. Ich schmolz praktisch zu einer kleinen, seifigen Pfütze zusammen. Doch dann stieg mir der Geruch in die Nase.

»Was zum Teufel ist das?«

Danny schaute auf das Etikett. »Mango und Birne mit Waldbeeren und Algenextrakt. Das ist die letzte der Seifen, die wir für deine Mutter testen sollten.«

Na ein Glück. Ich schnüffelte noch einmal und rümpfte die Nase. »Da ist mindestens eine Komponente zu viel drin.«

»Ich weiß nicht. Man gewöhnt sich dran.« Er hörte auf, mich zu waschen, und schlang stattdessen die Arme um meine Taille. Dann schnupperte er an meinem Hals. »Oder womöglich riecht es auch nur an dir gut.«

»Ich glaube, du bist ein bisschen voreingenommen.«

Danny lachte leise. »Vielleicht.«

Eine Weile blieben wir so stehen, eingehüllt in Wasserdampf und Stille. In Momenten wie diesen kam es mir vor, als würde der Rest der Welt einfach verschwinden.

»Bereust du es, dass ich es dir erzählt habe?«, fragte ich endlich.

Er schwieg so lange, dass ich schon dachte, er würde mir nicht mehr antworten, und ich war froh, dass seine Arme mich immer noch festhielten. Wenn er mich so umarmte, konnte er mich unmöglich hassen.

»Ich könnte Nein sagen, aber du kennst mich zu gut.« Viel zu schnell ließ er mich wieder los und seifte mich dann weiter ein, wobei er sich viel Zeit ließ, um mit dem Schwamm über meinen Bauch zu fahren. »Ein Teil von mir wünscht sich, es nicht zu wissen. Vielleicht wäre es dann leichter, mir einzureden, dass sie nur weggelaufen ist. Dass sie irgendwo ein glückliches Leben führt. Zu wissen, wie und wann genau sie gestorben ist ... fühlt sich an, als würde ich sie noch einmal verlieren.«

Ich tat mein Bestes, um mich zu konzentrieren, aber je länger er mich wusch, desto mehr reagierte mein Schwanz darauf. Noch einmal rieb er gründlich über meinen Rücken und dann weiter hinunter zu meinem Hintern, den er auffallend intensiv bearbeitete. Genießerisch bog ich den Rücken durch und reckte Danny meine Kehrseite entgegen, doch seine Berührungen blieben effizient und nüchtern. Als er schließlich in die Knie ging, um meine Beine und Füße einzuseifen, gab ich seufzend auf. Warum sollte ich mich bemühen, wenn ich keine Belohnung bekam.

»Du hast mal gesagt, du magst meine ›einzigartigen Fähigkeiten‹.« Meine Stimme war über dem Prasseln des Wassers auf den Fliesen kaum zu hören. »Aber manchmal können sie auch eine Last sein, oder?«

»Leg mir bitte keine Worte in den Mund.« Danny drehte mich herum und betrachtete meinen harten, pochenden Schwanz mit einer erhobenen Augenbraue.

Ein bisschen verlegen zuckte ich die Schultern. »Du hast angefangen. Er macht einfach, was er will.«

Kopfschüttelnd widmete Danny sich meiner Vorderseite. »Ja, ich gebe gern zu, dass vieles einfacher wäre, wenn du keine Geister sehen könntest. Und ja, es wäre auch leichter für uns, wenn wir ihnen nicht ständig quer durch die Walachei nachjagen müssten, aber darüber mache ich mir weniger Sorgen.«

»Worüber dann?«

»Ich bin dein Partner. Mein Job ist es, auf dich aufzupassen. Immer.« Er ließ den Schwamm fallen und nutzte stattdessen seine Finger. Ich hielt den Atem an, als seine großen, rauen Hände über meine Oberschenkel und meinen Bauch strichen. »An einige Orte kann ich nicht mitkommen. Und das stört mich.«

»Danny …«

Mit einer fließenden Bewegung kam er auf die Beine. Seine Wangen waren gerötet. »Ich weiß, dass du fähig und gut ausgebildet und vollkommen in der Lage bist, dich zu verteidigen, wenn es notwendig ist. Aber dieser übersinnliche Kram …«

»Es wird alles gut.« Das war vielleicht nur eine Phrase, aber ich wusste nicht, was ich sonst sagen sollte.

»Wirklich?«, wollte er wissen. »Er hat dich von einer verdammten Brücke gestoßen. Was, wenn sie höher gewesen wäre? Oder das Wasser flacher?«

Streng genommen war Samuel von der Brücke gefallen und hatte mich mit sich gerissen, aber Danny war wahrscheinlich nicht in der Stimmung für so eine Diskussion. »Ich habe es unter Kontrolle«, erwiderte ich, obwohl ich vorhin genau das Gleiche gedacht hatte.

»Du weißt ja noch nicht mal, was *es* ist, und stürzt dich trotzdem kopfüber rein. Ich bin daran gewöhnt, dir den Rücken freizuhalten, aber das … Ich kann nicht mal *sehen*, was du da eigentlich machst. Das bedeutet, dass ich nicht auf dich aufpassen kann, und das bringt mich um.«

»Ich stürze mich kopfüber rein?« Mit beiden Händen wischte ich mir die Haare aus dem Gesicht. Von meiner Warte aus wirkte das nicht so. »Sie brauchen mich …«

»Ich brauche dich.« Seine laute Stimme hallte von den gefliesten Wänden wider. Dann senkte er den Blick auf seine Hände, als hätte er gar nicht gemerkt, wie er sie zu Fäusten ballte. Rasch ließ er sie sinken. »Ich weiß, dass sie dich brauchen. Aber verdammt, Rain, ich brauche dich auch.«

»Du hast mich doch.« Ich trat dicht an ihn heran, schmiegte mich an seinen Körper. Sein Schwanz war ebenso hart und begierig wie meiner, aber ich hielt seinem Blick stand. Dann wiederholte ich es noch einmal, damit er es auch wirklich verstand. »Du *hast* mich.«

Danny wirkte hin- und hergerissen, als würde er am liebsten weiter diskutieren, aber ich sagte genau das, was er hören wollte. Also gab er nur einen frustrierten Laut von sich und packte mich am Nacken.

»Ich will mit dir streiten«, meinte er, wirkte aber überrascht von seinen eigenen Worten.

»Alles, was du willst«, versprach ich ihm.

»Keine Ahnung, was ich sonst noch will. Ich will dich anschreien und dich besitzen und ... und dich ficken, bis dir klar wird, dass du zu mir gehörst und sonst niemandem.«

Das wusste ich schon. Aber seinem großartigen Sexplan würde ich sicher nicht widersprechen.

Danny drängte mich so plötzlich nach hinten gegen die Wand, dass mir kurz die Luft wegblieb. Als sich seine Lippen hart auf meine pressten, entkam mir ein überraschter Laut. *Tiefer, härter, näher.* Es war mehr als Erregung – es war das Gefühl, zueinander zu gehören. Ich erwiderte den Kuss mit allem, was ich hatte, doch das schien ihm nicht zu passen.

»Nein«, murmelte er an meinem Mund.

Ich legte meine Hände an seine Taille und überließ Danny die Kontrolle, ließ ihn das Tempo und den Winkel des Kusses bestimmen. Und wenn mich der Kuss nicht schon vorgewarnt hätte, was gerade in ihm schwelte, die Hand an meiner Kehle hätte es mit Sicherheit. Er drückte nicht zu, aber ich konnte mich auch nicht so einfach befreien. Mit keiner Bewegung versuchte er, mir die Luft zum Atmen zu nehmen, zeigte mir jedoch deutlich, wer die Zügel jetzt in der Hand hielt und dass er kein Interesse daran hatte, sie zu teilen.

Ich stöhnte in Dannys Mund, als er sein Becken kreisen ließ und sich an mir rieb. Er beendete den Kuss, indem er noch einmal sacht mit den Lippen über meine strich, und ich folgte ihm sehnsüchtig, als er sich zurückzog. Ich wollte noch einen Kuss, aber Danny hatte andere Pläne. Er wich meinen suchenden Lippen aus und drückte seine stattdessen auf die empfindliche Stelle hinter meinem Ohr. Und dann verschwand der Druck an meiner Kehle plötzlich.

Ich öffnete die Augen und sah, wie Danny den Duschvorhang beiseitezog. Rasch griff ich danach und schloss ihn wieder. »Wir sind noch nicht fertig.« Nur für den Fall, dass er tatsächlich vorhatte, abzuhauen.

»Hier drin ist es zu rutschig.«

»Das Risiko gehe ich ein.«

»Was, wenn ich hinfalle und mir die Hüfte breche?«, fragte er.

»Wie du Tabitha neulich so schön erklärt hast: Wir sind ordentlich krankenversichert.« Ich drehte mich um und stützte mich an der Wand ab. »Und jetzt wirst du beenden, was du angefangen hast.«

Die Fliesen waren glitschig von Wasser und Dampf, und meine Finger rutschten quietschend daran ab. Ich ignorierte Dannys Lachen. Auf gar keinen Fall würde ich zugeben, dass er recht hatte. Stattdessen stemmte ich die Unterarme gegen die Wand und fand so mehr Halt.

Gerade als ich dachte, dass er sich weigern würde, spürte ich die Wärme seines Körpers wieder hinter mir. Plötzlich war ich sehr froh, dass wir Gleitgel in der Dusche deponiert hatten, das er sich nun aus dem Regal angelte. Ich schaute über eine Schulter nach hinten, um ihn zu beobachten, wie er zwei seiner Finger damit benetzte – der Mistkerl nahm sich tatsächlich die Zeit, die Tube erst zu schließen und sie ins Regal zurückzustellen.

Er schenkte mir ein raubtierhaftes Grinsen.

Schnaubend drehte ich mich wieder nach vorn. Endlich schob er einen Finger in mich, für den ich mehr als bereit war. Mein Seufzen wurde zu einem Zischen, als er einen zweiten hinzunahm, und ich schloss die Augen, während er sie geschickt in mir bewegte.

Ihn anzutreiben oder mich ihm entgegenzudrängen, würde nichts bringen. Er liebte es, mich hinzuhalten. Je ungeduldiger ich wurde, desto mehr genoss er es. Auch dieses Mal gab er nicht eher nach, bis er mit drei Fingern komplett in mich eingedrungen war. Es war gleichzeitig zu viel und noch lange nicht genug, ein unfassbar erregendes Gefühl.

Irgendwann hielt ich es nicht mehr aus. Finger waren schön und gut, aber ich war bereit für etwas Größeres. Etwas viel Größeres. »Das ist genug Vorbereitung, meinst du nicht auch?«

»Ich habe dich nicht nur vorbereitet«, raunte er dunkel. »Ich fingere dich gerne.«

»Ja, großartig. Genug Kinderspielplatz. Zeit für die Achterbahn.«

Er lachte leise. »Stehst du sicher?«

Ich nickte, das Gesicht immer noch in einer Ellenbeuge vergraben, und dann war er plötzlich in mir, ohne mir viel Zeit zu geben, mich an den großen Eindringling zu gewöhnen. Mir blieb nur eine halbe Sekunde für die Erkenntnis, dass das hier nicht romantisch werden würde – sondern hart, schnell und intensiv. Ich stellte die Füße ein bisschen weiter auseinander, um Halt an den Rändern der Badewanne zu finden und seinen heftigen Stößen entgegenzukommen.

»*Fuck!*« Ein Metronom wäre neidisch auf den gleichmäßigen Rhythmus, den er anschlug. »Fuck, das ist so gut.«

Danny packte mich dermaßen fest an den Hüften, dass ich dort morgen sicher blaue Flecke haben würde. Da ich nicht nach unten nach meinem Schwanz greifen konnte, weil ich zu beschäftigt damit war, mir auf den rutschigen Fliesen nicht den Schädel einzuschlagen, konnte ich ihn nur sehnsüchtig anstarren, wie er immer wieder gegen meinen Bauch schlug. Es fühlte sich so gut an, dass es beinahe wehtat. Was würde ich jetzt für eine freie Hand geben. Eine Berührung, mehr brauchte ich nicht.

Doch alles Gute hatte einmal ein Ende, und Sex in der Dusche bildete da keine Ausnahme. Dannys Bewegungen wurden abgehackter und unregelmäßiger. Ich liebte es, wenn er den Rhythmus nicht mehr beibehalten konnte … wenn er etwas von seiner legendären Selbstbeherrschung verlor. Wobei lieben ein zu kleines Wort dafür war – es erregte mich über alle Maßen. Meine Hoden zogen sich zusammen, und die Muskeln in meinem Hintern spannten sich reflexhaft an.

»Ja, genau so.« Sein Atem strich mir übers Ohr.

In meinem Bauch breiteten sich kribbelnde Funken aus. Danny umfasste meinen Schwanz und ließ die Hand daran auf- und abgleiten. Ich beobachtete, wie meine Eichel zwischen seinen Fingern verschwand und wieder auftauchte, und verbiss mir ein erleichtertes Wimmern.

Er gab einen unwilligen Laut von sich. »Nein. Will dich hören.«

Mir blieb nichts anderes übrig – sein Griff war fester als ein verdammtes Fleshlight-Toy. Ich drückte die Wange gegen die Fliesen, und meiner Kehle entrang sich ein heiserer Aufschrei. Mein Hintern umschloss ihn fest, als ich kam, was ihn zum Stöhnen brachte. Mein ganzer Körper pulsierte, und das Sperma, das auf der Wand landete, wurde schnell vom Wasser weggespült. Danny brauchte nicht mehr lange, und auch wenn er keinen Ton von sich gab, als der Orgasmus ihn überwältigte, spürte ich ihn tief in mir.

Seltsam, wie alles andere unwichtig wurde, wenn man einem Höhepunkt entgegenstrebte. Auch die Tatsache, dass ich selbst mit der einfachsten Yogapose Schwierigkeiten hatte, hinderte mich nicht daran, mich wie eine Brezel zu verdrehen, um Danny ungehinderten Zugang zu meinem Hintern zu verschaffen.

Doch als würde sich ein Nebel in meinem Hirn lichten, bemerkte ich nun alles Unangenehme auf einmal. Das Wasser war eiskalt, meine Muskeln verspannt aufgrund der unbequemen Haltung. Das würde ich morgen überall spüren. In den Schultern, Oberschenkeln, Waden und insbesondere meinem Hintern. Ich wimmerte leise, als Danny aus mir herausglitt.

Das war's wert.

Er ließ mich los, und ich tätschelte ihm den Oberschenkel und brabbelte unsinniges Zeug vor mich hin. Dann richtete ich mich auf, um wieder ohne die Wand als Stütze auf eigenen Beinen zu stehen. Unglücklicherweise hatte ich die Intensität meines Orgasmus gründlich unterschätzt. Meine Knie gaben unter mir nach.

Ich rutschte prompt aus und packte hastig den Haltegriff. Glatt und fest schmiegte er sich an meine Handflächen, und ich seufzte erleichtert auf … bis sich das verdammte Ding von der Wand löste. Danny riss die Augen erschrocken auf, während ich verzweifelt nach Halt suchte. Er wollte mich stützen, doch da war es auch schon zu spät. Wir gingen zu Boden, und nichts konnte uns aufhalten.

Der Duschvorhang wurde uns endgültig zum Verhängnis und ließ uns kopfüber aus der Badewanne purzeln, als er riss – Danny keuchte schmerzerfüllt auf, als er mit der Schulter auf den Boden prallte und ich halb auf ihm landete. Einen Moment später ging der klägliche Rest Kunststofffolie auf uns nieder, der einmal unser Duschvorhang gewesen war, und legte sich über uns wie eine Flagge beim Staatsbegräbnis.

Ein paar Minuten lagen wir nass auf dem Badezimmerfußboden herum, und das einzige Geräusch bestand im Tropfen von Wasser auf Fliesen. An meinem linken Fuß klebte noch ein Antirutschaufkleber aus der Wanne. Sobald ich mir sicher war, dass ich mir nicht die Wirbelsäule gebrochen hatte, würde ich eine *sehr* deutliche E-Mail an den Hersteller schreiben.

»Ich hab doch gesagt, dass es zu rutschig ist«, sprach Danny als Erster.

Ich starrte den neonfarbenen Aufkleber in Entenform böse an. »Meinst du im Ernst, dass jetzt ein guter Zeitpunkt für Ich-hab's-dir-ja-gesagt ist?«

»Das ist wie mit Schmerzsalbe: Kann man bei jeder sich bietenden Gelegenheit nutzen.« Seinen Versuch, sich zu bewegen, gab er gleich wieder auf und ließ sich leise stöhnend zurücksinken. »Ich bin zu alt für den Scheiß.«

»Gut möglich.« Ich tätschelte ihm die Wange. »Zum Glück bin ich genau im richtigen Alter für diesen Scheiß.«

»Du bist gerade mal vier Jahre jünger als ich«, brummte er.

»Das ist ein gravierender Unterschied, wenn es um Sexakrobatik geht.«

»Ich glaube ... ich hasse dich ein bisschen.«

Wahrscheinlich meinte er das nicht ernst – bis die Stange des Duschvorhangs sich löste und zielsicher auf seiner Schulter landete.

*

Nachdem wir uns vom Boden aufgerappelt hatten, waren wir zu nichts mehr zu gebrauchen, also schleppten wir uns ins Bett. Da der lebensgefährliche Duschsex auf meinem

Mist gewachsen war, bot ich ihm an, den Abendrundgang durchs Haus zu machen. Danny nahm diesen großzügigen Vorschlag mit einem Brummen hin.

Und so humpelte ich durch sämtliche Räume, machte Lichter aus, stellte sicher, dass alle Türen abgeschlossen waren, und hinkte dann wieder ins Schlafzimmer. Aus der Küche hörte ich Gesprächsfetzen, aber zwei Großmütter, die über das beste Rezept für Zimt-Kaffee-Kuchen diskutierten, stellten kein Problem für mich dar – wenn sie es schaffen sollten, ihr Geister-Mojo dazu zu nutzen, mir tatsächlich einen zu backen, umso besser.

Zurück im Schlafzimmer fand ich Danny bereits im Halbschlaf vor. Er hatte sich auf die Seite gedreht, einen Arm unter das Kissen geschoben, und ich verzog das Gesicht, als ich den Bluterguss entdeckte, der sich schon auf seiner Schulter abzeichnete. »Soll ich da was drauf tun?«

»Ach wo«, murmelte er. »Ich merke kaum was.«

Dass er ganz genau wusste, welchen Körperteil ich meinte, ließ mich an seinen Worten zweifeln. Aber ich kannte ihn gut genug, um es auf sich beruhen zu lassen. Manche Menschen ließen sich gerne betüddeln, aber zu denen gehörte Danny nicht. Ich krabbelte unter die Laken, die sich kühl und weich auf meiner Haut anfühlten.

»Ich habe über das nachgedacht, was du gesagt hast«, durchbrach ich die stille Dunkelheit mit einem Seufzen.

»Dass Sex in der Dusche uns irgendwann umbringt?« Dannys Stimme klang durch das Kissen gedämpft, war aber noch gut zu verstehen.

»Nein«, entgegnete ich lang gezogen. »Was du über die Geister gesagt hast und dass du meine Rückendeckung bist. Du hast recht. Ich muss das Ganze besser verstehen. Um unser beider willen.«

Danny brummte schläfrig etwas Zustimmendes. Ich rutschte zu ihm rüber und kuschelte mich an seinen Rücken. »Ich glaube, ich werde zu Dakota Daydream gehen«, sinnierte ich. »Er kommt mir wie das kleinste Übel vor.«

»Gut.«

»Denkst du, es ist okay, wenn ein Therapeut Liam Neeson zitiert?«

»Im Ernst?« Danny klang amüsiert. »Ist schon irgendwie seltsam, aber kein K.-o.-Kriterium. Ich meine, du sprichst dauernd über Serienmörder, und ich halte es trotzdem mit dir aus.«

Da hatte er nicht unrecht, also sparte ich mir den Protest. Ich rutschte noch ein bisschen herum, um es mir bequem zu machen. Dann schlängelte ich meine eiskalten Füße zwischen Dannys warme Beine, was ihn erschrocken aufjapsen ließ. Schon besser, aber noch nicht ideal. Aus irgendeinem Grund schaffte ich es nie, mir die perfekte Position einzuprägen – normalerweise war ich ein paar Sekunden, nachdem ich sie eingenommen hatte, eingeschlafen.

Ich klopfte mein Kissen ein wenig auf. »Bedeutet der Bluterguss auf deiner Schulter, dass wir in Zukunft keinen Sex mehr unter der Dusche haben werden?«

»Das und die Tatsache, dass wir uns beinahe das Genick gebrochen hätten. Kannst du dir vorstellen, wie peinlich dieser Notruf gewesen wäre?« Er imitierte die Leitstelle. »Scheint, als wären zwei von der Truppe auf dem Badezimmerboden verstorben. Opfer von zu leidenschaftlichem Duschsex. Ironischerweise klebt dem Blonden noch ein Antirutschaufkleber am Fuß.«

Ich bekam einen Lachanfall. »Wir könnten beim nächsten Mal Sneaker für besseren Halt tragen.«

»Soll ich jetzt fragen, woher du das weißt?«

»Nicht, wenn du nichts über mein Sexleben vor dir und einen Kerl namens Max hören willst, der auf jede Eventualität vorbereitet war.« Ich gab ihm einen Kuss auf die Schulter, direkt oberhalb des hässlichen Blutergusses. »Natürlich musst du mir dann auch eine Geschichte über einen verrückten Ex-Freund erzählen.«

»Du bist mein letzter verrückter Ex«, meinte er gähnend.

Zufrieden schloss ich die Augen, bis seine Worte richtig bei mir ankamen. Ich riss sie wieder auf, als wäre ich eine Marionette, an deren Fäden jemand gezogen hatte. Hastig beugte ich mich über Danny, um die Nachttischlampe anzuknipsen. Er stöhnte auf, als das Licht anging, machte die Augen aber nicht auf. Kein Problem für mich – ich verhörte nicht zum ersten Mal seine Lider, und es würde auch nicht das letzte Mal sein.

Vorsichtig stupste ich ihn an. »Wie meinst du das, dass ich dein letzter verrückter Ex bin?«

»Genau so, wie ich es gesagt habe.«

»Wir waren drei Jahre lang getrennt.«

»Das weiß ich, danke. Das ist ein Lebensabschnitt, der mir mit jedem vergehenden Jahr schöner in Erinnerung ist.«

Das ließ ich ihm für den Moment durchgehen. »Willst du damit sagen, dass da niemand anderes war?«

»Ja.«

Mir fielen fast die Augen aus dem Kopf. »Nicht mal ein kleiner One-Night-Stand?«

»Nein.« Inzwischen hatten sich Dannys Wangen rosig gefärbt. »Und können wir das Thema jetzt vielleicht beenden?«

»Okay, okay.«

Ich konnte den Blick jedoch nicht von ihm abwenden. Ich wollte es ja gut sein lassen, aber, na ja, Danny sah nicht gerade schlecht aus. Er war heiß. Verdammt heiß sogar. Der Typ Mann, zu dem man, wenn man ihn in einer Bar sah, sofort hinging, wenn nötig unter Einsatz der Ellenbogen.

Es überraschte mich zwar, dass er im selbst auferlegten Zölibat gelebt hatte, aber das musste ich ihm wohl glauben. Er log mich nie an. Aber eventuell war es ja gar nicht so verwunderlich. Sein zweiter Vorname sollte Treu sein, nicht Alexander.

Danny seufzte und öffnete nun doch die Augen. »Hör auf damit.«

»Tut mir leid. Es ist nur schwer vorstellbar für mich.«

»Könntest du vielleicht das Licht ausmachen, während du dich an die Vorstellung gewöhnst?«

Ich beugte mich erneut über ihn und knipste die Lampe aus. Als ich mich wieder hinlegte, war ich plötzlich zu aufgedreht zum Schlafen. Danny würde sicher nicht begeistert sein, wenn ich ihn weiter wach hielt, aber ich hatte Fragen. Wenn ich einschlafen wollte, mussten die beantwortet werden.

»Darf ich fragen, warum?«

»Herrgott noch mal, Christiansen.«

»Es ist nur …« Ich starrte an die Decke. Im schummrigen Zwielicht erzeugten ein paar Staubflocken auf dem sich langsam drehenden Ventilator seltsame Formen. »Ich wünschte, ich könnte das Gleiche sagen.«

»Was soll das heißen?«

»Ich habe eine Weile alles versucht, um dich zu vergessen, und manchmal beinhaltete das, mit jemand anderem ins Bett zu gehen. Dann habe ich mir eines Tages den Kerl, mit dem ich gerade zugange war, genauer angesehen, und mir wurde klar, warum ich mir ihn ausgesucht hatte. Er hatte die gleiche Haar- und Augenfarbe. Ein kantiges Kinn.«

»Dann stehst du auf einen bestimmten Typ«, meinte er. »Tun viele Leute.«

»Nein, das war es nicht. Er sah dir gar nicht ähnlich, zumindest nicht auf den ersten Blick. Aber du weißt, wie ich bei Gesichtssymmetrie bin. Seine Symmetrie war Danny-haft.«

Er ächzte leise. »Fang bitte nicht wieder damit an.«

»Anders kann ich es nicht beschreiben.« Ich runzelte die Stirn bei der Erinnerung. »Aber dann hat er den Mund aufgemacht, und alles ging den Bach runter. Max hat mich nicht zum Lachen gebracht oder mich überhaupt richtig interessiert, wenn ich so drüber nachdenke.«

»Max«, wiederholte Danny beiläufig. Zu beiläufig. »Wie hieß er mit Nachnamen?«

»Du wirst Max nicht um die Ecke bringen.«

»Ich kann Max nicht um die Ecke bringen, wenn ich seinen verfluchten Nachnamen nicht kenne.«

»Was ich meine, ist, dass mir in dem Moment bewusst geworden ist, dass ich die ganze Zeit nach einem Ersatz-Danny gesucht habe und diese Billigkopien mir gewaltig auf die Nerven gingen.« Als er nicht antwortete, seufzte ich. »Du denkst immer noch über Max nach.«

Er grummelte unwirsch. »Tut mir leid. Aber Sex unter der *Dusche*?«, fragte er entsetzt. »Sollte man sich das nicht für eine ernsthaftere Beziehung aufheben?«

»Danke sehr, aber ich habe mein Abo für *Schöne prüde Welt* erst kürzlich gekündigt.«

Wie gut, dass die Dunkelheit mein Grinsen verbarg. Er war so unglaublich niedlich.

»Rain, ich mache dir keine Vorwürfe, weil du dein Leben weitergelebt hast«, sagte er schließlich. »Ich würde nie wollen, dass du einsam bist. Dein Glück steht über meiner Eifersucht.«

»Das weiß ich zu schätzen. Auch wenn ich da so meine Zweifel habe.«

»Wie meinst du das?«

Ich schnaubte. »Letzte Woche im Supermarkt? Erinnerst du dich an diesen Typ? Der es gewagt hat, mich nach einer Empfehlung für Kaffeeweißer zu fragen? Dass du ihn mit einer Schachtel Frühstücksflocken bedroht hast, habe ich mir wohl eingebildet.«

»Ich habe keine Ahnung, wovon du sprichst«, gab er unleidlich zurück. »Aber falls doch – und das ist ein sehr großes Falls –, wünschte ich, ich hätte etwas Schwereres in der Hand gehabt. Eine Dose Erbsen wäre vermutlich effektiv gewesen.«

Ich drehte mich mit dem Gesicht zu ihm auf die Seite und überwand die Lücke zwischen uns. »Bekomme ich noch eine Antwort?«

»Ich habe die Frage vergessen.«

Na klar. »Warum hast du dir niemand anderes gesucht?«

»Rain, wir müssen morgen arbeiten«, erwiderte er. »Sehr früh am Morgen.«

»Klar.« Ich seufzte. »Sorry.«

Warum ich so auf eine Antwort pochte, die er vielleicht nicht einmal selbst kannte, war mir schleierhaft. Es kam mir nur so vor, als hätte er vollstes Vertrauen in unsere Beziehung gesetzt, noch bevor ich ihm einen Grund dazu gegeben hatte. Ich beobachtete die kreiselnden Staubflocken am Deckenventilator und überlegte dabei, ob Danny wohl ausrasten würde, wenn ich nur mal ganz kurz den Staubwedel holte.

Ich zuckte zusammen, als er das Schweigen brach. »Sie waren nicht du«, meinte er nur. »Und ich hoffe, dass dir das reicht, denn mehr habe ich nicht.«

Ein paar Minuten vergingen, in denen ich mir sagte, dass ich alle Antworten hatte, die ich brauchte, und nun getrost einschlafen konnte. Das schaffte ich jedoch nicht für lange. »Und wo stehen wir jetzt in Bezug auf Sex unter der Dusche?«

Danny lachte, und das Zucken seiner Schultern schubste mich aus dem Nest, das ich mir zurechtgeruckelt hatte. Ich fluchte. Die perfekte Position war es zwar noch nicht gewesen, aber nah dran. Dann drehte Danny sich zu mir um und schlang einen Arm um meine Taille.

Oh. Okay, das war in der Tat besser. Vielleicht würde ich die perfekte Position ja leichter finden, wenn ich aufhörte, mich von hinten an jemanden zu schmiegen, dessen Schultern so breit wie ein Kühlschrank waren. Danny vergrub das Gesicht in meinen Haaren, und ich spürte seinen ruhigen Atem dicht an meinem Ohr. Er machte sich Sorgen, dass er nicht genug auf mich aufpasste, aber mir kam dieser Gedanke nie. So sicher und geborgen wie bei ihm hatte ich mich noch nie zuvor gefühlt.

»Ich, Daniel McKenna, gelobe dich zu lieben, zu halten und zu ehren. Und stets Ja zum Duschsex zu sagen.« Seine Stimme glich einem tiefen Grollen, doch die Belustigung war ihm anzuhören. »In meinem Bett wird immer Platz für dich und nur für dich sein, sofern du jetzt endlich die Klappe hältst und schläfst.«

Endlich mal ein Schwur nach meinem Geschmack. »Du solltest Trauungszeremonien anbieten«, murmelte ich gähnend.

Als ich wegdöste, hörte ich noch sein leises Lachen.

Kapitel 24

Am folgenden Samstag hatte ich einen Termin mit Dakota Daydream, und wider besseres Wissen und den unbedingten Wunsch, es nicht zu tun, hielt ich ihn auch ein. Ich kroch viel zu früh aus dem Bett, duschte, zog mich an und steckte zwei Scheiben Brot in den Toaster. Dann entschied ich mich, dem Cholesterin den Mittelfinger zu zeigen, und machte mir dazu Rührei mit Käse und Würstchen.

Gerade, als ich mir den letzten Bissen Fleisch in den Mund steckte, kam Danny zur Tür rein. Auf seiner Haut glänzte ein feiner Schweißfilm, und er sah aus wie einem Gesundheitsmagazin entsprungen. Selbst ohne seine Trainingshose und Laufschuhe hätte ich gewusst, wo er gewesen war. Für ihn war eine Dosis Frischluft am Morgen belebender als Kaffee.

Ein bisschen angewidert musterte ich ihn von oben bis unten. *Joggen. An einem Samstagmorgen. Freiwillig.* Wenn wir alt waren, würde ich ihn mit Freude in ein Heim abschieben. Dafür musste ich sicher Senilitätsanzeichen aufzählen, und das hier stand ganz oben auf der Liste.

»Morgen«, begrüßte ich ihn.

Er schenkte mir ein Lächeln und zog sich die Air Pods aus den Ohren, um sie in die Hosentasche zu stecken. »Morgen. Warum bist du schon so früh auf?«

»Ich habe einen Termin.«

Stirnrunzelnd schien er einen Moment darüber nachzudenken, bis es ihm dämmerte. Ich schaufelte mir noch eine

Gabel voll Rührei in den Mund und schickte ihm einen warnenden Blick. Ja, ich suchte von mir aus Hilfe, aber nein, ich wollte nicht darüber reden. Punkt.

Zum Glück verstand und respektierte er das. »Ist noch Ei da?«

»Dein Teller steht in der Mikrowelle.« Überflüssigerweise deutete ich darauf, als wäre Danny nicht bestens mit ihr vertraut. Inzwischen hatte das Ding den Kühlschrank auf der Liste der meistgenutzten Geräte von Platz eins verdrängt. »Es sind auch noch Würstchen da.«

»Früh auf und du hast gekocht? Mehr Beweise brauche ich nicht.«

»Wofür?«

»Du wurdest von Aliens ausgetauscht. Aber mir gefällt dein neues Ich besser, also scheiß drauf.«

Er drückte gerade ein paar Knöpfe an der Mikrowelle, also verpasste ich seinem Rücken einen bösen Blick. Dann drehte er sich zu mir um, lehnte sich gegen die Arbeitsplatte und verschränkte die Arme vor der Brust, während er auf sein Frühstück wartete. Immer wieder schaute er auf den Timer, als wenn dadurch die Zeit schneller vergehen würde.

»Und was hast du heute so vor?«, fragte ich.

»Ich fahre wahrscheinlich mal zu meiner Mom. Sie hat einen Handwerker beauftragt, ihr das Waschbecken zu reparieren, obwohl ich ihr gesagt habe, dass ich mir das ansehen kann.« Er zog die Augenbrauen zusammen. »Ich habe ihn überprüft, aber ich weiß nicht, ob ich ihn allein in der Nähe meiner Mutter haben will.«

»Du würdest nicht mal Mary Poppins alleine in die Nähe deiner Mutter lassen.«

Röte breitete sich auf seinen Wangen aus, doch er leugnete es nicht. »Ach, sei still. Außerdem kann ich mir dann auch gleich mal die Spülmaschine anschauen, wenn ich schon da bin.«

»Sehr nett von dir.«

»Ja, ist es. Du kennst mich doch, zuvorkommend und rücksichtsvoll ...«

Wie ein Bulldozer. »Interessant, dass du dir ausgerechnet was aussuchst, das so nah am Spülbecken ist, wo es doch sicher noch andere Sachen im Haus deiner Mutter zu reparieren gibt.«

Um seine Mundwinkel spielte ein Lächeln. »Das trifft mich jetzt. Wirklich.«

Die Mikrowelle pingte, und Danny testete die Temperatur seines Essens, bevor er noch eine Minute einstellte und sich wieder gegen die Anrichte lehnte. Sein Körper war ein wandelndes Kunstwerk, und ich nahm mir die Zeit, ihn ausgiebig zu betrachten, auch wenn mein Mund dabei ganz trocken wurde. Die wohlproportionierten Muskeln und die verschwitzte, glatte, gebräunte Haut ... Ich wollte ihn überall anfassen und schmecken. Das Grinsen, das sich auf seinem Gesicht ausbreitete, sagte mir, dass er genau wusste, was ich da begaffte. Rasch vertilgte ich den Rest meiner Toastscheibe und brachte meinen Teller zur Spüle, damit ich nichts anfing, was ich nicht beenden konnte.

»Rain?«

»Ja?«

»Ich bin stolz auf dich.«

Mehr sagte er nicht, sondern nahm nur seinen Teller mit zur Theke und widmete sich seinem Frühstück. Ich wusch mein Geschirr ab und tat mein Bestes, versuchte, die Hitze zu unterdrücken, die mir in die Wangen kroch. Seine Worte sollten mir nicht so viel bedeuten. Oder mich stolz auf mich selbst machen. Aber ich liebte Danny nicht nur, ich respektierte ihn auch als Mensch sehr. Er war ehrlich und direkt, und wenn er sagte, dass er stolz auf mich war, war er das auch.

Ich musste ihn wissen lassen, wie sehr ich das zu schätzen wusste.

Nachdem ich den Teller im Abtropfgestell platziert hatte, trocknete ich mir die Hände an einem Geschirrtuch ab. »Wenn du noch kitschiger wirst, klebst du am Stuhl fest.«

Er lachte nur. »Halt die Klappe.«

Das Geschirrtuch warf ich auf die Arbeitsfläche, dann marschierte ich in Richtung Tür und gab Danny im Vorbeigehen einen Kuss auf die Stirn. Er roch nach frischem Schweiß und Zitrus und … etwas Medizinischem. Ich brauchte einen Moment, um den Geruch als Schmerzsalbe zu identifizieren. Doch weil ich durchaus wieder Sex unter der Dusche haben wollte, behielt ich jeglichen Kommentar darüber für mich.

Viel Zeit blieb mir nicht, aber ich gönnte mir einen Augenblick, in dem ich seinen vertrauten Duft einsog wie ein Psycho. Den Schmerzsalbegeruch blendete ich dabei aus. Danny hatte gesagt, dass er stolz auf mich war, und das bedeutete mir mehr, als er ahnte. »Danke«, raunte ich leise an seiner Schläfe.

Er brummte und verspeiste weiter sein Rührei. »Nimm den Müll mit raus, ja?«

Das entlockte mir ein Lachen. Er war so verdammt romantisch, dass es kaum auszuhalten war.

*

Dakota Daydream lebte in einem Wohnheim. Einem verdammten Studentenwohnheim.

Mein Blick wanderte an dem achtstöckigen Gebäude nach oben. Darin befand sich ein großes, geschlechtergemischtes Dauerwohnheim für Aufbaustudiengänge, und alles wirkte ziemlich gepflegt. Das änderte jedoch nichts an der Tatsache, dass ich bei jemandem Rat suchte, der noch grün hinter den Ohren war.

Ich hätte nie gedacht, dass ich ihn wiedersehen würde, und dass ich ihn von mir aus aufsuchte, erst recht nicht. Aber ich brauchte Hilfe, und er war von allen Durchgeknallten noch der normalste – das wollte schon was heißen, oder?

Ich trottete in Richtung Eingangstür. Eigentlich brauchte man eine Schlüsselkarte, um hineinzugelangen, aber ein vertrauensseliger Mensch hielt mir die Tür auf. Weiter im Inneren des Gebäudes gab es noch eine Tür mit Schlüsselkarte, doch eine Studentin eilte nach draußen, bevor ich Dakota anrufen konnte, und ich huschte hindurch.

Hach. Sicher wie Fort Knox. Kopfschüttelnd gelangte ich zu einem Aufzug, in dem es nach Pizza und alten Socken roch. Vielleicht lag es daran, dass ich schon so lange bei der Polizei war, oder aber an der Paranoia, der ich mich durchaus gerne mal hingab, doch die laschen Sicherheitsvorkehrungen machten mich nervös.

In Dakotas Stockwerk angekommen, ging ich den Flur hinunter und wich dabei ein paar Studenten aus, die schwer beschäftigt zu sein schienen. Und ich kam mir uralt vor. Schließlich klopfte ich an Dakotas Tür, die dadurch nach innen aufschwang. *Ach du Scheiße.* Leute, die einem Türen an sicherheitsrelevanten Punkten aufhielten, nicht abgeschlossene und halb geöffnete Wohnungstüren ... Dieses Gebäude war der feuchte Traum eines Serienkillers.

Im Apartment saß ein junger Mann in karierten Shorts und einem zerknitterten T-Shirt auf einer Couch und war eben dabei, in ein Stück Pizza zu beißen. Er wandte den Blick gerade lange genug vom dröhnend lauten Fernseher ab, um mich »Was geht?« zu fragen. Offenbar kam es ihm kein bisschen seltsam vor, dass da ein völlig Fremder im Türrahmen stand, denn er aß unbekümmert weiter.

Meine Tage des »Was geht« waren schon gut zehn Jahre vorbei, deshalb räusperte ich mich, um noch einmal auf mich aufmerksam zu machen. »Ist Dakota da?«

»Jep.« Dann aß er weiter, als wäre nichts gewesen.

Ich seufzte. »Könntest du ihn bitte für mich holen?«

»Kein Problem, Alter. Jo, Dream!«, brüllte er. »Hier is' jemand für dich.«

»Danke, das hätte ich auch alleine geschafft«, meinte ich mit einem Schnauben.

»Dafür siehst du zu zugeknöpft aus. Nichts für ungut.« Er grinste mich breit an. »Pizza?«

Zugeknöpft? Ich schaute an mir herunter auf meine sandfarbene Chinohose und das gebügelte, weiße Hemd. *Das nennt man business casual, du Idiot. Wart's ab, wie du aussiehst, wenn du zehn Jahre lang für das FBI arbeitest.* Siebzig Prozent meiner Garderobe bestanden aus Anzughosen und Hemden.

Als ich gerade antworten wollte, erschien Dakota im Türrahmen, der von einem Perlenvorhang verdeckt wurde. Die Perlen klimperten fröhlich, als sie wieder an ihren Platz fielen. Dakota trug legere weiße Cargo-Shorts und ein blaues Tanktop, auf dessen Front ein springender Hai mit Wasserspritzern abgebildet war, kombiniert mit weißen Flipflops.

»Yo, Dream«, begrüßte ich ihn sarkastisch, doch er lächelte mich nur an und schob seine Brille mit einem Finger nach oben.

»Schön, dass es geklappt hat. Ich habe dir ja gesagt, dass wir uns wiedersehen werden.«

»Freu dich nicht zu früh.« Ich musterte ihn missmutig. »Wenn man sonst Yoga in einem weißen Strampler mit einem Mann namens Baum machen müsste, wird man ein bisschen weniger wählerisch.«

Sein Grinsen wurde breiter. »Tree ist großartig, oder? Ich habe noch nie einen so geduldigen Lehrer erlebt. Den bringt sicher kein Schüler aus der Ruhe.«

»Er hat mich geschlagen«, informierte ich ihn angesäuert.

Dakotas Augen wurden groß, und ihm blieb der Mund offen stehen. »Nun ... äh ... jeder kommt wohl irgendwann an seine Grenzen. Wollen wir anfangen?«

»Klingt gut.«

»Mein Zimmer ist ein bisschen klein, deswegen wollte ich mich eigentlich hier an den Tisch setzen ...« Er verstummte und warf seinem Mitbewohner einen Seitenblick zu. Der beobachtete uns, als wären wir besonders interessante Präparate, die er unter dem Mikroskop genauer betrachten wollte.

Dakota räusperte sich. »Vielleicht würde es Wallace nichts ausmachen, irgendwo anders fernzusehen.«

»Ach ja? Und warum sollte Wallace das tun?«, fragte der Angesprochene mit hochgezogenen Augenbrauen.

»Weil wir etwas Privatsphäre brauchen«, erwiderte Dakota.

»Oh. *Oh.*« Wallace lachte. »Darum geht es also?«

»Nein, darum geht es nicht.« Dakotas Wangen färbten sich rot. »Stimmt doch, oder?«

Ich warf entnervt die Hände in die Luft. *Mein Freund wird dich mit einer Dose Erbsen erschlagen, wenn du so weitermachst.* »Natürlich nicht. Wallace und seine Pizza scheinen es sich gemütlich gemacht zu haben. Lass uns spazieren gehen.«

Dakotas Gesichtsausdruck hellte sich auf. »Klingt gut. Es ist so schönes Wetter, und ich war in letzter Zeit ziemlich viel drinnen, weil ich lernen musste.«

Wallace winkte uns hinterher.

»Ignorier ihn einfach«, meinte Dakota auf dem Weg den Flur hinunter. »Er ist ein Chaot, aber sonst wirklich in Ordnung. Und außerdem ein Genie in Robotertechnik.«

Wallace war mir völlig egal, ich wollte endlich zur Sache kommen. »Ich brauche deine Hilfe.«

Wir erreichten den Aufzug und stiegen ein. »Dafür bin ich da«, erwiderte er lächelnd.

»Du weißt, dass ich Geister sehen kann, ja?« Als er nickte, ließ ich langsam einen Atemzug entweichen. Das zu erzählen wurde auch nicht leichter. Bislang tat ich es nur, wenn es absolut notwendig war, und das passierte zum Glück nicht so oft. »Ich bin endlich an einem Punkt in meinem Leben angelangt, wo ich das nicht mehr leugnen will. Ich bin froh, dass ich ihnen helfen kann. Jedes Mal, wenn ich jemanden darin unterstütze, einen Abschluss zu finden, ist es … als hätte ich etwas Bedeutendes getan. Etwas, das sonst niemand kann.« Ich schluckte. »Wir sind nicht dazu geschaffen, ewig auf Erden zu wandeln, unfähig, Frieden oder Ruhe zu finden. Dabei kann ich ihnen helfen, und ich verstehe jetzt auch, wie besonders das ist.«

»Aber?«, hakte er nach.

Wir stiegen im Erdgeschoss aus.

»Aber es ist wie ein Kreislauf, der niemals endet. Ich habe das Gefühl, keinerlei Fortschritte zu machen. Jedes Mal, wenn ich einem von ihnen helfe, kommt direkt der nächste und nimmt seinen Platz ein. Ich stecke bis zum Hals in Geistern und komme nicht hinterher.«

»Und was willst du dagegen tun?«

»Tun?« Ich blinzelte. »Hauptsächlich mich bei dir darüber beschweren, denke ich.«

Er lachte. »Das ist auf jeden Fall eine Möglichkeit.«

Wir suchten uns einen Weg durch die vielen Studenten auf dem Gehweg, und ich fragte mich, ob wohl gerade einige Kurse zu Ende waren. Mein Blick fiel auf ein Schild, das einen Poetry-Slam bewarb, und plötzlich überkam mich ein bisschen Nostalgie, als ich an meine eigene Studentenzeit zurückdachte. Dakota und ich schlenderten in einträchtigem Schweigen nebeneinander her, untermalt vom Geräusch seiner Flipflops auf dem Asphalt.

Der Campus war wirklich schön. Alles wirkte herausgeputzt – kein Müll auf den Gehwegen, die Gebäude frisch gestrichen und ohne Graffiti, und die Rasenflächen waren sauber gemäht. Wohin wir gingen, war mir ziemlich egal, also fragte ich nicht nach. Und er hatte recht, es war tatsächlich ein schöner Tag. Ich würde mich sicher nicht über einen kleinen Spaziergang in angenehmer Gesellschaft beschweren.

Wir unterhielten uns erst weiter, als um uns herum weniger los war und wir uns in einem lang gezogenen, überdachten Durchgang zwischen zwei Gebäuden befanden.

»Wie lange kannst du schon Geister sehen?«, fragte Dakota. »Die Frage bekommst du wahrscheinlich oft gestellt, aber ich bin so wahnsinnig neugierig.«

»Seit ich ein Kind bin. Vielleicht so mit sechs? Sieben?« Stirnrunzelnd versuchte ich, mich zu erinnern. »Aber ich weiß nicht mehr den genauen Tag, an dem ich zum ersten Mal einen Geist gesehen habe.«

»Warum nicht? Man sollte meinen, dass einem so was im Gedächtnis bleibt.«

»Vermutlich wäre das auch so, wenn ich gewusst hätte, um was es sich dabei handelt. Für mich waren es einfach Menschen. Freunde, mit denen ich reden konnte und die kamen und gingen, wie es ihnen passte. Verwirrend und problematisch wurde es erst, als mir klar wurde, dass sie außer mir niemand sehen konnte.«

»Was haben deine Eltern dazu gesagt? Robin und Leo, nicht wahr? Und was ist mit deiner Zwillingsschwester Skylar?«

Ich warf ihm einen Seitenblick zu. »Da hat aber jemand seine Hausaufgaben erledigt.«

»Das macht man als guter Wissenschaftler doch so, oder?«, gab er mit roten Wangen zurück.

»Ich habe es niemandem erzählt«, erklärte ich schulterzuckend. »Stattdessen habe ich angefangen, die Geister zu ignorieren, und irgendwann haben sie aufgehört, mit mir zu reden. Aber sie waren immer da.«

»Hat denn nie jemand was vermutet?«

»Meine Mutter wusste wahrscheinlich, dass irgendwas im Busch war, nur nicht, was. Ab da habe ich alles abgelehnt, was nicht *normal* war – unseren Lebensstil, ihre ganzheitliche Betrachtung der Welt, die Hippie-Kommune ...« Ich schob die Hände in meine Hosentaschen. »Als Teenager habe ich ein paar wirklich unschöne Sachen zu ihnen gesagt. Darauf bin ich nicht stolz.«

»Du dachtest, wenn du möglichst normal bist, verschwinden die Geister irgendwann ganz«, mutmaßte Dakota. »Dass sie dich dann vergessen würden.«

»Das hatte ich gehofft.« Mir entkam ein selbstironisches Lachen. »Dumm, oder?«

»Nicht dumm.« Er schüttelte den Kopf. »Ein bisschen naiv vielleicht. Die menschliche Gefühlswelt ist ein komplexes Minenfeld, in dem man schon ohne paranormale Impulse mitunter Schwierigkeiten bekommt. Manche von uns wollen sich unsichtbar machen und in der Masse abtauchen, andere tun alles, um gesehen und gehört zu werden. Damit sie jemand wahrnimmt. Im Verlauf unseres Lebens bewegen wir uns immer irgendwo zwischen diesen beiden Extremen.«

»Ich weiß ziemlich genau, wo ich mich auf der Skala einordnen würde«, entgegnete ich trocken.

»Im Moment. Weil dir nicht gefällt, wofür du Aufmerksamkeit bekommst.« Mit einer Geste hinderte er mich am Widersprechen. »Denk drüber nach. Als du noch beim FBI warst, hattest du überhaupt nichts gegen die Auszeichnungen für deine hervorragende Arbeit als Profiler. Nur wenn Geister im Spiel sind, würdest du gerne unterm Radar fliegen.«

»Absolut«, sagte ich ohne Umschweife. »Es ist schließlich nicht zu leugnen, dass mit diesem Thema auch ein gewisses Stigma verbunden ist.«

»Es ist kein Thema«, tadelte Dakota mich freundlich. »Es ist dein Geburtsrecht. Ein Teil deiner Identität. Davor kannst du dich nicht verstecken.«

»Glaub mir, ich weiß, dass es kein Versteck davor gibt. Insbesondere, nachdem ich mich mit ein paar von ihnen näher unterhalten habe und nun weiß, wie ich für sie aussehe.«

Dakotas Augen wurden groß, und es war klar, dass er mehr darüber wissen wollte. Ich lachte in mich hinein. Er war so wissbegierig. Wahrscheinlich würde er schnurstracks in sein Zimmer rennen, wenn wir hier fertig waren, und alles gewissenhaft aufschreiben.

Als ihm bewusst wurde, dass er mich anstarrte, wandte er verlegen den Blick ab. »Tut mir leid. Ich will dich nicht wie ein Forschungsobjekt behandeln, aber ich würde gerne … na ja, mehr erfahren, wenn das für dich okay ist.«

»Einer der Geister hat mir gesagt, dass ich für sie wie ein Licht bin. Dass ich ein Licht ausstrahle, von dem die Geister sich angezogen fühlen. Ich hatte nie eine Chance, mich vor ihnen zu verstecken, das habe ich nur nicht gewusst.«

Wir blieben an einem zugewucherten Garten stehen, der laut einem kleinen Schild Mortimer Gray gewidmet war, einem Professor des landwirtschaftlichen Instituts. Das Schild war von langstieligen, violetten Blumen verdeckt, die sich in der Brise wiegten. Vorsichtig schob ich ein paar von ihnen beiseite, um den Rest des Textes über Grays Verdienste lesen zu können. Als ich fertig war, schaute ich wieder auf und bemerkte, dass Dakota mich lächelnd beobachtete.

Ich schnaubte genervt. »Du würdest mich am liebsten in einem Labor einsperren und mir ein paar Elektroden verpassen, oder?«

»Sorry. Aber Vermittler zwischen dem Hier und dem Jenseits sind ganz schön selten. Verdammt, es ist seltsam genug, überhaupt eine Bestätigung zu bekommen, dass es tatsächlich ein Jenseits gibt.«

»Meine Schwester ist der Meinung, dass jeder irgendwie in Verbindung mit Geistern steht. Dass wir nur besser auf die Energie der Erde zugreifen können als andere Menschen.«

»Wir Menschen sind ihr Anker in der physischen Welt und der einzige Grund, warum sie hier verweilen. Tendenziell würde ich deiner Schwester recht geben.«

Ich warf ihm einen finsteren Blick zu. »Diese Worte ergeben in ihrer aktuellen Satzstellung keinen Sinn für mich.«

Er lachte nur. »Es kann schon ein bisschen verwirrend sein, aber ich bin der festen Überzeugung, dass jeder in irgendeiner Form übernatürliche Fähigkeiten besitzt. Die meisten Menschen wissen nicht, wie sie sie nutzen können, oder sie *wollen* sie nicht nutzen, aber die Möglichkeit besteht grundsätzlich.«

»Die meisten Menschen würden das wohl ablehnen.«

»Unseren gewöhnlichen Sinnen wohnt ein erweitertes intuitives Potenzial inne.« Er lächelte erneut, weil er wohl merkte, dass ich von dem zugewucherten Garten abgelenkt war, und deutete in die entsprechende Richtung. »Wir können gerne da durchgehen. Ich weiß, dass sensorisch sensible Menschen wie du sich in der Nähe von Natur wohler fühlen.«

Ein sensorisch sensibler Mensch, der die Nähe zur Erde brauchte? Ich blinzelte ein paarmal. »Ich weiß nicht, ob du verstehst, was ich vorhabe ...«

»Du versuchst, ein besseres Verständnis für dich selbst und Kontrolle über deine Gabe zu erlangen. Dafür musst du aber alle Aspekte von dir annehmen, nicht nur die, die dir gefallen. Der geistersehende Rain ist derselbe, der für das BBPD arbeitet ... derselbe fähige Rain, der du immer gewesen bist.« Er nickte in Richtung Garten. »Gehen wir noch ein Stück.«

»Aber ...«

Dakota ignorierte mich und wies auf meine Schuhe, während er seine eigenen abstreifte. »Und zieh die aus.«

Ich wollte mich nicht mehr wehren. Also tat ich es ihm gleich und stellte meine Schuhe ordentlich am Fuß eines Baums ab, bevor ich ihm durch den Garten folgte. Alles um mich herum war wild und wunderschön, eine Explosion so leuchtender Farben, dass sie beinahe unnatürlich wirkten. Hier war es kühler, wahrscheinlich durch das Blätterdach der hohen Bäume. Man hatte den Eindruck, sich in einem Stück Regenwald mitten auf dem Campus zu befinden.

Zugeben wollte ich es nicht, aber ich fühlte mich sofort besser, als meine nackten Füße die Erde berührten. Dakota beobachtete mich aus den Augenwinkeln und dachte wohl, ich würde es nicht bemerken. Dem Lächeln auf seinen Lippen nach musste ich offenbar gar nichts laut zugeben.

»Du siehst trotzdem aus wie sechs«, informierte ich ihn.

Er grinste.

*

Ich saß im Wohnzimmer alias meinem Behelfsbüro, als mir plötzlich ein verführerischer Duft in die Nase stieg. Verärgert darüber, dass ich ihn so lange ignoriert hatte, knurrte mein Magen laut und zog sich schmerzhaft zusammen. Danny trat mit zwei Tüten in der Hand in den Türrahmen.

»Ich hoffe, du hast noch nicht gegessen.« Er hielt die Tüten hoch. »Ich habe Mexikanisch mitgebracht.«

»Riecht gut.« Ich rieb mir über die müden Augen und ließ mich auf meinem Stuhl nach hinten sinken. »Ich habe dich gar nicht reinkommen gehört.«

»Und ich weiß auch, warum. Du siehst aus, als würdest du versuchen, alle Rätsel der Menschheitsgeschichte zu lösen.«

»Nicht alle Rätsel. Nur das eine.«

Dannys Mundwinkel zuckten nach oben. »Ich bin froh, dass du die Bombe überlebt hast, die hier eingeschlagen hat.«

Ein bisschen verlegen schaute ich mich um. Normalerweise war ich ein recht ordentlicher Mensch, aber nicht, wenn ich mich in die Arbeit vergrub. Sowohl meiner als auch Masons Laptop hingen am Strom, und die Kabel blockierten den Durchgang. Mein Whiteboard hatte sich in einer anderen Ecke breitgemacht – und ja, ich war so süchtig nach Whiteboards, dass ich auch zu Hause eins aufstellte. Auf dem ganzen Tisch lagen Ausdrucke verstreut, und da der Tisch ziemlich lang war, war es eine Menge Papier. Dazu kamen noch zwei Stühle, auf denen ich meine Aktentasche und Ordner deponiert hatte.

Das war schon irgendwie peinlich. »Ich räum das natürlich alles wieder weg.«

»Davon bin ich ausgegangen, und es war auch keine Kritik.«

Also nur eine Feststellung? Einen Moment lang schaute ich ihm in die Augen und wusste nicht recht, was ich sagen sollte. Ich hatte bereits vor langer Zeit beschlossen, in Bezug auf unsere Beziehung auf Label zu verzichten. Aber ich sollte schon wissen, ob ich mit meinem Partner zusammenlebte, oder?

Es fiel mir schwer, Dinge einfach geschehen zu lassen, und ich mochte keine Veränderungen. Sicherheit, Zeitpläne und Stabilität waren mir wesentlich lieber, weil sie etwas in mir beruhigten und beschwichtigten, und das würde auch immer so sein. Wenn ich raten müsste, ging dieses Bedürfnis wohl auf eine Kindheit zurück, die ich in einem umgebauten Schulbus in einer Hippie-Kommune verbracht hatte. Mit einer Gruppe von Menschen, die ihre Sachen packten und umzogen, wann ihnen gerade der Sinn danach stand. Dass immer wieder Geister in meinem Leben auftauchten und irgendwann verschwanden, verschärfte die Sehnsucht nach Stabilität nur noch.

Es wäre für mich in Ordnung, wenn Danny ein bisschen Raum für sich brauchte. Oder wenn er wollte, dass wir zusammenzogen. Ich musste nur wissen, was Sache war. Wo standen wir in unserer Beziehung? Wollte er einen Schritt nach vorn oder zurück machen? Es gab wohl nur eine todsichere Möglichkeit, um das herauszufinden: Ich musste diese Fragen stellen.

Ob ich bereit war, die Antworten darauf zu hören, wusste ich jedoch nicht.

»Also.« Er sah sich nach einem freien Platz für die Essenstüten um und entschied sich dann für einen Stuhl, bevor er sich mir gegenüber auf einen anderen setzte. »Wie war dein Tag?«

Das war keine einfache Frage, sondern ein Code, doch ich wollte noch nicht über meine Session mit Dakota sprechen. »War okay.«

»Ich hatte auch einen produktiven Tag«, meinte er und musterte mich dabei. »Ich habe meiner Mutter gesagt, dass ich an den nächsten Samstagen wieder vorbeikommen werde. Es gibt ziemlich viel zu reparieren.«

Es dauerte einen Moment, bis ich die Information zwischen den Zeilen verstand. *Ich bin samstags beschäftigt, also kannst du dich regelmäßig mit ihm treffen.*

»Das ist nett von dir.« Unwohl ließ ich die Schultern kreisen. »Sag Bescheid, wenn ich irgendwie helfen kann.«

»Das meiste geht alleine, ich schiebe es nur schon zu lange auf«, erklärte er beiläufig. »Wenn du … samstags also was anderes vorhast, wäre das kein Problem.«

»Das behalte ich im Hinterkopf.« Ich verengte die Augen ein wenig, mein eigener Code, um ihm eine Warnung zu schicken. *Lass es gut sein, Irish. Ich will dir nicht an die Gurgel gehen, aber meine Krallen fahren sich ohne meine Erlaubnis aus.* »Wolltest du mir nicht was zu essen geben?«

»Ach, auf einmal bist du am Verhungern.« Sein Blick fiel auf das Whiteboard hinter mir. Ja, das sah nach heillosem Durcheinander aus. Dort hatte ich alles über die acht vermissten Männer zusammengetragen – Fotos, Vermisstenflyer und genug winziges Gekritzel, das ich selbst kaum lesen konnte. »Sind das die Männer von Chevys Liste?«

»Ja, acht insgesamt«, bestätigte ich. »Ich habe versucht, Gemeinsamkeiten zu finden.«

Danny nahm die Notizen genauer unter die Lupe. »Was bedeuten die farbigen Linien? Ist das eine Art Karte?«

»Was?« Ich drehte mich auf meinem Stuhl um, um seinem Blick zu folgen. »Nein, das sind die Gemeinsamkeiten. Die blaue Linie zwischen den unteren vier steht für die Art des Verschwindens. Alle wurden gesehen, wie sie auf den Beifahrersitz eines blauen oder schwarzen Autos gestiegen sind.«

»Ich sage das ja nicht gerne, aber das sind komplett unterschiedliche Farben.«

»Du weißt doch, wie oft sich Augenzeugen irren. Und je nach Farbton kann blau durchaus auch schwarz wirken.«

»Wofür steht die rote Linie in der oberen Reihe?«

»Hm ... Das sind Männer, die vor über zehn Jahren verschwunden sind. Halt, nein.« Ich brauchte einen Moment, um meine eigenen Abkürzungen zu entziffern. »Ihre Autos wurden auf den Parkplätzen von Einkaufszentren gefunden.«

»Demselben Einkaufszentrum?«

»Nein, aber alle standen in einem Bereich, der nicht videoüberwacht war. Das kann kein Zufall sein.« Bevor er fragen konnte, deutete ich auf die untere Reihe. »Die gelbe Linie zeigt, welche Männer zuletzt an einem Fernbus-Bahnhof gesehen wurden.«

»Paul Marks und Abraham Bell?«

»Genau. Samuel Abbot und Silas Black wurden zuletzt in einer Bar gesehen, das sind die blauen Kreise da.«

»Dieselbe Bar?«

»Na ja, nein. Aber Samuel wurde ebenfalls dabei beobachtet, wie er in ein blaues oder vielleicht schwarzes Auto einstieg …« Ich warf einen Blick auf meine Notizen, folgte der kreisförmigen Linie und gab einen triumphierenden Laut von mir. »Was uns wieder nach dort oben führt. Wie du siehst, passt das alles zusammen.«

»Wie ich sehe?« Danny zog eine Augenbraue nach oben. »Höchstens der Kerl aus ›A Beautiful Mind‹ könnte vielleicht mit diesem Board was anfangen.«

Ich schnaufte leise. »So schlimm ist es nun auch nicht. Ich meine, es ist schon ein bisschen … voll, aber es gibt ein kreisförmiges Muster, wenn man nur …«

»Und seit wann arbeiten Serienmörder so kreuz und quer?«, fuhr er fort. »Du hast selbst betont, wie wichtig ihnen Routine ist und dass sie nicht gerne davon abweichen.«

Na, guck einer an. Da hat doch jemand tatsächlich zugehört. Vor drei Monaten hatte ich Graycie einen Gefallen getan und einen Vortrag über Serienkiller gehalten, zu dem Danny mitgekommen war. Eine halbe Stunde nach Beginn hatte ich ins Publikum geschaut und ihn entdeckt, wie er mit aufgesetzter Kapuze auf seinem Stuhl weiter nach unten gerutscht war. Nach einer Dreiviertelstunde waren seine Augen geschlossen, und sein Mund stand im Schlaf leicht offen.

»Ich *wusste*, dass du nicht die ganze Zeit über gepennt hast!«

Danny schmunzelte. »Wissen gelangt auch durch Osmose ins Hirn.«

Zugegebenermaßen hatte er recht – nicht mit der Osmose, aber mit dem Rest –, was mich extrem nervte. Serienkiller liebten ihre Routinen. Sie wichen davon ab, wenn sie es mussten, aber der eigentliche Plan sah anders aus. Spontanität beinhaltete zu viele unbekannte Variablen, und unbekannte Variablen waren unter Umständen nicht kontrollierbar. Kontrollverlust war für einen Serienmörder ein No-Go.

»Ich sage ja nicht, dass du unrecht hast«, meinte Danny. »Aber ich suche nach einer Verbindung zwischen allen Männern.«

»Sie sind alle zwischen zwanzig und dreißig Jahre alt, schlank und relativ klein. Keiner von ihnen ist über eins fünfundsiebzig groß.«

»Vielleicht sucht er sich Ziele aus, die er leicht überwältigen kann.«

»Leicht ist kein relevanter Faktor für einen Serienkiller. Wenn große Muskelprotze seinem Typ entsprechen, findet er oder sie einen Weg, die Tat zu vollbringen.« Ich kaute nachdenklich auf meiner Unterlippe herum. »Nein, es muss einen Grund geben, warum er sich ausgerechnet diese Männer ausgesucht hat. Den müssen wir rausfinden.«

»Gibt es ein Muster bei ihrem Verschwinden?«

»Etwa alle drei bis fünf Jahre einer. Das ist ein langes Zeitintervall, aber trotzdem ein Muster.«

»Warum so unregelmäßig?«

»Es kommt auf den Stressfaktor an, der Auslöser für das Bedürfnis zu töten ist. Eine Theorie besagt, dass Serienmörder verschiedene Phasen durchlaufen.«

»Oh Scheiße«, brummte Danny. »Ich habe einen Flashback. Wenn du jetzt noch einen Laserpointer in die Hand nimmst und dir eine randlose Brille aufsetzt, laufe ich …«

»Gefahr, nie wieder einen Blowjob zu bekommen? Gut kombiniert, Liebling.« Ich kehrte zu meinem ursprünglichen Gedankengang zurück. »Der Stressfaktor tritt in der Aura-Phase auf, wenn er zunehmend nicht mehr zwischen Realität und Fiktion unterscheiden kann. Der Zeitraum der

Abkühlung, der das Intervall bestimmt, beginnt mit der Depressionsphase nach dem Mord.«

»Warum fängt er dann wieder damit an?«

»Die Leere in ihm wird größer, die Einsamkeit wächst. Beides wird immer schlimmer und irgendwann unüberwindbar. Er kann nicht anders, als den Kreislauf von vorne zu beginnen.«

»Diese acht Männer kommen aus so unterschiedlichen Milieus. Wie du die miteinander in Verbindung bringst, ist mir ein Rätsel.«

Ich öffnete den Mund, um zu widersprechen, doch seine nächsten Worte nahmen mir den Wind aus den Segeln.

»Aber ich vertraue deinem Instinkt.«

»Oh. Danke«, erwiderte ich ungelenk.

»Nicht der Rede wert.« In Dannys Augen stand wieder ein belustigtes Funkeln. »Und das meine ich wörtlich. Wenn du mir nie wieder Vorträge über Serienkiller hältst, ist das für mich auch okay.«

»Und wie komme ich jetzt an mein Essen? Bringt mir das ein Lastenesel?«

»Na schön.« Leise lachend erhob er sich vom Tisch. »Fang nicht mit was Neuem an. Ich brauche nur eine Minute, um es wieder warm zu machen.«

Lächelnd schaute ich ihm nach, und einen Augenblick später hörte ich das Rascheln der Tüten und das Klappern von Tellern. Das unverwechselbare Klimpern des Bestecks. Die Geräusche, die er in der Küche machte, beruhigten mich. Die Tür der Mikrowelle wurde geschlossen, und Danny kommentierte ihr Summen mit seinem eigenen.

Den Blick auf das Board gerichtet lehnte ich mich gegen den Tisch zurück und verschränkte die Arme. Trotz unserer Bemühungen hatte ich immer noch zu viele Verdächtige. War es Luke, der sich seines Bruders entledigte, dem er nie das Wasser reichen konnte? Lebenslange Missgunst konnte durchaus genug Wut schüren, um jemanden umzubringen.

Aber da war auch noch Carter. Mason hatte ihn abgewiesen. Das war sicher nicht leicht für einen Mann, der es nicht gewöhnt war, ein Nein zu hören. Vielleicht hatte Carter sich dazu entschieden, den Mann zu töten, der ihm nicht aus dem Kopf ging. Und auch Casey konnte ich nicht ausschließen. Er war in Mason verliebt gewesen, doch Mason erwiderte seine Gefühle nicht. Unerfüllte Liebe ließ Menschen seltsame Dinge tun. Furchtbare Dinge.

Ich wusste genau, dass hinter einem dieser lächelnden Gesichter auf den Fotos ein eiskalter Killer lauerte. Wer von ihnen war nicht nur in der Lage gewesen, Mason und Hunter umzubringen ... sondern auch noch acht weitere Männer? Das herauszufinden würde nicht leicht werden.

Doch unser Killer hatte Pech: Ich scheute nie vor einer Herausforderung zurück.

Kapitel 25

Am nächsten Samstag traf ich mich erneut mit Dakota. Die Session begann ähnlich wie unsere letzte, inklusive eines unappetitlichen Bonus in Form von Wallace in noch weniger angezogen. Er machte mir nur mit alten Boxershorts bekleidet die Tür auf und kaute dabei einen Salami-Snack. Er bot mir sogar einen Bissen an und zuckte nur die Schultern, als ich ablehnte.

Meine Nasenflügel zuckten. Das Wohnzimmer stank nach Wurst und ihren Folgen. »Wie viele hast du schon gegessen?«

»Sieben, glaube ich. Ich habe morgen eine Prüfung, kann mir keine Zeit zum Essen nehmen.«

Oder zum Duschen. Oder um mal ein bisschen Raumerfrischer zu benutzen. Als Dakota endlich aus seinem Zimmer kam, schlug ich hastig einen weiteren Spaziergang vor. Er stimmte mit seinem üblichen sonnigen Lächeln zu, und wir überließen Wallace und seinen Gestank ihrem Schicksal.

Ziellos schlenderten wir über den Campus, doch irgendwann landeten wir wieder an dem Garten, in dem wir schon am letzten Wochenende gewesen waren. Wie immer war Dakota ein wahrer Quell an Informationen. Mir gefiel, wie er eher allgemein gehalten über das Geistersehen sprach – nichts deutete darauf hin, dass er mich gruselig fand.

»Du meinst also, dass jeder Mensch in einer gewissen Form meine Fähigkeiten besitzt?«, fragte ich.

»Auf die ein oder andere Weise. Nehmen wir doch zum Beispiel das Hellsehen. Hast du schon mal mit jemandem gesprochen, der von einem verstorbenen geliebten Menschen geträumt hat? Die meisten Leute schieben das beim Aufwachen beiseite und glauben vielleicht, dass der Verstorbene in ihren Träumen erschienen ist, weil sie zuvor an ihn gedacht haben. Aber war das wirklich nur ein Traum? Oder wurden sie womöglich tatsächlich im Schlaf besucht?«

»Ja, das würde sie dann von anderen Menschen unterscheiden. Und zuzugeben, dass man anders ist, als man dachte, kann Angst machen«, murmelte ich.

»Wer bestimmt, was anders ist und was nicht?« Dakota zuckte die Schultern. »Und Hellwissen dürfen wir auch nicht vergessen.«

»Ich kann nicht vergessen, was ich gar nicht kenne«, meinte ich mit hochgezogener Augenbraue.

Er lachte. »Das Gefühl, wenn man etwas ohne jeden Zweifel weiß, mit jeder Faser des Seins, auch wenn es dafür keine logische Erklärung gibt. Oder Hellfühlen, wenn man tief in sich spürt, dass etwas nicht stimmt. Es gibt sogar Menschen, die Hellhören erlebt haben, wenn man etwas hört, das unmöglich von einem selbst stammen kann, wie einen Namen oder einen Gedanken oder sogar ein Wort.«

Das ließ ich erst einmal sacken, während wir den kleinen Teich inmitten des Gartens umrundeten. Leise plätscherndes Wasser trug zur friedlichen Atmosphäre bei, und große, bunte Koikarpfen flitzten dicht unter der Oberfläche herum und schienen uns auf unserem Weg zu verfolgen. Offenbar waren sie daran gewöhnt, von Besuchern gefüttert zu werden. Der Untergrund um den Teich war feucht und weich unter meinen Füßen, aber das störte mich nicht. Schließlich blieben wir vor einer riesigen Pflanze stehen, und Dakota nahm sich einen Moment Zeit, um an ihren Blüten zu schnuppern.

Seine Worte ergaben durchaus Sinn. Während meiner Berufsjahre waren mir einige Male Menschen begegnet, die

Hellfühlen erlebt hatten, dieses starke Gefühl, das ihnen sagte, was sie tun und lassen sollten. Steig ins Auto oder geh weiter. Trink noch einen oder geh früher nach Hause. Lass es drauf ankommen und geh allein zum Auto oder warte auf einen Security-Mitarbeiter, der dich begleitet.

Manchmal hing das Überleben einer Person davon ab, ob sie auf diesen flüchtigen Gedanken hörte oder nicht. Und in Sachen Hellhören ... Ich hatte einmal in einem Traum mit einem Mann Deutsch gesprochen. Ja, ich beherrschte vier Sprachen, aber Deutsch gehörte nicht dazu.

Einige der Blüten waren bereits am Verblühen, und Dakota strich abwesend mit den Fingerspitzen über eine von ihnen. »Wir greifen nur auf einen winzigen Teil unseres Gehirns zu, aber das heißt nicht, dass der Rest nicht genutzt wird. Im Prinzip funktioniert es wie ein Computer, der immerzu Daten sammelt. Selbst wenn wir diese Daten nie abrufen, sind sie doch auf unserer Festplatte gespeichert. Vielleicht hast du einfach nur mehr Zugriff auf diese Daten als die meisten Menschen, und davor muss man keine Angst haben.«

Dakota nahm eine interessante Perspektive ein, die mir irgendwie gefiel. Ich war kein Freak oder ein mythisches oder magisches Wesen. Ich konnte nur mehr von meinem Gehirn nutzen als viele andere.

Ich seufzte. »Jetzt habe ich definitiv Stoff zum Nachdenken. Vielleicht werde ich ...«

»Was wirst du?«, hakte Dakota nach, als ich mitten im Satz abbrach.

Ich antwortete nicht, denn in diesem Moment wurde mir klar, dass ich nicht der Einzige mit Geheimnissen war. Dakota folgte meinem Blick zu der gerade noch verwelkten Blüte, die nun wieder aufrecht stand und in kräftigem Rosa erstrahlte. Einige Triebe der Pflanze hatten sich in Richtung seiner Hand ausgestreckt, und direkt vor meinen Augen wickelte sich einer davon um sein Handgelenk. Als würden sie von ihm angezogen werden.

Rasch zog er seine Hand weg, und seine Wangen leuchteten im gleichen Farbton wie die Blüte. »Wollen wir weitergehen?«, fragte er.

»Was bist du?«, erkundigte ich mich zögerlich.

»Das ist nicht wichtig.«

War es nicht? Mein Verstand überschlug sich beinahe im Versuch, das zu verstehen. »Die Pflanzen fühlen sich zu dir hingezogen. Gehst du deshalb gerne durch die Gärten? Bist du eine Art … eine Art …« Ich gab auf, und er schien nicht bereit, meine Wissenslücke zu schließen.

»Ich habe doch gesagt, dass Menschen wie wir eine besondere Verbindung zur Natur haben«, entgegnete er steif.

»Menschen wie wir? Du siehst … Geister?«

»Nein. Menschen, die anders sind. Wir verbinden uns anders mit der Erde.« Seine Wangen waren noch immer gerötet. »Aber wir sind nicht hier, um über mich zu sprechen.«

Nicht, solange er nur ein hyperneugieriger Student mit überraschend hilfreichen Ratschlägen war. Doch jetzt entpuppte er sich als eine Art Pflanzenflüsterer, und das faszinierte mich ungemein. Der trotzige Zug um seinen Mund verriet mir allerdings, dass er nicht weiter darüber sprechen würde.

Eine Weile lang starrte ich ihn nur mit zusammengezogenen Brauen an. Natürlich musste der kompetenteste paranormale Therapeut, den ich auftreiben konnte, noch seltsamer sein als ich selbst. Allerdings wusste ich nun, dass seine Ratschläge höchstwahrscheinlich Hand und Fuß hatten.

Grollender Donner unterbrach unser Blickduell, und ich schaute zum Himmel hinauf. Dann auf meine Armbanduhr. »Sieht aus, als würde es bald regnen. Wir sollten zurück.«

Dakota nickte, und wir gingen wieder auf dem Weg durch den Garten, den wir gekommen waren. Irgendwann brach er das Schweigen. »Du solltest dir einen Garten als stillen Zufluchtsort anlegen«, schlug er vor.

»Ich habe nicht gerade einen grünen Daumen.« Und ich verbrachte meine Wochenenden auch gerne, wie der liebe Gott sie für mich vorgesehen hatte – ohne Pflanzen, mit geschlossenen Augen, in einem weichen, gemütlichen Bett.

»Deine Mutter könnte dir helfen. Sie gärtnert doch, oder?«

»Wie viel hast du mir noch nachgeschnüffelt?«

»Ich kaufe manchmal in ihrem Wellness-Laden ein.« Dakota kratzte sich am Kopf. »Aber sie hat nie erwähnt, was sie anbaut. Weißt du da mehr?«

Gras. Pot. Weed. Ich räusperte mich. »Kräuter, glaube ich.«

Als wir wieder am Eingang waren, schlüpfte er in seine Flipflops und ich in meine Schuhe, deren Schnürsenkel ich binden musste, während Dakota geduldig wartete. »Hast du denn mal versucht, den Geistern Grenzen zu setzen?«, fragte er.

»Ja, sicher.«

»Hast du dafür gesorgt, dass sie sich an diese Grenzen halten? Ohne Ausnahme?«

Nicht wirklich. Ich hatte Regeln aufgestellt und mich dann so lange von ihnen bequatschen lassen, bis ich sie änderte. Dakota schien das auch schon zu wissen, wenn ich seinen Blick richtig deutete. »Was ist, wenn sie ...« Ich schluckte. »Was, wenn sie etwas mit mir machen?«

»Zum Beispiel?«

Zum Beispiel mich von einer verdammten Brücke werfen. »Physische Gewalt anwenden.«

»Ihre Möglichkeiten sind begrenzt. Sie brauchen dich – du brauchst sie nicht. Wenn dir etwas passiert, dauert es vielleicht wieder hundert Jahre, bis sie einen anderen Mittler finden. Erinnere sie daran. Vielleicht fangen sie dann sogar an, dich zu beschützen.«

Ich verdrängte das Bild von Geistern in dunklen Anzügen und Sonnenbrillen mit den dazu passenden versteinerten Gesichtsausdrücken. »Okay.«

»Mach ihnen klar, dass du dich voll auf sie einlässt und bereit bist, mehr von ihnen anzuhören. Du bist bereit, auf deine spirituellen Ratgeber zu hören und Nachrichten von der anderen Seite zu empfangen. Öffne deine Arme und dein Herz, und lass sie an dich ran. Mit allem, was du hast.«

»Das mache ich schon.« Die Frustration war mir sicher anzuhören.

»Nur, weil du das Gefühl hattest, dass dir keine andere Wahl bleibt. Sie wählen dich und nicht umgekehrt. Du lehnst deine Gabe ab, und am liebsten wäre es dir, wenn sie komplett verschwinden würden.«

Das konnte ich nicht leugnen, weil es so offensichtlich stimmte.

Dakota wusste, wann er ins Schwarze getroffen hatte. »Fang damit an, es jeden Tag als Teil des Lebens – deines Lebens – zu sehen und zu empfinden.«

Und vorhin hatte ich noch gedacht, dass ich unser Treffen genoss. »Selbst wenn sie mir tierisch auf die Nerven gehen?«

Das ließ ein freches Grinsen auf Dakotas Lippen erscheinen. »Ganz besonders, wenn sie dir tierisch auf die Nerven gehen. Und zögere nicht, streng mit ihnen zu sein. Beschränk sie auf bestimmte Teile des Hauses. Hast du ein Büro? Also zu Hause?«

»Nicht so richtig.« Vor allem, weil Danny und ich immer noch um die Frage herumtanzten, ob wir nun zusammenwohnten oder nicht.

»Es wäre vielleicht nützlich, wenn du ihnen Zeit und Ort nennst, an denen sie dich erreichen können.«

Da war ich skeptisch. »Du meinst wie Öffnungszeiten?«

»Wenn du so willst. Wenn du den Geistern zeigst, dass du alles unter Kontrolle hast, vertrauen sie auch mehr darauf, dass du ihr Problem löst. Dann lassen sie dir mehr Freiraum zum Arbeiten.«

Ich kaute auf meiner Unterlippe herum, während ich darüber nachdachte. Dakota sah zwar wie ein kleiner Junge aus, aber das meiste von dem, was er erzählte, ergab Sinn. Und ich hatte auch keine besseren Ideen. »Ich werde es versuchen«, sagte ich schließlich.

Er zuckte die Schultern. »Deine Entscheidung.«

»Mann, du bist wirklich außerordentlich mitfühlend.« Ich war mit den Schnürsenkeln fertig und stand wieder auf. »Dann sehen wir uns nächste Woche.«

»Wenn du das willst.«

»Weißt du, ich fange wirklich an, dich nicht leiden zu können.«

»Zum Glück für uns beide ist eine so harmlose Emotion wie ›mögen‹ für deine Fortschritte nicht notwendig.« Dakota grinste, als ich ihn aus zusammengekniffenen Augen anschaute. »Ruf mich an, ja?«

*

Dakota mochte ein dreister, kleiner Pflanzenflüsterer sein, aber ich wollte seine Vorschläge dennoch nicht einfach so abtun. Eine Stunde später fand ich mich bei IKEA wieder, wo ich mich nach günstigen Büromöbeln umschaute – wie auch immer ich die in mein Auto bekommen wollte. Fünfmal verlief ich mich, und jedes Mal fand ich etwas anderes, das ich gar nicht brauchte.

Fest entschlossen, meine eigentliche Mission wieder aufzunehmen, zwängte ich mich zwischen einigen Spiegeln hindurch und landete in der Hauswarenabteilung. Mein Blick traf auf ein Set Bambussalatschüsseln, und ich fluchte leise. Unauffällig pirschte ich mich näher heran, während der Teil von mir, der gerne mal Geld ausgab, mit dem sparsamen Teil meines Gehirns stritt.

Du brauchst keine Salatschüsseln aus Bambus, erklärte mein Gehirn.

Salat ist gesund, hielt ich dagegen.

Was stimmt nicht mit den Schüsseln, die du schon hast?

Sie sind nicht aus Bambus. Ich diskutiere gar nicht erst mit dir, wenn du nicht mal das Offensichtliche erkennst.

Salat aus Bambusschüsseln ist also gesünder? Mein Gehirn schnaubte spöttisch. *Und wolltest du nicht eigentlich einen Schreibtisch kaufen?*

Ich nahm das Viererset aus dem Regal. *Du hast keine Ahnung von meinem Leben.*

Danny rief an, als ich mich gerade in der Küchenabteilung herumtrieb und überlegte, ob wir einen Wasserkocher mit Griff aus Kristallglas brauchten. Die Tendenz ging zu ja, obwohl keiner von uns je einen Wasserkocher benutzte ... oder gerne Tee trank.

»Wenn ich dir einen Wasserkocher schenken würde, würdest du ihn benutzen?«, erkundigte ich mich anstelle einer Begrüßung.

»Nein«, antwortete Danny, ohne bei der seltsamen Frage zu stutzen. »Und du auch nicht.«

»Vielleicht würde ja meine Mutter ...«

»Deine Mutter mag keine neu gekauften Sachen. Also nein, es sei denn, du bist gerade in einem Gebrauchtwarenladen.«

»Vielleicht würde *deine* Mutter ...«

»Du magst meine Mutter nicht. Und um ehrlich zu sein, sie mag dich auch nicht. Noch nicht.«

Ich schnitt eine Grimasse. »Ich hoffe ja, dass du mich aus einem triftigen Grund angerufen hast, Daniel, und nicht nur, um mir alles schlechtzureden.«

»Tab und Nick haben eben einen Münzenhändler in Miami besucht. Er hat vor zehn Jahren ein Geschäft für Luke arrangiert, als der ein paar Münzen verkaufen wollte. Einige davon passen zu Masons Sammlung.«

»Ja!« Ich reckte eine Faust in die Luft, und der schicke – *teure* – Wasserkocher rutschte mir aus der Hand. Gerade noch rechtzeitig fing ich ihn wieder auf und drückte ihn mit einem erleichterten Seufzen an meine Brust. »Ich sag's ja nicht gerne, aber ich wusste es.«

»Auf deiner Mörderwand stehen immer noch drei Verdächtige.«

»Von denen einer Luke ist«, erinnerte ich ihn, stellte aber den Wasserkocher wieder ins Regal zurück. »Vielen Dank auch.«

»Wir haben uns einen Haftbefehl besorgt und wollten ihn festnehmen lassen, aber er ist nicht ganz leicht aufzutreiben.«

»Ist das deine feinfühlige Art zu sagen, dass er sich aus dem Staub gemacht hat?«

»Das wissen wir noch nicht.« Auf mein Schnauben hin seufzte Danny. »Na ja, irgendwer muss ja positiv denken.«

»Das bedeutet also, dass ich so pessimistisch sein darf, wie ich will?« Diese Vorstellung entzückte mich geradezu. *Liebes Tagebuch, heute habe ich die Erlaubnis bekommen, der grantigste Mensch auf Erden zu sein.* »Das ist so lieb von dir. Und da wollte ich dir nur einen schicken Wasserkocher zum Geburtstag schenken.«

Danny legte auf, nachdem er mich noch gewarnt hatte, was mit einem nervigen Freund passierte, der nutzlose Dinge kaufte. Ich steckte mein Handy wieder ein und schaute auf meinen vollen Einkaufswagen hinunter. Es war ganz schön schwer, vom professionellen Detective wieder auf den Freizeitshopper umzuschalten, und ich brauchte ein paar Sekunden dafür. Dann lief ich jedoch schnurstracks in die Abteilung für Büromöbel. Jedenfalls so schnurstracks, wie es in einem Laden, der die Größe von Texas hatte, eben ging.

Kapitel 26

Als ich mit vollgepacktem Auto vor Dannys Haus parkte, war er noch nicht da. Eigentlich hatte ich ja mit ihm über Dakotas Vorschläge sprechen wollen, bevor ich sein Gästezimmer in ein Büro verwandelte oder etwas ähnlich Übergriffiges tat, aber das würde heute sowieso nichts mehr werden. Erst musste ich es aufräumen. Und übers Aufräumen würde Danny sich sicher nicht beschweren, oder?

Ich tauschte meine Kleidung gegen ausgewaschene Shorts und ein altes T-Shirt ein, entschlossen, den Tag mit etwas Produktivem zu beenden. Als ich jedoch ein paar Minuten später im Türrahmen zu Dannys Gästezimmer stand, fragte ich mich, wo ich überhaupt anfangen sollte. Früher hatte man den Raum ohne Probleme betreten können, und er war sogar ganz nett eingerichtet gewesen. Jetzt glich er eher einer Begräbnisstätte für Kisten und Kartons.

Ich schlurfte ins Zimmer und griff mir eine x-beliebige Kiste. Weihnachtsdeko. Ein Blick in eine andere förderte noch mehr Dekorationskram zutage. Ebenso in der übernächsten. Warum hatte ein Mensch wie Danny, dem es schon zu viel Arbeit war, einen Baum aufzustellen, drei Kisten mit Christbaumschmuck?

In einer weiteren Kiste fand ich die gesammelten Geschirrwerke, die Danny über die Jahre zusammengetragen und die ich durch mein vollständiges Service ersetzt hatte. Daneben gab es noch einen Karton mit einem Sammelsurium an Glaswaren, die Danny eigentlich hatte entsorgen wollen. Offenbar lagerte in diesem Raum alles, wovon er sich nicht trennen wollte. Nicht, dass mich das sonderlich überraschte.

Er hatte sich verändert.

Ja, es waren nur kleine Dinge, aber er war dennoch anders. Wenn ich nicht unsere erste Beziehung als Vergleich gehabt hätte, wäre es mir vermutlich nicht einmal aufgefallen. Damals war er so offen gewesen und hatte sich mir gegenüber verletzlich gezeigt. Dieses Mal musste ich kämpfen, damit er mich wieder ganz an sich heranließ. Das hatte ich wohl auch verdient. Ich hatte ihn ein Mal verlassen – dass er beim zweiten Mal vorsichtiger war, war durchaus verständlich. Möglicherweise wusste er auch gar nicht mehr, wie er mir sein ganzes Herz schenken sollte. Und dieser Raum hier war das Ergebnis … eine physische Manifestation unserer Beziehungsprobleme.

Ich kam ein ganzes Stück voran, doch dann stolperte ich über einen Karton mit alten Fotos. Damit würde sicher eine weitere Stunde draufgehen. Ich setzte mich auf eine Plastikkiste, die mich zum Glück auch aushielt, und verlor mich im Durchsehen der Bilder.

Die Atmosphäre um mich herum passte dazu. Der Himmel hatte seinen Schleusen inzwischen geöffnet und gab den Regen frei, der sich schon den ganzen Tag über angekündigt hatte. Hier im Haus war es gemütlich, und die Stille wurde nur vom Prasseln der Tropfen an den Fensterscheiben durchbrochen.

Die meisten der Fotos stammten aus Dannys späten Teenagerjahren und seiner Collegezeit, was mich nicht weiter verwunderte. Vor dieser Zeit war seine Kindheit nicht gerade glücklich gewesen, und heute stellte Danny sich an, als würde es ihn umbringen, wenn jemand ein Foto von ihm machen wollte.

Ein paar Fotos aus seiner Kinderzeit waren aber doch dabei. Auf einem stand er neben seiner Schwester, und sie hielten beide Eiswaffeln in der Hand. Selbst auf einem so vermeintlich idyllischen Schnappschuss suchte man vergeblich ein Lächeln auf ihren ernsten Gesichtern. Ich strich mit dem Daumen über das Foto und fragte mich, was dieses Eis wohl hatte wiedergutmachen sollen. Vielleicht den blauen Fleck auf Dannys Wange. Über seinem Auge prangte eine kleine Platzwunde. Die kam wohl nicht von einer Prügelei unter Gleichaltrigen – Danny hatte nie viel über seine Kindheit gesprochen, doch es war klar, dass er in einer Umgebung aufgewachsen war, wo Kinder sich unauffällig zu verhalten hatten, sonst gab es Ärger.

Ich legte das Foto in die Kiste zurück und schloss den Deckel. Gerade noch rechtzeitig.

»Rain?« Dannys Stimme irgendwo im Haus ließ mich zusammenzucken. »Kannst du mal kurz kommen?«

Verdammt, er ist früher zu Hause. Ich schnitt eine Grimasse und schaute mich um. Drei Stunden Arbeit, und es sah aus, als wäre ein Hurrikan durch den Raum getobt. Eigentlich hatte ich gehofft, schon weiter zu sein, bevor er heimkam, und mein Bauchgefühl sagte mir, dass er über das Chaos im Flur nicht unbedingt begeistert sein würde.

Rasch eilte ich Richtung Hauseingang, wobei meine Flipflops laut auf den Boden klatschten. »Ich weiß, ich weiß«, sagte ich, als ich im Wohnzimmer angekommen war. »Aber die meisten Kisten kommen auf den Speicher.«

Im Wohnzimmer war kein Danny. Auch nicht in der Küche. Kurz warf ich einen Blick durch die Fliegengittertür auf die hintere Veranda, aber nada. Ich stemmte die Hände in die Hüften. »Okay, ich hoffe für dich, dass wir hier Verstecken mit Ausziehen spielen.«

»Ich bin hier drin«, hörte ich, dieses Mal irgendwo links von mir.

Ich durchquere die Küche zur Waschküche, die gerade groß genug für Waschmaschine, Trockner und ein winziges Waschbecken war, das wir nie benutzten. Danny stand vor meinem leuchtend roten Hightech-Doppelgerät, das um ein Vielfaches besser war als die uralten Dinger, die er vor hundert Jahren über Kleinanzeigen gefunden hatte.

Oh Mist, das wollte ich ihm ja noch sagen.

»Du bist nass«, stellte ich ein bisschen dümmlich mit Blick auf seine feuchte Kleidung fest. Seine graue Jeans und sein Lieblingsshirt mit Rolling-Stones-Aufdruck hatten beide schon trockenere Tage gesehen.

»Es regnet immer noch. Ich wollte nur eben meine Klamotten in die Waschmaschine schmeißen und habe das hier gefunden.« Er deutete auf das Gerät.

Bevor ich mir eine gute Verteidigung einfallen lassen konnte, packte er mich schon an der Taille und hob mich auf das Waschbecken. Erschrocken klammerte ich mich an seine Schultern. Wie leicht es ihm fiel, einen erwachsenen Mann hochzuheben. Wahrscheinlich machte mein Blick gerade einem Reh im Scheinwerferlicht Konkurrenz.

»Sex in der Waschküche?« Ich gab ein anerkennendes Geräusch von mir. »Detective McKenna, wer hätte gedacht, auf was für Ideen Sie kommen.«

Danny stellte sich zwischen meine Beine und stützte sich rechts und links von mir ab. Wie viel Interesse sein Schwanz an dieser Situation bekundete, konnte ich an der Beule in seiner Jeans gut ablesen, aber Danny ignorierte meine Worte komplett. »Schluss mit dem Ausweichen, Rain. Wo stehen wir? Beziehungstechnisch.«

Ich seufzte. Wenn ich nicht gevögelt wurde, war mir das Waschbecken zu unbequem, und der Wasserhahn drückte sich in meinen Rücken. »Eigentlich hatte ich gehofft, dass wir als Männer das Gespräch darüber, wo wir in unserer Beziehung hinwollen, auslassen könnten.«

»Das hättest du wohl gerne.« Er schmiegte sein Gesicht in meine Halsbeuge, und ich war hin und her gerissen zwischen lachen und stöhnen. »Wenigstens bin ich genauso schlecht darin, meine Wünsche zu äußern, wie du.«

»Ich weiß gar nicht, wo ich anfangen soll.«

Danny schaute mich aus seinen dunkelblauen Augen fest an. »Dann sollte ich das vielleicht tun. Du schleppst ganz schön viel Kram hier an.«

»Ich habe keine Ahnung, wovon du sprichst.«

»Ach nein? Die Kaffeemaschine ist nicht mehr kaputt, und die Lampen sind neu. An den Gläsern ist nichts abgesplittert, und plötzlich passt mein Besteck zu den hübschen Tellern.« Er stutzte. »Oh, und wir haben hübsche Teller.«

Ich seufzte. »Na schön, du hast mich auf frischer Tat ertappt.«

»Für irgendwas muss man ja Polizist sein.«

»Die Couch hast du aber nicht mitbekommen, Columbo.«

»Sie hat die gleiche Farbe wie die alte«, erwiderte er grummelig. »Und was sollen die ganzen Kisten im Flur?«

Eine ganz einfache Frage, doch mein Herz schlug plötzlich schneller. Ich redete jedoch nicht mehr lange um den heißen Brei herum. »Ich richte mir ein Büro im Gästezimmer ein.«

»Ach so?« Sein Gesichtsausdruck war vollkommen neutral und unlesbar. »Du weißt, dass du jederzeit meins nutzen kannst.«

»Ja.«

»Aber du willst trotzdem dein eigenes.«

»Ja.«

Danny nutzte die bessere Abstellkammer, die er als Büro bezeichnete, extrem selten. Aber mir Raum in seinem Haus zu schaffen – meinen eigenen Raum, Rains Raum –, war mehr als nur das Einrichten eines praktischen Arbeitsplatzes. Damit zeigte ich ihm, dass ich mich nicht von ihm zurückdrängen ließ. Ich würde so schnell nirgendwo hingehen, also musste er damit anfangen, Vertrauen in die Dauerhaftigkeit unserer Beziehung zu setzen. Und wir sollten außerdem auch endlich damit aufhören, alles doppelt zu besitzen.

Außer den Lampen vielleicht, die sahen gut aus. Und sie würden sich fantastisch in meinem neuen Büro machen.

Natürlich merkte Danny sofort, dass mehr dahintersteckte. »Woher kommt das auf einmal?«

»Dakota ist der Meinung, dass es mir mit den Geistern helfen könnte. Wenn sie einen für sie bestimmten Raum und festgelegte Zeiten haben, in denen sie Kontakt zu mir aufnehmen können, rennen sie mir vielleicht nicht mehr die ganze Zeit über hinterher.«

»Öffnungszeiten?«, fragte er skeptisch. »Für Geister?«

»Es ist den Versuch wert.« Ich zuckte die Schultern. »Ich habe vorhin einen Schreibtisch gekauft und brauche deine Hilfe beim Zusammenbauen.«

Danny verstand die Anleitungen immer viel besser als ich und war auch geschickter mit den winzigen Dübeln und Schrauben. Als ich das letzte Mal versucht hatte, ein Möbelstück von IKEA zusammenzubauen, hatte ich zwei Spanplatten und meinen Daumen angebohrt. Bis heute wusste ich nicht, was *verfluchte Kommode* auf Schwedisch hieß, aber im Ernst: verfluchte Kommode.

Danny gingen ganz andere Dinge durch den Kopf. »Ich will gar nicht fragen, wie du so was Großes in deinem BMW untergebracht hast.«

»Mit Spanngummis gesichert auf dem Dach.« Ich rieb mir die schwitzigen Handflächen an den Shorts ab und bemühte mich, möglichst beiläufig zu klingen. »Und ich würde die Wände gerne in einer anderen Farbe streichen.«

»Ach ja?«

»Ja.«

Jetzt schmunzelte Danny doch. »Okay.«

»Okay?« Als er mich nur amüsiert anschaute, räusperte ich mich. »Natürlich ist es okay.«

Danny lachte laut auf. Wenn der wüsste ... Das war eine typische Situation, in der er mir den kleinen Finger gab und ich die ganze Hand nahm – je mehr Danny ich bekam, desto mehr wollte ich haben. Demnächst würde er die Hälfte an Platz in seiner Kommode und seinem Kleiderschrank einbüßen, und seine hässlichen Töpfe würden durch mein nagelneues Kupfer-Set ersetzt.

»Wahrscheinlich ist das inzwischen überflüssig, aber ich würde gerne etwas klarstellen«, erklärte ich.

»Was denn?«

»Ich liebe dich. Und ich will mit dir zusammenleben«, sagte ich und legte damit den Rest meiner Karten auf den Tisch. »Vollzeit.«

Dannys Antwort bestand darin, mich um den Verstand zu küssen. »Ich habe Neuigkeiten für dich, Moonbeam«, meinte er, nachdem er sich wieder von mir gelöst hatte. »Das tust du schon.«

Er küsste mich erneut. Und ja, ich nahm mir noch die Zeit für ein »Das ist nicht mein Name«, bevor ich den Kuss erwiderte.

Meiner Meinung nach gab es nur eine Art, wie man das offizielle Zusammenziehen angemessen feiern konnte, aber da würde der Knigge wahrscheinlich nicht zustimmen.

Mitten in dem fantastischen Blowjob – wenn ich das mal so unbescheiden sagen durfte – vibrierte Dannys Handy. Abrupt wurden wir aus unserer eigenen kleinen Welt gerissen, in der wir versunken waren. Das laute Summen verstummte, doch ich wusste, dass es gleich wieder anfangen würde. Also saugte ich stärker und gab alles, um Danny zum Orgasmus zu bringen. Das schien ihm nur recht zu sein, denn seine Hand in meinen Haaren verstärkte ihren Griff, und er bewegte sich schneller zwischen meinen Lippen. Reflexartig legte ich die Hände auf seine Oberschenkel, aber er wusste genau, wie weit er bei mir gehen konnte.

Ein paar Sekunden lang versuchte ich, mich an seinen Rhythmus anzupassen, doch dann überließ ich ihm einfach die Führung und meinen Mund komplett. Unter gesenkten Lidern schaute ich zu ihm auf und verschränkte dann ganz bewusst die Hände hinter meinem Rücken. Ich vertraute ihm vorbehaltlos, und er konnte mit mir machen, was er wollte.

Stöhnend drängte er das Becken noch ein paarmal nach vorn und kam dann mit einem befriedigenden Aufschrei. »Shit«, fluchte er heiser. »Das ist so gut.«

Ein weiteres Mal ignorierten wir sein vibrierendes Handy, und ich behielt ihn noch ein wenig länger im Mund, genoss seinen Geschmack und die Macht, die ich über ihn hatte. Es war berauschend. Machte süchtig. Ich wollte es direkt noch mal. Irgendwann zog er sich mit einem leisen Laut aus mir zurück.

Anschließend zog er mich in die Senkrechte und wollte meine Hose öffnen, lachte dann jedoch, als er merkte, dass ich bereits gekommen war. »Echt jetzt?«

»Verkneif es dir, Irish«, krächzte ich. »Oder das war dein letzter Blowjob in der Waschküche.«

Danny öffnete den Mund, doch in diesem Moment summte sein Handy schon wieder. Laut fluchend nahm er den Anruf an. »McKenna.«

Das folgende Gespräch bestand größtenteils darin, dass er zuhörte und zustimmende Kommentare von sich gab. Als ich ihm etwas mehr Privatsphäre verschaffen wollte, packte er mich jedoch am Handgelenk und zog mich näher zu sich. Dass er mir abwesend mit dem Daumen über die Hand strich, war angenehm – weniger aber das klebrige Gefühl, weil ich wie ein Teenager in meiner Hose gekommen war.

Danny legte auf und küsste mich leidenschaftlich.

»Wer war das?«, fragte ich, als ich endlich wieder nur meine eigene Zunge im Mund hatte.

»Das war Nick. Sie haben Luke in der Werkstatt seines Cousins gefunden, in der er sich versteckt hat.«

»Hat er schon irgendwas gestanden?«

»Nein, er ist ziemlich schweigsam seit seiner Verhaftung. Keine Sorge, niemand wird mit ihm reden, bevor wir da sind.«

So schnell in den professionellen Modus zu wechseln, fiel mir nicht leicht, und ich brauchte einen Moment, um mich zu sammeln. Mit einem Blick auf meine Kleidung erklärte ich: »Ich muss duschen.«

Danny nickte. »Beeil dich.«

Ich ging ins Bad und war nicht überrascht, als ich ein paar Minuten später hörte, wie die Eingangstür zuschlug. Mir war klar gewesen, dass Danny sich schon mal ins Auto setzen und ungeduldig mit den Fingern auf dem Lenkrad herumtrommeln würde. Das war okay für mich. Aber wenn er auch nur einmal hupte, war er ein toter Mann.

KAPITEL 27

Mit vor der Brust verschränkten Armen schaute ich durch die Glasscheibe des Verhörraums. Damit ahmte ich unbewusste Nicks Haltung nach, der drinnen Luke gegenüber auf einem Stuhl saß. Auf jemanden, der ihn weniger gut kannte, wirkte er vermutlich entspannt. Gelassen. Als hätte er alle Zeit der Welt. Doch wir arbeiteten nun schon eine Weile miteinander, und ich wusste es besser. Er verlor zunehmend die Geduld. Die Anzeichen waren kaum wahrnehmbar, wie dieses winzige Zucken eines Muskels an seinem Augenwinkel. Der Unterton in seiner Stimme. Wie er sich ab und zu am Ohrläppchen zupfte.

Wir hatten im Team entschieden, dass Nick der beste Kandidat für die Befragung war. Danny verhielt sich zu aggressiv, Kevin zu lasch und Tabitha war nicht zugänglich genug. Und ich? Ich schaute nun schon zum fünften Mal in fünf Minuten auf die Uhr. Alle waren der Meinung gewesen, dass ich zu ungeduldig war.

Blödmänner.

Nick kam aus dem Raum marschiert und fuhr sich sichtlich frustriert mit beiden Händen durch die Haare. Am liebsten hätte ich ihm gesagt, dass er mich an einen wütenden Igel erinnerte, aber er wirkte, als würde er jeden Moment mit der Faust gegen die nächste Wand schlagen.

»Es läuft nicht so richtig gut, hm?«, fragte ich ruhig.

»Dieser Mann ist unmöglich.« Nick deutete mit dem Daumen auf den Raum, in dem Luke Paige seine beste

Imitation eines Felsens in der Brandung gab und geduldig wartete. »Er hatte verdammt viel Zeit, um sich zu überlegen, wie er sich verhalten soll.«

»Oder vielleicht macht er uns ja auch gar nichts vor.« Nachdenklich strich ich mir übers Kinn. »Wir wissen, dass er ein Dieb ist, aber ist er auch ein Mörder?«

»Zumindest hatte er Motiv und Gelegenheit.«

»Wirklich?« Ich rieb mir noch einmal übers Kinn. »Mason hätte ihm garantiert eine Woche später wieder vergeben. Er konnte seinem Bruder nie was abschlagen.«

Nick schnitt eine finstere Grimasse. »Wenn du eine fiese Katze und einen Ring für deinen kleinen Finger brauchst, kann ich dir Amazon Prime wärmstens empfehlen.«

Ich betrachtete mein Spiegelbild in der Glasscheibe. Die Kinnstreichelei gab mir tatsächlich einen Touch von Bösewicht. Rasch ließ ich die Hand sinken – nachdem ich Nick den Stinkefinger gezeigt hatte.

Luke öffnete das Taschenbuch, das ihm ein netter Mensch vorbeigebracht hatte – ich tippte stark auf Macy. Sie verstand nach wie vor nicht, dass Unwohlsein schneller zu Geständnissen führte. Ich erhaschte einen flüchtigen Blick auf das Cover und erkannte einen kürzlich erschienenen Politthriller, bevor Luke das Buch aufschlug. Er schob seine Brille höher auf die Nase und begann zu lesen.

Nick fluchte laut. »Vielleicht sollten wir ihm noch einen heißen Kakao und Hausschuhe bringen.« Damit ging er an mir vorbei und weiter den Gang hinunter.

»Moment mal, wo willst du hin?«, rief ich ihm hinterher. »Wir sind hier noch nicht fertig.«

»Ich stehe kurz davor, einen Verdächtigen zu erwürgen. Ich brauche eine Pause.«

Am liebsten hätte ich ihm ein KitKat angeboten, doch stattdessen beobachtete ich weiter Luke. Jetzt war ich wohl dran.

Mein Bauchgefühl sagte mir, dass wir es falsch angingen. Für uns drehte sich alles um Mason und Hunter, aber wir mussten uns auf *Luke* konzentrieren. Luke Paige hatte sein Leben lang die zweite Geige neben seinem Bruder gespielt. Vielleicht war es an der Zeit, ihm die erste in die Hand zu drücken.

Ich betrat den Raum und setzte mich ihm gegenüber an den Tisch.

Luke legte ein Lesezeichen – ein richtiges Oldschool-Lesezeichen, das mir leider ziemlich gut gefiel – zwischen die Seiten und schaute mich erwartungsvoll an. »Ich habe nichts weiter über meinen Bruder zu sagen.«

»Ich will nicht über Mason sprechen«, erklärte ich ihm mit einem freundlichen Lächeln, als wäre das für mich ein vollkommen abwegiger Gedanke.

Luke runzelte die Stirn. »Über diesen Hunter will ich auch nicht reden. Den kannte ich ja nicht mal.«

»Über Hunter sollen Sie auch nicht reden. Tatsächlich müssen Sie gar nichts sagen.« Ich lehnte mich nach vorne und stützte die Ellenbogen auf die Tischplatte. »Ich möchte, dass Sie zuhören, weil ich Ihnen gerne eine Geschichte erzählen würde.«

»Ich schätze eine gute Story«, meinte er mit einem Fingerzeig auf das Taschenbuch.

»Großartig. Es war einmal ein Mann, der sein Leben einfach nicht auf die Reihe bekam. Egal, wie sehr ihm seine Eltern und sein Bruder halfen, er geriet immer wieder in Schwierigkeiten. Dieser Mann war ein charmanter Draufgänger, und sein ganzes Leben lang lagen ihm Menschen aufgrund seines Charismas zu Füßen.«

Luke grinste. »Klingt nach jemandem, den ich gerne kennenlernen würde.«

»Sie wären überrascht.« Sein Lächeln verblasste, und ich fuhr fort: »Dieser Mann hatte einen Bruder, der es sich zum

Ziel gesetzt hatte, ihn zu retten. Jedes Mal, wenn der Mann sich wieder in ein Problem hineinmanövriert hatte, war sein Bruder da, um ihn rauszuhauen. Irgendwann ging der Mann jedoch zu weit und stahl die geliebte Münzsammlung seines Bruders. Aber der Bruder wurde nicht wütend. Nur sehr, sehr müde. Resigniert genug, um sich von dem Mann abzuwenden. Doch der Mann konnte seinen Bruder nicht gehen lassen.«

Lukes Kiefermuskeln verspannten sich, aber er unterbrach mich nicht.

»Eines Tages verschwand der Bruder. Wir fanden ihn in einer Truhe auf dem Grund eines Sees. Sie sind ein kluger Mann, Luke.« Ich zog eine Augenbraue nach oben. »Was denken Sie, wird ein Geschworenengericht von meiner kleinen Geschichte halten?«

»Ich habe Mason nicht umgebracht!«, brauste er auf. »Und Hunter ganz sicher auch nicht.«

»Dann sollten Sie mir besser schnell eine andere Theorie präsentieren, weil ich mir den Kopf zerbreche und immer wieder auf Sie zurückkomme.«

Seine Hände ballten sich zu Fäusten und entspannten sich wieder. Er hatte sichtlich Mühe, sich zu beherrschen. »Das kommt mir alles wie ein schlimmer Albtraum vor.«

»Seien Sie ehrlich zu mir, Luke. Ich kann Ihnen nicht helfen, wenn Sie mir nicht die Wahrheit sagen.«

»Das tue ich doch. Ja, die letzte Woche mit meinem Bruder war schwierig. Wir haben uns gestritten, sobald wir im gleichen Raum waren.« Er biss sich auf die Unterlippe. »Und ja, ich habe die Münzsammlung wirklich gestohlen. Das gebe ich ja zu.«

»Nett von Ihnen«, erwiderte ich trocken. *Was bin ich froh, dass Sie mir das sagen, nachdem wir Beweise dafür ausgegraben haben.*

»Ich wusste, wie das aussehen würde. Es tut mir leid, dass ich gelogen habe«, sagte er leise. »Aber ich wusste auch, dass das die Ermittlungen nicht behindern würde, weil ich meinen Bruder nicht getötet habe. Was hätte es also gebracht, Ihnen davon zu erzählen?«

»Er wollte, dass Sie ausziehen.«

»Das stimmt.«

»Sie konnten nirgendwo hin, und ihm blieb nicht die Zeit, sein Testament zu ändern.« Ich machte eine Pause, in der ich ihn nur unverwandt anschaute und schwitzen ließ. »Sie bekamen das Haus, sein Auto, sein Unternehmen und dazu noch ein hübsches Sümmchen Geld obendrauf.«

»Ich hätte meinem Bruder nie etwas angetan, ich schwöre bei Gott, das ist die Wahrheit«, versicherte er zunehmend verzweifelt. »Das müssen Sie mir glauben.«

Steuern zahlen und sterben musste ich, sonst nichts. »Ich gehe davon aus, dass Sie einem Lügendetektortest zustimmen?«

Er legte die Hände flach auf den Tisch und atmete ein paarmal tief durch. Ein bisschen wirkte er wie eine Maus im Käfig. »Ich glaube ... ich sollte mit einem Anwalt sprechen.«

Ich nickte. »Wissen Sie was, Luke? Das glaube ich auch.«

*

Wir verließen das Revier erst spät, viel zu spät, um mehr zu tun, als uns etwas zu essen auf dem Heimweg mitzunehmen. Zu hungrig, um länger zu warten, fuhr ich einhändig und aß meinen Burger auf der Fahrt, während ich darüber nachdachte, was zu Hause noch zu erledigen war. Eine Ladung Wäsche in der Maschine und den Geschirrspüler bestücken standen dabei ganz oben auf der Liste. Als ich da war, schaffte ich es jedoch nur, mir die Schuhe auszuziehen, bis das Bett nach mir rief.

In Dannys Bett angekommen, starrte ich an die Decke. Das war jetzt wohl *unser* Bett. Immerhin waren wir übereingekommen, dass wir zusammenziehen würden, bevor wir unterbrochen worden waren. Ich war also zu Hause. Doch es würde eine Weile dauern, bis ich mich an den Gedanken gewöhnt hatte.

Ebenso wie an die Tatsache, dass die Taucher drei weitere Leichen im Fluss gefunden hatten. Mein Instinkt sagte mir, dass letztendlich alle Opfer auf meiner Mörderwand gefunden werden würden, bis die Suche abgeschlossen war. Bis jetzt waren es erst fünf, doch Nick setzte vollstes Vertrauen in meine Fähigkeiten und hatte ihnen bereits den Spitznamen Ironcrest Eight verpasst.

Ich stehe gleich wieder auf. Ich würde duschen und mir einen Schlafanzug anziehen. Die Lichter im Haus löschen und die Schlösser überprüfen. Ein produktives Mitglied des Haushalts sein. Mein Körper hatte jedoch bereits erkannt, was mein Gehirn sich noch zu akzeptieren weigerte: Ich würde nichts davon tun.

Ich warf einen Blick auf die Uhr und rief: »Noch fünf Minuten.«

»Was?«, drang Dannys Stimme aus dem Bad zu mir rüber.

»Noch fünf Minuten«, wiederholte ich etwas lauter und wackelte mit den Zehen. Nicht mal die Socken hatte ich ausgezogen. »Und nimm kaltes Wasser zum Abspülen.«

»Was passiert, wenn es warm ist?«

»Keine Ahnung. Du bist das Versuchskaninchen, nicht ich.«

»Ja.« Lag da etwa ein Vorwurf in seiner Stimme? »Ich weiß immer noch nicht, wie das passiert ist.«

»Ich habe dich gefragt, ob du die Avocadogesichtsmaske oder das Papaya-Haarpflegespray ausprobieren willst. Du hast dich für die Maske entschieden.« Meine Nase kribbelte. »Weswegen ich jetzt nach Papaya rieche.«

Meine Mutter hatte uns eine neue Tüte mit Produkten zum Testen mitgegeben, und ich war ein pflichtbewusster Sohn. Aber nicht so pflichtbewusst, dass ich Danny nicht zum Mithelfen verdonnerte.

Er erschien nur in blaue Boxershorts gekleidet im Türrahmen, ein Bündel Kleidung in den Händen. Natürlich nahm ich mir einen Moment Zeit, um das attraktive Gesamtpaket namens Daniel McKenna gebührend zu betrachten. Seine Tattoos, die gebräunte Haut, die breiten Schultern und muskulösen Arme, die definierten Bauchmuskeln. Körperbehaarung besaß er nicht viel, aber ich liebte die dunkle Spur, die von seinem Bauchnabel tiefer führte und unter seinen eng anliegenden Shorts verschwand. Alles an ihm machte mich an … alles vom Hals abwärts.

Ich schaute Danny ins Gesicht und biss mir auf die Lippe, um nicht laut loszulachen. Blaue Augen funkelten mich aus einer dicken, grau-grünen Maske heraus an. Aus der Zahnbürste in seinem Mund schloss ich, dass er zum Multitasking übergegangen war. Ein bisschen von der Matschepampe auf seinem Gesicht tropfte ihm auf die Brust.

Mir entkam nun doch ein kleines Lachen. »Du warst noch nie so sexy.«

Zwar erkannte man unter der grünen Monsteroptik nicht, ob er eine finstere Miene machte, aber ich tippte auf ja.

»Halt die Klappe«, nuschelte er um seine Zahnbürste herum.

Ich sah ihm dabei zu, wie er zum Schrank ging und seine Klamotten in den Wäschekorb stopfte. Die Maske sah vielleicht lustig aus, aber ich hatte es ernst gemeint. Manchmal brauchte es nur ein bisschen Matsch, um mich daran zu erinnern, dass ich ihn jeden Tag mehr liebte. Die Tatsache, dass er bereit war, sich eine Avocadomaske ins Gesicht zu schmieren, nur um meiner Mutter bei ihren Testprodukten behilflich zu sein, löste bei mir ein warmes Kribbeln in Körperteilen aus, die nicht kribbeln sollten. Ich runzelte die Stirn, als meine Kopfhaut noch stärker kribbelte.

Moment mal. Vielleicht lag das ja am Papaya-Haarpflegespray.

Doch was auch immer der Grund dafür war, ich liebte ihn, und er gehörte zu mir. Das ließ mich über Liebe im Allgemeinen nachdenken und über die seltsamen Dinge, die Menschen in ihrem Namen taten – insbesondere die Dinge, die Luke Paige getan hatte.

Bislang hatten wir höchstens genug für einen Indizienprozess. Schon wieder. Das erinnerte mich an Jon Gable und wie er direkt unter unserer Nase mit dem Mord an Lottie Hereford davongekommen war. Je weniger ich darüber nachdachte, desto besser.

Ich warf der Decke einen finsteren Blick zu. »Ich weiß wirklich nicht, warum diese Typen sich nicht einfach selbst exen. Das wäre quasi ein Dienst an der Gesellschaft.«

»Wia könn' nich' 'o deng'n. Wia sin' 'ops.« Als er merkte, dass ich ihn nicht verstanden hatte, nahm Danny die Zahnbürste aus dem Mund und wiederholte: »Ich habe gesagt, wir können nicht so denken. Wir sind Cops.«

»Er hat vielleicht zwei Männer umgebracht. Und ich bin in erster Linie ein Mensch und in zweiter Polizist. Genau das macht mich zu einem besseren Detective und besser in dem, was ich tue.«

»Unser Job ist es nicht, Richter, Jury und Henker zu sein.«

»Das ist eine ziemlich faire Art, die Dinge zu betrachten.«

»Sag bloß.« Danny schloss die Tür des Kleiderschranks und wandte mir sein unlesbares, grünes Monstergesicht wieder zu. Doch in seinen Augen stand unübersehbar Belustigung. »Du klingst überrascht.«

»Du bist der Mann, der mir zwei Doppelschichten aufgebrummt hat. Ich weiß ganz genau, wie unfair du sein kannst.«

Er ging zurück ins Bad. »Hey, ich darf niemanden bevorzugen.«

»Nicht mal den Kerl, der dir regelmäßig einen bläst?«

»Vor allem nicht den Kerl, der mir regelmäßig einen bläst!«, rief er zurück. »Außerdem blase ich dir auch oft genug einen.«

»Das Urteil darüber steht noch aus«, meinte ich träge.

Eigentlich hatte ich noch eine Million Dinge zu tun, bevor ich schlafen gehen konnte, aber das Rauschen des Wassers lullte mich ein. Und das Bett war einfach zu bequem. Ich klopfte mein Kissen etwas auf, damit mein Nacken besser gestützt wurde.

Es stieß mir immer noch sauer auf, dass ich Luke kein Geständnis entlockt hatte. Wobei Geständnis wohl nicht ganz das richtige Wort dafür war ... Ich wollte wissen, was dahintersteckte. Inzwischen hatte ich so viele Verbindungen zwischen den einzelnen Opfern auf meiner Mörderwand gefunden, aber nichts, was alle gemeinsam hatten.

Und da war auch noch dieses geriffelte Plastikteil, das Saunders in der Truhe entdeckt hatte. Das konnten wir nach wie vor nicht zuordnen. Vielleicht musste ich mir eingestehen, dass ich es einfach nicht ertrug, wenn sich am Schluss nicht alles zusammenfügte. Man bekam bei einem Mordfall nie alle Antworten, die man sich erhoffte, aber lose Fäden hatten es so an sich, im ungünstigsten Moment wieder aufzutauchen.

»Ich wünschte wirklich, wir könnten endlich bei diesem Teil was reißen«, sagte ich laut, wenn auch mehr zu mir selbst.

»Was?«, rief Danny zurück.

Ich machte mir nicht die Mühe, den Gedanken zu wiederholen. Es gab sicher bessere und effizientere Möglichkeiten, mit jemandem zu kommunizieren, als von einem Raum zum anderen zu brüllen. Ich lehnte mich über die

Bettkante und fischte meinen Laptop aus meiner Aktentasche, bevor ich mich mit dem Rücken gegen das Kopfteil lehnte und das Gerät einschaltete. Dann kopierte ich Fotos der Ironcrest Eight nebeneinander in ein leeres Dokument, das ich danach an meinen Netzwerkdrucker schickte.

Diese Männer standen irgendwie in Verbindung miteinander, das spürte ich. Die Antwort war irgendwo direkt vor meiner Nase. Jetzt müsste sie nur noch so höflich sein, auf sich aufmerksam zu machen.

Das Wasserrauschen im Bad verstummte, das Licht wurde ausgeknipst, und Danny erschien im Türrahmen, in einer Hand ein Handtuch, mit dem er sich Gesicht und Kinn abtupfte. »Warum willst du jetzt noch ein Teilchen verspeisen?«

»Das Teil, Daniel. Es ging um das Plastikteil.« Ich überlegte kurz. »Aber könntest du morgen vielleicht irgendwo ein paar Teilchen mitbringen?«

Er lachte. »Denkst du, das ist wirklich so wichtig?«

»Nein, ich habe nur Lust drauf.«

»Das Teil, Rainstorm. Es geht um das Plastikteil«, äffte er mich grinsend nach. »Denkst du, dass das Ding zur Lösung des Falls beitragen wird?«

»Weiß ich nicht. Ich will nur nichts übersehen.«

»Ich denke, du solltest auf deine Instinkte hören. Bisher bist du damit immer gut gefahren. Sie führen dich zwar durchaus mal in lebensgefährliche Situationen hinein, aber getäuscht hast du dich nur selten.«

»Vielen Dank auch«, gab ich mit einem Schnauben zurück.

»Der Beweis wurde doch gerade erst wieder erbracht. Sie haben fünf Leichen an deiner Stätte des Grauens gefunden.«

»Das ist nicht *meine* Stätte des Grauens.«

Danny warf einen Blick auf meinen Bildschirm. »Glaubst du wirklich, dass diese Männer etwas mit Masons

Ermordung zu tun haben? Vielleicht bist du nur zufällig über einen Serienkiller gestolpert, der schon seit Jahren im Verborgenen agiert.«

»Vielleicht.« Doch ich hörte ihm nur halb zu, weil ich immer noch auf die Fotos der Ironcrest Eight starrte. »Kann man sich denn bei irgendwas je zu hundert Prozent sicher sein?«

Ein Datum musste ich den Bildern nicht extra verpassen, das übernahmen die Frisuren und Kleidungsstile. Wie Danny früher bereits angemerkt hatte, kamen sie aus ganz unterschiedlichen gesellschaftlichen Schichten. Abrahams Foto war bei einer Art College-Footballspiel aufgenommen worden, und auf einer seiner Wangen prangte ein Glitzer-Pfotenabdruck. Paul Marks stand mit ordentlich gekämmten Haaren in der Lobby eines Gebäudes, an seinem Hemd klebte ein Papierschild mit dem Aufdruck »Mein Name ist« und einem handgeschriebenen »Paul« in sauberen Buchstaben darunter. Und dann war da noch Grant Masters, dessen grüne Augen quasi den identischen Farbton wie Masons hatten. Jetzt, wo ich genauer hinschaute, fiel mir auch auf, dass er Mason ganz schön ähnlich sah.

Ich verengte die Augen ein wenig. Wenn man die Fotos alle so dicht nebeneinander betrachtete … Sie sahen Mason alle ähnlich.

»Das gibt's doch nicht«, murmelte ich.

»Was denn?«, fragte Danny.

»Sie sind alle derselbe Mann.« Ich schüttelte perplex den Kopf. »Bisher ist es mir nicht aufgefallen, weil sie alle so unterschiedlich sind.«

»Lass mal sehen.«

Ich drehte den Laptop herum, sodass er sich selbst von dem überzeugen konnte, was ich nun glasklar erkannte. Als er nichts sagte, gab ich einen ungeduldigen Laut von mir. »Sie sehen alle aus wie Mason.«

Dannys Gesichtsausdruck verriet mir, dass er anderer Meinung war. »Sie sind alle so …«

»Unterschiedlich, ich weiß, ich weiß. Aber sieh dir mal ihr Lächeln an. Die Wangenknochen. Den Mund und die Form des Kiefers.« Ich schüttelte den Kopf. »Das ist genau das, was ich meinte, als ich dir von diesem Kerl erzählt habe, mit dem ich was hatte. Max sah dir nicht offensichtlich ähnlich, aber seine Gesichtssymmetrie erinnerte mich an dich.«

»Max«, hakte er grummelig ein. »Dessen Nachnamen ich immer noch nicht kenne.«

»Und den du von mir auch nicht erfahren wirst.«

Ja, auf den ersten Blick fiel einem das nicht auf. Aber Haar-, Augen- und Hautfarbe waren nur oberflächliche Merkmale. All diese Männer besaßen die gleiche Symmetrie in ihren Zügen und die gleiche Augenform … selbst das Lächeln war mehr oder weniger das gleiche. Der Profiler in mir glaubte – nein, *wusste* –, dass sie alle wie ein und derselbe Mann aussahen.

»Der Mörder fühlte sich von diesen Männern angezogen und wusste wahrscheinlich selbst nicht recht, warum. Und jedes Mal, wenn es wieder einen Auslöser in seinem Leben gab, befriedigte das Töten sein Bedürfnis, Mason etwas anzutun, für eine Weile.«

»Aber dann hat er Mason schließlich doch etwas angetan«, gab Danny zu bedenken.

Ich zuckte die Schultern, klappte den Laptop zu und stellte ihn weg. »Man kann seine niederen Triebe nicht dauerhaft unterdrücken. Er hat sich immer wieder eingeredet, dass er Mason nie etwas tun würde … bis es dann doch passiert ist.«

Stirnrunzelnd ließ Danny das eine Weile lang sacken. Er verwarf meine Theorie jedoch nicht sofort, und das war für mich schon ein gutes Zeichen.

»Dir ist klar, dass das zum jetzigen Zeitpunkt nur Vermutungen sind.«

»Ja«, stimmte ich ihm zu. »Ich könnte die Fotos der Ironcrest-Opfer aber ein paar von Lukes Freunden und Verwandten zeigen. Mal sehen, ob sie jemanden wiedererkennen.«

»Glaubst du, dass sie dir die Wahrheit sagen werden?« Er klang mehr als skeptisch.

»Möglicherweise. Und ich wüsste lieber jetzt Bescheid, als dass es die Verteidigung im Prozess anführt.«

»Würde mich überraschen, wenn es einen Prozess gibt. Die Staatsanwältin überlegt schon, ob sie Luke einen Deal für sein Geständnis anbietet.«

»Denkt er darüber nach?«

»Woher soll ich das wissen? Andy hält mich nicht permanent über jeden einzelnen Schritt auf dem Laufenden.«

»Das verstehe ich ja, aber seid ihr nicht miteinander befreundet?«

»So was in der Art.«

»Ihr wart doch zusammen auf dem Abschlussball.«

»Ja.« Danny machte das Deckenlicht aus und stieg ins Bett. Als mir klar wurde, dass er nicht mehr sagen würde, knipste ich meine Nachttischlampe an, was ihn seufzen ließ. »Viele Leute unterhalten sich im Dunkeln.«

»Vielleicht könntest du Andrea ja überreden, sich in die Karten schauen zu lassen. Um der alten Zeiten willen.«

»Glaub mir, das wird nicht funktionieren. Wenn der Kerl, mit dem man sein erstes Mal hat, sich später als schwul outet, behält man das nicht in guter Erinnerung.«

»Du nennst sie Andy.«

»Das tut jeder.«

»Ich nicht. Und schickt sie dir nicht jedes Jahr eine Weihnachtskarte?«

Ich erinnerte mich vage an ein Foto von ihr, einem Kerl mit lichtem Haar und Brille – ganz niedlich, wenn man auf

Wirtschaftsprüfer stand – und drei lächelnden Kindern in hässlichen Weihnachtspullovern im Schnee.

»Sie betreibt Networking.« Offenbar hatte Danny sich nicht so sehr über die Karte gefreut. »Und sie schickt einem Haufen Leute Weihnachtskarten.«

»Ihr seid doch auf Facebook befreundet, oder? Gratuliert sie dir nicht zum Geburtstag?«

»Und daraus schließt du, dass wir dicke Freunde sind?«

»Danny …«

»Na schön. Du bist schlimmer als dieser nervig zwitschernde Vogel, der mir immer das Auto vollkackt.« Anscheinend ging ihm die Geduld aus. »Ich rede morgen mit ihr.«

»Ich stelle ein Vogelhäuschen hinten im Garten auf«, versprach ich ihm. »Vielleicht überzeugt ihn das ja vom Umzug.«

Die Laken raschelten, als Danny sich über mich hinwegbeugte und meine Lampe ausknipste. Dann stützte er sich über mir auf und drückte mich mit seinem Gewicht in die Matratze. Seine geschickten Finger öffneten flink mein Hemd, das ich gehorsam abstreifte.

Unwillkürlich musste ich lächeln, als Mister Überordentlich das Kleidungsstück einfach neben das Bett fallen ließ. »Und was genau wird das jetzt?«

»Ich helfe dir beim Ausziehen.« Danny verteilte sanfte Küsse auf meiner Haut, und ich konnte einen wohligen Schauer nur mit Mühe unterdrücken. Er bewegte sein Becken sehnsüchtig gegen meins. »Weißt du, was ich gerade denke?«

Ich seufzte und kam ihm entgegen. »Oh ja.«

»Pancakes«, raunte er an meinem Hals.

»Waffeln«, platzte ich im gleichen Moment heraus.

»Nah dran.« Danny lachte, ein Laut, der im Dunkeln weich und sexy klang. »Danach gibt's Pancakes und Waffeln.«

»Danach«, willigte ich ein.

Wir waren uns nicht immer in jeder Kleinigkeit einig, aber das Große und Ganze passte perfekt.

Kapitel 28

Am nächsten Tag fing ich früh an, fest entschlossen, Luke mit den Opfern in Verbindung zu bringen. Niemand empfing mich mit offenen Armen, was jedoch zu erwarten gewesen war, weil keiner es gerne sah, wenn ein nahestehender Mensch verhaftet wurde.

Den Anfang machte die Verlobte, die an diesem Tag im Verkaufsraum der Bäckerei arbeitete. Sie begrüßte mich mit eisiger Höflichkeit und warf nur einen flüchtigen Blick auf die Fotos, bevor sie mich darüber informierte, dass sie keinen der Ironcrest Eight je gesehen hatte. Mit dem größten Vergnügen bugsierte sie mich aus ihrem Geschäft. Keine Donuts umsonst, lamentierte ich niedergeschlagen, als ich an der bunt glasierten Auslage vorbeischlurfte.

Sues Empfang fiel ähnlich aus, und unser Gespräch fand dieses Mal im Eingangsbereich ihrer Wohnung statt – ohne Sitzgelegenheit und ohne Limonade. Immerhin taute sie so weit auf, dass sie mir ein paar Namen von Lukes Kollegen und Freunden nannte, mehr um zu beweisen, dass sie an seine Unschuld glaubte und er nichts zu verbergen hatte, als um mir zu helfen.

Also schleppte ich meine Fotos zu Howie und Tim, zwei alten Collegekumpels von Luke, denen ein kleiner Coffeeshop gehörte. Sie waren nett, gaben aber ebenfalls an, meine Opfer noch nie gesehen zu haben. Einzig der große Kaffee, den ich bei ihnen mitnahm, ließ das Ganze weniger Zeitverschwendung werden. Und ein ebenso großer Muffin.

Eine Stunde später wartete ich in Caseys Wohnung darauf, dass er ein geschäftliches Telefonat beendete, dem ich mit halbem Ohr lauschte. Fasziniert von der Aussicht hatte ich mir einen Platz am Fenster gesucht. Es regnete wieder, aber ich konnte sehen, dass am Strand noch Menschen unterwegs waren. Gut, dass ich nicht so einen Blick auf die Welt hatte, wahrscheinlich würde ich sonst den ganzen Tag nichts anderes tun als hinausschauen.

Aber darüber musste ich mir keine ernsthaften Gedanken machen, diese Aussicht lag deutlich über meiner Gehaltsklasse. Offenbar war Casey in seinem Job als Fotograf sehr erfolgreich. Glück konnte man sich mit Geld allerdings keins kaufen – zumindest bekam man das immer gesagt. Ich hätte das ja gerne mal ausprobiert, aber irgendwie wollte mir niemand die Gelegenheit dazu bieten.

Ich warf einen Blick auf die Fotos an der Wand hinter mir. Mason war auf keinem von ihnen zu sehen, und ich fragte mich, ob das Zufall oder Absicht war. Caseys Stimme nebenan klang gestresst, er versuchte, das Gespräch abzuwürgen, doch ich konnte die Zeit sinnvoll nutzen, um ein wenig zu schnüffeln. Viel gab es nicht zu entdecken – eine Küche, ein winziges Bad mit einem Waschbecken, das besser in eine Puppenstube gepasst hätte, und ein paar geschlossene Türen, die von einem zweiten Flur abgingen. Die Wohnung war nicht übermäßig groß, aber nett ausgestattet mit Marmorfliesen und Granitarbeitsplatten.

Auf meinem Weg zurück ins Wohnzimmer kam ich an einem kleinen, furchtbar vollgestopften Arbeitszimmer vorbei. Ich schob die Tür weiter auf und machte ein paar Schritte in den Raum hinein. Anders als im Wohnzimmer war Mason hier präsent. Sehr präsent. Auf dem Schreibtisch und an den Wänden standen und hingen Fotos von ihm – Schnappschüsse der beiden Freunde über die Jahre hinweg. Ich griff nach einem Bild, das sie auf einer Geburtstagsfeier zeigte.

Der Anblick schenkte mir ein wenig Trost. Im Verlauf meiner Ermittlungen hatte ich Mason besser kennengelernt, und er war wirklich ein guter Mann gewesen. Daher war es schön zu sehen, dass er ein erfülltes, wenn auch kurzes Leben geführt hatte, das nicht einfach so vergessen worden war.

Aber es war auch ziemlich gruselig. Wie viele Fotos besaß man denn von seinem besten Freund? Stirnrunzelnd stellte ich das Bild zurück. Keine Ahnung, ob es dafür ein Maximum gab, aber wenn ja, war Casey sicher nah dran. Dahinter schien mehr als nur Bewunderung zu stecken, das grenzte schon an Besessenheit. Jeder wusste, dass besessene Menschen die merkwürdigsten Dinge tun. Doch wir hatten unseren Mörder ja quasi bereits.

Ich betrachtete eine künstlerische Interpretation von Mason im Andy-Warhol-Stil.

Hatten wir unseren Killer wirklich?

Caseys Stimme riss mich aus meinen Gedanken und ließ mich erschrocken zusammenzucken. »Er war wunderschön, nicht wahr?«

Als ich mich umdrehte, stand er hinter mir im Türrahmen und musterte mich mit unleserlichem Blick. Seine sauber gebügelten Kaki-Shorts und das Polohemd in Verbindung mit den Bootschuhen gaben ihm einen eleganten, legeren Look. Seine dunklen Haare hatte er mit Pflegeprodukten gebändigt.

Offenbar sah er inzwischen keinen Sinn mehr darin, so zu tun, als wäre er nicht hoffnungslos in Mason verliebt gewesen.

»Das war er«, stimmte ich ihm zu. »Das sind wirklich tolle Arbeiten.«

»Sie sind doch sicher nicht hier, um sich mit mir über meine Kunst zu unterhalten.« Er kam also direkt zur Sache.

Und wollte den Cop loswerden, der gerade in seinem Büro stand. »Wie kann ich Ihnen helfen, Detective?«

»Könnten Sie sich mal diese Fotos ansehen?« Ich holte den Ausdruck, den ich von den Ironcrest-Opfern zusammengestellt hatte, aus der Tasche und reichte ihn Casey. »Erkennen Sie einen der Männer?«

Er runzelte die Stirn. »Warum sollte ich?«

»Werfen Sie bitte einfach einen Blick darauf.«

Ich beobachtete sein Gesicht genau, während er sich die Aufstellung anschaute. Und er hätte einen wirklich guten Pokerspieler abgegeben, das musste ich ihm lassen ... wäre da nicht dieses kleine, verräterische Zucken über seinem linken Auge gewesen. Er hatte genug Zeit gehabt, sich alle Fotos anzuschauen, sagte jedoch immer noch nichts.

»Kommt Ihnen jemand bekannt vor?«, fragte ich ruhig. »Erkennen Sie jemanden?«

Er reichte mir das Papier zurück. »Nein.«

»Schauen Sie noch mal hin«, erwiderte ich und gab ihm den Ausdruck direkt wieder.

Casey starrte die Bilder noch einen Moment lang an. »Ich glaube, Mason könnte mit dem da zur Schule gegangen sein«, meinte er dann zögerlich und zeigte auf Samuel Abbot.

»Noch jemand?«

»Ich habe gehört, dass Sie Luke verhaftet haben.« Er kaute auf seiner Unterlippe. »Schwer zu glauben, dass er ... das getan hat, was Sie ihm vorwerfen.«

Vielleicht kennst du ihn ja nicht so gut, wie du gedacht hast.

»Ich habe vor einer Weile einen Artikel über Sie gelesen«, sagte Casey auf einmal leise. »Ist es wahr? Was der Reporter über Sie geschrieben hat?«

Dieser verfluchte Philip Nichols. Am liebsten hätte ich den dämlichen Reporter erwürgt. »Sie sollten nicht alles glauben, was Sie lesen«, antwortete ich neutral.

»Na ja, das habe ich auch nicht. Bis Sie diese Männer gefunden haben. Diese armen Männer. Etwas hat Sie zu dieser Brücke geführt.« Er sah mir direkt in die Augen. »Oder jemand hat Sie zu dieser Brücke geführt. Das können Sie nicht leugnen.«

Kann ich und werde ich. »Der Instinkt eines Ermittlers geht manchmal seltsame Wege.«

Das schien ihn nicht zufriedenzustellen. Tatsächlich wirkte er sogar noch sicherer als zuvor, dass er mit seinen Vermutungen richtig lag. Wir starrten uns noch eine Weile an, bis wir vom Klingeln meines Handys unterbrochen wurden. Als ich aufs Display schaute, sah mir Dannys Gesicht entgegen.

»Ich muss da leider rangehen«, entschuldigte ich mich.

»Natürlich. Ich lasse Sie alleine. Möchten Sie etwas zu trinken?«

Auf gar keinen Fall. »Gerne. Danke.«

Trotz seiner Worte verweilte er noch kurz im Türrahmen. Es war ihm sichtlich unangenehm, mich an einem für ihn so intimen Ort allein zu lassen. Dann murmelte er jedoch nur etwas Unverständliches und ging.

Ich nahm den Anruf knapp vor der Mailbox an. »Hey. Kann ich dich gleich zurück…«

»Wo bist du?«, unterbrach Danny mich hörbar angespannt.

»Caseys Wohnung. Warum …«

»Wo ist er?«

»In der Küche.« In diesem Moment ging mir auf, dass aus der Küche keinerlei Geräusche zu hören waren. »Warum bist du …«

»Du musst sofort zu ihm und ihm Handschellen anlegen. Auf der Stelle.«

»Warum …«

»Christiansen!«, fuhr er mich an.

Dass er meinen Nachnamen benutzte, hätte ich gar nicht mehr gebraucht, sein Tonfall sagte schon alles. Ich stellte keine weiteren Fragen, dafür würde später noch genug Zeit sein.

»Leg nicht auf«, wies ich ihn knapp an.

Danny schnaubte nur, doch das sprach Bände. Ich steckte das Handy in meine Tasche und zog stattdessen meine Pistole aus dem Holster. Dann ging ich zur Tür und riskierte einen kurzen Blick in den Flur. Die Stille in der Wohnung war ohrenbetäubend. Rasch stellte ich sicher, dass die Luft in beide Richtungen rein war.

»Casey Cobb!«, rief ich mit aller Autorität, während ich mich vorsichtig den Gang hinunterbewegte und mich dabei laufend umsah. »Das wird alles viel einfacher über die Bühne gehen, wenn Sie kooperieren.«

Meine Aufforderung wurde mit Schweigen quittiert. *Welch Überraschung.*

Ich holte noch einmal tief Luft und verließ dann die Sicherheit des Flurs, um geduckt ins Wohnzimmer zu huschen. Die Eingangstür stand sperrangelweit offen. Schnell durchsuchte ich den Rest des Apartments, falls er die Tür als Finte offen gelassen hatte.

Nichts. In der Wohnung war niemand außer mir. Ein Blick den Hausflur hinunter zeigte das Gleiche.

Also nahm ich das Handy aus der Tasche und fragte: »Was zum Teufel ist hier eigentlich los? Und warum ist Casey gerade abgehauen?«

»Ich habe herausgefunden, wozu das Plastikteil gehört, das Saunders in der Truhe entdeckt hat.« Danny klang sehr ernst. »Es war mal ein Objektivdeckel.«

Ich brauchte einen Moment, um die Details zusammenzufügen, doch dann fluchte ich laut. »Das war der schwere, stumpfe Gegenstand. Eine verdammte Kamera.« Ich presste die Lippen aufeinander. »Ob wohl unser Fotograf etwas darüber weiß?«

»Könnte gut sein.«

Ich fluchte noch einmal heftiger. »Seid ihr auf dem Weg?« Die plötzlich einsetzende Sirene auf seiner Seite ließ mich zusammenzucken.

»Das ist eine dumme Frage.«

Ich legte auf, bevor ich ihm eine dumme Antwort gab, und ging zurück ins Wohnzimmer. Irgendwie schienen die positiven und negativen Aspekte sich aktuell permanent die Waage zu halten. Ja, wir hatten unseren Serienkiller. Toll gemacht. Aber jetzt hatte sich der Irre in einem Gebäude mit mindestens fünfzehn Stockwerken aus dem Staub gemacht – und wahrscheinlich war er auch ein bisschen verzweifelt.

»Ach, fuck.«

Das Gebäude konnte ich unmöglich alleine abriegeln, aber die Verstärkung war auf dem Weg. Und wenn sie hier war, würden wir ihn finden.

Berühmte letzte Worte.

*

Ich fand die Kameras in einem Schrank in Caseys Büro. Neue und ältere Modelle, sorgfältig in Fächern aufgereiht. Eine der beeindruckend großen Nikons war schwer und teuer – und ihr fehlte der geriffelte Objektivdeckel. Vorsichtig stellte ich sie zurück und fragte mich, ob man an ihr wohl Masons DNA finden würde.

Die Fotos lagen in einem alten Schuhkarton im gleichen Schrank. Rasch griff ich mir ein paar und sah sie durch. Sie zeigten alle die letzten Tage von Caseys Opfern. Die Männer sahen auf fast allen aus, als würden sie unter Drogen stehen und wären nicht ganz bei sich. Beim Anblick von Samuel Abbot, der Händchen haltend mit Casey auf der Couch saß, zuckte ich unwillkürlich zusammen. Samuels

Kopf lag merkwürdig verdreht auf seiner Schulter, Casey dagegen sah unendlich glücklich aus.

Beim weiteren Durchblättern der Fotos fiel mir die Ähnlichkeit in den Posen auf. Selbst die Outfits wiederholten sich, und mein Bauchgefühl sagte mir, dass diese Kleidung wahrscheinlich Mason gehört hatte. Wer wusste, wie lange Casey seine Opfer unter Drogen gesetzt und vollkommen verwirrt bei sich behalten hatte. Wer wusste, wie lange sie die Rolle eines Mannes spielen mussten, dem sie nie zuvor begegnet waren. Ich betrachtete ein Bild von Paul Marks, auf dem er leblos und steif wie ein Brett am Esszimmertisch saß, und mir drehte sich der Magen um.

Einige von ihnen hatten die Rolle vielleicht sogar noch nach ihrem Tod erfüllen müssen.

»Er ist auf dem Dach.«

Ich fuhr zusammen und fasste mir an die Brust, als könnte ich mein Herz durch diese Geste schützen. »Großer Gott!«

Mason schien es egal zu sein, dass er mir gerade mit Sicherheit einen Herzinfarkt verpasst hatte. »Er ist auf dem Dach«, wiederholte er drängend. »Er wird springen.«

»Was?«

»Bitte.« Er zog an meinem Ärmel. »Uns bleibt nicht viel Zeit. Du kannst nicht zulassen, dass er das tut.«

Rasch warf ich die Fotos zurück in den Schuhkarton und rannte zur Tür, doch Mason schien es immer noch nicht schnell genug zu gehen. »Beeil dich!«

»Tut mir leid, dass ich nicht einfach hinschweben kann«, erwiderte ich außer Atem. »Manche von uns müssen ihre Beine benutzen.«

»Du musst ihn retten.«

»Ich werde es versuchen.«

Noch mehr berühmte letzte Worte. Jetzt hatte ich bald genug für mein neues Buch zusammen: *Ehrenvoll sterben für Dummies.*

Ich hetzte hinter Masons Gestalt her den Gang hinunter zum Aufzug, hämmerte auf den Knopf und rief Danny an.

Er nahm beim ersten Klingeln ab, und gleichzeitig öffneten sich die Aufzugtüren. »Hast du ihn?«

»Auf dem Dach«, keuchte ich, stieg ein und drückte ein paarmal auf den Knopf für das Penthouse. »Wie lange brauchst du noch?«

»Bin in fünf Minuten da.«

Das war beeindruckend, doch am liebsten hätte ich ihm auch ein paar Takte gesagt, weil er so raste. Die Sirene half nur bedingt weiter, und wenn seine Schätzung stimmte, hatte er für die Fünfundvierzig-Minuten-Strecke weniger als die Hälfte der Zeit gebraucht.

Die Türen waren gerade weit genug offen, dass ich mich durchquetschen und weiterrennen konnte. Nach Schildern Ausschau zu halten, sparte ich mir und folgte einfach weiter Mason. Und tatsächlich führte er mich direkt zu der Treppe, über die man aufs Dach gelangte.

»Muss auflegen«, sagte ich. »Kann nicht gleichzeitig laufen und reden.«

»Wir sehen uns gleich.« Er hielt kurz inne, und ich wusste, dass er noch nicht fertig war. Schließlich beschränkte er sich jedoch auf ein knappes »Sei vorsichtig«.

»Versuche ich immer.« Ich hörte ihn noch fluchen, legte aber auf und eilte die Treppe hinauf.

Bevor ich die Tür zum Dach einen Spaltbreit öffnete, zog ich meine Waffe, spähte vorsichtig hinaus und schob sie dann weiter auf. Der Sturm hatte an Stärke zugenommen, und es goss wie aus Eimern. Donner grollte leise, wie das dunkle, warnende Knurren eines Hunds. Selbigen würde man bei diesem Wetter sicher nicht vor die Tür jagen, aber immerhin blitzte es nicht.

Ein heller Lichtstrahl zuckte vom Himmel.

Toll. Blieb nur zu hoffen, dass wir noch ein paar Minuten hatten, bevor die Frösche und Heuschrecken geschickt wurden.

Schon jetzt war ich nass bis auf die Haut. Ich wischte mir ein paar Haarsträhnen aus den Augen und verschaffte mir rasch einen Überblick über das Dach. Am gegenüberliegenden Ende entdeckte ich eine Gestalt, die vollkommen losgelöst von den tobenden Elementen wirkte. Kurz überlegte ich, ob ich mich an ihn heranschleichen oder auf mich aufmerksam machen sollte. Aber ich wollte nicht, dass er am Ende vor Schreck vom Dach fiel.

»Casey!«, schrie ich. »Hier ist Detective Christiansen. Ich will nur mit Ihnen reden.«

Als er zu mir herumfuhr, flammte zeitgleich ein weiterer Blitz auf, dessen Licht Caseys Umrisse in starkem Kontrast zum Hintergrund abzeichnete. Mir blieben bloß ein paar Sekunden, um zu begreifen, dass er eine Waffe in der Hand hielt, bevor er sie in meine Richtung hob.

Na schön. Ja, ich gab es zu. Caseys Verhaftung lief nicht so problemlos, wie ich gehofft hatte.

»Das wollen Sie doch gar nicht tun.« Ich achtete darauf, meinen Tonfall freundlich und ruhig zu halten. »Kommen Sie von der Dachkante weg, langsam und vorsichtig.«

»Das kann ich nicht.«

»Natürlich können Sie das.«

»Vielleicht habe ich mich falsch ausgedrückt. Ich *will* das nicht«, blaffte er. Sein ganzer Körper wirkte angespannt, in ihm schienen Gefühle zu toben. »Gehen Sie wieder rein. Das hier hat nichts mit Ihnen zu tun.«

»Ich bin wegen Mason hier. Er war ihr bester Freund, oder? Er würde nicht wollen, dass Sie das tun.« Vorsichtig machte ich ein paar Schritte auf ihn zu, die Pistole weiter im Anschlag. Casey sagte etwas, das vom Wind übertönt wurde, und ich trat noch etwas näher an ihn heran. »Lassen Sie uns einfach darüber reden.«

Er beobachtete mich aufmerksam, zwischen seinen Brauen stand eine schmale Falte. Noch ein paar Schritte, dann umfasste er seine Waffe mit festerem Griff. »Das ist nah genug.«

Ich blieb sofort stehen. »Sie wollen mich nicht erschießen.«

»Natürlich nicht«, gab er scharf zurück.

»Dann legen Sie die Pistole weg.«

»Sie geben hier keine Anweisungen!«, brüllte er.

Der Umschwung von ruhig und beherrscht zu wütend war so übergangslos, dass ich ein paarmal blinzelte. »Ich will Ihnen nicht sagen, was Sie zu tun haben. Ich will nur reden. Mir Ihre Seite der Geschichte anhören.«

»Warum brauchen Sie dazu eine Waffe?«

»Warum brauchen Sie eine?«, konterte ich. Daraufhin wich er vor mir zurück, bis er rückwärts mit den Beinen am Dachsims stand. »Okay, okay. Tun wir doch nichts Überstürztes. Wie wäre es … wenn Sie einfach mit mir reden?«

»Das tue ich doch.«

»Ich würde mich allerdings ein bisschen besser fühlen, wenn Sie das Ding da nicht auf mein Gesicht richten würden.«

Casey sah mich aus zusammengekniffenen Augen an und hielt sich die Mündung seiner Pistole dann gegen die eigene Schläfe. »Ist das besser?«

Da ich nicht davon ausging, dass er es gut aufnehmen würde, wenn ich das begeistert bejahte, schob ich nur meine eigene Waffe zurück ins Holster und machte mit der freien Hand eine beschwichtigende Geste. Ich wollte ihn immer noch lebend hier runterbringen und nicht in einem Leichensack. »Casey. Reden Sie mit mir. Wenn schon nicht für Sie selbst, dann für Mason.«

Sein Kopf ruckte bei dem Namen ein Stückchen zurück. »Ich habe Mason geliebt.« Seine Augen waren gerötet, Erschöpfung lag in seinem Blick. »Sie müssen dafür sorgen, dass sie das verstehen. Sagen Sie ihnen, dass ich Mason geliebt habe.«

»Das können Sie selbst tun.«

»Sagen Sie es ihnen!«, schrie er.

Verhandlungen waren noch nie meine Stärke gewesen, und das zeigte sich jetzt wieder. »Das werde ich«, versicherte ich ihm. »Aber wollen Sie mir nicht erzählen, warum Sie ihn getötet haben?«

»Das gehörte nicht zum Plan.«

»Okay, was ist mit Samuel? Paul? Abraham? War ihre Ermordung Teil des Plans?« Ich ließ ihm einen Moment Zeit. »Oder waren sie nur Mittel zum Zweck, um dem Mann nah zu sein, den Sie wirklich wollten? Selbst wenn es nicht von Dauer war?«

»Ja, vielleicht.« Casey presste die Lippen zu einem schmalen Strich zusammen. »Verdienen wir nicht alle ein bisschen Glück im Leben?«

»Sie haben sie unter Drogen gesetzt.«

»Das musste ich. Sie hörten einfach nicht auf, Dinge zu sagen, die alles kaputtmachten. *Ich bin nicht Mason. Bitte lass mich gehen*«, äffte er seine Opfer nach. »Wenn ich ihnen etwas gab, waren sie gefügiger ... verständnisvoller. Sie wussten, wer das Sagen hatte, und taten alles, worum ich sie bat.«

Samuels Worte aus meinem Traum hallten in meinem Kopf wider, und ohne nachzudenken, sprach ich sie aus. »Ich kann das besser. Ich kann sein, wer immer ich für dich sein soll.«

Casey starrte mich ein paar Sekunden lang stumm an. »Ich wusste, dass Sie sie gesehen haben. Verdammt, ich wusste es. Andernfalls hätten Sie sie nie gefunden.« Er fluchte erneut. »Welcher von denen hat es Ihnen verraten?«

»Spielt das eine Rolle?«

Spielen sie *eine Rolle? Weißt du überhaupt, wie sie hießen?* Nicht die Beherrschung zu verlieren, fiel mir schwer. Viele unschuldige Menschen hatten ihr Leben durch seine kranken, verdrehten Fantasien verloren.

»Wie lang haben Sie sie bei sich behalten?«

»Nie länger als einen Monat. Samuel war am längsten bei mir.« Er wandte den Blick ab. »Der Medikamentencocktail, den ich ihnen gab, hat ihnen auf Dauer geschadet. Wenn ich merkte, dass sie mir entglitten, ließ ich sie gehen.«

Ich hatte das dumpfe Gefühl, dass er das nicht aus Mitleid getan hatte. »Weil sie die Fantasie nicht mehr aufrechterhalten konnten.« Doch die Worte waren eher an mich selbst als an Casey gerichtet.

Er bestätigte meine Vermutungen nicht, aber das musste er auch nicht. Wenn sie nicht das Richtige sagen oder sich richtig verhalten konnten, waren sie nicht Mason. Und wenn sie nicht Mason waren, waren sie für Casey nutzlos.

»Ich habe sie immer schnell getötet, damit sie nicht leiden mussten.«

Wie edelmütig von dir. Ich biss die Zähne zusammen. »Das weiß ich. Sie wollten doch niemanden verletzen, Casey. Wie kam es dann zu dem Vorfall mit Mason?«

»Er hat mich an diesem Tag gebeten, mich mit ihm im Park zu treffen. Er war ganz aufgeregt.« Casey schüttelte den Kopf. »So lange hatte ich darauf gewartet, dass er sich eingesteht, dass er schwul ist. Drei Ehen. Dann habe ich gewartet, dass er diesen widerlichen Carter loswird, was er dann endlich auch getan hat. Ich wollte nicht mehr warten. Ich hatte die Nase voll davon, dass er gar nicht bemerkte, was sich direkt vor seiner Nase befand.«

»Wie hat er reagiert, als Sie sich ihm offenbart haben?«

»Dazu hatte ich gar keine Gelegenheit. Er redete ununterbrochen über seine neue Beziehung. Dass er mit einem

Kerl namens Hunter zusammenziehen würde und es nicht erwarten konnte, dass ich ihn kennenlernte. Er nannte uns die zwei wichtigsten Menschen in seinem Leben.« Caseys Stimme sprang eine Oktave nach oben, als er Mason nachäffte: »Ich hoffe, dass ihr euch gut verstehen werdet. Er ist mir so *wichtig*.«

»Das tut mir leid«, entgegnete ich leise.

Er ließ die Schultern sinken. »Ich konnte es einfach nicht glauben. Wie konnte er sich schon wieder in jemand anderes verliebt haben?«

»Was ist dann passiert?«

»Sie wissen doch ganz genau, was dann passiert ist. Verdammte Scheiße«, schrie er. »Warum zum Teufel erzähle ich Ihnen diesen Schnee von gestern eigentlich?« Er stieg auf den Sims.

»Casey. Hören Sie mir zu.« Ich bemühte mich weiterhin um einen ruhigen Tonfall, auch wenn mein Herzschlag überlaut in meinen Ohren pochte. »Wenn Sie das jetzt tun, wird nie jemand Ihre Seite aus Ihrem eigenen Mund hören. Sie werden nie die Wahrheit erfahren.«

»Vielleicht ist das auch in Ordnung«, gab er harsch zurück. »Ich weiß es. Mason weiß es.«

»Was ist mit den anderen? Paul und Samuel und Mark und Gregory? Haben ihre Familien denn keinen Frieden verdient?«

»Ich habe nicht ... Ich hatte nie vor, ihnen etwas zu tun.«

»Dann reden Sie mit mir. Sie wollten doch jemanden, der Ihnen zuhört.« Ich legte mir eine Hand flach auf die Brust. »Ich höre Ihnen zu.«

Casey sah aus, als würde er auf keinen Fall fortfahren wollen. »Was gibt es denn noch zu sagen? Ich habe getan, was ich getan habe, und kann es nicht ungeschehen machen.« Er schüttelte verächtlich den Kopf. »Alles nur, weil Mason mich nicht so geliebt hat, wie ich es brauchte.«

»Haben Sie ihm je gesagt, was Sie für ihn empfinden?«, fragte ich und konnte die Frustration nicht ganz aus meiner Stimme fernhalten. »Wie Sie *wirklich* für ihn empfunden haben?«

»Nicht in so vielen Worten.«

»Es sind nur drei.«

»Sie ... Sie verstehen das nicht!« Casey verzog das Gesicht zu einer wütenden Fratze. Die weißen Narben, die sich über die rechte Seite zogen, traten deutlich sichtbar hervor. »Wie könnte jemand wie *Sie* verstehen, wie es ist, wenn man mit meinem Aussehen durchs Leben gehen muss?«

»Sie dachten, er würde Sie abweisen.«

»Wer würde das nicht?« Sein Blick wirkte verstört. Ich hatte das Gefühl, dass er mich gar nicht richtig sah, und fragte mich zum wohl hundertsten Mal, ob er abgelenkt genug war, dass ich ihn vom Sims wegziehen konnte. »Er hätte jeden haben können. Warum sollte er sich da mit jemandem wie mir begnügen.«

»Ich hätte Ja gesagt.« Masons leise Stimme ließ mich erschrocken zusammenzucken. Ich hatte ganz vergessen, dass er überhaupt da war. Zögerlich machte er ein paar Schritte nach vorn. »Ich hätte ihm eine Chance gegeben, wenn ich gewusst hätte, wie tief seine Gefühle für mich sind. Er war mein bester Freund.«

»Er war mein bester Freund.« Ich brauchte einen Moment, um zu erkennen, dass es kein Echo, sondern Casey gewesen war, der die gleichen Worte aussprach. »Er hätte es merken müssen.«

»Und das gibt Ihnen das Recht, ihm das Leben zu nehmen?«

»Natürlich nicht.«

Mason ballte die Hände seitlich am Körper zu Fäusten. »Aber genau das hast du getan!«

»Du wolltest Antworten«, erinnerte ich ihn sanft. »Beruhig dich, damit wir den Rest auch noch erfahren.«

»Ich bin ruhig«, erwiderte Casey scharf. »Ich ging zum Treffpunkt, fest entschlossen, ihm meine Liebe zu erklären, nur um zu erfahren, dass er schon mit einem anderen Mann zusammenziehen wollte.«

»Ich wusste es doch nicht!«, rief Mason. »Du hast nie was gesagt!«

»Dann hat er sich umgedreht und ist gegangen«, fuhr Casey fort und wurde dabei zunehmend lauter und zorniger. »Er ist einfach *gegangen*!«

»Und das konnten Sie nicht zulassen.«

Er wischte sich über die Augen, seine Tränen mischten sich mit Regentropfen. »Er lief weiter, und ich ... ich habe ihn geschlagen, bevor ich wusste, was ich tat. Er fiel zu Boden.«

Mason gab einen erstickten Laut von sich, und ich schaute noch einmal zu ihm. Es war gar nicht so leicht, eine neutrale Miene beizubehalten. Blut rann seine Schläfe hinab, und er hob eine Hand an die Kehle. Die Fingerabdrücke erschienen wieder und hoben sich dunkel gegen seine helle Haut ab.

»Dann haben Sie ihn erwürgt«, sagte ich tonlos.

»Ich hatte keine Wahl. Er lag da bewusstlos auf dem Boden, wusste gar nicht, wie ihm geschehen war. Verstehen Sie das denn nicht?« In seinem Blick lag Flehen. »Das hätte ich nie wiedergutmachen können. Also habe ich meine Hände um seinen Hals gelegt und ... Gott, ich kann nicht glauben ...« Er fuhr sich hektisch mit einer Hand über die klatschnassen Haare. »Ich habe ihm gesagt, dass ich ihn liebe. Ich habe es ihm die ganze Zeit gesagt.«

»Was haben Sie danach getan?«

»Es war, als würde ich aus einem Nebel aufwachen. Alles fühlte sich so surreal an, als wäre ich gar nicht mehr in meinem Körper, als würde ich jemand anderes dabei beobachten, wie er diese schrecklichen Dinge tut. Ich habe fast erwartet, dass ich sofort verhaftet werde. Aber da war niemand. Der Park war menschenleer. Still.« Er schaute mich verwirrt an. »Ich konnte es nicht glauben. Einen Moment lang stand ich einfach nur da, bis die Panik einsetzte. Also entschied ich mich, seine Leiche im Kofferraum meines Autos zu verstecken, bis ich wusste, was ich damit tun sollte.«

»Warum haben Sie Hunter getötet?«

»Ich wusste gar nicht, dass Hunter auch da war. Er wartete im Auto auf Mason. Als ich zum Parkplatz kam, um meinen Wagen zu holen, stand er da und rauchte eine Zigarette. Ich hatte Blut an den Händen. Auf meinem Hemd. Die Zigarette fiel zu Boden, und er schrie und schrie.« Casey Blick wirkte zunehmend gehetzt. »Ich sagte ihm, dass er aufhören sollte, nur aufhören, *aufhören*! Ich legte meine Hände um seine Kehle und drückte fest, so ... so unglaublich fest.«

Mir fehlten die Worte. Doch es dauerte nicht lange, bis er aus der Erinnerung wieder auftauchte und die Stirn runzelte. »Sie halten mich für ein Monster.«

Ja. »Es spielt keine Rolle, was ich denke«, erwiderte ich.

»Das Schlimmste daran war, dass ich ... erleichtert war. Mason konnte mich nicht mehr verlassen. Er konnte nicht weggehen.« Er holte tief Luft. »Es tut mir so leid. Ich habe ihn einfach so sehr geliebt.«

Das reichte Mason offensichtlich. Seine Stimme klang beherrscht, aber angespannt. »Du darfst nicht zulassen, dass er springt.«

»Ich arbeite dran«, murmelte ich.

»Arbeite schneller!«

»Wir werden ihnen erzählen, was passiert ist«, wandte ich mich an Casey und schlug einen sehr bestimmten Tonfall an. »Sie werden es verstehen.«

Er schüttelte erneut den Kopf. »Das glaube ich nicht.«

»Ich glaube schon. Sie haben Fehler gemacht, Casey. Aber tun wir das nicht alle?« Ich sah ihm fest in die Augen, damit er wusste, dass er mir vertrauen konnte und dass ich ehrlich zu ihm war. »Machen Sie jetzt nicht noch einen Fehler. Ich kenne einige, die von einem Hochhaus gesprungen sind. Sie bereuen es immer.«

Zum ersten Mal, seit ich hier auf dem Dach stand, hatte ich das Gefühl, als würden meine Worte bei ihm ankommen.

»Ich hätte nie gedacht, dass ich mal einer von diesen Irren werde.« Er lachte ungläubig. »Das Leben ist seltsam, oder?«

»Es sind keine Irren«, antwortete ich. »Es sind verzweifelte Menschen, die keinen Ausweg mehr sehen. Und ich sage Ihnen, dass es einen gibt. *Ich* bin Ihr Ausweg.«

»Sie sollen wissen, dass es mir leidtut. Die Familien, verstehen Sie?«

»Ich weiß«, versicherte ich ihm. »Sie können sich selbst bei ihnen entschuldigen. Vielleicht ist das genau das, was Sie brauchen.«

Er musterte mich skeptisch, schien seine Optionen abzuwägen, und ich konnte den Moment sehen, in dem er seine Entscheidung fällte. Langsam machte er einen Schritt auf mich zu, und ich ließ meinen Atem entweichen. Ich hatte nicht einmal gemerkt, dass ich die Luft angehalten hatte.

»Genau so«, ermunterte ich ihn. »Ein Schritt nach dem anderen.«

Doch dann ging alles den Bach runter. Schon wieder.

Casey rutschte auf dem glitschigen Sims aus. Ich wartete nicht ab, ob er sich wieder fing, sondern machte sofort einen Satz nach vorne, als sein anderer Fuß ins Leere trat. Es war, als passierte alles beinahe wie in Zeitlupe und zugleich rasend schnell. Unsere Blicke trafen sich, als er nach unten verschwand.

»Nein!« Ich prallte mit ausgestreckten Armen gegen den Sims, die Betonkante drückte sich hart in meinen Bauch.

Schockiert stellte ich einen Moment später fest, dass ich ihn tatsächlich am nassen Polohemd erwischt hatte. Ich brauchte eine Sekunde, um zu erkennen, dass ich ihn gerade noch rechtzeitig gepackt hatte.

Ich hab's geschafft. Ich habe es wirklich geschafft!

Dann ließ mich sein Körpergewicht nach vorne kippen und zog mich langsam über die Kante. »Oh shit!«, krächzte ich heiser.

»Bitte lassen Sie mich nicht fallen!«, schrie Casey, auf dessen Gesicht die blanke Panik stand. »Ich will nicht sterben. Nicht so.«

Diese Erkenntnis wäre hilfreich gewesen, bevor er auf diesen Sims gestiegen war.

Ja, na schön, meine letzten Gedanken waren nicht sehr freundlich, aber manchmal half ein bisschen gesunder Menschenverstand einem ganz schön weiter – auf einem schmalen Betonmäuerchen zu balancieren war nicht eben förderlich, wenn man ein langes Leben bevorzugte. Casey versuchte verzweifelt, mein Handgelenk zu fassen zu bekommen, zerriss dabei ein Kettenglied meiner Uhr, die prompt in den Tod stürzte.

Besser das Ding als wir.

Ich griff nun auch mit der zweiten Hand nach seinem Hemd und stemmte die Knie gegen die Betonmauer, was jedoch nicht viel half. Gleich würde ich eine schwere Entscheidung treffen müssen. Ich konnte uns nicht beide halten und ihn nicht hochziehen. Aber konnte ich wirklich einen Menschen loslassen, der panisch nach meinen Händen griff und schrie, dass er nicht sterben wollte?

Meine Antwort darauf stand fest, noch bevor ich die Hände um sein Hemd fester zu Fäusten ballte. Nein. Konnte ich nicht. Selbst wenn ich mein eigenes Leben dabei aufs Spiel setzte, musste ich es versuchen.

Meine Taille passierte die Betonkante, und plötzlich lag ich mehr, als dass ich stand. Mein Sichtfeld verschwamm, als ich den Blick vom langen Weg nach unten auf den Gehweg nahm. Nur ... dass ich nicht so schnell nach vorne rutschte, wie ich hätte sollen. Ich wandte den Kopf und entdeckte Mason, der mich mit aller Kraft an der Taille festhielt.

»Die Kavallerie ist fast da«, keuchte er. Offenbar konnte er nicht genug Energie zusammensammeln, um mich zurückzuziehen, aber ich rutschte auch nicht weiter nach vorn, was ich *wirklich* zu schätzen wusste.

»Lass nicht los«, quetschte ich hervor.

»Ich versuch's«, gab er ächzend zurück. »Ich weiß nur nicht, wie lange ich noch ...«

Er sah viel durchsichtiger aus als zuvor, so als würde er sich auflösen. Sein Gesicht war ganz verzerrt, so angestrengt versuchte er, die Energie zu kanalisieren. Wie lange er noch hatte, konnte ich nicht einschätzen, aber es blieb nicht mehr viel Zeit. Und noch während mir dieser Gedanke durch den Kopf ging, schrie Mason plötzlich auf und verschwand komplett. Ohne jemanden, der uns festhielt, zog mich Caseys Gewicht ein Stück weiter nach unten. Und dann noch weiter.

»Oh Gott!«

Auf einmal packte mich eine Hand am Gürtel und Hosenbund. Ich wurde nach hinten gezogen, rutschte dann aber wieder nach vorne. »Bist du wahnsinnig geworden?«, brüllte mich eine vertraute Stimme nach einem deftigen Fluch an.

»Ja«, antwortete ich bestimmt. »Bin ich.«

»Ich kann euch nicht beide hochziehen. Du musst ihn loslassen. Sag ihm, dass er sich irgendwo festhalten soll.«

»Es gibt da nichts zum Festhalten.«

»Rain.« Wie immer war er ein Fels in der Brandung, doch ich hörte die Anspannung in seiner Stimme und einen Hauch Verzweiflung. »Vielleicht solltest du ...«

»Ausgeschlossen.« Meine Arme schmerzten, als hätte ich hundert Klimmzüge hinter mir. »Wenn du dich über mich beugst und ihn dir schnappst, kann ich …«

»Vom Gebäude stürzen? Ja. Kommt nicht infrage.« Ächzend zog Danny stärker an mir, und wir gewannen ein paar Zentimeter. Seine Finger gruben sich so tief in meine Hose, dass ich schmerzerfüllt aufschrie. Noch ein paar Zentimeter. Und dann hörte ich das Reißen von Stoff.

»Verdammte Scheiße!«, brüllte da eine neue Stimme. Eine, die sehr nach Kevin klang. Jemand rannte über den Kies auf uns zu. »Halt ihn fest, Danny!«

Mit einem Ruck kam deutlich mehr Zugkraft in unsere menschliche Leiter, und wir bewegten uns rückwärts. Die Betonkante schabte über meinen Bauch, während wir Zentimeter um Zentimeter in Sicherheit gezogen wurden. Weitere Hände griffen zu, und dann standen meine Füße wieder auf dem Boden. Ein paar Sekunden später erschien Casey über dem Sims, und seine Hände lösten sich von meinen, als wir erschöpft zu Boden sackten.

Keuchend rangen wir einen Augenblick lang im immer noch strömenden Regen nach Luft. Ich fühlte mich schwach wie ein neugeborenes Kätzchen, und meine Muskeln zitterten nach der Kraftanstrengung. Die abgekühlte Temperatur war auch nicht gerade zuträglich – Kälte kroch mir in die Knochen, bis ich das Gefühl hatte, dass mir nie wieder warm werden würde.

Danny kam als Erster wieder auf die Beine, wenn auch ein wenig unsicher. Seine erste Amtshandlung bestand darin, Casey aggressiv auf den Bauch zu befördern. Aus seinen knappen, effizienten Handgriffen schloss ich, dass er es noch nie mehr genossen hatte, jemandem Handschellen anzulegen.

Casey kooperierte stumm, den Blick fest auf mich gerichtet. »Christiansen«, sagte er, nachdem Danny ihm seine

Rechte verlesen hatte. Es war wahrscheinlich die zornigste Aufklärung aller Zeiten. »Sagen Sie Mason, dass es mir leidtut?«

»Das weiß er schon.«

»Vergibt er mir?«

So wild entschlossen, wie er war, dich nicht fallen zu lassen? »Ja«, antwortete ich todmüde. »Ich habe das Gefühl, dass er das tut.«

Nachdem eine Uniformierte Casey vom Dach und die Treppe hinuntergeführt hatte, stand auch ich auf. Dannys unlesbarer Blick ruhte auf mir. Seine Worte aus unserem Gespräch unter der Dusche kamen mir wieder in den Sinn. *Du weißt ja noch nicht mal, was es ist, und stürzt dich trotzdem kopfüber rein.* Fuck, vielleicht hatte er recht. Nach diesem Stunt würde er vermutlich eine Wagenladung Watte bestellen. Ich konnte nur hoffen, dass er mir ein Luftloch frei ließ, wenn er mich hineinpackte.

»Es geht mir gut«, meinte ich, bevor er fragen konnte. »Und ja, ich weiß, dass das nicht meine klügste Aktion war.«

»Vielleicht die mutigste«, erwiderte er und strich mir sacht über die Wange. »Du willst Menschen beschützen, Rain. Dafür musst du dich nicht schämen.«

»Aber?«

»Aber wenn das nächste Mal ein Verdächtiger von einem Gebäude springt, lass ihn das bitte alleine machen.«

»Er ist nicht gesprungen«, konterte ich. »Er ist ausgerutscht.«

»Wortklauberei. Sorg einfach dafür, dass deine Verletzungen auf einem Level bleiben, das Ärzte noch behandeln können. Bevorzugt mit nicht mehr als Schmerzsalbe.«

Das war ein gutes Argument, aber ich würde es Danny trotzdem heimzahlen, weil er mir den schlimmsten Hosenzieher aller Zeiten verpasst hatte. Ich schüttelte ein Bein und versuchte, meine Boxershorts aus dem Ort, wo die Sonne nie hinschien, wieder hervorzulocken, doch vergebens, also gab ich irgendwann auf. Wahrscheinlich würde meine Unterhose nun für immer dort bleiben müssen, was den Sex zukünftig ein bisschen umständlich machen könnte.

In diesem Moment kam mir ein anderer Gedanke. »Moment mal. Heißt das, dass Kevin mir das Leben gerettet hat?«

»Dir und mir. Ich hätte dich nie losgelassen«, informierte Danny mich. »Und das wird er uns ganz sicher nie vergessen lassen.«

»Was soll er schon machen?«, fragte ich und versuchte, dabei nicht an all die schrecklichen Möglichkeiten zu denken. »Vielleicht könnten wir ihm was anbieten, bevor er sich selbst was ausdenkt. Ein Jahr Babysitterdienste oder so.«

»St. James hat vier Kinder. *Kleine* Kinder«, erinnerte Danny mich. »Willst du irgendwann mal wieder ein freies Wochenende haben?«

Schon wieder ein gutes Argument. »Vielleicht können wir ihn mit Leckereien bestechen. Er liebt Cupcakes.«

»Und das wäre eine großartige Idee, wenn einer von uns backen könnte.«

»Wir nehmen einfach eine Backmischung, Daniel«, verkündete ich. »Sogar wir schaffen es, Öl und Eier mit einem Pulver zu verrühren.«

»Dieses spezielle Unterfangen überlasse ich gerne dir.«

Ich versuchte zu lächeln, doch es misslang. So nah am Tod war ich noch nie zuvor gewesen, und das löste irgendwas in mir aus. Was auch immer Danny in meinem Gesichtsausdruck sah, ließ auch sein Lächeln verblassen. Ohne Vorwarnung zog er mich in die Arme, und ich konnte nur wie erstarrt dastehen, während Mr Keine-Zuneigung-in-der-Öffentlichkeit mir kräftig über den Rücken rieb. Die drei auf dem Dach verbliebenen Uniformierten, die sich ein Stück entfernt unterhielten, sahen genauso perplex aus, wie ich mich fühlte.

»Die Leute schauen schon rüber«, raunte ich ihm zu.

»Dann sollten sie vielleicht wieder an die verdammte Arbeit gehen.« Sein Tonfall und seine Lautstärke machten deutlich, dass er nicht mit mir sprach.

Unsere Kollegen machten sich so schnell aus dem Staub, dass sie auf dem Weg zur Treppe beinahe übereinander stolperten. Und er ließ mich nicht los. Obwohl wir nun alleine waren, schüttelte ich gereizt den Kopf, doch Danny ignorierte mich, und meine zu Fäusten geballten Hände waren zwischen unseren Körpern eingeklemmt. Der Idiot besaß sogar die Frechheit, meinen Kopf gegen seine Brust zu pressen, obwohl ich mich ein bisschen dagegen wehrte.

»Ich habe gesagt, es geht mir gut.« Meine Stimme wurde von seinem Shirt gedämpft. Keine Ahnung, wen von uns beiden ich damit überzeugen wollte. Vielleicht, ganz vielleicht zitterte ich ein wenig.

»Ich weiß«, murmelte er in meine Haare. »Das ist für mich.«

Wir wussten beide, dass das nicht stimmte. Nicht ganz. Langsam entspannte ich meine Hände ein wenig, gerade lang genug, um mich in sein Shirt zu krallen. Danny schaffte es nicht nur spielend leicht, meine – ohne jeden Zweifel absolut *notwendigen* – Mauern einzureißen, es fühlte sich auch keine Umarmung so gut an wie seine. Egal, wie sehr ich die Kontrolle verlor, eine seiner Umarmungen brachte alles zurück an seinen rechten Platz.

»Du kannst mich jetzt wieder loslassen«, sagte ich, nur um ihm irgendwie zu widersprechen, und möglicherweise auch, um zu sehen, ob er es tun würde.

Ich konnte sein Lächeln an meiner Schläfe spüren. »Nein.«

Und weil man keinen Blumentopf gewann, indem man den harten Kerl spielte, gab ich nach. Ich schlang meine Arme um ihn. »Lass mich noch nicht los«, flüsterte ich in sein Shirt.

Weil ich ihn so gut kannte, wusste ich genau, was sein Schnauben bedeutete: *Niemals, Christiansen. Niemals.*

KAPITEL 29

Klonk, klonk, krach!

Am nächsten Morgen weckten mich die Geräusche der Müllabfuhr, die unsere Tonnen leerte. Ich lauschte mit geschlossenen Augen und war durchaus beeindruckt, dass ein einzelnes Fahrzeug so viel Lärm machen konnte. Irgendetwas quietschte, als der Greifarm die Tonne zurück auf den Boden knallte. Irgendwann machte das Ding sich wieder aus dem Staub, und ich gähnte.

Zum ersten Mal seit Langem hatte ich ziemlich gut geschlafen. Ob das an Zufriedenheit oder Erschöpfung lag, konnte ich nicht sagen, aber ich war dankbar dafür. Was meinen Morgen jetzt perfekt machen würde, wäre guter Sex, dicht gefolgt von einer kurzen Dusche und starkem Kaffee.

Zwei von drei konnte ich in die Tat umsetzen. Das Laken neben mir war kalt, was hieß, dass Danny mich lieber hatte schlafen lassen, anstatt mich für eine Runde Matratzensport zu wecken. Meine Morgenlatte fand das nicht besonders.

Auch ohne die Augen zu öffnen, wusste ich, dass seine Ohrhörer und sein Handy nicht mehr auf dem Nachttisch lagen. Wahrscheinlich war er joggen gegangen und genoss die frische Luft … alles Gift für mich. Trotz aller Bemühungen wusste Danny Ausschlafen nach wie vor nicht zu würdigen. Inzwischen war ich mir nicht mehr sicher, ob er das noch lernen würde oder überhaupt lernen *konnte*.

Als ich die Augen schließlich aufschlug, schaute ich geradewegs in Gesichter, die auf mich runterstarrten. Geistergesichter. Ich stöhnte auf. »Gott, ich bin doch gerade erst den Letzten losgeworden. Habt ihr keine Hobbys?« Sie tauschten überraschte Blicke und dachten offenbar ernsthaft über meine Frage nach. »Ein Geister-Canasta-Turnier oder so was?«

Ein älterer Mann mit weißem Schnurrbart, der mich an das Monopoly-Männchen erinnerte, klopfte mit seinem Gehstock gegen das Bettgestell. »Ich bin Maurice. Wir haben zu tun, junger Mann. Auf geht's, Faulpelz!«

Faulpelz? Ich warf einen Blick auf mein Handydisplay. »Es ist erst acht Uhr.«

»Ich warte schon seit sechs. Seit dieser Kerl ... ähm, dein Mann, aufgestanden ist.« Er schaute mich ein wenig entsetzt an. »Und nackt war er obendrein!«

»Hört mal zu, ihr könnt gerne um sechs aufstehen. Ihr seid tot«, informierte ich ihn. »Ich brauche meinen Schönheitsschlaf.«

Er musterte mich kritisch. »Da könntest du recht haben.«

»Freche Geister stellen sich hinten an. Ab heute gibt es Öffnungszeiten. Außerhalb dieser Zeiten existiert ihr für mich nicht.« Ich ließ sie ein paar Minuten lang zetern, bevor ich sie unterbrach. »Das sind die Regeln, Leute. Gewöhnt euch dran.«

Maurice schnaufte empört. »Das ist ein idiotisches System.«

»Dann solltest du dir vielleicht ein anderes Medium suchen, das dir mehr zusagt.«

»Ich kenne kein anderes Medium.«

Ich lächelte, als diese Erkenntnis bei meinen morgendlichen Besuchern sackte. *Ganz genau.*

Ein plötzlicher Energieschub ließ mich die Decken zurückschlagen und aus dem Bett steigen. Der neue Teppich fühlte sich angenehm weich unter meinen Füßen an, als ich zur Kommode ging und mir knittrige Kaki-Shorts und ein ebenso ungebügeltes Shirt überwarf, bevor ich in meine Flipflops schlüpfte. Dann marschierte ich den Gang hinunter, im Kopf schon voll mit meiner To-do-Liste beschäftigt.

Ganz oben stand die Einrichtung meines neuen Büros hier im Haus. Ich musste den Rest an Krimskrams auf den Speicher schaffen. Außerdem meinen Schreibtisch zusammenbauen und einen Bürostuhl irgendwoher zaubern. Dank Tate hatte ich genug Zeit, mich um all das zu kümmern. Sie hatte mir den Rest der Woche freigegeben – wahrscheinlich ihr unausgesprochener Dank dafür, dass ich verhindert hatte, dass unsere Zielperson von einem Hochhaus gesprungen war. So genau musste ich das gar nicht wissen. Eine Woche Urlaub war eine Woche Urlaub.

Die Tür zum Gästezimmer war angelehnt, was mich kurz innehalten ließ. Als ich die Tür aufstieß, blinzelte ich überrascht. Alle Kisten waren weg. Mein Schreibtisch stand fertig zusammengebaut da, samt bequem aussehendem Stuhl. Außerdem hatte jemand die Sachen, die ich auf dem Esszimmertisch ausgebreitet hatte, eingesammelt und zusammen mit meinem Laptop und meinen Akten auf dem Schreibtisch platziert.

Captain *Überordentlich* hatte mal wieder zugeschlagen.

Ich hatte so eine Ahnung, dass Danny sogar nicht alles einfach nur auf den Speicher geschafft hatte. Vielleicht fühlte er sich inzwischen mit unserer Beziehung auch etwas sicherer.

Ich schmunzelte. Mein Whiteboard hatte seinen Platz an einer Wand gefunden, und mitten drauf prangte ein gemaltes Herz. Das *löste ein wohliges Gefühl in meinem Bauch aus, ließ mich aber auch den Kopf schütteln. So sehr ich diesen Mann liebte, er musste unbedingt damit aufhören, auf meinen Whiteboards herumzukritzeln.*

Kurzerhand ging ich hinüber und probierte den Bürostuhl aus. Der war hundertmal besser als das alte Ding, das ich auf dem Revier benutzen musste. Und ehrlich gesagt konnte mein Hinterteil ein bisschen Liebe gerade gut gebrauchen, nach der rüden Behandlung, die es am Vortag erfahren hatte.

Während mein Laptop hochfuhr, sah ich ein paar Nachrichten auf meinem Handy durch. Meine Mutter kündigte eine Überraschung für mich an, was gelinde gesagt ziemlich beunruhigend war. Ich hörte eine Sprachnachricht von Dakota ab, der mich bat, ein Paar Gärtnerhandschuhe zu unserem nächsten Treffen mitzubringen. Dann eine von Graycie, der mich anwies, ihn *sofort* zurückzurufen. Ich war versucht, ihn zu ignorieren, aber meine Neugier gewann natürlich die Oberhand. Eines Tages würde mich genau das umbringen, aber für den Moment tätigte ich nur einen Anruf.

Abwesend drehte ich mich mit meinem Stuhl um die eigene Achse und grübelte dabei, ob es je eine Zeit in meinem Leben geben würde, in der ich nicht fragte, wie hoch, wenn das FBI mir sagte, dass ich springen sollte.

»Wo haben Sie gesteckt?«, fragte Graycie anstatt einer Begrüßung.

»Ich habe mich um meine eigenen Angelegenheiten gekümmert«, erwiderte ich. »Was wollen Sie?«

»Ich muss Sie um einen Gefallen bitten.«

»Hmm. Hören Sie die geheimnisvolle Musik im Hintergrund? Oder läuft die nur bei mir?«

Er gab einen verärgerten Laut von sich. »Ich meine es ernst, Christiansen. Sie erinnern sich sicher noch an Thomas Kane?«

Die Antwort lautete aus mehreren Gründen ja. Zum einen war Kane ein berüchtigter Serienmörder. Graycie war vor knapp zwanzig Jahren maßgeblich an seiner Verhaftung beteiligt gewesen, und das Thema brachte ihn so schnell auf die Palme wie sonst nichts. Er hatte sich an Kanes Schweigen in Bezug auf seine Verbrechen die Zähne ausgebissen – und war immer noch wütend darüber, was ich sehr gut nachvollziehen konnte. Ein wesentliches Merkmal für einen guten Profiler war die Suche nach Antworten, wo es keine gab. Ein Muster zu sehen, wo andere nur Chaos wahrnahmen. All das war mir klar. Was jedoch keinen Aufschluss darüber gab, warum Graycie jetzt wieder mit Kane anfing, der schon ewig im Gefängnis saß.

Ich sparte mir eine Antwort auf seine rhetorische Frage. »Was ist mit ihm?«

»Er wird hingerichtet. Das Gericht entscheidet gerade über sein letztes Gnadengesuch, aber es sieht nicht gut für ihn aus.«

»Und Sie wollen mich zu seiner Abschiedsparty einladen?« Ich schnalzte mit der Zunge. »Das hätten Sie mir mal früher sagen sollen. Mein Terminkalender ist im Moment ziemlich voll.«

»Das ist unsere letzte Chance, seine Opfer zu finden«, fuhr er mich an.

»Ich verstehe immer noch nicht, was das mit mir zu tun hat.«

»Er will mit Ihnen sprechen.«

Ich blinzelte. »Was?«

»Er will mit Ihnen sprechen«, wiederholte Graycie. Sein Tonfall verriet, wie begeistert er davon war. Er klang, als wäre er zwei Herzschläge von einem Bypass entfernt. Einem dreifachen. »Und ich habe ihm gesagt, dass Sie kommen werden. Die Sondererlaubnis des Gefängnisdirektors liegt mir bereits vor.«

»Dann können Sie ihn gerne direkt wieder anrufen und ihm mitteilen, dass es sich um ein bedauerliches Missverständnis handelt.«

»Das werde ich nicht tun.«

»Dann übernehme ich das gerne. Geben Sie mir die Telefonnummer des Direktors?«

»Haben Sie eine Ahnung, wie lange ich schon darauf warte, das von Thomas Kane zu erfahren? Wie sehr unsere Datenbank von seiner Aussage profitieren würde?« Graycie legte noch einen drauf, als ich schwieg. »Er könnte uns endlich verraten, wo sie begraben sind.«

»Oder er spielt nur ein krankes Spielchen.«

»Möglich. Es kann gut sein, dass er uns eine Karotte vor die Nase hält, weil ihm langweilig ist«, stimmte Graycie mir zu. »Oder weil ihn sonst niemand besucht. Oder weil er schon alle seine Bücher ausgelesen hat. Oder …«

»Weil er es leid ist, sich in der Einzelhaft einen runterzuholen?«

»Was ich damit sagen will: Das werden wir nicht herausfinden, wenn Sie nicht mit ihm reden.«

Wenn der Mistkerl mal recht hatte, dann richtig.

»Christiansen? Sind Sie noch dran?«

»Ja. Ich frage mich nur, was Kane sich davon verspricht. Und warum ich?«

»Weil er explizit nach Ihnen gefragt hat.«

So einfach war das. Keine echte Antwort, aber damit würde ich mich zufriedengeben müssen. Doch die Antworten würden ohnehin nicht von Graycie kommen. Nur Kane wusste, worum es hier ging.

Graycie war jedoch noch nicht fertig. »Habe ich erwähnt, dass wir Jon Gable wegen eines Bundesverbrechens verhaftet haben?«

»Wie lautet die Anklage?«

»Das braucht Sie nicht zu interessieren. Er wird für mindestens vierzig Jahre weggesperrt. Lottie Hereford erfährt Gerechtigkeit, obwohl die PTU den Ball ins Aus geschossen hat.«

Ich schnaubte. »Ist das der Teil des Gesprächs, in dem Sie versuchen, mich zu manipulieren?«

»Ja«, gab er schamlos zu. »Ist das der Teil des Gesprächs, in dem ich aufhören kann zu betteln und Sie tun, worum ich Sie bitte?«

»Warum sollte es mich kümmern, dass Thomas Kane mit mir reden will?«

»Einmal ein Profiler, immer ein Profiler. Sie wollen wissen, was er zu sagen hat.« Er wartete geduldig, ob ich ihm widersprach. »Und Sie wollen sicher die drei Nachahmungsmorde aufklären.«

»Kein Interesse.« Und gleich brauchte ich ein Sabberlätzchen, so sehr geiferte ich danach.

»Lügen ist unter Ihrem Niveau, Christiansen.« Ich konnte das Lächeln in seiner Stimme hören. Nicht aber, ob es ihn amüsierte, wie sehr ich Desinteresse vorschützte oder dass er mich in der Hand hatte. »Sie haben ja meine Nummer, wenn Sie sich entschieden haben.«

»Ja. Aber helfen Sie mir auf die Sprünge: Muss ich vor der Sechs-Sechs-Sechs noch eine Eins vorwählen oder nicht?«

Er lachte. »Schön zu hören, dass die häusliche Zweisamkeit Sie kein bisschen verändert hat. Sie sind immer noch ein vorlauter Mistkerl.«

»Ich tue mein Bestes.«

»Die Akte ist schon in Ihrem Posteingang.«

Ich legte auf, ohne mich zu verabschieden, und machte mir eine Notiz im Kalender. Danach warf ich meinen Stift auf die Tischplatte und drehte mich noch ein bisschen in meinem neuen Schreibtischstuhl. Natürlich hätte ich Graycie weiter hinhalten können, aber wir wussten beide, dass ich letzten Endes zustimmen würde. Wenn ein Profiler – ehemalig oder nicht – die Chance bekam, sich mit einem Serienkiller zu unterhalten, stieg er ins nächste Flugzeug.

Na ja, erst brachte er sein Testament auf den neuesten Stand, und *dann* stieg er in das nächste Flugzeug.

Ein Geist erschien in meinem Besucherstuhl und erschreckte mich damit so sehr, dass ich beinahe hintenüber gekippt wäre. Er rang panisch die Hände. »Haben Sie schon geöffnet?«

»Hm, sieht so aus …«

»Mein Gott, Doc, warum haben Sie denn so lange gebraucht? Wenn meine Tochter mein geändertes Testament nicht findet, wird mein nichtsnutziger Sohn mein Unternehmen erben und alles den Bach runtergehen lassen.«

Ich seufzte und schnappte mir einen Kugelschreiber. »Wo liegt das Testament?«

*

Stunden später konnte ich endlich den Stift weglegen. Auf meiner Liste standen mindestens vier Aufgaben, die ich für Geister zu erledigen hatte. Ich wusste, dass ich sie nie wiedersehen würde, wenn ich das schnell hinter mich brachte. Motivation war doch was Feines.

Ich drehte mich wieder mit meinem Stuhl. Würde es sich jemals nicht mehr seltsam anfühlen, meine beiden Leben in einem zu vereinen? Hoffentlich schaffte ich es irgendwann, das anzunehmen. Es war ein Teil des Menschen, der ich war. Der ich immer gewesen war.

»Rain?«, riss mich Dannys Stimme aus meinen Grübeleien.

»Was?«, rief ich zurück.

»Kannst du mal bitte kommen?«

Es klang, als wäre er in der Küche. Das war viel zu weit weg für einen freien Tag – ein Umstand, der ihm bekannt sein sollte. Träge drehte ich mich noch einmal wie ein menschlicher Ventilator. »Ich bin beschäftigt.«

»Wo bist du?« Er klang, als würde er näher kommen. »Wir haben ein Problem.«

»Was für ein Problem?«

»Ein großes.« Danny erschien so plötzlich im Türrahmen, dass ich fast vom Stuhl gefallen wäre. »Eins, für das du deinen Hintern erheben und mitkommen wirst.«

Stöhnend kam ich auf die Beine und folgte ihm aus dem Zimmer den Flur hinunter. Offensichtlich nicht schnell genug, denn auf halbem Weg nahm er mich an der Hand und zog mich hinter sich her.

»Was ist denn so dringend?«

»Wirst du schon sehen.« Als wir in der Küche angekommen waren, blieb er vor dem Fenster stehen und drehte mich um. »Da.«

Ich schaute hinaus und erstarrte. *Das kann nicht wahr sein.* Ich blinzelte und rieb mir fest die Augen, aber die Vision war immer noch da. »Sag mir bitte, dass ich gerade unter einer paranoiden Wahnvorstellung leide.«

»Dann habe ich die gleiche.«

»Ich dachte, das wäre ein Naturschutzgebiet.«

»Nope.«

»Warum hast du das Grundstück dann nicht gekauft?«, fragte ich.

»Hier ist mehr als genug Platz für eine Person.« Danny zuckte die Schultern. »Außerdem hätte ich nicht gedacht, dass es jemand haben wollen würde.«

»Tja, das war riskant.«

»Sieh mich nicht so an.« Er hob die Hände. »Das sind deine Eltern. Meine Mutter wohnt eine halbe Stunde von hier, wo sie hingehört.«

Meine Flipflops gaben klatschende Geräusche auf dem Holzfußboden von sich, als ich aus der Küche und die Verandatreppe hinuntermarschierte, um unsere neuen Nachbarn zu begrüßen. Danny war dicht hinter mir.

Gerade manövrierten sie ein Tiny House auf einem Anhänger in die richtige Position. Mein Schwager Rick streckte den Kopf aus dem Fenster der Fahrerseite, während mein Vater ihn einwies.

»Das passt!«, rief er.

»Rainstorm!« Meine Mutter winkte mir lächelnd zu, drei Flamingos an ihre Brust gedrückt. Ihr langes, blondes Haar fiel ihr in einem lockeren Zopf über die Schulter, als sie sich nach vorne beugte, um einen der künstlichen Vögel in Gras zu setzen, wo ab sofort ihr Vorgarten zu sein schien.

»Was macht ihr hier?«, fragte ich.

»Ich habe dir doch gesagt, dass ich eine Überraschung für dich habe.« Sie steckte einen weiteren Flamingo in die Erde. Er wackelte gefährlich. »Unser Mietvertrag ist ausgelaufen, also haben wir uns entschieden, zu kaufen.«

»Was zu kaufen?« Ich betrachtete das winzige Häuschen, während mein Vater so wild in Ricks Richtung winkte, als wollte er einen Jumbojet landen lassen. »Ist das ein Puppenhaus?«

Meine Mutter deutete mit dem letzten Flamingo auf mich, bevor sie auch ihn in den Boden steckte. »Wohl kaum. Da drin ist genug Platz für uns beide.«

»Es ist … es ist …« Mir fehlten die Worte, und Danny gab mir einen überaus hilfreichen Klaps auf den Rücken. »Es sieht effizient aus.«

»Ein Schlafzimmer, zwei Einbauten unter der Decke und ein Bad, in das sogar eine kleine Kupferwanne passt, vielen Dank auch. Das ist jetzt der letzte Schrei.«

»Wenn hier gleich einer schreit, dann ich.«

Danny räusperte sich. »Es ist sehr hübsch, Robin.«

Sie lächelte ihn an. »Keine Sorge, wir werden euch sicher nicht auf die Nerven gehen. Aber wir hatten das Grundstück neben eurem schon eine ganze Weile im Auge. Mir war klar, dass es nur eine Frage der Zeit war, bis ihr nicht mehr um das Thema zusammenziehen herumtanzt.« Ihr Kopfschütteln sollte wohl ausdrücken, wie dumm wir uns dabei angestellt hatten.

Ich öffnete den Mund, um unsere Ehre zu verteidigen, schloss ihn dann jedoch wieder, weil sie vollkommen recht hatte. »Ich frage mich trotzdem, was euch und dieses Kleinheim direkt vor unser Fenster führt.«

»Nun, es war schön, neben dir zu wohnen, und Leo und ich dachten uns: Warum nicht?«

Ich seufzte resigniert, konnte ein Lächeln aber nur schwer unterdrücken. Ja, ich beschwere mich oft, aber meine Eltern waren so nette Menschen, dass es mir nur selten ernst damit war. Und jemand musste die beiden Verrückten schließlich im Auge behalten.

»Außerdem«, fügte sie gut gelaunt hinzu, »ist das ein herrliches – abgelegenes – Stück Land und wunderbar geeignet für ein Gewächshaus. Vielleicht sogar ein größeres dieses Mal.«

Mein Lächeln schwand. »Mutter.«

»Nur für den Eigengebrauch. Kein Vertrieb. Sei doch nicht so spießig, Schätzchen. Manchmal ist es wirklich schwer zu glauben, dass ich tatsächlich so ein Kind zur Welt gebracht habe.«

»Ich bin Polizist«, erinnerte ich sie trocken. »Ich denke, spießig zu sein gehört zum Job.«

»Dann sei halt mit geschlossenen Augen spießig, Schatz.«

»Dann rieche ich immer noch …«

»Wie richten wir es am besten aus?« Sie wandte sich um, machte ein paar Schritte zurück und betrachtete das Puppenhaus für Menschen.

»Vielleicht nach dort«, sinnierte mein Vater und deutete in eine Richtung. »Es wäre doch nett, morgens auf der Veranda zu frühstücken. Ich meine, schaut euch die Aussicht an.«

Nach Osten? Ich kniff die Augen zusammen. Das würde ihren Vorgarten direkt vor unser Wohnzimmer platzieren. Und da die Wand größtenteils aus Glas bestand, bekämen wir damit uneingeschränkte Sicht auf ... meine Eltern beim Morgen-Yoga. Samt ihrer Frühaufsteherfreunde, die eine ganz besondere Vorliebe für eng anliegende Aerobic-Kleidung hatten.

Mein Vater wandte sich an uns. »Was meint ihr dazu?«

»Nach Westen«, erwiderten Danny und ich unisono. Wir sahen uns ganz bewusst nicht an, um nicht laut lachend herauszuplatzen.

»Großartige Idee, Jungs.« Wenigstens war mein Vater begeistert.

*

Es dämmerte schon, als mein knurrender Magen mich aus meinem Büro trieb. Wie durch telepathische Kommunikation angewiesen belegte Danny bereits Sandwiches für uns. Teller sparten wir uns und aßen die Brote direkt vom Brett zusammen mit sauren Gurken aus dem Glas. Nachdem wir fertig waren, meldete ich mich fix freiwillig zum Abspülen.

»Das gilt nicht«, meinte Danny. »Du musst trotzdem morgen das Geschirr übernehmen.«

»Dann benutzt du besser keine Auflaufform«, verlangte ich und tauchte das Schneidebrett ins Seifenwasser. »Mehr sage ich dazu nicht.«

Danny hielt die Hände hoch, als wäre ihm der Gedanke gar nicht gekommen, als wäre nicht er derjenige gewesen, der einen Schweinebraten vier Stunden lang im Ofen geschmort hatte, nur um die Auflaufform dann tagelang im Spülbecken einzuweichen. »Deal.«

Beim Geschirr war er ein bisschen pingelig, also ließ ich mir extra viel Zeit mit dem Brett, obwohl ich es selbst schon längst auf das Abtropfgitter gestellt hätte. Wenigstens wurde ich dabei gut unterhalten – eine Liveshow direkt vor unserem Küchenfenster. Mein Vater versuchte, ein riesiges, grünes Pop-up-Zelt aufzustellen, doch es wollte einfach nicht stehen bleiben. Das machte er nun schon seit zwei Stunden.

Gerade als ich dachte, dass er es geschafft hatte, rutschte ihm das Ding aus der Hand. Der Wind trug den grünen Stoff durch den Garten und punktgenau auf Dannys Auto. Ich zuckte zusammen. Wenn ich mich recht erinnerte, hingen an dem Nylongewebe auch Metallklammern. Danny fluchte laut.

Ich gab alles, um ihn abzulenken. »Was ich vorhin schon fragen wollte: Wie ist das Gespräch mit Tate gelaufen?«

»War okay.« Er warf meinem Vater durchs Fenster einen bösen Blick zu, der sein Zelt einsammelte und uns fröhlich zuwinkte, was wir jedoch nicht erwiderten. »Sagen wir einfach, sie hat geredet und ich habe zugehört.«

»Und?«

»Und sie meinte, dass sie die PTU wider besseres Wissen bestehen lässt.«

»Wider besseres Wissen?« Ich runzelte die Stirn und trocknete das Schneidebrett gründlich ab. »Wir haben einen Haufen offener Fälle abgeschlossen und einen Serienmörder verhaftet.«

»Und wir sind beinahe von einem Gebäude gefallen.«

»Wo gehobelt wird, fallen Späne«, klärte ich ihn pikiert auf. »Das ist keine exakte Wissenschaft.«

»Wie sich herausgestellt hat, ist sie nicht so begeistert, wenn das, was fällt, unsere Körper sind.«

Ich schnaubte genervt. »Also gehe ich davon aus, dass ich keinen Ersatz für meine Uhr bekommen werde?«

»Auf gar keinen Fall.« Danny grinste. »Und stammte die nicht sowieso von einem der Ex-Freunde? Wenn an diesem Tag schon was runterfallen musste, dann genau das Ding.«

»Es war eine Rolex, Daniel. Man schmeißt keine Rolex von einem Hausdach.«

Dannys Schatten erschien in der Spiegelung im Fenster hinter mir, und er schlang die Arme um meine Taille. Dann vergrub er das Gesicht in meiner Halsbeuge, und meine Verstimmung löste sich in nichts auf. »Wolltest du dir nicht sowieso eine Apple Watch kaufen?«

»Ja, schon.«

Eine Weile beobachteten wir zusammen meinen Vater. Trotz meiner Vorbehalte, etwas zu errichten, das einer illegalen Aktivität dienen würde, hatte ich ihm meine Hilfe angeboten. Auch Danny war mindestens dreimal bei ihm draußen gewesen. Doch mein Vater hatte uns direkt wieder weggeschickt, weil er das alleine machen wollte, um meine Mutter zu beeindrucken.

»Unglaublich, dass er noch nicht aufgegeben hat«, meinte Danny bewundernd.

Lachend schüttelte ich den Kopf. Ich wäre ja nicht traurig drüber, wenn er es nicht schaffte, das Zelt zum Stehen zu bewegen. Ich meine, ich hatte ein Leben gerettet. Sollte das Schicksal dafür nicht mal auf meiner Seite sein?

Natürlich war es das wie immer nicht. Zu guter Letzt ploppte das Zelt auf, wie es sollte, und mein Vater stieß siegreich eine Faust in die Höhe.

Danny gab mir einen Kuss auf den Hals, und ich vermisste sofort das leichte Kratzen seiner Bartstoppeln. »Wie läuft es mit deinem Büro?«

»Sehr gut, danke. Ich werde da viel Geister-Business abwickeln können.«

»Gut zu wissen.«

Ich löste mich aus seiner Umarmung, um nach seiner Hand zu greifen. Genug Eltern-Fernsehen für einen Tag und Zeit für ein bisschen Rain-Programm. Also zog ich Danny hinter mir her durch die Küche und direkt ins Schlafzimmer. Er kam folgsam mit, mein williger Gefangener.

Am Bett angekommen drehte er den Spieß jedoch um und schubste mich, sodass ich mit einem Ächzen auf der Matratze landete. Einen Moment später war er über mir und küsste mich leidenschaftlich.

Als er sich irgendwann meinem Hals widmete, mich sanft mit den Zähnen zwickte und über meine Haut leckte, rang ich nach Luft. »Hey, wir sind zusammengezogen. Sollten wir uns jetzt nicht wie ein altes Ehepaar verhalten?«

»Ich hab Neuigkeiten für dich«, erwiderte Danny und streifte mir das Shirt über den Kopf, bevor er sich hinunterbeugte, über meine Brustwarzen leckte und sacht hineinbiss, bis sie sich hart aufrichteten. »Das tun wir.«

»Fuck«, stöhnte ich. »Ich habe auch Neuigkeiten für dich. Du bist schärfer als je zuvor.«

»Ist das so?«

»Natürlich. Schärfer als …« Ich verlor kurz den Faden, als er sich um meine Shorts kümmerte. »Schärfer als eine Jalapeño.«

Ich spürte, wie er an meinem Bauch lächelte. »So scharf sind die gar nicht.«

Nachdem ich lange genug an seinen Schultern gezogen hatte, kam Danny wieder zu mir hoch, damit ich seine Gürtelschnalle öffnen konnte. Als Nächstes war sein Reißverschluss dran, und in weniger als einer Minute hatte ich ihm alles außer seinem Shirt ausgezogen. »Weg damit. Wollen wir doch mal sehen, wo du auf der Scoville-Skala liegst.«

Er zog sich das Shirt über den Kopf, und sein Schwanz zuckte hart erigiert gegen seinen Bauch. »Ich bin mindestens ein Ghost Pepper.«

Lächelnd umfasste ich meinen eigenen Penis und rieb langsam daran auf und ab. »Große Worte, Irish.«

Doch natürlich ließ Danny seinen Worten auch Taten folgen. Auf seine unnachahmlich kontrollsüchtige Weise. Ich wollte es schnell und hart, was er mir aber nicht gab. Ich wollte es auf den Knien, nicht auf dem Rücken mit gespreizten Beinen. Ich wollte ihn anfassen – doch stattdessen nahm er meine Handgelenke und drückte sie über meinem Kopf auf die Matratze.

Immerhin ließ er sich von mir küssen, während er tief in mir war, sodass ich irgendwann nicht mehr wusste, wo er endete und ich anfing. Jedes Mal, wenn ich unsere Lippen voneinander löste, um aufzuschreien oder nach mehr zu betteln, fing er sie wieder ein. Er sollte nicht mit mir schlafen, als ob es *ihn* zerstören würde, wenn er mich nicht wie feinstes Porzellan behandelte. Und ich sollte nicht kommen, wenn er mich dazu aufforderte. Mein lustvernebeltes Hirn hatte nur ein paar Sekunden Zeit, um darüber nachzudenken, das so etwas nur in Büchern passierte, bevor ich heftig kam. Ich rief Dannys Namen, flüsterte ihn dann noch einmal, und er kam mir wie ein Dankesgebet über die vom Küssen geschwollenen Lippen.

Einen Moment später brach Danny auf mir zusammen. Ich streichelte in kreisförmigen Bewegungen über seinen Rücken und war sehr stolz auf mich, dass ich mich nicht über sein tonnenschweres Gewicht beklagte. Nach all der Mühe, die er sich mit meinem Körper gegeben hatte, hatte er sich eine kleine Ruhepause verdient.

»Das war aber nicht scharf«, moserte ich. »Das war so süß, dass ich sicher Karies davon bekomme.«

»Was?«, fragte er mich benommen.

Ich pikte ihn in die Seite. »Ich habe dir schon so oft gesagt, dass ich keinen Sex wie in Liebesromanen haben will.«

Danny lachte und rieb seine Nase an meinem Hals, wodurch ihm das Atmen etwas schwergefallen sein dürfte. Für mich war das gerade auch nicht so leicht, weil er immer noch auf mir lag, doch als er seufzend versuchte, sich von mir zu lösen, schlang ich rasch einen Arm um ihn.

»Bleib«, raunte ich ihm zu.

Er murmelte etwas Zustimmendes. Es war still in unserem halbdunklen Schlafzimmer. Zumindest bis jetzt. Wie aufs Stichwort ertönte das Geräusch eines afrikanischen Regenmachers. Ich ächzte. Meine Eltern. Wenn ich jetzt aus dem Fenster schaute, würde ich meine Mutter mit verknoteten Beinen auf ihrer winzigen Veranda vorfinden, wo sie mit zierlichen Fingern das Instrument bediente. Mein Vater saß vermutlich lächelnd neben ihr in einem Liegestuhl. Sie so nah bei mir zu haben, war tatsächlich irgendwie angenehm – vermutlich mehr, als angesichts meines Alters normal war. Ich entschied mich jedoch, das einfach hinzunehmen.

»Es macht dir wirklich nichts aus, dass sie jetzt nebenan wohnen?«, fragte ich in die Dunkelheit.

»Nein.«

»Sonst würdest du es sagen, oder?«

»Ja.«

Ich lachte leise. »Sehr eloquent, Daniel.«

»Du kennst mich doch.« Er brachte genug Energie auf, um uns beide herumzudrehen, sodass ich nun auf ihm lag. Ich spürte seine großen Hände meine Wirbelsäule entlang reiben, wo sie mir einen wohligen Schauer verursachten. »Alles, was dich glücklich macht, geht für mich in Ordnung.«

»Um Teppiche musste ich fast ein Jahr lang kämpfen.«

»Wir haben Holzfußböden, Rain. Wunderschöne Fußböden aus echtem Holz.«

Wir. Ich schmunzelte und murmelte: »Ja, haben wir.«

Beinahe wäre ich eingeschlafen, als mich seine Stimme noch einmal zurückholte. »Du hast meine Frage nie beantwortet.«

Ich brauchte einen Augenblick, um wieder wach genug zu werden und mich zu konzentrieren. »Du hast mir keine Frage gestellt.«

»Bist du glücklich hier?«

Glücklich? Hatte ich dieses hehre Ziel endlich erreicht? Manch einer würde diesen Ausdruck als Überbegriff für ein generelles Wohlbefinden verwenden. Aber so simpel war es nicht. Ich fühlte mich geborgen. Friedlich. Als ob ... als ob ich endlich meinen Platz gefunden hätte. Konnte ich für all das wirklich nur ein einziges Wort benutzen?

Ja, entschied ich mich. Ich formte mit den Lippen *glücklich*, um es mal auszuprobieren. Als notorischer Pessimist kam es mir seltsam, aber dennoch bedeutungsvoll vor. Und wenn man etwas Komplexes wie Computertechnik auf Nullen und Einsen runterbrechen konnte – wie Chevy immer gerne betonte –, ließ sich wohl auch mein gegenwärtiger Zustand auf ein einzelnes Wort reduzieren. *Glücklich*.

»Mehr, als ich je für möglich gehalten hätte«, antwortete ich schließlich.

Danny gähnte, offensichtlich unbeeindruckt davon, dass seine einfache Frage meinen Verstand auf die Überholspur geschickt hatte. »Mehr muss ich nicht wissen.«

Seltsam. Denn mehr musste ich auch nicht sagen.

Du möchtest weiterlesen?

Dann begleite Rain und Danny bei ihrem nächsten Fall in »Spuken für Profis«.

Die Bücher von S.E. Harmon und die Merchandise-Produkte zur Serie erhältst du bei uns im Shop unter:
https://second-chances-verlag.shop/s.e.-harmon/

Wenn du keine Veröffentlichung mehr verpassen möchtest, kannst du dich auch hier für unseren Newsletter eintragen:
https://second-chances-verlag.de/newsletter-anmeldung/

A E Wasp
»Pros & Cons: Steele«

ISBN: 978-3-96698-382-2
Auch als E-Book erhältlich!

Fünf Aufträge. Fünf Chancen auf Wiedergutmachung.
Eins ist sicher: Diese Männer sind keine Engel.

Wer hätte gedacht, dass man von einem Toten erpresst werden kann? Wir jedenfalls nicht. Wir – das sind ein Hacker, ein Dieb, ein Hochstapler, ein Mann fürs Grobe und ein beurlaubter FBI-Agent.

Die Abmachung ist einfach: Wir erledigen unsere Aufträge, und Charlies Anwältin löscht dafür das belastende Material, mit dem er uns selbst nach seinem Tod noch in der Hand hat. Der erste Auftrag erfordert Muskelkraft – und damit fällt er an mich. Ich bin Steele Alvarez, ehemaliger Special Forces Close Protection Specialist, oder kurz gesagt: Bodyguard für nicht ganz so nette Kerle. Meine Aufgabe: einen scheinbar unangreifbaren Senator mit einer Vorliebe fürs Verprügeln von männlichen Prostituierten aus dem Verkehr ziehen. Doch dann lerne ich das jüngste Opfer von Senator Harlan kennen – Breck Pfeiffer, den attraktiven Escort-Boy mit dem Herzen aus Gold und der Seele eines Kämpfers.
Um Breck zu beschützen, würde ich sogar über Leichen gehen. Er will den Senator jedoch nicht tot sehen, er will Rache. Dafür werde ich jede Hilfe brauchen, die ich kriegen kann.
Ob es uns gefällt oder nicht, dieser Auftrag erfordert Teamarbeit.

Cordelia Kingsbridge
»Kill Game«

ISBN: 978-3-96698-708-0
Auch als E-Book erhältlich!

Das Leben von Mordermittler Levi Abrams ist aus den Fugen geraten – nach einer Schießerei ist er immer noch seelisch angeschlagen, und die Beziehung mit seinem Freund kriselt. Das Letzte, was er jetzt gebrauchen kann, ist ein Serienmörder, der auf den Straßen von Las Vegas sein Unwesen treibt. Und da ist auch noch der Kopfgeldjäger Dominic Russo, der ihm mit seinem Charme auf die Nerven geht und dem er ständig unfreiwillig über den Weg läuft.

Dominic schätzt sein unkompliziertes Leben und das bedeutet: kein Umgang mit Cops – vor allem nicht mit kratzbürstigen, verklemmten Detectives. Dann stolpert er jedoch durch Zufall über das jüngste Opfer der grausamen Pik-Sieben.

Der Mörder ist gnadenlos und den Ermittlern immer zwei Schritte voraus. Schlimmer noch, er hat ein gefährliches persönliches Interesse an den beiden entwickelt. Gezwungen, einander zu vertrauen, versuchen sie, ihn zu stellen. Doch im Gegensatz zu Levi und Dominic hält die Pik-Sieben alle Trumpfkarten in der Hand …